精神的家园

心 灵 的 故 乡

尚
书
房

第七届
老舍散文奖
获奖作品集

北京文学月刊社　主编

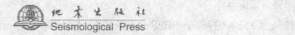

地震出版社
Seismological Press

图书在版编目（CIP）数据

第七届老舍散文奖获奖作品集 / 北京文学月刊社主编 . —北京：
地震出版社，2014.10（2017.5 重印）
ISBN 978-7-5028-4466-0

Ⅰ. ①第⋯　　Ⅱ. ①北⋯　　Ⅲ. ①散文集－中国－当代　　Ⅳ. ① I267

中国版本图书馆 CIP 数据核字（2014）第 213317 号

地震版　　XM3326

第七届老舍散文奖获奖作品集

北京文学月刊社　主编

责任编辑：张　平

责任校对：孔景宽

出版发行：地震出版社

北京市海淀区民族学院南路 9 号　　　　邮编：100081

发行部：68423031　68467993　　　　传真：88421706

门市部：68467991　　　　　　　　　　传真：68467991

总编室：68462709　68721982　　　　　传真：68455221

E-mail：seis@mailbox.rol.cn.net

http：//www.dzpress.com.cn

经销：全国各地新华书店

印刷：北京一鑫印务有限公司

版（印）次：2014 年 10 月第一版　2017 年 5 月第二次印刷

开本：710×1000　1/16

字数：325 千字

印张：20.5

书号：ISBN 978-7-5028-4466-0/I（5157）

定价：39.00 元

第七届老舍散文奖评委名单

李敬泽：中国作家协会副主席、书记处书记，评论家

阎晶明：中国作家协会书记处书记，评论家

梁　衡：原《人民日报》副总编辑，散文家

梁鸿鹰：中国作家协会创研部主任，评论家

张　陵：作家出版社总编辑，评论家

施战军：《人民文学》主编，评论家

雷　达：原中国作家协会创研部主任，评论家

胡　平：原中国作家协会创研部主任，评论家

韩小蕙：《光明日报》资深编辑，散文家

徐忠志：《文艺报》总编室主任，评论家

杨晓升：北京文学月刊社社长兼执行主编

第七届老舍散文奖授奖辞

1. 周大新《在苏格拉底被囚处》

没有常见的浮词华语。朴实的文笔，实在的述说，却于无声处炸开惊雷。不是浮光掠影的游记，是作者对生命、真理和内心精神的发问，写出了人的悲哀和孤独。死"是生命的另一种开始"作为苏格拉底留给世界的精神遗产，激励后来者勇敢地追求真理，决不盲从。

2. 张亚丽《京城的告密》

独特的北京文化解密之作，堪称大散文。如此有气势和穿透力的京城叙写，很少看到。从北京的建筑起笔，逐渐涉及文化、文脉、文明，感觉先锋，视野磅礴，语言瑰丽，气象万千，既有传统文化的素养，又有现代新锐意识，十分难得。

3. 马步升《鸠摩罗什的法种与舌头》

用笔流转自如，余味悠长。对"形碎舌存"的佛学大师鸠摩罗什，有还原也有发现，散发着一种魔幻的美感和穿越历史的思想力。对真理不朽的赞美，是自我的映照也是对世界的探看，包含着对生死、价值、尊严、自由等命题的觉解。

4. 怡　霖《苍穹之王》

用洗练、灵秀的文字，勾画了鹰的成长和蜕变过程，笔力遒劲，准确生动，将天穹之王写得波翻浪腾，惊雷阵阵，激动人心，且不乏对人类生存的反思。一些哲理化的语句升华了文章的境界。

5. 王必胜《单位》

抽丝剥茧地剖析了"单位"这个司空见惯的事物。管中窥豹，找寻世道人心的斑驳景象，向人们展示了单位文化的生动性格、文化基调和现存状态，看似随意的议论里，有面对世俗和欲望侵蚀的深深忧患。语言自由不羁、随物赋形，分析透辟入理，宽容且不失深邃。

6. 刘醒龙《抱着父亲回故乡》

天下写父母的文章多矣，这样的题材有很高难度。本文的高明处，在于文字漂亮，艺术含金量高，充沛的激情表达得有张有弛，灵动饱满，仿佛一首抒情长诗。抱着轻飘飘的父亲的场面及感受尤其给人深刻印象。思绪纷纷，不以事动人，以情，以意，以虚化的意象来抒情，读来回肠荡气，感人至深。

7. 田珍颖《冬天的记忆》

怀人散文的典范文本，写出了一个母亲的伟大、坚韧、普通、平和，有着高端知识女性和民间传统温良女子的双重美德，这样的女性形象在中国散文长廊里弥足珍贵。个人故事和重大历史事件穿插、组合，再现时代风雨，使作品更具震撼力。

8. 任林举《西塘的心思》

一篇才华摇曳的散文，词句灵动，色彩清丽，感觉能把天籁织进字里行间，呈现的是有光有声有色、亦诗亦乐亦画的江南水乡风景和生命哲思图画。阳刚与阴柔相济，朴素与厚腴互补。读这样的散文，如饮甘霖，不愧为美的享受。

9. 杨文丰《雾霾批判书——自然笔记》

一篇有开拓、有创新，科学价值与审美价值俱高的作品。用杂文笔法写的这篇散文，站在公共安全、人民幸福和历史进步的制高点来论述天气现象，文笔犀利中肯，资料丰富，给人拨云见日之感，其高度的社会责任感、强烈的忧患意识及思想洞察力，值得赞扬。

10. 杜怀超《苍耳：消失或重现》

以冷峻的笔触与悲悯情怀，参悟苍耳魂灵。以苍耳悲苦孤寂、坚韧壮丽的一生，写出了它的风骨与神韵，同时思考生与死、社会与人生。文笔优美，笔力遒劲，生动深刻，力透纸背。读来不仅令人动容，亦颇多教益。

目 录

（注：曾获老舍散文奖的作家本届参评作品原则上不再重复获奖。）

获奖作品

在苏格拉底被囚处 |周大新|

原载《北京文学》2013 年第 7 期

　　最初看到那三个铁栅门时我没有在意。我的目光一晃而过，雅典有太多的景致吸引着我这个新到游客的眼睛。待旅居雅典的作家、学者杨少波先生介绍说"这，就是苏格拉底当年被关押的地方"时，我才吃了一惊，才赶紧从近处的橄榄林里收回目光，定睛去看它们。

　　它们立在一道石壁上，都不是很宽，三扇铁栅门后，是三个石室，也就是石洞。

　　我惊看着那三个石室。原来，我敬佩的古希腊思想家、哲学家和教育家苏格拉底，赴死前就被关押在这里。原来，这道石壁和这些石室，目睹过那个伟大哲人的身影，聆听过他的声音，见识过他的智慧，而且看见过他最后赴死的情景。

　　这么说，法国著名画家雅克·达维特于 1787 年创作的油画作品《苏格拉底之死》中，关于关押苏格拉底囚室的描画，是不准确的，是过于理想化了。在那幅画中，囚室很大，石块砌成的墙壁很高，向上还有很多阶梯，明显是正规的房间，而囚室是在房子的底层。画面上苏格拉底坐着服毒自杀的那张床很宽大，而这三个石洞中最大的一个也摆不下那样气派的床。看来，雅克·达维特在创作那幅画前没有来过雅典，没有看过真正囚禁苏格拉底的地方。他把事情向好处想了，他不知道真相比他的想象要严酷得多。

　　我环顾着四周，想，这三个石室当年应该是位于一座监狱的院内的。因为柏拉图曾说过，他和几个朋友每次来看被囚的苏格拉底时，总要在监狱门前等候大门打开。我留意到三个石室前壁上，都留有凹孔，这些凹孔表明，石室前过去是有附属建筑的。

我看着石洞囚室里不大的空间，努力去想象苏格拉底当年被囚时的生活情景：他会坐在囚室的小床上去安慰和宽慰妻子桑蒂比及他们的孩子，会在床前狭小的空地上边踱步边默想希腊城邦的未来，会在柏拉图和克利托等学生们来看望他时向他们谈他关于肉体和灵魂的最新思考成果，会席地而坐吃下狱卒们送来的食物，会在去囚室门外放风时远眺雅典城区并伸手抚摸橄榄树上嫩绿的叶子，会在那个较小些的石室里进行最后一次沐浴……

我猜想，当年苏格拉底被关进囚室后，可能会反复回忆，安尼托、梅勒托和吕贡这三个人为何要以不信本邦神灵，企图另立新神和迷惑、毒害青年两个罪名起诉自己。那明明是莫须有的罪名。他可能最终想起来了，那个控告他的主谋安尼托，他其实是得罪过的。有一次他同美诺讨论美德是不是知识的时候，正巧碰见他，于是便拉他过来提问。结果在提问中不仅让安尼托陷入了自相矛盾，还损及了对方崇拜的政治家，致使他失了面子。他拂袖而去时撂下过狠话：我觉得你这个人很容易说别人坏，我奉劝你慎重些！他可能也想起来了，那个梅勒托是诗人和悲剧作家，而他对诗人没有好印象，曾经讽刺过诗人们，对方参与控告很可能是在为诗人们出气。他也许到最后也想不起怎么得罪了无名演说家吕贡，因为吕贡根本就没进入过他的视野。不过他后来可能想明白了，吕贡会因为参与控告他苏格拉底这件事本身，迅速成为雅典的一位名人，这也是人成名的一个法子。

我猜想，苏格拉底被关进囚室后，可能会反复思考，由 500 个公民组成的法庭，为什么会判并未犯罪的自己死罪？他对希腊城邦充满感情，没有任何有违城邦法律的举动，他只是喜欢用不断提问和谈话的方式追求真理。他知道把权力交给民众的全部好处，他思考过希腊城邦制度的各个方面，他对人性有过深刻研究。可他就是没有想到，民众在某些时刻对精英人物是存在敌视情绪的——这是人性中极其隐秘的一面。真正的思想者有时会搅乱平庸的日常生活，也因此，真正的思想者不仅可能被执掌权力者视作威胁，也可能被怯懦的民众当作破坏其安宁生活的祸首。苏格拉底的一些思想让民众觉得他太反常、太出格，就是这种反感和敌视情绪促成了错误的判决。这种情况不仅在古时的希腊存在，在现代的中国也存在。"文化大革命"中，当张志新这个思想者用自己的言论质疑"文化大革命"的意义时，不仅仅是掌权者不高兴，一部分民众也不高兴，觉得就你聪明，我们都是傻瓜？当张志新被割断喉咙押赴刑场时，相当一部分相信无产阶级继续革命理论的民众，在心里并无对她的同情。这当然是精英人物的悲哀。他们思想的目的是为了让民众生活得更好，却恰恰又让民众对其生了敌意。人性是一个隐秘的洞穴，所有的精英人物都应该探身这个洞穴，以对其有所了解。

我猜想，苏格拉底在拒绝逃跑决心赴死时，并没有估计到自己被处死这件事的全部影响。我从史料上看到，苏格拉底被判死刑后，有朋友和学生曾劝他逃跑，而且当时他也确有充裕的时间和机会逃跑。但他决然地拒绝了，理由是，既然身为雅典公民，就理应遵守雅典的法律，雅典的法庭判我死刑，我就应该甘愿受死，以维护法律的尊严。若越狱逃走，就是以错对错。我估计，他当时只是想用自己赴死的行动，去感动更多的人遵守雅典的法律，他根本没有估计到，他的死，会成就他的不朽声名。几乎没有留下任何著作的他，能获得西方哲学史上最重要的地位，很重要的原因是他的从容赴死给他带来了广泛关注。在那个没有报纸、电台、电视和网络的时代，人们在口口相传他被不公正地处死这一事件的同时，开始互相传述他的思想，他的思想便随着他屈死的故事流传开来。

苏格拉底死了，他的死让今天还活着的我们意识到了三个问题：其一，不要因为私心和私利去控告他人，不要利用社会公器去伤害他人。即使你使用的理由很堂皇，即使你当时得到了广泛支持，即使你获得了完全的胜利，历史都有可能跟你算账，都有可能让你像安尼托那样，在史书上留下一个小丑的形象。其二，不要因为自己是平民，就认为所有的人间悲剧都与己无关，很多悲剧是掌权者制造的，这一点没有异议。但我们这些普普通通的民众，有时也会像当年的雅典那500位公民一样制造出悲剧。其三，不要以为死就是生命和事件的结束，恰恰相反，像苏格拉底这样的死，正是他哲人生命的另一种开始，是他遭控告事件被追询的开始。

苏格拉底死得太冤了。

苏格拉底又死得太有价值了！

苏格拉底，我来向你致敬了！

京城的告密 |张亚丽|

原载《北京文学》2014 年第 4 期

A

文明从一片片馨香的叶片中升发，沿一缕缕洁净的蚕丝出使。茶叶与丝绸的使者没想到，他们的子孙会看到这一幕：

笼子，被一只只手定时开启，天空瞬间展开。

从这里出发的鸽子，越过小巷的高墙与大宅。一双双翅膀急速转身，抛下一座座密集的屋顶。鸽子是鸟类中最有资格俯视城市的使者，奋力起飞是为了降落。密布于大街小巷的铁算盘手，在城市的四面八方，每天定时仰望天空，等待鸽子归来。他们在盼什么？当然是一座城的商业筹码与经济机密。在那些商号、老板、账房先生的目光中，鸽子的降落是为了再次起飞。那是天空中一只只会飞的算盘。古人说：人为财死，鸟为食亡。二者都在说通往墓地的真理。真实如此决绝，绝无半分含蓄。诗意的想象与家园的温暖，那是我们的事。我眼中的鸽子，怎样飞都是回旋于天空中的歌哨儿，一曲曲动听的旋律把我的向往养得飘逸，还扯出老远，那里的秘密对我有足够的诱惑力。我离那段历史久远，就像离北京遥远一样。

抛下地球，我悬空而来。

当飞机从云层降低高度，甩下海蓝的天空铺着的白絮，钻出虚无的白时，我乘坐的深圳航班，空姐眨着浓妆的熊猫眼儿，告知前方就是北京。那天是上午十点，大约半小时的着陆时光，我坐于窗口，视力所及满目苍凉。

模糊的大地，俨然一幅谷歌地图。自己却生活在这样的地球，平添几分凄凉落寞。不一会儿，飞机的高度，让我看到大地像一张胶片感光后的显影。初春的阳光，清晰地把地上的山脉河流呈现出来，让人有不可捉摸的熟悉与陌生。房屋与蜿蜒的路，镶嵌在纵横交错的田野，被一条泛着白光的京杭大运河缠绕，那种魅力用言辞难以恰当描述。一脉大水让我懂得文明历史的走向。在高空我感知的京城，是从关汉卿的剧本"杀出一条血胡同来"，铿锵吭铿地在我脑海中还响起元代李好古的戏词。张羽问梅香"你家住哪儿？"梅香说"我家住砖塔胡同"。这是京城最古老的胡同，也是最早进入艺术蓝本的胡同。关汉卿在此胡同居住并创作多部剧本，他是天地间响当当一颗"铜豌豆"，在行星留其芳名。那么多举世文明在北京脱壳而出，一只雄鸡啼鸣时的昂扬与激情俱在。虽说位置高点儿，追忆依然震动耳鼓，一样有穿透力。那位在鸡爪胡同建造公馆的临时执政段祺瑞，因手抽筋避讳，北京的一只鸡脚就成了吉兆胡同。他自然不知一位女士遥遥将他缅怀。我与上帝同处，当然用上帝的胸怀关照人间。千仞之高，心骛八极。我比鸽子超脱，乘铁鸟实现飞翔。

机翼下是国际设计大师的后现代建筑，T形候机楼像一条长长的龙舟，开向天空的气窗，远观是风吹起的一排排巨大的鳞片。当飞机在首都国际机场跑道滑行时，我从空中下来接近一座庞大的城市。

一脉苍水北上，通惠河出京门相迎。京都因北水与南水交好，得以滋养。那些胡同活像一只只章鱼的触手，打此经过，吸盘就把我黏附而去。当我站在钱市胡同，仰望一线天时，逼仄的空间，让我不得不感叹。那天下午沧桑的青砖，被一缕挤进来的阳光照耀，陈年的青苔接受了光的能量，毛茸茸的生机能在弹指间还阳多好。心动时，我噱唇蓄气，脸胀成圆球时突然放松唇肌，一口气流只能撼动巴掌大的一丛老苔。斑驳的绿丝中存有壳类的螺，小小的蚁尸。这些小生命在人之外为生存忙碌过，生命没有本质的不同。我抬手敲一敲老砖，耳朵贴上去幻听到算盘珠子的噼啪声。愣怔回头，撞上踩拖鞋的胖子。我仓促而慌张地看他的眼，揣度他是否带着歹念。身处此城40厘米的最窄处，我抽一口谦和之气贴壁而站时提着劲儿说：您请！您请！他侧身儿滑壁而过时：嘿嘿，谢啦！我看到前面一只盘龙走过，后面还跟着一只苍鹰。前胸后背的图腾长着一样的怒目，弄得我心跳不已。

他却如此般斯文。在乍暖还寒时节，这个文身的大肉球居然裸身，他怎样过京城的三伏天？看来人有人的活法，时代有时代的过法，国家有国家的道行。当年把金融交易所塞在羊肠小道，这是国家在特定时代特有的经济手腕。只是隔朝隔代让人觉得荒唐。祈望文明的历史，但文明的细节在成为史书前，于有意或无意中漏掉。几座三合院，缩手缩脚地隐忍，有金屋藏娇的窃喜。不露锋芒的金融交易所，并非落地凤凰枯瘦的马。那是大清的骆驼，再威风的商人，踏不准他的节奏，只得困死在北京的窄道。隔百年之遥，我能在这儿窥视晚清处于经济衰败的年头儿，怎样设法防土盗和洋盗做手脚。当年来这里的伙计，手提鸟笼。等白银与铜钱的交易比价公示后，一阵稀里哗啦，笼门争先恐后地打开，即刻启动一座城的经济脉搏。当然今人不能用愚昧评价先人，能让鸽子带动一座城市的民族，实属无奈的智慧。时间也会生锈，一点点腐蚀穿盔甲的历史，让机密不再是机密。不过再沉重的翅膀，也有羽毛的轻扬。

退休的大李听我说："你们家住北京最长的胡同儿。"他感叹："俺们住了这么久，还迷糊儿，有这事儿？人家来了逛商场买衣服，你一个劲儿道儿南道儿北地钻。"我回他："北京有文化底蕴，踩块砖头都是袁世凯点兵之地。你住的民巷，先后叫过东西江米巷与鸡鸣巷。你也迷糊儿，视而不见说的就是你。"他甩一甩手中的拖布痴痴地看我。当我告知这儿是清末民初金融一条街时，他噗嗤一声再哎哟一声。

也许我是北京的知己，知面儿还知里儿。

古都："门殿四合，阴阳和谐，五行布局。"

北京的文明史就这样在胡同与四合院中隐遁光芒，无言的历史在苍老的青砖与青砖的缝隙，融化成沟垒高墙与矮墙的泥浆。城市是有生命的，呼吸与脉搏随时代风云起伏跌宕。古城一直上演生命的悲剧与喜剧，也许我赶上正剧开场——

B

京城飞跃，在文明历史的长河中也只是转眼的事。

我去首都博物馆的路上，在林立的高楼大厦中，看到新生的大桥。请教一环，无人能答。我购得最新版北京交通旅游图，图上一圈一圈用环勾勒北京，活活一只大寿龟盘踞。京城有六环，唯独没一环。京城的怪在于先有三环，后来在皇城与三环间开发快行线，才顺理成章地命名为二环。先前绕皇城的内线，相当于一环。在惊讶之中，我逐环细数三遍，相加后有350多座桥。北京60年代末才拥有祖母辈的复兴门立交桥，后来相继生出几百座立交桥，那是我在空中无法俯视清楚的城市节点。时代进入转型期，京城发展成国际大都市。并且一步一个脚印地突破旧有的鸟笼经济，向市场经济转化。一个文明古国终于与世界经济接轨，中国在世界平台上扮演的角色日益显范儿。美国的那场金融危机，中国用数万亿救市；这次欧元危机，中国动用数百亿外汇储备投资，以助回天之力。东方古国在北京弄出的响动大而又大，令金发碧眼瞩目。这并不证明我们完美无缺。

一个人做事难在滴水不漏，一个国家也难做到。

当我乘坐公交车经过长安大街时，不经意间从车窗看到新华门：伟大的中国共产党万岁！战无不胜的毛泽东思想万岁！两面墙让我着实一惊。我来不及拍摄此景，历史也没指派我来证明什么。生年不满百，万岁是百个世纪，瞬息万变有悖于此。我眼前的京城是21世纪初的范本，是奥运大修过的北京。整座城有了迎娶过豪门小姐的气派，粉刷过的墙体、重铺过的街道、装饰过的高楼，还有胡同中宅院的鲜红大门，经古典的灯笼照耀，一下子点亮城市的穴道。异邦的设计大师，巧用钢筋编成一个巨大的金属"鸟巢"，安放京北。一个鸟窝装下来自世界各地的运动健将与球迷，给世界带来开放的惊奇与成功。在皇城的中轴线上，后现代建筑大师运用智慧，又造出会唱歌儿的"鸟蛋"。"二鸟"落成后，京城的骚动与喧哗被天外来物带来的惊喜折服。那些合不合皇城风格的论战，因大师挑战历史，意在割断历史而告终。我在一抹朝阳与一抹夕阳中，一步步深入"鸟巢"与"鸟蛋"，就像我乘坐京城的公交车，发现新华门的红墙为一座城市打底，从历史深处铺展一张老红的宣纸，白玉兰踮着脚尖正在款款地开放。古老与鲜嫩结合得如此妥帖，一股馨气在大街上悄然暗香。新华门的两墙红色标语，在文明历史的深处冲撞我的思考与暖暖情意。顾盼回眸，我张大嘴，一脸的惊讶。这是北京人之外的表情，老北京们视而不见。我如此好奇高层的政治手腕与社会转型的特色：这边是陈年谷仓与雍容华贵的皇家气派，那边是时尚咖啡屋与国际大师的后现代建筑。二者互不相扰，安之若素。

这个时代特有的魔力让历史与现代文明相合，好像子孙幽默地为老祖母加冕"鸟巢"式桂冠，还为毛公画美人痣"鸟蛋"，自有庆典道贺的祥瑞。

我不知异邦的政治首脑们，怎样看待京城的两墙标语，就像我不知三十多年改革开放，新华门的两面墙壁，却在肃然地行使国家博物馆的功能。也许外国首脑们的汉语水平，不足以明白那两条标语的真谛，就像翻译难以弄清国人的春秋笔法与微言大义。一个国家的国标，在京城的拆与建中岿岿然不动兮。时代是脚尖兮，情结是鞋底兮。道路兮，人走兮。天知兮，我知兮。一个国家的政治智慧与韬略，政治家想藏也藏不住。面对红墙哲学，唯有思考。

站在天安门红楼，目光掠过望不到边的大屋顶，那种葵花黄在太阳的光线下，散发着迷人的色彩。飞檐与屋脊呈人字排列，我定睛细辨琉璃瓦勾肩搭背正密谋一场游戏。谁伸指一推，就能出现多米诺骨牌效应。凌空的翘角与规则的顺滑感，令人晕眩。朝代更迭，生生不息。京城在奥运前的多年里是一座大工地，不断拆旧建新。在新起的林立大厦边，老北京的西城贵，依然保存明清风貌。不过再美好的事物也有遗憾伴生。京城有不少胡同的四合院因城市拓展，让几代人的邻里关系与烟尘一起飘散，再不能传承。扯断的脉络里不只是人的交情，还有民间手艺人的绝活儿：爆肚张、萝卜糖、驴打滚、吹糖人……一种文化绝迹，带走多少人的温暖记忆，让寻根人的灵魂无处挂靠。京城有林徽因与梁思成的痛，还有国际友人的痛。我们拆掉的是别人没有的，我们得到的是别人都有的。如果新开路胡同69号拆了，就不会有著名指挥家小泽征尔的童年了。她的母亲为他种下音乐的种子，至今镶金的柱子上，还有他童年时用刀刻下的生长印迹。这种人文生态的后面，是一曲曲优美的旋律，动人心魄。如今有多少人记得七树堂，那是康有为变法失败的居所。几间正房因电线老化失火，让一段历史变得残缺。人与灵魂的纽带，在遗迹中存放，让后人与先人得以衔接。因昨日之旧，让今日之新更加充盈美妙。生存与发展带来的困惑，让子民们不能鱼与熊掌兼得。享受到高楼大厦的视野开阔，对四合院的情怀，只能在文物古迹中温暖记忆啦。什刹海因水的灵性，让周边胡同四季风景，在底版上修版后还保存风貌，令中外游客喜之。京城东四十条，条条有新漆的朱红大门，修旧如旧的特别维护，承接女娲的绝活儿。因打补丁露出一座城的爱心，一边一角彰显妙招。

砖石无情，人有情。

几年前的腊月某天早起，我躲闪着东交民巷大树下的一摊摊鸟粪去首都医院。萧瑟的树冠密布乌黑的大鸟，鸟栖的地方气场必好。今春没有鸟粪，鸟儿不用在此取暖？那刻顿悟中国的建筑文化以接地气为佳，西方的建筑文化以近天堂为妙。东西交民巷的各国使馆与外国银行林立，圣弥额尔天主堂是哥特式建筑，尖塔直插云天。西方的宗教文化来到京都，上帝传播福音没有国界。那些建筑的花岗岩基石、墙体和大理石柱子，经百年岁月，坚固依然，让我们的审美变得包容。黑花红花，所有的花都是花，有香即可。

C

面对东西文明并存的京都，我曾经追问一座城市的灵魂。北京的记者同道听我的话题满脸奇怪。你怎么思考这个呀？我说有什么不对吗？朋友说那是大人物想的事，大家都忙钱！北京人的优越感，看谁都是小人物，话不投机半句多。我不能依赖别人，得用心去看去想。中南海隔数街有一条蜿蜒的金脉，早在元明清时称金坊街，因民国初的各银行竞谋建筑，颇有做成银行街之想……只因军阀混战才动迁。金钱树有耐力以百年时间坐果，让银行家的梦想成真。如今的金融一条街，再也听不到当年钱市胡同打开鸟笼的哗啦声。信息网络时代的汇兑业务，在键盘上完成。金融街的英蓝国际金融中心，囊括世界顶尖跨国金融机构，成为此街的皇冠盾牌。

金脉文脉前后延伸，一核一带起伏潜龙。

我的界定尺度在胡同与四合院穿越，从公车上书、戊戌变法，到李大钊上绞刑架……一株株石榴树举着小小的火把，越过高高矮矮的墙，摇曳两眼红色。一个国家经历多少场革命才走到社会转型期。国家兴亡，匹夫有责。我想谛听京城的脉搏，这回实地考察时特意穿深蓝色羽绒衣，抵御初春的寒风与细尘。两周时间在人生中是短暂的，我以步代车，再次触摸京城。遥远的过去与期许的未来在脑海中交替闪现时，思考的根须，一条条缠绕北京的标志性设施与象征符号，在中山公园瞩目孙中山铜像，在天安门城楼审视毛泽东画像，在国博与首博细品北京文明史与国家文明史。我终于悟道历朝历代：国家掌门人的性格，就是国家的性格。

一座城有太多的动荡与奢侈。

一个国家的气脉，在传承中有种种艰难。至今国子监外的北大与清华，两座高等学府依然承继与孕育中国文化。圆明园的一对华表，在北大的办公楼前竖立。圆明园的灾难无法灭绝一个民族的延续。当我踏入圆明园，沧桑之手从废墟伸出来戳我的眼睛和脑门，敲打我：战争在终极意义上无赢家。为掠夺财宝，争楚河汉界视生命为草芥，没有人道只剩强盗与霸道。所有的战争都是人类智慧缺席的罪恶。不过废墟带给人类警示与寓言，悲壮与崇高。此园已成国家的镜子。我站在断柱前看远处的荒台，鸽子在废墟上的乐趣以天空为纸，写下一声声欢叫的叙语。哲思是野草的魂灵，随初春的生机破土。我感知明亮向前时遭遇黑暗的陷阱，再蓄积力量催动明亮起步。

回眸岁月，我三进天坛，两进陶然亭。前者是帝王通天的神道，后者是文臣通帝笼的神园。两副碗筷，前金后银。慈悲庵中文昌阁，魁星踢斗为复礼。丹陛桥的两头，一头是臣子的诚意，一头是天国的冷漠。圆明园之外，文明的历史无法拒绝文明的重演。皇家的诚心，表现在静心、洁体、食素。斋宫的讲究与礼仪的刻板，非一般人能承受。双墙与护宫河，围困着隆重仪式的前奏与向天的祈求。游牧文明入主中原文明，形成特有的皇家文化，最终被大汉文化同化。然而中国的农耕文明与西方的航海文明相撞，让帝国一次次痛入骨髓。在世界文明的价值坐标上，国家如何定位，选择去向，那是大势所趋。黄河文明与京杭运河文明联手也无济于事。

文明是刺刀，带着鲜血向前；文化是钻头，带着温情回眸。

祈年殿以建筑的形态，凝固一个民族的期望。

圜丘的汉白玉雕石柱，围成九重天。也没改变皇家的归宿。

我挤进人群坐在"国家的肚脐"留影，我与天的距离依旧，天心石与天堂的距离依旧。我好奇九龙柏前有大量中外游人围观，男女老少举着双臂正在摸看。我吃惊地伸手一试，千岁古柏正在发汗，热气扑手，百姓以为树神显灵。我知那是冬去春来释放地热而已。转念一想，天坛古柏数千棵，为何唯独九龙柏哈热气？我举着双手，试探十几棵后，无言应对。天坛存有一个帝国的秘密。

皇家与臣民，都活一只碗。

皇室的金碗，并不能让生命的长度增减。只是皇家没了，百姓还在繁衍。感谢皇城外的西河沿依然有底层人居住的低矮建筑，为我们保留一座城的记忆。胡同中许多灰瓦顶的四合院，门脸前设置一对石门墩，虽说吉祥物的造型各异，却在宣告平民百姓对富有与平安的向往。几百年的老树痴情，举着一院又一院的誓言。那些古树后有何秘密，走了半条街还没半点端倪，证明这里是晚清钱币铸造一条街。

西河沿依然是土路，我的鞋与半截裤腿爬满尘土。摘下小店的时髦招牌，此处并不比明清亮丽。电杆林立，电线条条缕缕顺胡同延长与东交民巷的电线一样横空而过，大煞风景。让我的拍照费尽心思，恨不得捏块橡皮，一挥无影。一位银发老人，神情怡然地端坐在红砖院墙门外，她身下是半袋干水泥，我请教对面的屋主。贾奶奶抬起戴着老式银镯的胳膊说："早先儿是中科所的宿舍，后起儿住户就杂啦。"她好像贾府落难街头的大小姐，有康同璧的以不变应万变之仪态。我看这栋建筑有来历，仰观三层楼上有架空的大屋顶，光线沿空当挤进天井，令中西合璧式老屋破败得见底。唯有天井三面的手工艺锻铜围栏，典雅富丽。老京城讲究门廊，进深一尺官加一爵。门廊右边嘎嚓打开一扇小门，有文身瘦男光膀儿冒出，吓得我惊身躲避。他扔酒瓶时，背上的花皮蛇朝我吐信子。令我不敢留步。

意外之喜性情老到，用百年时间守望。正乙祠朱红的大门撞眼。此处是浙商建的银号会馆，我噢一声与这条街对位。祠内有座二层戏楼，当年梅兰芳先生展现风采之处。城南的六百座会馆与戏楼为皇家文化与平民文化搭接桥梁，交融的合力带来活力，为剧种增添魅力。兴趣所至，买门票入内。在戏楼正中体会角儿与戏迷的情趣。戏池的任何方位，京腔京韵都是珍珠落盘，饱满圆润。秘密在于戏台下的一口口大缸。我抬头时能看清包厢一角，有老式条桌。讲解员提醒上去再加 20 元，中国的戏剧文明，在此让人止步。附加条件瞬间败坏赏者的兴致。我转身去展馆与梅先生默默交流，先生面目清秀。照片中他素面淡然，透着青花瓷的细腻。梅先生的蜡像端坐于老式木椅，诉说着艺人与文人坚守在历史的深处，为一座城市囤实文化与文明的气脉。

今春的柳丝从陶然亭出发，一直绿向胡同的百姓家。因胡同我想起鲁迅，却没看到"一株是枣树，还有一株也是枣树"。时代的孤愤与怒吼，早就成为绝唱。一株倔强，另一株还倔强。如今安在乎？周氏兄弟，同出一母。喝一江水，同渡东洋。信念相异，道路相左。王国维与他们同处一方水土，后来在京城还处一方水土。国学大师却自沉昆明湖，他的绝湖之举，至今还是难以破译的谜。我想他为文化殉道大于为大清效忠。皇家园林再迷人，颐和园的游廊彩绘绚丽得金碧辉煌，也无法挽留他的敏锐与洞察。历史用半个世纪，证明先生的"义无再辱"，老舍也步其后尘，命绝太平湖。同日储安平先生自沉京西青龙桥边潮白河未果，后再赴死。两片绿叶不谋而合，一起下落。他们愿去天国，保持尊严与灵魂。文人的命运在不同时代，却惊人地相似。名编崔先生为约稿一事与之有过交往。他说老舍见来人急打招呼："留神留神！"沙发上躺着襁褓中的婴儿。第二次去他又招呼："留神留神！"沙发上有只困觉的老猫。午餐时分，先生带一行人去萃华楼的雅座像吩咐自家的厨师："给来点着吃的。"两次后崔先生才明白，着吃的指肘子。这么一位护弱而诚挚待友的人，为气节将自身托付于水。汨罗江的沧水有灵的话，屈原还会天问。屈大夫身处"横则秦帝，纵则楚王"之时；王国维治学于帝制衰亡与民国初兴之际；储安平与老舍服务于马克思主义。几位怀揣赤子心的文人愿自沉一脉之水，悲乎悲乎哉。文明的历史走出这么远，追求存在意义的文化守灵人，还在原点踏步。文化的悲剧与文明的喜剧，一路博弈。时代荒谬，人生荒诞。京城有灵，知道储安平最后的归宿。岁月有情以谜语的方式，留待后人叩问。《父亲你在哪里》，这是大洋彼岸一位儿子的呼喊。唤醒我对文化启蒙者，追求自由与民主人士的敬仰。

现在我能看到一座城市的良心，老舍纪念馆为作家立传，丹柿小院年年结满月亮。在文明的坐标轴上，文化是灰尘散尽的金子。先贤用生命完成了诗意存在论，而非生存论。京城因文化大师的存在，胡同与院子折射人文精神的光芒。我不得不感叹老酒与巷子，满庭余香绕诗魂。

D

我触摸的北京自忽必烈定都起，其实是出炉 741 年的肉夹馍，饼名为秦人妙语。因历史与时代的禁忌，我也是在豪门大宅开放后，才知京城的讲究与品位窝在衬子里。中国曾有一个特殊阶层，他们是中国的贵族，曰士大夫。慈禧上谕明告："着自丙午科为始，所有乡会试一律停止。各省岁科考试，亦即停止。"帝国的文化精英们带着这个国家的主体文明，与那个时代日落西山。曹的光环与时代背道而驰，离我们越来越近，至今解读与误读还在进行。他从灵魂开始演绎一个家族的命运。因一块灵石得魂于女娲，经修炼后直达空灵境界，彻底颠覆三国与水浒式的中国厚黑权谋与皇权文化。一部审美之书直抵人文境界的高峰。曹家落难，弱妇幼小得到皇家赏给蒜市口的十七间半，多年前因设地铁通风口致曹氏故宅化为乌有，失去回音壁作用。后移百米补救，重建少魂。好在海淀区正白旗村有他晚年栖居之地，后人得以瞻仰。一位"举家食粥酒常赊"的人，用《石头记》把中国文化史点亮。这位真正的精神贵族，承担了一个帝国的文艺复兴。曹崇尚豹子精神，痛恨绵羊与走狗式的豢养贵族。百姓惦记香山的野芹菜，这种野菜因他的妙用救人，随曹雪芹飘香依然。在文明的台阶，我的打量是生命的重置，在厚重的人文环境艺术中对接文化的气脉，感悟是雨后的蘑菇，一顶一顶上蹿。北京的底蕴靠及第，北京的气派靠皇帝。京城是一盘棋，大家都有博弈的权利。时代变脸，文明的有序向文明的无序低头，贵族文化让位于平民文化。一种尊严落地，一种尊严上天。文明是船上的帆，文化是低处的水。文明与文化在历史的长河中，如何达成相辅相成的默契，这是世界性难题。

人活境界，鸟活飞翔。

贵族不能单以物质论。当代人用三十多年，只能造就富商，却不能造化精通琴棋书画，饱读诗书气自华的贵族阶层。张伯驹的贵族修为与精神标高，有谁能比之？处于内忧外患的大清，李鸿章在外交上的运筹帷幄与智慧，因在日本挨一枪，为了使臣的尊严，在谈判桌上借机向伊藤博文讨回一亿赔款。他拼老命，改写了弱国无外交。当时有谁比他干得更好？

一个国家想富并不难，难在人文境界的有无。一个人为蝇头小利，就举刀杀人。不法商人，为获取暴利一次次上演人性沦丧，对生命没有敬畏感。富豪榜一再标榜拜金主义，挣得盆满钵满时，文化修为不会跃然而出。金钱没全能资格，代表国家的文化品级与文明内核。那些贪官在政绩辉煌的外衣下，逍遥法外。因而耗子多了，自然怀念猫（毛）。这不是天大的讽刺么！我困惑国人从一个极端走向另一个极端。先是形而上的斗私批修一闪念，后是形而下的金钱说了算。看来一滴水与河流的关系，就是人与时代的关系。

京城与人，表现为有容乃大。我的家人与朋友身在其中，却走不进去。妹妹身在职场，我与她六年没见，她得空儿看我时说："你喜欢那些呀。"姐姐也说："没人与你能走到一起。"京城有不少大李挥着拖布把生活弄得一尘不染，就是没心情与城市沟通。失忆与冷漠是一粒粒扣子，爬上京城华丽的袍襟，在扣眼外打坐。有人过日子本身，有人活诗意栖居。京城的活力在于海纳百川，大船小船各有航道。这是京城特有的文化与文明。

京城的能量之大，穴道之神秘并非谁都能左右。个体的在场感，能如鱼得水已算佳境。就像从老墙拆下的琉璃瓦与青砖，在城市的新布局中扮演角色。有经历的人与之重逢，相识一笑泯恩仇。在斗拱飞檐下，时代从崔健的《一无所有》摇滚到"百花深处"，汪峰的《北京北京》多么情动肺腑。上世纪70年代末最后的暑假，我随"老北京"北上，京城百废待举。那时女性多么渴望《街上流行红裙子》。我在烟树迷人的香山，随"老北京"看望住在独栋别墅的林首长，见识了军人贵族。香山黄栌下石墙上的红色标语，还在脑海里绚丽。那年九月底建国门立交桥竣工，有一位记者说："当年站在古观象台拍照，等一小时多才过4辆汽车。"三层绿色苜蓿叶形互通立交桥如此冷清，那时不知真正的社会主义是什么样儿。国家用一个世纪的步伐探索，1982年才步入通往香山饭店的园林幽径。贝聿铭是苏州籍的贵族后裔，他成为美籍华裔后，依然保存着大汉民族的精华。因而京城有了代表中国建筑灵魂的庭院式殿堂，香山有了相依的屋檐儿。同年还建成中外合资的北京建国饭店，这是国家开放的典范式建筑。外籍人来旅行，再不用请示国家领导人特批专机分流于天津和南京，以解外籍游客的留宿之困。从一个细节出发，三十多年北京相继冒出一幢幢摩天大楼，铺天盖地。京城随之扩大几倍，市民出行，车如过江之鲫，北京市政不得不立规则，限号行驶。七环正在向市民们招手，又有多少立交桥相继诞生。交通与办公网络化，让人们成为城市的蜘蛛，在线上游移。然而文明的向前，总以痛苦的忧伤告别昨日。我没想到刚探望过的京城突然步入惊魂之日。一场罕见的暴雨让几十条生命消失，老天通知这座城市的地下隐情。夏天的青藤，甜果与苦果共生，人能做的是让不幸之果少生。

爱一座城，从一条小巷出发；爱一座城，在一栋四合院止步。京城是谜语，大家都有猜谜的权利。一座大都市，不拒绝抬手叩问的人。一个人与一座城的意义，在无门之处发现门。我以自由之精神感悟：文明以种子的力量突破掣肘之壳，经由文化孕育芬芳滋养城市。文明是物质，文化是精神，共同交织人类的经纬。京城是这匹锦绣的一段，在世界文明的秩序中，这个民族正在努劲儿创造和谐。

北京的世界，世界的北京。

建筑是骨架，街道是血管，经济是杠杆，文明是泵。请问一座城市的灵魂？当然是那个支点，我思考多年不得要领。一个人的灵魂都难看清，何况一座城。哪料写此文开悟，那个支点就是文化道义与文化良知。

因而我言：

一个人与一座城的价值，取决于你是钥匙。
一个国家与世界的位置，取决于你是苍鹰。

鸠摩罗什的法种与舌头 |马步升|

原载《北京文学》2014 年第 8 期

　　这是寒冬的凉州古城的深夜，一年中最寒冷的一个冬夜，我去膜拜一位大师的舌头，鸠摩罗什的舌头。这里只有他的舌头，没有别的，一根供奉在密檐式砖塔下一千六百多年的舌头。虽然，我无数次来过凉州，春夏秋冬，每来一次，必须要看一眼鸠摩罗什塔，哪怕只够匆遽一瞥的时间。

　　大街上人车皆空，只有自由主义的寒风。它们从来都是自由的，而今夜，它们的自由达到了极限。街边排列着两行人，行与行之间隔着一街宽的距离，每行的每个人之间，相隔着互不干扰的距离。他们或站或坐，向空旷、清冷，乃至虚无的天地，展示着各自职业的招牌性形体动作。文人一手持简牍，低眉顺眼，谦恭唯诺，却做出抑扬顿挫向天诵读的样子，一手抓一杆毛笔，似乎要对简牍评点、眉批，或者修改。武人少不了刀枪剑戟，或背或挎，或怒目远方，或剑指脚下，而张弓搭箭者，因引而不发，更让人生出冷风穿心之感。比较平和的是那些贤孝歌者。贤孝自诞生起，从业者从来都是盲人，这是上苍赐予盲人的一碗饭，盲人用自己的歌喉和手中的三弦琴，向人间宣介着上苍的好生之德。他们坐在街边，与身边的，大约是体制内的文人相比，他们多一些谦卑，也多一些诚实；与身边的武人相比，在他们的歌声弦声的声声断断中，所传达的似乎只有一个永远不变的主题词：世界永远属于世界，生命永远属于活着的生命。他们的眼睛一律都是两个黑夜一般的墨点，他们什么都看不见，便也什么都不用看，天色，脸色，面前有人无人，给钱不给钱，给多给少，他们看不见，便也不用看。

忠孝贤达，奸邪宵小，在他们的吟诵中，在他们的旋律中，一一擘划分明，两个阵营没有看得见的营垒，却势如冰炭，绝无通融。

这是凉州地界上千百年来的杰出人士，以青铜雕像的形式，把凉州人的价值观念宪法一样固化在大街上，如同那逶迤于千里河西走廊的一洞洞石窟，一身身佛造像。什么是法相庄严，什么是善从心生，识与不识者，信与不信者，遵与不遵者，一目了然。

但，这其中没有鸠摩罗什。

按理说，鸠摩罗什是凉州大地上有史以来留下足迹的最具传承价值的人物，他要是晦暗不明，如同照耀凉州的日月遮蔽在深重的乌云中。从来崇佛，至今佛意仍然浓重的凉州，断不至于怠慢了鸠摩罗什。

或许，拐过这条街头，就是鸠摩罗什寺吧，或许，鸠摩罗什留给凉州的只有他的那根舌头吧，而在那根宪法般的舌头面前，谨言慎行，或许才是对待真理的态度吧。

鸠摩罗什的西来凉州，成就了佛法弘扬史的一桩不朽传奇。因为争夺他，而爆发两场规模甚大的战争，并导致两个国家的灭亡，这是这位尊者的不世荣耀，亦是他的永恒的悲哀。手握强权者，自知强权得之于强权，必将失之于强权，而要保有已得之强权，还须精神的道德的因素以加固。这些强权者天真地以为，强权既然可以夺得强权，便也可以夺得一切，包括精神的道德的优势。鸠摩罗什是那个时代真理的化身，谁拥有他，如同拥有真理。这是强权者一贯的逻辑，从而也成为千古贤者尊者的宿命：或者，强权的附庸，或者，强权的祭品，而无论附庸，还是祭品，都是贤者尊者的灾难。前秦君主苻坚在扫平北方后，又挥军南下，企图一鼓而下蜗居江南的东晋，从而完成华夏一统的伟业。发兵前，他命令镇守凉州的大将吕光，出兵西域，从龟兹那里夺取鸠摩罗什。大军南侵，他有必胜信心，如果再得到这位旷世尊者，那便是，在世俗威权上一统天下，在精神领域里将真理的化身罗致于自己的帐下。此时的东土大地已兵连祸结多少年，真的该天下一统了，也真的需要精神抚慰了。一切如愿，吕光灭了龟兹，俘获了鸠摩罗什。只是东土这边出了意外，苻坚在淝水大败亏输，狼狈逃回长安后不久，又让原来的部属篡逆了。吕光在回军途中，得知此消息，他乘机羁留凉州，自己开创后凉国，自己做起了后凉天子，而鸠摩罗什正好在手中，还有他从西域掠夺而来的，要用两万峰骆驼驮载的各色宝物。

有大作为者无不以旷世尊者为天下至宝，此时的吕光，手中有天下第一尊者，又有掠夺而来的充裕的俗世财宝，而凉州又是一个外有山河雄关捍卫，内有广阔平畴生息的宝地。但吕光并非一个虔诚的佛徒。好在他也不是一个仇视思想精英的土皇帝。鸠摩罗什被羁縻在凉州长达十七年。这些年，他依然拥有尊贵的身份，间或也做些弘法敬佛的功课，可他的主要业务，似乎是在为吕家小朝廷谋划军国大事。对于鸠摩罗什而言，在这个漫长的岁月里，也是有收获的。比如，他本来就不错的汉语，此时臻于炉火纯青。比如，他对纷繁世事的参与、观察和体验，使他对佛家经典的领悟抵达化境。

时光在凉州的大地上默默地行走十七年，鸠摩罗什也从一个西来时的而立青年变成了知天命的中年人。佛祖似乎觉得这个难得一见的天才佛徒，此前在人世间走过的所有脚步，以及对佛法真谛的领悟过程，都太过顺利，佛法恰好是建立在对人世间的苦和恶的认知和体验之上的，否则，哪怕你日诵千偈，胸藏万卷，不过还是从经卷到经卷，参不到什么佛法真谛的。这个从童年起，便为西域诸多君王座上客；少年时，便被西域的达官贵人像圣贤一样顶礼膜拜，而其声名如同那横扫万里流沙席卷东土大地的西风，上至帝王将相，下讫凡人百姓，无不翘首西望。真正的佛徒都是从一个个劫难中诞生的，而所有的高僧大德，其佛法修为的高低，无不与其所受劫难的深浅相关。肉体的劫难是外在的浅层的劫难，内在的心灵的劫难才有望开掘出灵魂的深度。此前，鸠摩罗什已经受到过一些劫难了，而强加于他劫难的人，正是他当下的主人。龟兹国破灭，吕光如愿俘获鸠摩罗什，军阀的眼里看见的永远都是强权和财宝，在手握七万雄兵，笑谈间即可灭人国的吕光的眼里，这个三十岁左右声闻天下的佛徒，与凡人无异。吕光不是佛徒，可他知道佛徒的软肋在哪里。他强令鸠摩罗什与龟兹公主成婚，鸠摩罗什大惊失色，拒不如命。凡夫俗子的坏点子永远比圣徒要多，如果这个凡夫俗子手握强权，一个随意生出的坏点子都有可能制造出翻江倒海的动静来。吕光将鸠摩罗什灌醉，与龟兹公主一同关进一间密室。鸠摩罗什破戒了，而先前有西域高僧预言，鸠摩罗什如果三十五岁前不破戒，将功德无量。鸠摩罗什破戒了，时年三十岁。而吕光并未尽兴，他让鸠摩罗什骑乘烈马犟牛，以此出这位佛徒的洋相。

这一切，鸠摩罗什都挺过来了，他的心中只有一个信念：他是为佛而生的，佛法未弘，肉身何用。回军途中，鸠摩罗什给这位劫持他的军阀出过不少主意，有些主意可以说是挽救这位军阀于覆亡之际的奇谋神计。为人谋而不忠乎，这是儒家的做人标准，地狱不空我不成佛，这是佛家的理想。经了许多事，吕氏认识了鸠摩罗什的价值，在俗世待遇上，应该说，也待之不薄。但，他们的俗眼，只能看见这位世外天才的俗世价值，真正让鸠摩罗什时时因内心痛苦而灵魂震颤的，是他的弘法大愿搁浅在这片四周被流沙包围的天堂般的绿洲上。如何毁灭一个思想家，愚蠢的强权者，往往会从肉体下手，以为这样简便彻底，头颅落地后，再也不会生出什么蛊惑人心的想法了。而精明的强权者，则会留下你的头颅，但让你闭嘴，你的头脑里爱咋想咋想，你的想法不要说出来，或者不给你说出想法的机会，犹如让你锦衣夜行，没有观众，有也看不见，你尽情显摆吧。

"什之在凉州积年，吕光父子既不弘道，故蕴其深解，无所宣化。"

《晋书》中轻描淡写几句话，鸠摩罗什生不如死十七年啊。

吕光死了，吕隆袭位，鸠摩罗什的俗世待遇没有受到触动，可弘道之舟依然搁浅在凉州的戈壁滩上。而此时的长安，前秦国号陨落，后秦旗帜升起，苻氏国姓由姚氏取代。这个原为"罢黜百家独尊儒术"文化理念的发祥地和大本营，城头的旗帜几经更换，当此之时，儒冠凋零，佛光正炽。礼请不得，便发兵强取。长安姚兴如同当年吕光攻灭龟兹，夺得鸠摩罗什一样，也如愿攻破凉州吕隆，也如愿俘获鸠摩罗什。此时，应该为那两位因为鸠摩罗什的缘故而导致身死国灭的君主说句公道话。龟兹国王白纯和后凉国主吕隆都完全有能力，甚至有理由，在国破身亡之前杀了这个思想巨星现实灾星的。但是，他们都没有这样做。翻开华夏文明史，我无法拥有，你也别想拥有，毁灭你极力要得到的，甚至与你玉石俱焚，也在所不惜，"楚人一炬，可怜焦土"，这几乎成为惯例。然而，也有例外，一个是龟兹国王白纯，一个是后凉国主吕隆。在中国古代的帝王谱中，他俩既无大作为，亦无大名头，然而，他们不约而同，放过了鸠摩罗什。有此一举，足以称得上大作为，足以配得上任何大名头。

留给鸠摩罗什在俗世的时光还剩十二年。对于怜惜自己俗世寿命的俗人而言，十二年是一个相当冰冷残酷的数字。十二年能干点什么呢？十二年后，自己将弃世而去，这个世界不再跟自己有关了啊。可对于鸠摩罗什来说，这点时间已经足够了。需要他做的，他想做的事情当然很多，再给他五百年，也不一定够。可是，他知道，人这种精灵，孕育于宇宙天地间，无数的人，汇聚为宇宙天地间的一条滔滔不息的大河，一代人有一代人的事情，一个人只能做一个人的事情，得过且过虚度一生，是对自我职责的亵渎，也是对自我生命的辜负，但却不能因此越俎代庖包办代替。此时，鸠摩罗什已年过半百。好在，他是一位天纵之才，童年时，即可日诵千偈，天下佛学经典尽藏于胸。少年时，又遍访西域高僧大德，辩难释疑，佛学造诣一时天下无双。凉州十七年，虽无法正常开展弘道宣化的事业，但一个智者的头脑只要没有停顿，那么，无论身处何时何地，他都是一个思想者，思想者需要日益精进，更需要反刍，在反刍中精进。

鸠摩罗什官拜国师，入住长安的欢乐谷中，他率领八百弟子日夜畅游于佛学的汪洋大海中。《摩诃般若波罗蜜经》《妙法莲华经》《金刚经》《维摩诘经》《摩诃般若波罗蜜大明咒经》《佛说阿弥陀经》，还有《中论》《大智度论》《十二门论》及《百论》等论，凡七十四部，三百八十四卷，后世中土佛教几乎所有的宗派或学派，其渊源都在这里。思想者的价值从来就不限于思想者本人，身未死而学说已废，本来就不配思想家的称号，身与学说同死者，最多也只能算作御用学者，他只属于"御"他"用"他的人，仍然与思想无关。真正的思想家，其思想的光辉未必能够照亮当世，但，一定是能够照亮后世的。以此而论，鸠摩罗什当之无愧。

然而，在佛家戒律那里，鸠摩罗什的肉身却是不洁的。据可靠史料记载，他有着三段破戒史。第一个是吕光，这位成心让他难堪的军阀。第二个却出自"好心"。《高僧传》说：

"什为人神情朗澈，傲岸出群，应机领会，鲜有论匹者。笃性仁厚，泛爱为心，虚己善诱，终日无倦。姚主常谓什曰：'大师聪明超悟，天下莫二，若一旦后世，何可使法种无嗣。'遂以伎女十人逼令受之。自尔以来，不住僧坊，别立廨舍，供给丰盈。"

这位"姚主",就是后秦国主姚兴。这位同样出身军阀的君主,很傻很天真,也不乏可爱。他内心有着长远打算,也为这份长远打算付诸了切实的行动。在他的知识系统中,"法种"可以来自生命的遗传。当然,这不能怪他。"王侯将相宁有种乎",虽有这声发自大地深处的质疑和呐喊,虽有无数的改朝换代命运沉浮成为俯拾皆是的证据,但是,一旦戴上天子冠冕,一朝跻身王侯将相阵容的人,哪怕明知天命之说不靠谱,但也不会丢弃这件鼓励自己打压他人的绝世法宝。何况,鸠摩罗什本人就是"法种",一时无二的"法种"。他的父亲鸠摩罗炎,他的母亲耆婆,同为虔诚的佛徒,同为得道高僧。如此,法种绵绵,代代不息,得一人,而天下优良法种,尽在欢乐谷里,如那不懈江河,自然流淌。多好的事啊!

鸠摩罗什与姚兴配给他的那十位伎女,到底有无"法种"育出,史无明载。但,鸠摩罗什却是有着两个儿子的。这便是他的第三段破戒史。这次,似乎是他的主动破戒。《晋书·鸠摩罗什传》说:

"(什)尝讲经于草堂寺,兴及朝臣、大德沙门千有余人肃容观听,罗什忽下高坐,谓姚兴曰:'有二小儿登吾肩,欲鄣须妇人。'兴乃召宫女进之,一交而生二子焉。"

大师就是大师,对平常人耻于启齿的事情,他说得尽在佛理,做起来也如同做佛事。他说,他的精神遭遇障碍了,而这个障碍来自性欲,只有女人才可克服。姚兴不含糊,他老早都在这样想,这样做,后宫又有那么多闲置的青春女子,只要"法种"可传,保障供给罢了。大师更不含糊,"一交而生二子焉。"看来,从先前的两段破戒史中,大师获得了性经验,而这种经验,并非身外之物,予取予求,可以自由处置,它往往会变成自身的一部分,召之一定来,挥之未必去。这不,大师在这样庄严的场合,肉欲这个孽障,像凡人一样发作了。

只是,那一举而得的两个儿子,并没有成为大师,至少史无明载,至少没有成为乃父那样的大师。看来,龙生龙凤生凤,从血统和外形上大体不会有什么差错。但,是龙的形体未必一定有龙的精神;是凤的外形,未

23

必一定有凤的仪态。大师的形体骨血可以遗传，而大师之为大师，却不在于其形体骨血。家学渊源，其来有自，并非虚构，同样君子之泽三世而斩，亦是常见的风景。那些名冠千秋泽被百代的圣哲，其思想衣钵由自己血亲后人传承者少之又少，以至绝无仅有。他们的衣钵在他们的门生手里。门生复有门生，代代沿袭，代代推陈出新。弟子门生是他们真正的"法种"，比如，孔子有"法种"三千人，优良者七十有二。鸠摩罗什有"法种"八百人，优良者有所谓的"什门四圣""什门八俊""什门十哲"，这里面没有那两个他与宫女生出的儿子。

　　中国人给译者的事业设置了一个最高标准：如翻锦绣，背面皆华。而鸠摩罗什以他的几百卷佛经译典，成为这个至高标杆的最早践行者。他的心智，他的思想境界，他的现实贡献，都可力证，他是佛学史上屈指可数的大师，都是与日月经天江河行地的，都是不朽的。然而，他的三段破戒史，无论被破，还是自破，却说明他的肉体仍然是血肉之躯，与俗人并无本质差别。于是，他的肉体生命无可阻挡地走到尽头了。也许，他深知，破戒对于一个佛徒是多么的重大，多么的致命，尤其对他这种对佛法事业贡献巨大，因而其一言一行具有强大号召力的高僧来说。这绝非危言耸听，在他享受俗世待遇时，许多佛徒早已按捺不住起而效法了，只是他以自己高超的佛法修行，使"诸僧愧服乃至"罢了。可是，他死后呢？对此，他是一千个不放心，一万个不放心，以他的绝顶高超的修行之功，尚且三番破戒，遑论那些一身袈裟一心俗念的佛门混迹者呢？也许，是对自己破戒行为的忏悔，也许，是对佛门弟子的规诫，抑或是为了证明，自己的破戒，只是肉身之破，而非灵魂之破。圆寂前，他将众弟子招呼前来：

　　"今于众前发诚实誓：'若所传无缪者，当使焚身之后，舌不烂。'"

　　奇迹出现了："以火焚尸，薪灭形碎，唯舌不灰。"

　　这是思想史上的奇迹，古今中外，仅此一例。而让人颇为费解的是，鸠摩罗什圆寂前嘱托，将他的那根烧不化的舌头运回凉州安葬。于是，人世间有了这座唯一的舌舍利塔。这同样是思想史上的奇迹，古今中外，仅此一例。

　　在凉州这块土地上，他的舌头被闲置太久了，因而以此向凉州人表明，闲置一个智者的舌头是多么大的浪费？或是，他要借凉州这块东来西去者的必经之地，告诫决意奔走天下求法求道之人，肉身破戒，因之肉身也是速朽的，只要在思想上严守戒律，从不妄言，那么，那根传播思想的舌头就会不朽？

　　谁能说得清楚呢。

　　在寒风中，在凉州的寒风中，在这个冬天最冷的夜晚，我穿过只有寒风出没的街区，来到鸠摩罗什塔前。我知道，这里供奉着一根不朽的舌头，而我的舌头业已冻僵。

　　幸好，我无语，我只是趁这清凉之夜，前来看看这位清凉世界里的至尊，在这根伟大的舌头面前原本也不打算说什么的。

苍穹之王 |怡 霖|

原载《北京文学》2013年第10期

　　浩浩大漠，有一座村庄，就像一望无尽的孤岛，峭立在一望无尽的荒漠中。流沙涌动，好似张牙舞爪磨刀霍霍的刽子手面临吞噬。大风从早到晚呼呼地刮个不停，贪婪地威胁着它。沙土在它的周围如雨向下飘落，然后又被狂风卷动，重新飞扬……

　　在这里流传着一个鹰孩的故事：

　　"很久以前，这里是土地肥沃、水草丰美的风水宝地，人们生活悠闲自得，美满和谐。附近有一座大山，山上有一只奇特矫健的雌鹰。有一天，风口破裂，出现了一个巨大可怕的黑洞，那里狂风卷起沙石尘土，吞噬了周围的一切。大地遭受了深重的灾难，人们惨遭劫难，流离失所，四处逃散。在沙石吞噬的废墟中，雌鹰发现了一个男婴，就将他叼进自己生活的大山中抚养。随着时间的流逝，男孩长成了壮实、强健的少年。有一天，雌鹰告诉他：'你属于人类，我们脚下这片被沙漠埋没着的大地就是你的故乡。风口处有一个大洞，如果你能堵住那个大洞，你的村民就会摆脱苦难获救。'鹰孩就朝那个风口飞去，并最终到达那里，用自己的翅膀堵住了那个巨大的黑洞，顿时风沙停止，人们从灾难中被解救了出来。"

　　第一次听到这个故事，我浑身热血沸腾，激动得难以成眠，总想像鹰孩一样长出双翼，翱翔在蓝天下。幻想日复一日，一双神圣的鹰的翅膀，终究没有长出来。但鹰孩那大无畏的英雄形象时时浮现在我的眼前。我对鹰充满了无限的崇拜之情。我特别喜欢天高云淡，关河冷落，雄鹰悲愤而充满豪情和英气的飞翔。每当此时，我都激动不已，羡慕地久久仰望。

我发现被称为苍穹之王和空中霸主的鹰，它在精神风貌和健壮雄伟的体魄上，同狮子相仿，它与空中其他鸟类比，力气最大，有种独有的威势，如同狮子在同类走兽中的威势。狮子是大人有大量，绝不轻易同小动物计较，而鹰也很有气量，它不屑于和那些小鸟们计较，除非，那鹊呀、鸭呀等吵闹太过分，扰乱它太久，它一般是视而不见，决不惩罚甚至处死它们。狮子很少从别人口中夺食，不仅如此，还常常把自己捕来的食物留下一些残余给别的动物吃。而威震长空的鹰也是这样，虽贵为空中皇帝，却不像人中之王靠剥夺别人果实，靠万民上贡，而坐享其成。它不论如何饥饿，也不会吃人家的残羹剩食。它要享受，必靠自己劳动，而且还总是不把自己捕的食物吃得一干二净。狮子作为地上兽中之王是划分领地的，为防止敌人来犯，它必须日日巡视领地。而鹰也是有领地的，并且牢牢把守一片领地的入口，不准任何外来者入侵它的领地捕猎。正如在同一个地区很难发现两群狮子一样，在同一个山野很难看到两对鹰和谐相处。两对鹰总是相离较远，以便在各自的领空捕食生存。它们通常以自己生活的需求量，来决定自己王国的面积。鹰的闪闪发光的眼神和眼珠的颜色也与狮子极为相近。它们的吼叫骇人心魄，具有巨大的威慑震撼力量。加上它十分强劲的翅膀和双腿，结实的骨骼，轩昂的姿态，看一眼都让人心里发慌发颤。仿佛是异域的怪客，神奇而威猛得让人滋生无法言喻的肃穆、崇敬和向往。

由于鹰的身躯健壮、翅膀强劲、肌肉厚实、羽毛坚硬，所以它飞行的速度极快，只能用箭或者声音来形容。在所有鸟类中，它飞得最高。古人称鹰为"天禽"，在鸟占术中，把鹰当作大神朱彼特的使者。它在云天最高处飞翔，飞得目光看不见它的影子了，实际它还在向高处飞。它起飞时最壮美，它那英健的身躯，昂首的样子，绝对是全副武装的将军风貌。它那两个强劲有力的翅膀突然展开，都能听到其羽毛鼓动的声音。它那长达2米多的翅膀扇动长风起飞，先在天空高高低低地盘旋，然后毫不留恋夏日泛滥的绿浪和鲜花，呼啸着向清澈的蓝天深处飞去，然后升高再升高，极像一架现代先进的战斗机。这让我想起庄子的《逍遥游》中对大鹏的描述："有鸟焉，其名为鹏，背若泰山，翼若垂天之云，抟扶摇羊角而上者九万里；绝云气，负青天，然后图南……"又说："鹏之徙于南冥也，水击三千里，抟扶摇而上者九万里；去以六月息者也。""其远而无所至极邪"。大鹏的脊背如泰山宽厚，翅膀如垂在天空的云彩，扇动一下翅膀就飞了三千里，回旋直上能飞九万里高，能飞行六个月不休息。好厉害的大鹏啊！与不如晦朔的朝菌，不知春秋的蟪蛄相比，真不知伟大到哪里去了！我不知道最富想象力的庄子写出大鹏是不是从雄鹰身上得到最初的素材。如果说还有鸟类能与庄子的大鹏相比的话，恐怕也只有鹰了。没有鹰的天空，是呆痴的，单一的，平面的，不丰富，很寂寥，缺失生动的生命。没有鹰的天空，清澈的蓝天，就没有庄严，也没有音乐，更缺少长风呼啸的磅礴壮景。

　　人们说到动物之最的时候，总是赞赏豹子的速度，鹰的眼睛。是的，鹰的眼睛不仅深邃威猛，而且锐利明亮，简直就是高倍数的望远镜和放大镜。它能在极高的高空发现地面上一条蛇的游动和一只小老鼠的奔跑踪迹。所以，鹰是只凭眼力捕猎。人们只要发现鹰在很高的高空起伏盘旋的时候，一定是它发现并锁定了猎捕的目标。然后以迅雷不及掩耳之势俯冲下来，一招中的，迅即又向下，放在地上，好像是在试试战利品的重量，然后才带走。它能很轻易带走鸡、鹅、鹤、野兔之类，但对小山羊、小绵羊，它就得先放在地上试试重量了。小鹿小牛，鹰就带不动了，但它们也照样猎捕，得手后当场喝小鹿小牛的血，然后再吃肉，吃饱喝足后，带点肉块回去喂小鹰，剩下的都毫无代价地奉送给地上走的、天上飞的其他"朋友"。

　　再伟大的将军，也有打败仗的时候。人们亲见苍穹之王鹰猎捕时遇到了强劲的对手，弄得空手而归。冰雪覆盖山野，有的动物冬眠，有的动物储满供自己享用的食物，也不轻易出来觅食。鹰饿了，它们的孩子也饿了。茫茫天地，哪里有猎捕的目标？这天，鹰飞到一座楼房的上空，发现楼上有一只带雏的白母鸽。它盘旋几圈，然后向楼房顶压下来，它正要扑下去，顿时"呼呼啦啦"，满天飞起密密麻麻的鸽子。人们从来没有见过这等场面，鸽子怎敢见到苍穹之王不飞走，反而群起而包围之？鹰是苍穹之王，岂会惧怕这些鸽子！只见它两翼平展，不停盘旋，两目凝下方那只白鸽，距楼房顶始终保持几十米的高度。就在鹰准备向白鸽俯冲扑击时，纵有上百只鸽子带着尖利的鸽哨声和"呼呼"的扇翅声，从鹰的背脊上一掠而过，还下了许多白色粪雨。鹰一惊不小，赶快猛抖翎毛，偏侧身体，倾斜双翼，向一旁躲闪。蓦然间，一大群又一大群鸽子，从另外的地方，一一冲杀过来，它们一会儿一冲而过，一会儿向上冲起，都能听到呼呼啦啦异常激烈的扇翅声。鹰王连忙紧收肚腹，猛攥双爪，狠提身躯，直往上飙升，然后用足力气，向鸽群逼压过去。它向一群又一群鸽子，"唰，唰"地杀过来，又杀过去。而鸽群上，下，下，上；高，低，低，高；冲击，反冲击。虽然鸽群被鹰王冲击得满天乱扑腾，整个天空，变成转着圈子飞旋的大旋流，可是无论它怎么拼命左冲右突，上下翻飞，就是冲不散鸽子群。真是一员猛将难抵百万众兵啊！

谁也想不到会出现这样的局面，竟然有几只胆大包天的鸽子，盘旋飞翔于高空，然后直线往下坠落，轮番直端端地"砸"向鹰王的颈、背或翅。这个进攻既冒险又凶险。冒险的是鸽子的进攻，是近身作战随时有可能被鹰王歼灭；凶险的是，鸽子的进攻一旦成功，鹰王的椎骨或翅膀就会立即脱臼，重者立即丧命，轻者终身残废。好在经过几个回合，互相只是咬掉一点点羽毛。砸而不中的鸽子们，大都直落下方，然后立即融入群体之中，飘然而去。而后又翻转身来飞上高空同其他鸽群汇合，继续轮流向鹰王发动进攻，或挑逗，或骚扰，让鹰无法集中目标捕捉其中一只鸽子。鹰王不停地猛冲，突击，结果总是如同快刀斩水，刀劈水分，刀收水合。真是以刀砍水水复流啊！看样子，鹰王有些力竭，行动也不如先前利落，好像哪里受伤了。这时它或许想，不要顾"苍穹之王"的尊严，还是走吧！只见它一声狂啸，迅即冲天而起，猛蹿高空，瞬间消失在茫茫的天际之中。这场鹰鸽之战，让所有在场的人都惊呆了。

鹰在所有鸟类中，寿命是最长的。它悠悠40载，外加漫漫30年，一生也至古稀之年，基本是中国人的平均年龄。鹰从来到这个世界一直到40岁，日月婆娑，光阴荏苒，也跟人一样到了不惑之年。40年始终不停地翱翔，寻觅，搏击，它的容颜明显现出了衰老。往日锐利的喙，已长得长长的，都到了胸前，不用说捕猎，就是站在那儿撕咬已经捕到的猎物都已困难。以前，它的最厉害的搏击武器——爪，已不再锋利遒劲，因为其爪上已生出厚厚的角质。过去华丽的羽，也已变得层层密密，异常厚重，再也难飞翔蓝天。

在这生死抉择关头，闭上双眼，任狂风吹，任烈日晒，慢慢死去吗？生性雄强的鹰不干，自己本应活70年，现在才40年，如要再生，还能翱飞30年呢！鹰的性格不属于懦弱的一派。为了搏击长空，追逐太阳，它毅然决然，破釜沉舟，飞回山崖之巅的巢穴，勇敢而坚定地直面死与痛的蜕变。它紧闭双眼，甩起头，将喙用力砸向坚硬的山岩，霎时，鲜血四溅。就这样一次次一天天，长得长长的笨拙的喙，全部粉碎、断裂，落下峭壁山崖，新生的喙经过一段时间后与鹰青春时的一样锋利。然后，鹰再用新生的喙，猛力地啄向爪上生出的厚厚的趾片，将连着血肉的厚趾，一片一片撕扯下来，日复一日忍受着巨大的疼痛，终于一点一点把曾经铁靴般束缚它的角质，撕扯一尽。为了重上蓝天，它又忍受着巨大的痛，用锋利的爪，拼命撕扯身上沉重的羽毛，一根一根，将其全部拔光。这样的蜕变，前后整整熬过了5个月共150余天。经过这样的蜕变，鹰又换取了新生命，一如既往能独翔九霄不息，与万里蓝天为友，与变化莫测的云彩为伴，依然所向披靡，威猛无敌于宇空，直到风烛残年。

"苍穹之王"连窝都有王者气派。哪一座山峰傲睨宇空，哪一座山峰耸入云霄，哪里就是鹰的家。有人观察过，鹰选择做巢的地方都是山崖最高耸最险要最巍峨最峻拔处。

鹰通常把巢建在两个山岩之间，在干燥而极陡峭的地方。鹰做这个巢，是一个浩大的工程，它建得差不多如楼板一样厚。先用一些长达二米的小棍子架起来，小棍子两头着实在两边山崖壁上，中间横插一些柔软坚韧的树枝，然后再在上面铺上几层灯芯草、树枝之类。这样的窝有好几尺宽广。也难怪，鹰展开双翅就两米多啊！而且这种巢非常牢固、耐久，完全经得住鹰和它的妻儿。鹰窝上没有覆盖任何东西，只凭伸出的岩顶掩护着。雌鹰下的蛋都放在巢的中央，雌鹰只下两三个蛋。听说每孵一次要30天的工夫。而这几个蛋还不能完全孵化成雏，所以人们通常看到窝里只有一两个雏鹰而绝少见过一窝有三个的。

小鹰出世后，开始是光秃秃的，像两个肉团团，眨着眼，长着一身毛塌塌的羽毛。雏鹰长得非常快，几天前还软耷耷瘫在窝里，站也站不起来的小东西，转过短短几天就变成目光炯炯、威风凛凛的小鹰。

长得快，吃得就多。小鹰总是向天空扬起脖子，把嘴张得大大的，"叽儿叽儿"地叫。鹰爸鹰妈轮番出去捕食，仿佛工厂的工人接班一样。每天天刚麻麻亮，它们就匆匆冲上天空，在黑蒙蒙的群山上空盘旋，整天整天地睁大眼睛在山峦间大地上寻觅，每天天黑了才肯恋恋不舍地收翅回巢。它们为了自己的孩子，不停地和兔子搏杀，和毒蛇拼命，和山鸡斗智……捕猎是很危险的事，莫说毒蛇，就是兔子也不好抓。它们会和鹰捉迷藏，往荒草荆棘里钻。弄不好鹰的脖子和翅膀，就会因此被撞折或撕裂。即使按倒了兔子，这东西也不好对付。稍有不慎，那有力的四腿，都可能使鹰肚破肠断。这就是所谓的"兔子蹬鹰"的杀手绝招。

而留在巢中守护小鹰的鹰爸或鹰妈，总是监督雏鹰站在崖壁边练习拍翅膀。自从小鹰翅膀上刚长出几片硬翎儿，鹰爸鹰妈就不允许它们过分玩耍打闹，就必须天天练拍翅膀，一天，两天，十天，半月……天天练，吃饱了就练。倘有偷懒现象，老鹰就用铁凿子般的喙，用像钢板子般的翅膀打。一只鹰如果没有钢铁般的翅膀，没有锥子般锐利的眼睛和锋利无比强硬无比的爪，怎么有资格当苍穹之王！自然界是弱肉强食，适者生存。不像咱们人类，王者可以世袭，可以有官二代、富二代，也可以通过行贿而平步青云，当上各类的人王！

因此，鹰对小鹰的成长要求是非常严格的。一阵冰凉的雨腥气刚刚吹上山崖绝顶，蚕豆般的雨点就紧随着一声震裂大山的霹雳猛砸下来。炫目的闪电从低低的乌云中击开，像巨大蟒蛇吐出的舌头在山坡山谷里乱舔。惊雷震魂荡魄，像千万斤重的铁锤，在岩石拱起的山脊上乱打乱敲。小鹰吓得直往鹰妈鹰爸的翅膀下钻。但鹰爸鹰妈绝对不让已经渐渐长大的小鹰再接受娇惯，它们要让自己的孩子敢于迎接暴风雨。连暴风雨都怕的鹰，还能叫鹰吗？还配得上"苍穹之王"的称号吗？

小鹰渐渐长大了，羽毛丰满了，鹰爸鹰妈就带着小鹰飞。小鹰夹在爸妈的中间，好像接受着护航。一会儿逆风飞，一会儿并拢翅膀直线下坠，一会儿又鼓动双翼直线上升。或者爸妈并排在前，小鹰并排在后，上升、下降、向左、向右，不停翻飞。到一定时候，鹰爸鹰妈又把小鹰翅膀上的羽毛一根根咬断，让羽毛重新长起来，这样羽毛会比原来坚硬十倍。然后就把两只小鹰推出悬崖绝壁，让它在峡谷飞翔，迎着狂风搏击。从此拒绝它们回窝了。经不起风浪，不能独立猎捕，就死去；反之，就生存下来，成为真正的"苍穹之王"。

王者就是王者，鹰的死都与众不同。不像我们人类，当了大官，不仅活着要轰轰烈烈，死了也要风风光光。他们活着靠受贿，养得脑满肠肥，家里金山银山；死了也不放过子民，让儿女大摆宴席，再行受贿，然后用豪华轿车，排成长长的队伍，为灵柩送行。而鹰呢？它们活着总是靠自己的力量捕食，不让"子民"行贿上贡。它们死时，也不让子女和别的鸟类行贿送行。它们自己悄悄地离开窝巢，向远处飞去，飞去，在那荡荡的天宇，一次又一次冲击，直到耗尽全部精神和力量，然后突然收拢巨大的翅膀，如箭一样向下直射，扎进瀑布冲泄的深潭或悬崖绝壁下的深海。水深得连羽毛都无法浮起来的水域，就是"苍穹之王"的最后最好的归宿地。"质本洁来还洁去"，鹰自然、悄悄、寂静地死去，但留给世人心中的肃穆、崇敬和壮烈之情却永远难以消失。

当然，鹰也有年纪轻轻就死去了的，那是被枪打死的。丹麦作家彭托皮丹记了这样一只鹰的故事：一个牧师收养了一只雏鹰，悉心照料它。这只小鹰就像童话故事中的丑小鸭一样，在嘎嘎叫的鸭子、咯咯叫的母鸡和咩咩叫的绵羊中间长大。它的翅膀被修剪得很漂亮，平常的日子就在路面上摇摇晃晃地走动。它的天性渐渐丧失了，看样子它这个被囚禁的天之骄子已不觉得天空是它的天堂了。只是起风的日子或雷雨到来之前，显现出一点朦胧的渴望。有时它突然张开翅膀，勇猛地冲向天空，像是要永远拥抱蓝天了。可是这种时间总是很短，很快就回到了地上，然后像平常一样摇摇晃晃漫步于院中的其他家禽之间。

小鹰渐渐长大了，终究还是天性没有全部丧失。忽一日，伴随一声快乐、野性的尖叫，它扶摇而上，向着苍穹越飞越高，飘然陶醉于广阔的天空和自己翅膀的力量。可是，它过平常的日子太久了，面对浩渺的虚空，它害怕了。它觉得孤独，又感到筋疲力尽，翅膀沉重。它想搜寻可以歇息的地方，但是找不到任何一处庇护之所。

当晚霞的薄雾笼罩峡谷和山峰时，预示着风暴和暗夜的来临。这只鹰或许因害怕孤独，或许因为感到恐惧，或许因经不起高天狂风的吹打和宇空寒冷的侵袭，或许又因此想起温暖、舒适的家禽小院，它竟然无声地鼓起翅膀，偷偷地回去了。它被宇空的孤独和恐惧压迫着、驱赶着，迅速而急切地向回飞。它被那对平庸的温暖的家禽院的渴望所牵引，经过一夜执拗不息的飞翔，第二天早上就飞回到牧师住宅的上空。盘旋一会儿，它正欲下落时，灭顶之灾来临了。一个雇工发现了它，拿出枪。只听一声枪响，"天空中飘荡着一些羽毛，死鹰就像石头一样笔直地落在了粪堆上。"这只鹰死了。

鹰们是无法明白这只鹰死于何因。但听到这个故事的人们却无法平静：丧失自己，是要演悲剧的；改伟大而变平庸，就等于死亡；不是同类，绝对不能相容；有飞翔的心，还要有坚持的精神，才会有飞翔的成功；与平庸为伍，丢失的只有自己，死亡的也只有自己。

鹰更多的时候是碧血染"沙场"。有一个人说过这样一个他亲身经历的故事：一只鹰想去偷鸡，被一个农民设计精巧的钢丝笼囚住了。农民就用钢丝捆住鹰的双腿，拿到集市上卖。碰到一位动物保护主义者，给了钱买下来。动物保护主义者立即心疼地去松开鹰腿上绑的钢丝。就在刚松掉鹰腿上的钢丝时，来了一个山民，背了两篓野毒蛇。一个小孩好奇，把卖蛇人背后的一个篓子门打开了，一只拐棍粗的竹叶青游出竹篓，顺着少年的手背缠上手臂。眼尖的人们齐声惊呼，出自本能的骇异，人群"哗"地散开。

就在这一刹那，一只鸟奋身扑向正要游向少年颈处的毒蛇，牢牢擒住蛇身，迅速地盘升空中。人们抬头望去，正是这位动物保护主义者刚买到的那只鹰，猎鹰越飞越高，人们的视线几乎都看不到了。飞到高空的鹰，爪子一松，毒蛇被扔了下来，摔在人群不远处的青石板街上，顿时断成数截。而那只鹰呢？人们仰望天空，热烈地欢呼，惊喜地跳跃。可是不一会儿从天空中看到，刚才那只英勇的鹰并没有飞走，只是如纸片一般飘飘摇摇地下坠，越坠越低，最终跌落到人们的脚下，气力用绝而死。按理说强健的鹰是不会因一次飞向高空而气绝死去的。空中霸主怎会如此脆弱，一定饥饿时间太长，两腿被钢丝捆绑过分，再加上囚禁时被折腾得太厉害，在空中被毒蛇咬中了毒。

古人云：瓦罐不离井上破，将军难免阵中亡。再勇猛无敌的将军，也难免血染沙场。他们虽不能善终百年，可战场是他们乐而忘返的舞台。高尔基写过一篇苍鹰和黄颔蛇的故事。一只鹰在激战中不幸身负重伤，摔落在海边的峡谷。它正意识到死亡的逼近，但回顾平生，却感到一种由衷的欣慰："我痛快地活过了！……我懂得幸福！……我也勇敢地战斗过！……

33

我看见过天空……临死前，鹰还在抖动翅膀，看峡谷和蓝天。而黄颔蛇无法理解濒临死境还那样酷爱天空的鹰。鹰的对于天空的热烈和对于战斗生涯的憧憬，在它看来未免愚蠢可笑："无论飞也好，爬也好，结局只有一个：大家都要躺在地里，大家都要做尘土！……"

黄颔蛇永远不知道，在地上爬的永远也飞不起来；故而它也不知道，飞翔于宇空的自由、富有和豪迈。黄颔蛇虽然能安享天年，但一生只配仰视鹰而却做不了鹰的姿态；它永远也不能如鹰般荡气回肠、精彩壮丽的生命诗章。

高尔基用诗的语言赞扬鹰说："啊，勇敢的鹰，在和敌人的战斗中，你流尽了血。但是，将来总有一天，你那一点一滴的热血将像火花似的，在黑暗的生活中发光。许多勇敢的心，将被自由、光明的狂热的渴望燃烧起来。你就死去吧。但是，在精神刚强的勇士们的歌曲里，你将是生动的模范，是追求自由、光明的号召。"

是啊！鹰的血液中涌动着一种永远向上的奋进力量；它以洞察世界的目光，俯瞰着迷茫、困惑、慵懒的芸芸众生；它深深地为一切失去生活本能的灵魂，和可怜的没落，而悲哀；它直射苍穹如一支疾箭，它从万米高空俯冲而下，又似灰色闪电，一声长喉，使山鸣谷应，那百折不回的气势，仿佛天地都为之屏息，给人多少生生不息的精魂；它始终以一种亘古的高度，保持着它不屈的斗志，它连在巍峨巨峰上稍息都保持直冲云霄的姿势。

从这一切，我看到鹰的不朽精神，燃烧着的不死的激情，不屈的傲骨和生命的光芒。

单　位 |王必胜|

原载《北京文学》2014 年第 6 期

　　这个词，是在早晨散步时想到的。

　　一早匆匆出门，夏日流火，单衣薄衫，例行到单位大院里快步奔走。不巧在门口因换衣后没带出入证被拦，本来就厌烦这个三十年出入次次都得掏的证件，而这次又忘记了。门卫还挺较真，非得到传达室登记，报你的部门，从内网上查，搞得嫌疑人似的，一股激情全然消失，了无兴致，没走多会儿就打道而归。又回到进来时的那个门口，想起刚才的事，就觉得，一个人的自由在一天或者一生中被减损了多少是没法计算的啊！这查看证件，于主事者来说，也许不无必要，为了安全计，或者显示气派，现如今这样戒备森严的还真不少。可是，哪有那么多的恐怖者，防得了小人吗？看别人的指令而行，处处设防，让你感到了人的被动与渺小。于是，就想到这个进进出出几十年的地方，是自己的青春和生命消磨的场所，人为的阻隔一些方便，心里不是滋味。大约是 2008 年，曾在粤西云浮市看到那个几套政府班子的办公楼四无遮挡，人们可以随意出入，令人敬佩也感佩，那不也是一个相当级别的单位吗？而眼下，越是大地方大机关越是森严壁垒。这些个名为单位的地方，让每个单位人都有多少纠结、迷惑以至不悦的事发生过。单位，在现代人眼里，究竟是什么？于是，就有了这文章的题目。

　　眼下，你随便走到哪个城市哪条街道，单位是个瞩目的所在。那些挂着白底黑字或红字牌牌的地方，让人有种种莫名感觉，是敬畏、好奇、亲切，还是厌烦、不屑？人各有感，人心各异。无论如何，眼前你面对的就是，这门牌，这大院深宅，这道杆横陈，警卫守护的地方，就是这个名称的具体场所。在你的不经意过往中，就可能遇见某个或大或小或显或藏的、称之为单位的地方。

单位，一个人人耳熟能详、大多数国人离不了的词。一个人人面对，然人人都并不一定能说明白搞清楚的词。

顾名思义，单，单元，或个人；位，座位或位子。字面上解释，一个人和一个座位，单位也。（辞典上解释为：位，原指佛教僧堂中僧人坐禅的座位。后指计算事物数量的标准，又称某一工作部门为单位）。可简单的望文生义怎么能同"单位"这个众人杂处、众声喧闹、熙熙攘攘、利害相较的地方有关系呢？据说，这并非古也非中，而是个外来语，究竟是东洋出产还是来自西欧，还是地道的国货，不太清楚。（佛教书《敕修百丈清规》曾有："昏钟鸣，须先归单位坐禅"。）可是国外哪有这单位一说？至少，美国只有部门或者某学校某公司的说法。如此，这又是典型的国粹。二十多年前，作家刘震云写过一篇小说叫《单位》，还拍成电影，说是"新写实"的一个大收获。小说把大都市一个外来寻梦者的心理写得活灵活现。那是体制内的诱惑带给寻梦者的无奈与尴尬。那是单位人或者公家人那一时期最为形象的人生求索和心理轨迹。

大千世界，芸芸众生，人生的选择相当有限。计划经济时期，单位就是人的工作和生存的全部依靠。进了好一点的单位，衣食无虞，就安身立命了，如同嫁人一样，自感幸福，从一而终。即使并非理想的选择，也多是安于现状，那样的状态延续有年。单位于人是一种得到某些利益的场合，说白了与个人是雇佣关系，大多是一种被动的选择。所以，即使有这样那样的困扰，有不快和不满，有遗憾，为了少许的利益，人们往往愿意置身单位或体制内的管束中，拥挤在哪怕是一个利与弊交错的困局中。单位，这时如同一张有形与无形的网，制约和规范着人的行为身心，如果你进入了或可无以逃遁。

人是单位的细胞。人与单位的关系，说不尽道不明。有时能让你的潜能实现和你的理想展示。有时候，也只是在对你的欲望和权益的限制与诱惑中，进行着改造与消磨。是的，过尽千帆皆不是，我们所依凭的一种评价体系和价值标准，是难以从活生生的现实找出答案。这单位，你说它是块蛋糕，是一个戏台，或者是一个大杂院，一个世俗的小社会，都不无道理。在单一的体制模式下，单位强势，人无所选择，更多的时候，单位成为一个人的恃护，为你准备了所有可以满足的东西。于是，你虔诚地为它执守、听指令行事，躺在它的肌体上坐享其成。这样的情形，是几十年来的基本面貌。人依赖单位，单位也对人进行着改造，有释放，也有桎梏。那年月，计划经济的日子简单，却也安适。单位除了人数规模的不同，级别稍稍区别外，基本是入了单位就有铁饭碗，在体制内待遇简单得没有多少区别。无论是事业的还是产业的，是体力劳动者还是脑力劳动的，在人的心中，它如一座神庙，人进入后成了半仙，有了单位可能有了底气和身份。

我什么时候成为单位的人，自己也说不清。而简单的一生也只有三两个单位。早在十七八岁时，特殊年代的特殊情况，就上了班，那并不算吃国家序列的工资饭，但是，有几个人就是一个集合的组织，比如，有人管做饭，到时候还得开会、汇报，这是最早的单位的约束和单位的享受了。而今，我填工龄，从那时开始算起。最为明显的，成为单位的受益者，或知晓单位这个庞大老迈的机体上那么多的是是非非，那么多的累赘与沉垢，是后来一直待下去的地方。而且，一待就会老死于斯。其实，单位于我，更多的是从中看到时代与社会变化后的驳杂世象，其利其弊，或清或浊，亦明亦晦，不是在说大话，确实有些心得。

有时候，想象单位是一个人，或者像人一样有秉性脾气，有它的成长变化轨迹。想当年，单位一词是那样的单纯。人们对工作和单位的态度，是最能体现出时代特色的，那时的单位就是人一生所托付和依赖的。而单位的头头脑脑们，一个个岂是了得，或有坚定思想，或过往的令人敬仰的资历背景、学历才识。总之，胆识与才学加人品，使那些个领导者成为单位影响广远的引擎。而这时候，你的参加，是多么的幸运。想想，你一个年轻人，既没成家也没立业的毛头小伙，有幸成为一分子。那单位的名头让你有点自得自足，特别是那一个个都是老师辈的人物，无论是年龄还是资历，或者在业界的影响，把你当作小孩，称呼你为小某，即使吩咐你干这干那，你会觉得看得起你，也是抬举了你，你的全力付出和无私融入都是应当的。而那细小的关怀，热情的关照，比如，对你的生活关心，对你的学业的提携，还关怀你的家庭，你的身体、爱好，都不是虚伪的客套，那是一种标准式的单位的人际关系，在一个大单位里更为难得。这单位的清新好风，单纯有如家庭式的，你可能没有想到一个大机关还有这样的清正。当然，也许这样的风气是由一个个具体的人表现出来的，或者说，这些你的同事，多是些清正的知识分子，多是在经历了社会人生的大起大落的变化，经历了人文的洗礼。革命情怀的熏陶，善良与正直，热情与透明，责任与付出等等，是他们最显著的特征，抑或是单位在那一时期最为典型的精神特征。

单位，就这样把一个最常见、最为明澈、最为单纯的关系摆在你面前，让一个新来的、涉世不深的年轻后辈，感受到单位的温暖和单位的细致。记得早些时候常听到的一句话是革命友谊，家庭温暖，这个概括是那一时期最为明白的一种价值指向。而从中也体味到一个单位的本色。那单位的深度和厚实，也是从这些具体的人身行为上见出。也许你置身的地方，是一个有点级别和规格的场所。是的，同事中有延安时期参加革命的，有建国前就从事地下党的文化工作的，更有曾经影响国中文化事件的当事人，单位的名头是同这些人物的影响相关的。而那样的名头下，人际关系却也是单纯平常，和谐活泼。如同伟大领袖当年概括的：团结紧张严肃活泼。没有后来那些森严的级别划分，庸俗的吹拍之风，低俗的官腔官味，无聊的江湖气。这简单而活泼的气氛，让一个单位的精神形象成为多年后人们的怀念和记忆，取决于那些有点身份的人们的修为，也与那个时代的风气正派相关。我至今印象深刻的是，第一次见到这些个如今看来是大腕级的文化人物时，一个狭窄长条的办公室（也就是十五六米大，如今这房子还在）从里到外的三张桌子上前后三人伏案于此，三人的级别和名气，让这个小小的逼仄空间，着实是对文化的一个挑战。那是三十年前的事，那时候的当事人或许认为这样子很平常。我当时的印象只是觉得，这里的工作条件也太拥挤了，而这个单位的人是太有涵养了。所以，我自己加入后，是在一个六七人的大办公室，支起一张小桌子，开始了这个新单位的新工作。那时条件简陋得只有纸和笔，还是自己打扫卫生，物质条件有限，大家克己奉公，其乐融融。还有，几位如老大姐阿姨辈的人细心和悉心的照护，你面前的一切，你和这个社会的联系就是一种自然的清纯的和谐的关系，一种实实在在的同志与同事的人际关系，没有什么多余的计谋与欲望。你可能的那些私心和算计，都被这些正直的简单的气氛消解融化了，实实在在的也是最为珍贵的。所以，在个人的单位词典里，记忆中，它是让人长正气的地方。当年的加入，没有这个培训那个教育，你说历史他讲大道理，官话套话的学习！而是用最直观的身教，却让你学会自重，领略风气，见长本事，敢于担当，薪火相传，受用一生。

单位的肌体中，哪个部位最为敏感呢，或许是人际关系，是领导者或者有点身份的人的作派行为的影响。在良好的氛围下，置身于此，你面对偌大历史气场的单位，你会谨慎自己的行为，你会从好的方面规范人生的目标，你会为有那些善良亲和的人际关系而自豪，或许你会潜移默化地让自己传承着这种风习和传统。你会从长长的走道里看到这个地方的深藏和实力，你会从宽大的图书阅览室里感受到它的品位和潜能，你会从那些过往的故事中感受单位的历史分量和文化的厚重，你可能会在厕所或饭堂里见到最高上司和单位掌舵人，随意说说几近为平常事。还有那些好心直率的同事，那样亲和的大头小头，以及那清正和善的人际关系。你对在这样一个环境，这样的单位里不觉得是一种幸运和幸福吗？

也许这样一种背景深厚，而单纯向上的人际关系，让你觉得，这大与小，专业与行政，不论何样的单位，都应当是头儿们有能力、有仪范，也有人格魅力，而基本群众芸芸众生者，无论是年长年少，多是潜心工作，热情友善，学有所成。几位在业界的名号也是相当了得，关键是，那上面的风气正派，上者行正，而下者为效，蔼然一派文化单位的君子之风。尤其是在有了强烈的对比体验后，更是觉得那些清正纯朴的可贵与难得。或许是早年这个队伍的基本班底来自解放区。比如，那时候，单位的房子还是50年代仿照苏联的机关样式，高大敞亮，走道都很长，但人员多，平均下来也很是狭小的。也好，上下级，诸多部门，都在一个邻居式的地方办公，抬头不见低头见，这就更是一种自律式的对领导者的要求。那时候，除了楼层的位置高好一些外，领导的办公地也宽大不了多少，没有秘书前面挡驾，也没有什么官职的叫法，像部队一样某长某副长称呼，并不流行。一张报纸出来，当天就在楼下的公告地方，有朱红大字对其评点，多是说不足，用语直率，不留情面，对事不对人，切磋研讨，吸引大家参与，成为办公楼的一道迷人风景。常也有这样的镜头，主审官也是单位最高领导层，可以一手拿着报样，一手举着眼镜，跑到你的办公桌前，还哈哈大笑几句，说你们再看看，我改的也许不对，你们再看看啊。说话时的那个眼神是真诚的，不像有些人说话时那个飘忽而难以捉摸的神情。总觉得那不同之处在于，其出身背景不同，学历知识储备不同，而底气和实力的支撑点也不同。前者一类的问候，可能只是今天天气哈哈哈，而后者出言不拘，赤忱为怀，或可能说，你小子马虎不得，得负责啊。也许，门卫森严的地方，大院深深，而当事人，尤甚是那个没有受到官场庸俗风气污染的年代里，单位的名头也灿然，有如光环，也是广告，而单位内部的也许不以为然。因为，那时人员也单纯质朴，知识分子是主体，业务上进是晋升的唯一通道，谁也不会想到这个光环下去渔利所获，而也没有什么可以成为谋利的资本。何况那些干事者们对于所做的事情之外多无考虑，真君子自清正。更何况，那时候人员来源多是清一色的学校背景，单纯和单一的人员补充，起点高的文化学历讲究，不是后来的干训班党校，或者子弟接班、团队接收的知识背景所能望其项背的。

即使这样几近清高的单位感受，在急变的社会现实中，有些不能自持。如今，对于事业性的单位，究竟属哪类性质的，是专业部门还是行政口，不免让人迷惑，也难分清。经常是，机构越来越臃肿，衙门式的管理，或者，行政化的味道，单位的性质越发不明确了。即使如此，单位的名头仍成为人们评价的标准，在近二十年内还被逐渐放大。如果到一个地方公干，上级的一个小兵就比下级的一个头儿受到重视，因为那是实权部门的大员。所以在有些地方，看重的是你来自哪个单位，为哪方神圣，单位的上下大小就是一盘不同的菜。权力崇拜，是见惯不怪的。你是有身份的某教授专家，或者曾经的荣誉称号获得者，没用，你与那个权力部门的某位有实权的人物一起，就可能成为附属、配菜。无论是主人们的安排和那些习惯接受了这种安排的人们，都可能把这样的场合当作一个习惯。某次与我所尊敬的一位大学名教授参加一个活动，也有上级某部门的一个年轻处长同往。最后，无论是会上发言，还是席间座次，都是老教授叨陪末座，尽管那年轻人几句官腔走板式的敷衍，并没有影响他成为主人们毕恭毕敬的座上仙。而且，每项活动都被打印出手册，名头顺序，食住行如此，让人认可其安排的合理性。从资历和名气以至年龄上，是两辈人、两个层次的区别。当然，人家是一个文化推介活动，其重点就是让上级主管单位的人，为他们的效益得到帮助。这样的场面经历得太多，也曾多次被经历过，而单位的名头往往也被同行者说道。我有时候也表现出不快，觉得自己也是老大不小的，在圈中也江湖了多年，至于非得要什么牌子吗？可是一想，是啊，你这个外在的光环不就是一种行来走去的名片吗？也可能是善意的利用，但却是管用的，你不也从中尝到些许甜头吗？名头利用，尤其是单位的，甚至地区的名头，都可以成为收获好处的招牌。你不服行吗？你是抱怨这些人的势利，还是去较真这时风的不清？或许，这些不伤大雅还略微惬意的流俗，让哥们儿都有点身陷其中，说好说坏都难以较真。

可是，这积重难返，最后受害的是谁，也许是个很滑稽的问题。长期以来，某些社会评价爱把一个人的单位当作对这个人的形象评价。有时候因为某些利益，对直接管理的领导部门俗称为上面的人，高看一眼。这种特殊心态下的单位崇拜，让那些深宅大院工作过的人，滋生无限的优越感和自负心。曾听到有人说到谁是"海里的人""院里的人"，起初不明白是什么话，后来解释说是"某某海""某某院"的人，意思是那个地方离权力中心最近，那些人可能就不一样，单位的熏陶和历练使他或她有所成就，台阶高耸让他们有优势。另一方面，他们获取也可能多些。可是，见到过所谓高门槛大台阶某部某局工作背景的人，来势不凡，趾高气扬，让你觉得在扭曲心态下的虚妄狂放症。这类人，被单位光环刺激和体制内惯养，自以为是，眼高手低，一旦放养基层，就不太适应。直接点说，一旦在往上爬的路上稍有不顺，或者，个人欲望没有立马满足，这类人就会怨天尤人，患上多疑症，废为人生残疾。

如今，人们认同体系和价值判断颇受世俗化浸染。一所大学，人们关心的不是学校的学术地位，而是副省级还是什么级；本来那些名头不凡的教授，那术业专攻的专业，才是学校的魂，才是学校立足根本。单位也一样，不是说你的中央级别，你的身份归属就高或贵。往往看一个单位的实力，是否藏龙卧虎，名人大家辈出，而评价标准也多为同行和业界的认可。同在一个城市，有些单位级别也因其所依赖的背景不一而有区别。就拿文化界来说，市级的出版社、杂志社显然低于部委级中央级的。虽不太合理，却也是现实。而这些杂志报纸也并非因级别低就没有实力，相反也许更为强劲和强势。从社会角度来说，你的单位性质、名头，各种渊源，都可能被拔高，可能有误读，不是曾有"作协"被当成"做鞋"的笑谈吗？而最为实际的是，一个单位领导者的风度才学以及治下的能力，是人们所关注的。有时候，单位头头的名气，他的学历背景，他的才学识见，也许他的来历背景，都可能成为人们评价单位形象的角度和看点。越是为人们瞩目的单位，越可能成为敏感问题。因而，现如今人们对那些本当是学养可嘉，人格魅力可称道的单位领导，葆有敬重和期待，然而，事实并不都如此。

单位的声名，其实多是历史的积淀，是几代人的奋斗所成。从历史背景看，容易成为评判单位现实的最好参照。我自己不是一个称职的职员，但对于这个供职的单位，我倾了心力，自认为是有苦劳的。凡几十年，与国家和时代一道，经历了大大小小的风波。当然也是不平凡的时代和历史提供了众多的参照系，以一个旁观者和当事人的多重视角，或许可以在比较中看得清晰。比如，领导者素质和口碑，比方，清正廉明，勤政公平；比如，对于各种利益诉求的落实；比如，事关大众生活与利益的现实问题的解决等等。这也许是每一个单位人评价和认知自己权益的基点。如果对单位现状进行观察，一个很好的也很实用的角度就是，从过去的相关背景中看取，从历史的角度去对比。比方，同样是对于人事关系，会以过去优良传统，用人以德才，不搞亲疏，举贤避亲，不以派系划线，不因为常有走动跑官要官而获利的诸多标准，衡量一些人的作法。比如，可能从当年领导者的胆识，敢于负责，大会上点名批评不良的行为，不护短，更不搞吹吹拍拍，庸俗的表扬与自我表扬，而以为这在时下是多么的可贵。比如，敬佩那些无官腔没有架子，吃饭与民同乐，上下关系通达，不虚伪有真意的领导，比照时下一些人的特权作风，觉得有些做法已是倒退。比如，作为文化事业单位，作为专业部门，应当具备的德能之外是读书好学，说内行话，承续文化的血脉，注重文化素养积累，不是搞形式在行，空头政治盛行……也许，如今社会风气之下，像以上种种的单位乱象已相当普遍，而作为一个有历史传统，曾经的优良风气为群众所称道的单位部门，如果在你所经历的这个时间里，缺失了丢弃了断脉了，你难道不觉得痛心而不甘吗？或许因为你的爱，你自己也觉得人人都有不可推诿的责任，或者你可以找出大环境大气候等等诸多客观理由来。有时候，单位的历史可能就是一个包袱，成为观察当下社会现实不一定被认同的标尺。而看到那些本不应该失去的恰恰丢掉了，看看那些人文精神最为核心的诚信弃之如敝屣，想想这历史的包袱其实也误人啊。

　　社会的转型期价值观的变化，大浪淘沙，鱼龙混杂。90 年代后，单位在商品经济大势的冲击下，难有矜持。文化单位的人文精神、人文情怀在不经意中消解变异，在急剧的世事变幻中，经常的人员更迭，名利的膨胀，价值观认同的失范，单位的纯洁与清正，已成了难能的持守和期望。这不是危言耸听，仅从单位里最为平常、最能体现公正的两件事——职务和职称上，即可看出其清浊良莠。时下，这是单位最热闹的景观。平心而论，这也有两可之说，一是客观环境的大势造成，另一方面也与当事者公平正直与否有关。文化事业单位，这类事体多是上面给政策，而下面执行得好坏与否完全在于单位的觉悟。诸如评职、荣誉称号、特殊津贴等等，有些单位是按部门、其实是按职务来分配的。虽有所谓的评审制度，参与者们可能既是运动员，因为这类称号和职级是有好处的，少有人主动地让贤；而又是裁判员，因为有关评委的组成也是在这些职位人士中挑选或认定，而且最终的决定也是由单位最高权力者的划定，想想这也算是中国特色的一景吧。评职称，是单位的基本群众特别是专业人士改善待遇条件的一个重要途径，也是上世纪 80 年代以来单位最为头痛的事，至少文化事业单位如此。起初并不是这样子。开始评职称，约在三十年前，那时很注重基层的意见，看重其社会知名度以及学识能力，领导者也很谦让。记得第一批新闻文化的职称大约在上世纪 80 年代中，有不少人都是没有职务的。而轮到我们稍晚一辈为职称考虑时，也是这不久。那时候，没有手机，资讯不发达，人都还是谦谦君子，也没有多少人焦虑于这个名额有限而好处不多的事。记得在 1987 年 "五一" 节，我去湘西张家界开会，回来才听说你的副高职称通过，就很平常地成了有高级职称的人。而如今，职务与职称，弄得人各有高招，各显其态，有时候为之生出不少罅隙。事件还没有开启，就已风雨满楼。单位越古老，压的人越多。五十多岁的人还在为副高而奔波，看到有的人竟那么容易，就心不平衡。单位名头级别高，容易让各怀心事的人有所行动。某年，春节期间接到比平常年份多多的拜年信息，我有点纳闷，觉得这些人平时熟悉，同事数年几乎天天见，春节从没有过这样的热络之举，而且，发类似信息的还有人，更有点蹊跷了。不久，单位在小范围内搞了民主推荐，才明白这些弟兄是未雨绸缪，好像真有在这个机会中升级的。管不管用，得没得益，不得而知。但愿不是我以小人之心度人。有心人事半功倍，也说明竞争技巧无处不在。其他几次也类似，诸如评正高职称，那是"十选一"的难度，也是信息不断，从未联系的人也有。因这所谓的"评二级"为职称中最高级职，又是海选，有资格投票的达百十多人，那你顾得过来吗？就想，何苦啊，你关系好，你条件够，还用得着去发信息（幸亏有了手机啊），去打招呼吗？你从来没有与某位老兄联系过，你从大老远（有人是在外派工作）来信息，你知道他就认了你这一个电话或信息搞定了吗？还有，你反躬自问：你本来就是对这类东西有一搭没一搭，不是清高，是因为你看得太清楚了，你平时里又对那些人、那地方冷淡得几可谓无动于衷，你不去为自己找什么人，按世俗的潜规则拜码头，这时候做这临时抱佛脚的事，不合你的脾性、你的处世原则。可是，你会为那些急切的也可能尝过此类甜头的人着想。是啊，僧多粥少，竞争激烈，生存不易，也得有这种本事，他抱一下佛脚不犯规越法，不一定合情却合理吧，何况大家都这样，人清高了就可能在起步线上矮人一级。而从单位本身来说，没有严密可行的措施，让公平公正不易落实，让守法者不放心，让庸俗成为平常。外单位的一位朋友也说过，他们单位最头痛的是职称。人在单位，职务职称两件事最不好说。倒不是非要那个身外之物，可是，人一到那个年龄，大家排排坐，你不去使劲，你的脸面何以挂得住啊！职务多是上面的事，内部的事，说是暗箱操作不一定准确，但不会像职称那样的张扬，那时候没有什么公示。职称评定名额有限，标准不一，公平难得，就有了托请和私下说项的内幕。也有朋友说，单位评职称是一场无声的战争，也是一个关系深浅的较量，或者一个利益分配的均衡，这都是公开的秘密。如果单位名头大、级别高，可以自己主评，那事就更多。于是，大院里，信息电话，托请之事，烦不堪言。而这也成为一些单位常有景象。现如今，这种不端之风，最受影响的是那些老大不小的人。因评职评级，为了那一票，他或她就到你的办公室送材料，其实也是公文式的，无非是认了门，给个印象，想当然可能会有你这一票，这多半也是在一个大院而从来没有打过招呼的人，可事后也许没有当届评上，或者评上了就是过了河，即使在电梯间再见了，好像不认识似的。这样说并不要去找答谢，只是看出人在单位的生存法则（潜规则）多么的残酷。身在其中的他或她，其心理需要有多大承受力。特别是那些年轻当然也不太年轻的人们，时间不允许他们有丝毫的马虎，那样着急上火也许是其本能，但实属正常，要理解他和她。有时候，想想，经可能是一本好经，出于对广大民生的考虑，可是被念歪了的经，其影响和作用就打了折扣，误了人，也为人诟病。在利益的一潭浑水面前，单位是一个总阀门，它的公正与公正，有多么的重要！

是的，我们应当是乐观主义者，我们应当看到单位发展变化的主流，历史不会因某个人的缺失，某个时段的晦暗，而倒退。单位如同一个人，其生存是有规则规范的。随着制度的完善，公正民主的落实，这类关乎个人利益的事，逐渐会在正常的轨道下开展。比如考核晋级，比如荣誉名称，比如民意考察，比如人事公示，让人觉得公正公平进步。可是，究竟在多大程度上能够让单位的大众满意得到认同，恐怕不是一日之功。但人人心中有杆秤，群众才是单位成色最有资格的评判者。单位，就个人来说，是社会福利的分配与共享的场所，作为一级组织，又是行政意志和社会权益的实现者。然而，单位最为活跃的因子是人，而引领者是单位的头儿，是主政者。所以，社会对于吏治的严酷，已有了相当的规则。

尽管有爱或怨，出发点不一，有的单位成了社会的名利场，利益的竞技场，是不争的事实。在一个诉求多元、利益博弈的社会，人生发展，群体进步，单位还要存在。单位变得如此复杂、繁杂，不好言说，是因为进步阵痛的必然。如今单位属性不一，事业的、企业的、个体的、体制内外的，林林总总，难有一个合适的定义规范。它可以有宏大的理想主义目标，完成行政的意志，也可以有个人私密性计划的实现，表现为对个体生命的尊重。对于个体的渺小，它是强势；对于社会的庞大，它又是弱者。单位，就是这样，让你走进与走近，而它可以有承诺，但不会总是承诺，也许会让你在曾经沧海，千帆看尽后，有一个生命和身心的新体验，或许仅仅是一个不太满足的认知。在时下这个转型期，在许多规则被潜规则化，如果你葆有一身清醒纯正的话，无论面对的是什么样的现状，清者自清，自得其乐，自适其闲。

　　单位，是社会的缩影，对它也许不能有多大的要求和苛求；它也是人生之驿站，一个生命劳作的停驻点而已；或者，是观察人生和世道的一个窗口，从这里找寻世道人心的斑驳景象。如此，对于它，也许是平常心态看待，若有若无，或近或远，草色遥看近却无。或者，面对单位的种种，面对如此纷繁的单位世象，你何不学一回李白的豪放：仰天大笑出门去，我辈岂是蓬蒿人。

抱着父亲回故乡 |刘醒龙|

原载《北京文学》2013 年第 3 期

> 这是我第一次描写父亲。
> 请多包涵。就像小时候，
> 我总是原谅小路中间的那堆牛粪。
> 这是我第一次描写家乡。
> 请多包涵。就像小时候，
> 我总是原谅小路中间的那堆牛粪。
>
> ——题记

抱着父亲。

我走在回故乡的路上。

一只模模糊糊的小身影，在小路上方自由地飘荡。

田野上自由延伸的小路，左边散落着一层薄薄的稻草。相同的稻草薄薄地遮盖着道路右边，都是为了纪念刚刚过去的收获季节。茂密的芭茅草，从高及屋檐的顶端开始，枯黄了所有的叶子，只在茎干上偶尔留一点苍翠，用来记忆狭长的叶片，如何从那个位置上生长出来。就像人们时常惶惑地盯着一棵大树，猜度自己的家族，如何在树下的老旧村落里繁衍生息。

我很清楚，自己抱过父亲的次数。哪怕自己是天下最弱智的儿子，哪怕自己存心想弄错，也不会有出现差错的可能。因为，这是我平生第一次抱起父亲，也是我最后一次抱起父亲。

父亲像一朵朝云，逍遥地飘荡在我的怀里。童年时代，父亲总在外面忙忙碌碌，一年当中见不上几次，刚刚迈进家门，转过身来就会消失在租住的农舍外面的梧桐树下。长大之后，遇到人生中的某个关隘苦苦难渡时，父亲一改总是用学名叫我的习惯，忽然一声声呼唤着乳名，让我的胸膛感觉到一种从未有过的温厚。那时的父亲，则像是穿堂而过的阵阵晚风。

　　父亲像一只圆润的家乡鱼丸，而且是在远离江畔湖乡的大山深处，在滚滚的沸水中，既不浮起，也不沉底，在水体中段舒缓徘徊的那一种。父亲曾抱怨我的刀功不力，满锅小丸子，能达到如此境界的少之又少。抱着父亲，我才明白，能在沸水中保持平静是何等的性情之美。父亲像是一只丰厚的家乡包面，并且绝对是不离乌林古道两旁的敦厚人家所制。父亲用最后一个夏天，来表达对包面的怀念。那种怀念不止是如痴如醉，更近乎偏执与狂想。好不容易弄了一碗，父亲又将所谓包面拨拉到一边，对着空荡荡的筷子生气。抱着父亲，我才想到，山里手法，山里原料，如何配制大江大湖的气韵？只有聚集各类面食之所长的家乡包面，才能抚慰父亲五十年离乡之愁。

　　怀抱中的父亲，更像一枚五分硬币。那是小时候我们的压岁钱。父亲亲手递上的，是坚硬，是柔软，是渴望，是满足，如此种种，百般亲情，尽在其中。

　　怀抱中的父亲，更像一颗砣砣糖。那是小时候我们从父亲的手提包里掏出来的，有甜蜜，有芬芳，更有过后长久留存的种种回甘。

　　父亲抱过我多少次？我当然不记得。

　　我出生时，父亲在大别山中一个叫黄栗树的地方，任帮助工作的工作队长。得到消息，他借了一辆自行车，用一天时间，骑行三百里山路赶回家，抱起我时，随口为我取了一个名字。这是唯一一次由父亲亲口证实的往日怀抱。父亲甚至说，除此以外，他再也没有抱过我。我不相信这种说法。与天下的父亲一样，男人的本性使得父亲尽一切可能，不使自己柔软的另一面，显露在儿子面前。所谓有泪不轻弹，所谓有伤不常叹，所谓膝下有黄金，所谓不受嗟来之食，说的就是父亲一类的男人。所以，父亲不记得抱过我多少次，是因为父亲不想将女孩子才会看重的情感元素太当回事。

　　头顶上方的小身影还在飘荡。

我很想将她当作是一颗来自天籁的种子，如蒲公英和狗尾巴草，但她更像父亲在山路上骑着自行车的样子。

在父亲心里，有比怀抱更重要的东西值得记起。对于一个男人来说，一辈子都在承受父亲的责骂，能让其更有效地锤炼出一副更能够担当的肩膀。不必有太多别的想法，凭着正常的思维，就能回忆起，一名男婴，作为这个家庭的长子，谁会怀疑那些聚于一身的万千宠爱？

抱着父亲，我们一起走向回龙山下那个名叫郑仓的小地方。

抱着父亲，我还要送父亲走上那座没有名字的小山。

郑仓正南方向这座没有名字的小山，向来没有名字。

乡亲们说起来，对我是用"你爷爷睡的那山上"一语作为所指，意思是爷爷的归宿之所。对我堂弟，则是用"你父亲小时候睡通宵的那山上"，意思是说我那叔父尚小时夜里乘凉的地方。家乡之风情，无论是历史还是现世，无论是家事还是国事，无论是山水还是草木，无论是男女还是老幼，常常用一种固定的默契，取代那些似无必要的烦琐。譬如，父亲会问，你去那山上看过没有？莽莽山岳，叠叠峰峦，大大小小数不胜数，我们绝对不会弄错，父亲所说的山是哪一座！譬如父亲会问，你最近回去过没有？人生繁复，去来曲折，有情怀而日夜思念的小住之所，有愁绪而挥之不去的长留之地，只比牛毛略少一二，我们也断断不会让情感流落到别处。

小山太小，不仅不能称为峰，甚至连称其为山也觉得太过分。那山之微不足道，甚至只能叫做小小山。因为要带父亲去那里，因为离开太久而缺少对家乡的默契，那地方就不能没有名字。像父亲给我取名那样，我在心里给这座小山取名为小秦岭。我将这山想象成季节中的春与秋。父亲的人生将在这座山上分成两个部分，一部分称为春，一部分称为秋。称为春的这一部分有八十八年之久，称为秋的这一部分，则是无边无际。就像故乡小路前头的田野，近处新苗茁壮，早前称作谷雨，稍后又有芒种，实实在在有利于打理田间。又如，数日之前的立冬，还有几天之后的小雪，明明白白提醒要注意正在到来的隆冬。相较远方天地苍茫，再用纪年表述，已经毫无意义！

我不敢直接用春秋称呼这小山。

春秋意义太深远！

春秋场面太宏阔！

春秋用心太伟大！

春秋用于父亲，是一种奢华，是一种冒犯。

父亲太普通，也太平凡，在我抱起父亲前几天，父亲还在挂惦一件衣服；还在操心一点养老金；还在渴望新婚的孙媳何时为这个家族添上男性血脉；甚至还在埋怨那根离手边超过半尺的拐杖！父亲也不是没有丁点志向，在我抱起父亲的前几天，父亲还要一位老友过几天再来，一起聊一聊"十八大"；还要关心偶尔也会被某些人称为老人的长子，下一步还有什么目标。

于是我想，这小山，这小小山，一半是春，一半是秋，正好合为一个秦字，为什么不可能叫作小秦岭呢？父亲和先于父亲回到这山上的亲友与乡亲，人人都是半部春秋！

那小小身影还在盘旋，不离不弃地跟随着风，或者是我们。

小路弯弯，穿过芭茅草，又是芭茅草。

小路长长，这头是芭茅草，另一头还是芭茅草。

轻轻地走在芭茅草丛中，身边如同弥漫着父亲童年的炊烟，清清淡淡，芬芬芳芳。炊烟是饥饿的天敌，炊烟是温情的伙伴。而这些只会成为炊烟的芭茅草，同样既是父亲的天敌，又是父亲的伙伴。在父亲童年的一百种害怕中，毒蛇与马蜂排在很后的位置，传说中最令人毛骨悚然的鬼魂，亲身遇见过的荧荧鬼火都不是榜上所列的头名。被父亲视为恐怖之最的正是郑仓垸前垸后，山上山下疯长着的芭茅草。这家乡田野上最常见的植物，超越乔木，超越灌木，成为人们在倾心种植的庄稼之外，最大宗物产。八十年前的这个季节，八岁的父亲正拿着镰刀，光手光脚地在小秦岭下工夫收割芭茅草。这些植物曾经割破少年鲁班的手。父亲的手与脚也被割破了无数次。少年鲁班因此发明了锯子。父亲没机会发明锯子了。父亲只是疑惑，这些作为家中柴火的植物，为什么非要生长着锯齿一样的叶片？

芭茅草很长很逶迤，叶片上的锯齿锋利依然。怀抱中的父亲很安静，亦步亦趋地由着我，没有丁点犹豫和畏葸。暖风中的芭茅草，见到久违的故人，免不了也来几样曼妙身姿，瑟瑟如塞上秋词。此时此刻，我不晓得芭茅草与父亲再次相逢的感觉。我只清楚，芭茅草用罕有的温顺，轻轻地抚过我的头发，我的脸颊，我的手臂、胸脯、腰肢和双腿，还有正在让我行走的小路。分明是母亲八十大寿那天,父亲拉着我的手,感觉上有些苍茫,有些温厚,更多的是不舍与留恋。

冬日初临,太阳正暖。

这时候,父亲本该在远离家乡的那颗太阳下面,眯着双眼小声地响着呼噜,晒晒自己。身边任何事情看上去与之毫无关系,然而,只要有熟悉的声音出现,父亲就会清醒过来,用第一反应拉着家人,毫无障碍地聊起台湾、钓鱼岛和航空母舰。是我双膝跪拜,双手高举,从铺天盖地的阳光里抱起父亲,让父亲回到更加熟悉的太阳之下。我能感觉到家乡太阳对父亲格外温馨,已经苍凉的父亲,在我的怀抱里慢慢地温暖起来。

小路还在我和父亲的脚下。

小路正在穿过父亲一直在念叨的郑仓。

有与父亲一道割过芭茅草的人,在垸边叫着父亲的乳名。鞭炮声声中,我感到父亲在怀里轻轻颤动了一下。父亲一定是回答了。像那呼唤者一样,也在说,回来好,回到郑仓一切就好了!像小路旁的芭茅草记得故人,22户人家的郑仓,只认亲人,而不认其他。恰逢家国浩劫,时值中年的父亲逃回家乡,芭茅草掩蔽下的郑仓,像芭茅草一样掩蔽起父亲。没有人为难父亲,也没有人敢来为难父亲。那时的父亲,一定也听别人说,同时自己也说,回到郑仓,一切就好了。

随心所欲的小路,随心所欲地穿过那些新居与旧宅。

我还在抱着父亲。正如那小小身影,还在空中飞扬。

不用抬头,我也记得,前面是一片竹林。无论是多年前,还是多年之后,这竹林总是同一副模样。竹子不多也不少,不大也不小,不茂密也不稀疏。竹林是郑仓一带少有的没有生长芭茅草的地方,然而那些竹子却长得像芭茅草一样。

没有芭茅草的小路,再次落满因为收获而遗下的稻草。

父亲喜欢这样的小路。父亲还是一年四季都是赤脚的少年时,则更加喜欢,不是因为宛如铺上柔软的地毯,是因为这稻草的温软,或多或少地阻隔了地面上的冰雪寒霜。那时候的父亲,深得姑妈体恤,不管婆家有没有不满,年年冬季,都要给侄儿侄女各做一双布鞋。除此之外,父亲他们再无穿鞋的可能。1991年中秋节次日,父亲让我陪着走遍黄州城内的主要商店，寻找价格最贵的皮鞋。父亲亲手拎着因为价格最贵而被认作是最好的皮鞋，去了父亲的表兄家，亲手将皮鞋敬上，以感谢自己的姑妈，我的姑奶奶的当年之恩情。

接连几场秋雨，将小路洗出冬季风骨。太阳晒一晒，小路上又有了些许别的季节风情。如果是当年，这样的季节，这样的天气，再有这样的稻草铺着，赤脚的父亲一定会冲着这小路欢天喜地。这样的时候，我一定要走得轻一些，走得慢一些。这样的时候，我一定要走得更轻一些，更慢一些。然而，竹林是天下最普通的竹林，也是天下最漫不经心的竹林，生得随便，长得随便，小路穿过竹林也没法不随便。

北风微微一吹，竹林就散去，将一座小山散淡地放在小路前面。

用不着问小路，也用不着问父亲，这便是那小秦岭了。

有一阵，我看不见那小小身影了，还以为她不认识小秦岭，或者不肯去往小秦岭。不待我再多想些什么，那小小身影又出现了，那样子只可能是落在后面，与那些熟悉的竹梢小有缠绵。

父亲的小秦岭，乘过父亲童年的凉，晒过父亲童年的太阳，饿过父亲童年的饥饿，冷过父亲童年的寒冷，更盼过父亲童年对外出做工的爷爷的渴盼。小秦岭是父亲的小小高地。童年之男踮着脚或者拼命蹦跳，即便是爬上那棵少有人愿意爬着玩的松树，除了父亲的父亲，我的爷爷，父亲还能盼望什么呢？远处的回龙山，更远处的大崎山，这些都不在父亲的期盼范围。

父亲更没有望见，在比大崎山更远的大别山深处那个名叫老鹳冲的村落。蜿蜒在老鹳冲村的小路我走过不多的几次。那时候的父亲身强体壮，父亲立下军令状，不让老鹳冲因全村人年年外出讨米要饭而继续著名。那里小路更坚硬，也更复杂。父亲在远离郑仓，却与郑仓有几分相似的地方，同样留下一次著名的伫立。是那山洪暴发的时节，村边沙河再次溃口。就在所有人只顾慌张逃命时，有人发现父亲没有逃走。父亲不是英雄，没有跳入洪水中，用身体堵塞溃口。父亲不是榜样，没有振臂高呼，让谁谁谁跟着自己冲上去。父亲打着伞，纹丝不动地站在沙堤溃口，任凭沙堤在脚下一块块崩塌。逃走人纷纷返回时，父亲还是那样站着，什么话也没说，直到溃口被堵住，父亲才说，今年不用讨米要饭了。果然，这一年，丰收的水稻，将习惯外出讨米要饭的人，尽数留了下来。

我的站在沙河边的父亲！

我的站在小秦岭上的父亲！

一个在怀抱细微的梦想！

一个在怀抱质朴的理想！

春与秋累积的小秦岭！短暂与永恒相加的小秦岭！离我们只剩下几步之遥了，怀抱中的父亲似乎贴紧了些。我不得将步履迈得比慢还要慢。我很清楚，只要走完剩下几步，父亲就会离开我的怀抱。成为一种梦幻，重新独自伫立在小秦岭上。

小路尽头的稻草很香，是那种浓得令人内心颤抖的酽香。如果它们堆在一起燃烧成一股青烟，就不仅仅为父亲所喜欢，同样会被我所喜欢。那样的青烟绕绕，野火燎燎，正是头一次与父亲一同行走在这条小路上的情景。

同样的父亲，同样的我，那一次，父亲在这小路上，用那双大脚流星追月一样畅快地行走，快乐得可以与任何一棵小树握握手，可以与任何一只小兽打招呼，更别说突然出现在小路拐弯处久违的发小。那一次，我完完全全是个多余的人。家乡对我的反应，几乎全是一个啊字。还分不清在这唯一的啊字后面，是画上句号，还是惊叹号，或许是省略号？那也是我所见过的父亲风采中，称得上忽发少年狂的仅有一次。

小秦岭！郑仓！张家寨！标云岗！上巴河！

在那稍纵即逝的少年回眸里，凡目光触及所在，全属于父亲！父亲是那样贪婪！父亲是那样霸道！即使是整座田野上最难容下行人脚步的田埂，也要试着走上一走，并且总有父亲渴望发现的发现，渴望获得的获得。

如果家乡是慈母，我当然相信，那一次的父亲，正是一个成年男子为内心柔软所在寻找寄托。如果大地有怀抱，我更愿相信，那一次的父亲，正是对能使自身投入的怀抱的寻找。

小路，只有小路，才是用来寻找的。

小路，只有小路，才是用来深爱的。

小路，只有小路，才是用来回家的。

八十八年的行走，再坚硬的山坡也被踩成一条与后代同享的坦途。

一个坚强的男人，何时才会接受另一个坚强男人的拥抱？

一个父亲，何时才会没有任何主观意识地任凭另一个父亲将其抱在怀里？

无论如何，那一次，我都不可能有抱起父亲的念头。无论父亲做什么和不做什么，也无论父亲说什么和不说什么，更遑论父亲想什么和不想什么。现在，无论如何，我也同样不可能有放弃父亲的念头。无论父亲有多重和有多轻，也无论父亲有多冷和有多热，更别说父亲有多少恩和多少情。

在我的词汇里，曾经多么喜欢大路朝天这个词语。

在我的话语中，也曾如此欣赏小路总有尽头的说法。

此时此刻，我才发现大路朝天也好，小路总有尽头也罢，都在自己的真情实感范围之外。

一条青蛇钻进夏天的草丛，一只狐狸藏身秋天的谷堆，一只枯叶卷进冬天的寒风，一片冰雪化入春天的泥土。无须提醒，父亲肯定明白，小路像青蛇、狐狸、枯叶和冰雪那样，在我的脚下消失了。父亲对小秦岭太熟悉，即便是在千山万壑之外做噩梦时，也不会混淆，金银花在两地芳菲的差异；也不会分不出，此处花喜鹊与彼处花喜鹊鸣叫的不同。

小路起于平淡无奇，又始于平淡无奇。

没有路的小秦岭，本来就不需要路。父亲一定是这样想的，春天里采过鲜花，夏天里数过星星，秋天里摘过野果，冬天里烧过野火，这样的去处，无论什么路，都是画蛇添足的多余败笔。

山坡上，一堆新土正散发着千万年深蕴而生发的大地芬芳。父亲没有挣扎，也没有不挣扎。不知何处迸发出来的力量，将父亲从我的怀抱里带走。或许根本与力学无关。无人推波助澜的水，也会在小溪中流淌；无人呼风唤雨的云，也会在天边散漫。父亲的离散是逻辑中的逻辑，也是自然中的自然。说道理没有用，不说道理也没有用。

龙回大海，凤凰还巢，叶落归根，宝剑入鞘。

父亲不是云，却像流云一样飘然而去。

父亲不是风，却像东风一样独赴天涯。

我的怀抱里空了，却很宽阔。因为这是父亲第一次躺过的怀抱。

我的怀抱里轻了，却很沉重。因为这是父亲最后一次躺过的怀抱。

趁着尚且能够寻觅的痕迹，我匍匐在那堆新土之上，一膝一膝，一肘一肘，从黄丘一端跪行到另一端。一只倒插的镐把从地下慢慢地拔起来，三尺长的镐把下面，留着一道通达蓝天大地的洞径，有小股青烟缓缓升起。我拿一些吃食，轻轻地放入其中。我终于有机会亲手给父亲喂食了。我也终于有机会最后一次亲手给父亲喂食。是父亲最想念的包面？还是父亲最不肯马虎的鱼丸？我不想记住，也不愿记住。有黄土涌过来，将那嘴巴一样，眼睛一样，鼻孔一样，耳郭一样，肚脐一样，心窝一样的洞径填满了。填得与漫不经心地铺陈在周边的黄土们一模一样。如果这也是路，那她就是联系父亲与他的子孙们最后的一程。

这路程一断，父亲再也回不到我们身边。

这路程一断，小秦岭就化成了我们的父亲。

天地有无声响，我不在乎，因为父亲已不在乎。

人间有无伤悲，我不在乎，因为父亲已不在乎。

我只在乎，父亲轻轻离去的那一刻，自己有没有放肆，有没有轻浮，有没有无情，有没有乱了方寸。

这是我第一次描写父亲。

请多包涵。就像小时候，

我总是原谅小路中间的那堆牛粪。

这是我第一次描写家乡。

请多包涵。就像小时候，

我总是原谅小路中间的那堆牛粪。

此时此刻，我再次看见那小小身影了。她离我那么近，用眼角都能看得清清楚楚。她是从眼前那棵大松树上飘下来的，在与松果分离的那一瞬间里，她变成一粒小小的种子，凭着风飘洒而下，像我的情思那样，轻轻化入黄土之中。她要去寻找什么，只有她自己清楚。我只晓得，当她再次出现时，一定是苍苍翠翠的茂盛新生！

冬天的记忆 |田珍颖|

原载《北京文学》2014 年第 1 期

　　母亲的生日，是阴历腊月二十三，祭灶那天。

　　母亲的忌日是大年初二。

　　就这样，在冬天向春天转换的十天里，有关母亲的记忆密集着，在我们心里，留下一道奇特而温暖的情感轨迹。

一

　　母亲留给我记忆中的第一个故事，是这样的——她说，她的生母早早去世了。当她的继母给她冷脸时，家里的门环便会"哗哗"地响个不停，直到继母收起恶相。

　　这个故事，是我对母亲身世的最早了解。

　　我的外爷（我们西安人将姥爷叫外爷）生在一个小康之家。当他和我的外婆生育了两个女儿后，幸运降临于他——他被委以重任，到青海西宁的什么地方，当邮政局长。外爷虽去较偏僻的地方任职，但，那是个肥差。毕竟西宁遥远，他将西安家中的妻女安顿好，独自前去赴任。

　　但后来，那条有他连接的邮政线上，传来了不好的消息，它使我的母亲切断了一个少女的天真，勇敢地走上了她生命中的第一次抗争。

　　这坏消息就是外爷在西宁另娶新人，并且有了一个儿子。

　　在几天几夜的慌乱、痛苦之后，我的外婆和母亲作了一个亲戚们都十分震惊的决定：到遥远的西宁去，找外爷讨个公道。

我永远想象不出在那个交通不发达的年代，她们母女是怎样地火车、汽车、徒步、人力车交替着，走完了从西安到西宁的千里长路，颠颠簸簸地来到了外爷面前。

外爷的新妇，是当地富绅的女儿。母亲后来告诉我们，西宁那个家，雕梁画栋，富丽堂皇。更多的过程，她却从来不说，只是告诉我们故事的结局——外爷内疚，给了一笔钱，打发她们母女返回西安。

孤独有时会将惊恐放大。但那时，年幼的母亲在疲惫与艰难中，来不及惊恐，就被几个强盗挡住了路。钱被那些人翻出来的一瞬间，母亲勇敢地跳到强盗的面前，大声诉说她们的遭遇，伤心处声泪俱下。那几个衣着褴褛的强盗竟撂下抢到手的钱，悄悄地走了。

这个故事，母亲每讲到这里，我们姐妹都会拍手称快，扑到母亲怀里，欢庆胜利。

但此刻，当我写到这里时，我却泪流满面，因为我眼前闪现的是当年母亲那副瘦弱的肩膀——那是个刚上初中的女孩的肩膀啊！

有了这笔钱，外婆想就此过安静的日子。但母亲不肯，她有一颗很大的心。她要独自去北京求学，将来改换门庭，让外婆过上富裕的日子。杨虎城将军在陕西设立的官费助学金帮助母亲实现了她的理想。

但，曲折的求学路，尚未走完时，外婆却在西安病危了。母亲千难万难地赶回西安，却只见到永远不再睁眼的外婆。她用手抚着外婆的脸，传递过来的冰冷，让她永生痛彻肺腑。

其实，对母亲来说，比幼年遭遇更难愈合的伤口，是我大姐的死。

大姐是在北平刚"解放"时去世的。从那时，到母亲去世的五十年里，我家的人，在母亲面前，绝口不提大姐的名字。

那时，北平和上海都刚"解放"，为了孩子们受到更好的教育，父母决定全家从上海移居北平。父亲先到北平安排。接着，大姐为不耽误学业而匆匆登上了火车。母亲则带着其他几个孩子，留在上海，打理房产转变等大量的家事。

十四岁的姐姐在火车上靠窗而坐，她太喜欢窗外的风吹来的凉爽的感觉。不想，一到北京，就感冒发烧。第二天送到医院，一针盘尼西林，夺去了她美丽的生命。她临死前，清晰地对父亲说：爸，我是让针打死的。

这回，父亲惊呆了，他看着女儿在自己眼前这么快地闭上了双眼，他不知道怎样对母亲和孩子们交代。

但母亲似有预感。大姐去世的当天，上海家中并不知噩耗，妹妹却梦见大姐从一座如教堂般圆顶的白房子走出，下了两个台阶，走到一处草地上。

母亲到北平时，父亲还试图瞒着她，说外地有个好学堂，送大姐去了。母亲一言不发地安排着孩子们的房间，她的沉默使父亲再也无法隐瞒实情。听完大姐死去的情况后，母亲把自己关在屋中，无泪却号啕着，任谁也听不懂她在呼喊什么。

第二天，她来到东直门外一个教堂的公墓，那里，绿草茵茵。她按照妹妹梦见的景象，为大姐修了一座圆顶的水泥坟墓。墓碑背面，刻上她手书的四个字：母泪不干。

几年后，不满一岁的小弟的夭折，把母亲又一次抛到失子的痛苦深渊中。

小弟是先天性心脏病。那时，母亲下班回来的第一件事，就是把他紧紧地抱在怀里；他无力地将头靠在母亲的肩上。母亲望着他，那慈爱的眼光中流动着忧伤。

小弟是在一个初春的明媚阳光中，悄悄地离去的。母亲抱着他的小棺木，独自乘一辆三轮车，去往大姐的墓地。那时，爸爸不在国内，但母亲不让我们跟随。只是傍晚从墓地回来时，她回到自己房间，关灭了灯。

第二天一早，母亲就上班去了。

母亲抱着小弟的棺木、满脸满衣襟的泪水，那形象却在我心中伫留至今。

二

上节提到的那个门环"哗哗"响的故事，不久，便被母亲延展了。

那是放寒假中的一天，我们从外面玩得满头大汗地跑回家，刚进堂屋，就怔住了。那个在门环响时才收住恶相的继外婆，就坐在堂屋里。令我吃惊的是，她是一个满脸麻子的丑女人。这之前，母亲的故事里只说"恶相"，没说过麻脸。母亲让我们叫外婆。我们小声叫了。"麻脸外婆"身旁站着一个脸色苍白、身材瘦高的小伙子。这自然就是那个生在西宁的"舅舅"。

在他们到来之前，我们已经知道，外爷在西宁落魄而回，他失势的岳父，使他也从邮政局长的位子上掉下来，只好将西宁的家搬回西安。待母亲与我父亲结婚后，外爷无颜见事业发达的女婿女儿，就从不到我家这座新院落来。母亲只好经常回去照看和接济这个败落的娘家。不久，外爷去世，"麻脸外婆"母子俩勉强支撑了一阵，这才按我母亲的安排，搬到我家来。那个沉默寡言的舅舅，染着肺结核，母亲怕他传染了我们，又怕太在意而冷落了他。倒是舅舅很自觉，每次吃饭，拣好菜饭，躲回自己房间去吃。"麻脸外婆"因此在餐桌边坐卧不宁。母亲看出她的为难，从此，给他们母子将饭菜送到房间去。

母亲说，外婆也可怜，西宁娘家没人了，你外爷也先走了，你舅舅又有病，她能靠谁呢？继外婆从此依靠我母亲，度过她孤寂的晚年。

我不知道母亲是怎样完成了对继外婆的从怨到宽容的转化，但当我们看到继外婆的笑脸时，我们不再感到她那麻脸的丑陋，而是和母亲一样，怜惜她。

和继外婆一样，让母亲应当有怨的，还有一个女人，她是母亲在北京求学时的挚友，我们叫她 Z 姑姑。

大姐的死，使这位 Z 姑姑成了我们拒绝见到的人。因为，恰恰是她的安排导致了大姐的死。发着高烧的大姐，被 Z 姑姑送到一家在南池子的私人医院，那医生是 Z 姑姑在基督教会的朋友。正是这个医生，一针过期的盘尼西林，使大姐在四个小时后匆匆离世。

在我们都拒绝见 Z 姑姑时，母亲却平静地接待了她，并说，娃有娃的命，能怪谁呢？

Z 姑姑后来仍常与母亲来往。"文革"结束时，母亲决意移居香港，我家在西单的住房空下来，母亲还请 Z 姑姑去住，并对我们解释说，Z 姑姑独身一人，让她住宽敞些，安度晚年吧！

这种人性的天然，就这样被母亲不断地演绎着。

但，当时间迅速地推到了"文革"时，母亲却看到了那深厚的人性，是怎样破碎的。

母亲那时在一个部委的幼儿园任园长，这个幼儿园是母亲奉命一手创建的。在这之前，她在这个部委的人事部门工作。这个由她创建的幼儿园，在"文革"中翻天覆地的变化，动摇了母亲"人之初，性本善"的原始理念。她看到那一张张往日里笑容盈盈的脸，一夜之间都变得冰冷而凶狠。大字报上，她的名字被打上红×；批斗会天天开着，人们声嘶力竭地揭发她控诉她；口号震天地对她喊着"打倒""砸烂"，让她交代她本没有的"问题"。她本来有病的心脏，已不堪重负，批斗会后，常常是等在幼儿园门外的妹妹，挽着她去乘公交车回家。我曾拿着母亲已写了七页的"交代材料"，替她"修改"，帮她"上纲上线"。有一天晚上，幼儿园的一位工人刘叔叔找到我家，进门就拉着我们的手说，他们真不该这样对待秦园长呀！倒是母亲劝慰着他，让他少说话，保护好自己。

　　"文革"中的又一天，我的同事（亦是我和爱人大学同窗），打着"造反派"的旗号，抄了我和爱人的家。那时，我们与婆婆同住；而前些时候，婆婆被街道红卫兵指为"地主"，我们整日担心着抄家批斗的灾难会突然而来。明知这位"造反派"同窗是为泄私愤而来，我们却因婆婆之事，决定忍了这口气。愤怒的爱人被挡在同院陈姓邻居家，抄家者进入我们屋内。或许自知是怀着鬼胎的，抄家者理不直气不壮地只顾两只手急速地翻找，全无了平日"造反派"的气焰，装不出个"革命"的样儿来。最后只捡了些本册纸片，败兴而去。对方刚走，爱人却告诫我：来者不善，会不会又到对面旧帝子的家中折腾。他指的是我父母的家，和我婆家仅隔西长安街而南北相望。那时，这个家的亲人已四处离散，只留下年迈的祖母苦守独院。

　　我赶到家门口时，恰逢母亲出来。她被造反派允许回家取衣物，但必须限时归园。我随着送她去公交车站，一路上向她诉说被抄家的经过。她听到抄家者的身份时，眉毛扬了一下，问我：还是大学同学？不等我回答，她就神色黯然地摇摇头。我说担心殃及这里才忙着跑过来看。母亲像突然觉到了什么，拉着我的衣袖说：娃呀，你多回来几趟吧！尽量别让造反派占了咱家的房子，要那样，孩子们回来，住在哪儿呢！我知道她仍不顾及自己的安危，唯一惦着的就是我们的小院——那个到处弥散着她的温暖的家，那是她和我们的居所呀！但，一时情急，我竟脱口说：妈，造反派连部长的房子都敢占，何况咱家！母亲顿时无言，轻轻地拉着我的手，我们默默地走向车站。她的手无力而冰凉，让我感到她内心的伤感和无望！

母亲在打扫卫生的繁重劳动中喘息着，但不久，一纸通知，让她到广东英德的干校去"锻炼"。出发那天，母亲在站台上向我们摆摆手，蹒跚着走向火车那坚硬无比的踏板。拥挤的车厢里，哪里有人给她这个有"问题"的人让座，但她衰弱已极，只好躺在车厢的地板上，在日夜不停的车轮声中，颠簸48小时，才挨到英德干校。

那一幕，使母亲的儿女们肝肠寸断。母亲佝偻的背、弯曲的腰，从那时起，就难以再直起来。

伫笔此处，我并不想写母亲后来的苦难，因为她自己是坚强的。当她几年后从干校回来，我家的小院早已被"红五类"住满，母亲只好在儿女的家里支起一张床。不久，又等到一纸退休通知，她平静地对通知者说：明天我就去办手续。

但，细细咀嚼母亲的这一次宽仁，却不见丝毫的柔软温情。因为不久后，她断然地决定：南下香港。这是她年过六十后的生存选择。在她一生中，父亲多次工作不在国内，她都拒绝相随，她有自己的事业，有儿女们护卫成的天地。但这次，她却义无反顾地离开了她在北京的家。并且，在香港家中的新房子里，她一脚踏入，望着落地窗外漫漫的海水，自言自语地说：终此一生，不再搬家！

我没有看到在罗湖界限上，母亲迈出那一步的情景，但我想，她一定是摆摆手，头也不回地走了。

想着她的背影，我心怅然。

三

我常想，母亲一生追求什么？

如"理想"这样光辉灿烂的字眼，母亲并未对我们讲过。但究其一生，她是个最有追求最有理想的女性呀！

她追求的首要，是做一个合格的母亲，因而，她要一个家，一个富裕、温暖而快乐的家。这个追求，从她和父亲成家的那天起，就明确在她心间。随着孩子们的出生，这个家日渐壮大，母亲和父亲都自觉感到责任之重，因而，他们一直努力着，把这个家推向一个又一个高度。

在这个家里，母亲的角色尤为重要，因为她是离孩子们最近的人。我们知道，离开了她，我们就难以快乐地成长。

除了上班外，母亲的时间，全部用在使我们快乐的各种活动中。春天，她带我们跑遍北京的公园，去听花开的声音；夏天，她划着船，让我们在昆明湖上亲近着水；秋天，我们去看菊花展，捧着她买来的菊花快乐地回家；冬天，我们的院子里常站立着各种各样的雪人。那时，钓鱼台附近有一处小树林，林中流着小溪水，母亲带着我们踏着水去捉蝌蚪捕小鱼。

母亲在婚后就这样扶持着我们，护卫着我们。

母亲长时期都处在较富裕的生活中，但她"上得厅堂，下得厨房"。她从不养尊处优地鄙视家务事。母亲最注意卫生间的清洁，每个星期日，她都亲自刷洗马桶、擦净浴缸，把来苏水洒到角落里消毒。

做着这些"俗事"的母亲，转身就会优雅地弹起钢琴，带着我们唱"小鸟在前面带路"，或是"蓝蓝的天上白云飘"……

但，对一个家的贡献，并不是母亲追求的全部。她的"生涯中"，有许多节奏很急速的乐章。在那些有着风暴的日子里，母亲展现了她的另一个追求，那就是：良知。

母亲的良知，自幼年始。他们那一代人，看到军阀混战，民不聊生；看到外敌侮我，政府却退让不争。于是，在她上小学时，便担任了本校的儿童团长，与担任西安市儿童团长而后来成为我父亲的人，一起举起小旗，喊着"打倒列强"的口号，开会或游行。

后来，她成年了，成为人妻、人母，但她与社会相连的良知，仍在心中被滋养着。

"西安事变"的第二天，父亲应召入伍，军衔少校。他的领导就是时任西北民众运动指导委员会主任委员的王炳南。王炳南是"西安事变"中周恩来与张学良、杨虎城的联络人，在事变中起着举足轻重的作用。入伍后的父亲，便夜以继日地在外忙碌着。"事变"后第四天，即12月16日，西安人民举行拥护张、杨两将军抗日救国的群众大会，会后举行全市大游行。父亲被任命为大会司仪，并兼游行总指挥。那时，西安古城内，秩序混乱，治安堪忧。母亲为父亲的安危日夜难眠。16日的群众大会，母亲亲自前往。群众大游行开始后，她在游行队伍中紧随父亲的左右，高呼口号，直到游行结束。

"西安事变"的结果，使许多人扼腕叹息。西安古城内的革命力量，也面临着急剧的调整和保存。

在这样的危急关头，1937 年 2 月 4 日下午，父亲接到王炳南的紧急命令，指示他将"事变"中成立的民运会武装纠察队立即撤到渭北，使他们安全回到红军部队中去。

此时，"西安事变"的结束，使这支纠察队备受关注，已有人蓄意策反，企图使这支队伍留在西安，等待中央军的接收。

王炳南在 2 月 4 日下午的命令，是刻不容缓的，因为 2 月 5 日晨，即要使这支队伍离开西安。父亲受命，想到当晚可能出现的险情，急回到家中，让母亲将三间房子铺上干草，等待纠察队夜宿。母亲忙派人张罗去买干草，铺地铺，竟在不到半天的时间里，准备停当。在夜色苍茫中，母亲像接待自己亲人似的，将纠察队员们一一引进房中，端上热汤热饭。第二天凌晨，这支队伍即将出发前，列队向母亲敬礼。那时，母亲只有 23 岁。

母亲走向社会的步伐加速着。一个对她和父亲都至关重要的人物，出现在"西安事变"后，他们正寻找新出路的时刻。这就是杜斌丞先生。

生于 1888 年的杜老先生，此时已是西北各界的革命领袖之一。他在杨虎城将军的部队中，历任要职。"西安事变"中，他不仅是重要的参与者、策划者，还是坚决提出"要与共产党联合"的主张者。"事变"后，他出任陕西省政府秘书长，曾委任我父亲代表省政府赴延安，与边区政府协商安排一批流民的工作。父亲由延安返回复命时，带回了他亲自为毛泽东、朱德、周恩来等十几名中共领导人拍摄的照片，杜老十分高兴。

从此，父亲和母亲成为杜老府上少有的晚辈客人。母亲写得一手好字，常为杜老抄写文件资料，或传送些重要信件。杜老忙得废寝忘食时，母亲会从家里做些可口的饭菜送过去，一如家人。"西安事变"后，政局变得险恶莫测，这时的杜老，反而明确了他为民主运动奋斗终生的志向。蒋介石亲令要制裁他，他遂时时被特务跟踪并威胁。

后来，杜老被软禁，母亲曾见他最后一面。那天，她盛装而行，来到杜老的住地，说是来给老人送饭。门口的特务还来不及阻挡，母亲已昂首走进院中，并径直进到杜老的居室。语言之间的无自由，使母亲泪流满面。她照看老人吃了饭，又悄悄藏起杜老委托转交的信件，才告别出来。母亲那时还对时局向光明转化抱有希望。她觉得如杜老这样德高望重的人物，蒋介石不敢动手杀害。于是，与杜老告别时，还许以"再见"。

但不久后，在胡宗南占领延安的第二天，蒋介石下令将杜老投入狱中。父亲和母亲几经努力，也未能再见杜老。直至狱中 7 个月酷刑折磨后，杜老英勇地在西安玉祥门外就义。

杜斌丞老先生是离母亲最近的革命者。他的教导，使母亲渐渐成长起来，她自觉地选择了为革命工作的道路。

在这里，我要记录的是 1938 年的一件事。它几乎涂不上太多的政治色彩，但良知的光辉，却使我的母亲成为我们心目中光芒四射的人。

经过"西安事变"，父亲和母亲，犹如受了一场革命的洗礼。他们的人生变得复杂而激越。

1938 年初，父亲按叶剑英指示，为延安运送军火，他代陕西一家煤矿购买的钢材，只好搁浅在武汉的一个仓库里。此时，抗日战争正烽火连天，日军已进逼武汉。仓库一方通知，撤退在即，速速抢运。而购买钢材的煤矿，是陕西境内为前线生产物资的唯一一家煤源。

此时，父亲已在陕西省政府任公职，实难脱身前往；而情况急、风险大，一时很难找人代替。母亲忽然果断地说：我去！父亲怔住，他看着母亲怀孕数个月的身态，连忙摇头。母亲冷静地分析说，我们代人购货，不交货，无信誉，这不是我们的为人之道。再说，如果矿上停产，损失的不光是钱！父亲无路可走，更知母亲一向是想定了的事就不可逆转。于是，他含泪送母亲上了火车。那是在战时，凭父亲的职位，临时乘车，也只能给母亲安排三等座票。30 多个小时的车程，平汉铁路上天天有来轰炸骚扰的日本飞机……这一切，父亲竟是在母亲上火车后才想起，他后悔莫及，但那时通讯落后，怎知母亲的安危呢？果然，车行途中，警报响起，满当当一车人纷纷跳车，四散到两旁的庄稼地里。母亲有孕在身，如何跳得了车？在空荡荡的车厢里，她孤独无援地躲在一个角落。过了许久，警报解除，日机并未来炸，而母亲已是冷汗浸湿衣衫。到了武汉，见到先期在这里工作的王炳南先生及他的德国夫人王安娜，他们见母亲任务繁重、身体艰难，忙向她介绍了武汉的危难时局，希望她量力。这些情况反而加快了母亲办事的步伐。她查看仓库，又四处奔跑联系车皮，她不顾一切的奔忙，最终打动了武汉火车站的站长。站长称她为"女同志"（这是北伐军的遗风），果断地说，我一定帮助你，并举手向母亲敬礼表示敬意。

站长在千难万难中调来了车皮，并动员全站职工"向这位女同志学习"，帮忙将钢材装车，并分文不收。

母亲的奔忙，还感动了王炳南夫妇。

她临行当天，王炳南先生找到与母亲同车出发的国际友人艾黎先生，他简述情况，请求艾黎先生代为保护这个"勇敢的女人"。艾黎先生紧紧握住母亲的手，将她引到自己的车厢，一路平安地回到西安。

事后，煤矿的人从百里之外赶来西安，一定要设宴感谢母亲，说是全矿上下都一致说，感谢秦先生（西安的友人一向这样称呼母亲）。

我想象，在那个宴会上，母亲一如一位美丽的女神。

这个故事，在父亲第一次讲给我们后，母亲问我们：那个在我肚子里坐火车的小家伙是谁呀！我们傻呆呆地面面相觑。还是聪明的大姐先醒悟，她指着我的鼻子说：那不就是你呀！

后来，我长大了，想起母亲的这段经历的艰难，竟泪如雨下，辛酸的感觉凝住心头，难以化开。

这是我第一次动笔写母亲的武汉之行。她是一名普通的女性，没有人会在什么革命回忆录中记下她。但，我们——她的儿女们却要说，我们的母亲，是一位有良知的母亲，良知就是她生命的光芒。

母亲因胃癌而去世，不止一个庸医误了她，这其中有最不该误她的人。

至今，母亲去世已近二十年。过几天，就是她的生日；她的生日后，我们才过春节。这段时间，我们的日子里充满对母亲的回忆，伤感但又温暖。

西塘的心思 （外一章）|任林举|

原载《北京文学》2014 年第 4 期

　　耽于玩耍的西塘，就这样在千年的水巷边，安然坐定。

　　我见到她的时候，她什么也没说，只是神秘一笑，嘴唇抿紧，仿佛在刻意地守着一个什么秘密。其实，看一看水巷里悄然而逝的流水，便知道，西塘已经把浩浩荡荡的时光都诓进了水巷，而自己却成功躲过了岁月的逼迫，继续在春色可人的江南忘情流连，并成为一个让人忘情流连的去处。

　　相传，春秋时期，吴国大夫伍子胥兴水利，通盐运，开凿伍子塘，引胥山（现嘉善县西南 12 里）以北之水直抵境内，故有胥塘，别称西塘。这样算来，西塘的存在已经有两千年以上的历史了，不知道这两千多年的时间，它到底是以怎样的方式沿着抽象的时间之轴行走，依凭一个小小的空间让自己在时间流程之外悄悄延宕下来。许多时代都已经从它的身边一一过去，而它，至今仍然没有起身离去。

　　地老天荒啊！

　　到底谁有勇气和能力把这样的守候或等待付诸实施？

　　人类总是在沿着具象的空间之轴到处奔走。前天盐官，昨天嘉善，明天或后天又将是杭州或上海，我们不知道时间的秘密，所以无法在时间里久留。地也未曾老，天也未曾荒，只是有一天，我们和我们的心愿将一同在时间里老去，化为尘烟。大概，也只有西塘这样的事物能够懂得时间的秘密，只有西塘这样的事物才能够在时间里坚守并直指永恒。

　　太阳在水巷的另一端升起，照亮了西塘古镇和古镇的清晨。宁静的街溪水仿佛受控于一种神秘的力量，突然就停止了流动，成为一渠泛着金光的油彩。逆光中，一只小船无声地从水巷转弯处驶来，恍若时光深处的一帧剪影。胭脂色的涟漪从船头一圈圈荡起，无声，在浓稠而凝重的水面上传播。远远望去，平滑的水波仿佛已经不再是那种液态的质感，而是水波过后留在沙地上的固态纹络。此时，水巷两岸的建筑愈发显现出古旧的色彩和形态，粉墙黛瓦以及其间的斑驳，经过时光和岁月的反复涂抹修改之后，变得更加深沉、厚实。偶尔有微风从葡萄藤的缝隙间穿过，轻轻拂过脸庞，提醒我确实身处现实之中，并且正浮于时间的表层，但我的心，却分明感受到了岁月的稀薄和时间的沉重。

这是一天中行人最为稀少的时刻，古镇的一切都如一夜间去除了遮蔽、掸掉了浮尘，清晰地显现于视野之中。走在狭窄而悠长的小街上，竟然能听到自己脚步的回声，空旷而悠远，如同从很久以前传来，又仿佛要传到很久以后。低头时，目光能够很幸运地直接触到那些辨不清年代的麻石。它们与两旁林立的房舍，衔接得天衣无缝，就好像在两千年前西塘刚刚诞生时就已经紧密地结合为一体。倒是在其间行走的行人与这些建筑有一点格格不入，貌合神离。很显然，短暂的停留和居住，还不能让我们把"根"扎入时间深处，我们无法打开与古镇沟通、融合的心灵之门。

南来北往的客，纷纷慕西塘的盛名来看西塘，却又难免经常与西塘擦肩而过。

有的人知道，西塘不仅仅是一渠水、一座桥、一篷小船或一些旧房子，更不是被杜撰、修改了很多次似是而非的传说，但西塘究竟是什么，还是无法确定、无法明了。于是，便在游览的流水线上格外地用心看、用心找。无奈市声嘈杂，人潮如蚁，目光交错如麻，心便被搅得纷乱，遂视而不见，听而不闻。最后只好乘兴而来扫兴而归，自觉或不自觉地陷西塘于"其名难副"的怨声之中。

有的人，兴冲冲地到了西塘，一扑入西塘的街，一住进西塘的老房子，就把西塘彻底忘了。找一张正对着水巷的雕花木床，在徐来的温风里，把没有想完的心事继续想起；抱着电话与远方的亲人或朋友"微"来"微"去；或随人流在一家挨着一家的店铺里找一件似曾相识的工艺品，盘算着如何低价买下，带回家去……

很多来古镇的人，吃饱喝足之后，总是要给自己留下一些曾到过古镇的凭据，要么在某一重要景物上偷偷刻下"某某到此一游"，要么就是拥着挤着争着抢着在古镇的水巷边、石桥头或某一处刻着字的古宅前排队留影，希望在古镇背景的映衬下自己的倩影会更加隽永美好，以便事后愉悦一下远方未能成行的亲友。但很多人拍完片子在相机的显示器里一看，竟然大呼奇怪。他们都忍不住抱怨起古镇的不予"配合"，因为拍出来的片子看上去很不真实也很不和谐，就跟"P"上去的一样，人与景儿之间你是你我是我地分离着、隔阂着，如不同时间、不同地点、不同事件的硬性捏合。

相对于漂萍一样去留无定的人们，似乎还是墙角、石阶上的青苔与古镇之间的关联度更高，也更贴近、更默契、更和谐。它们就像古镇从岁月深处呼出的翠绿、湿润的气息，丝丝袅袅地升腾缠绕在行人的脚边。

而那些守候于客人门外或观光必经之路，低声细语或高声叫卖的商贩们，则是真正的当地人，他们常常以主人的身份向外出租和出卖着西塘。不知道经年累月的相伴与厮守，有没有让他们中的一部分人拥有了与西塘心意互通的通道，使他们与西塘之间像叶子与树一样气息与共，互为表达？但有一点是不可否认的，他们中的一些人虽然每天背靠着西塘，却只把两眼死死盯住如流水一样川流不息的游客，一颗心不舍昼夜地悬挂于客人的背包和口袋之上。对于他们来说，西塘也不过是一个栖身和谋生的地点，是一扇木门、一面旧窗、一个悬挂招牌和铺设货摊的店铺。

然而，西塘却总会以自己的方式展开另一程的生命叙事。

水巷两边的老房子，别致的木质雕花窗，通常都是敞开着的。从窗外进去的是风和阳光；从窗里流溢而出或隐蔽着的是各种各样的声音、各种各样的色彩、各种各样的情感和故事。它们很轻易地就让我想起被称为"心灵之窗"的眼睛，而眼睛注定要成为某种内在与灵魂的流露与表达。不知道此时的西塘是醒着还是睡着。如果醒着，那么窗里的一切必定是它秘而不宣的心事；如果睡着，窗里的一切则是它梦里的内容。来西塘的人，大概也都与梦有些关系吧，他们不是来寻找自己的梦，就是来古镇做梦。也不知道此时每扇窗背后的人们是醒着还是睡着。如果醒着，西塘则是他们未来的记忆；如果睡着，也许西塘就在他们的梦里。

于是，便有缱绻过后的情侣情不自禁地把自己的梦延伸到窗外。他们像一对蝶或一双燕一样，在窗前的美人靠上把风景依偎成梦幻。大约是为了印证一下那情景的现实性和真实性，他们开始用店家事先备好的钓竿去钓街溪里的鱼。其实他们并不急于得鱼，他们只是要让那些幸福的时光如街溪水一样缓缓地在西塘流淌。如果能够偶尔从水中钓得一条或大或小的鱼儿，那便是平静的幸福中快乐与激情的象征了。果然，就有一条指头大小的鱼儿上钩，摇头甩尾地在水面上挣扎，他们笑着把渔线收回，小心将那鱼儿存放在盆中，如存放一枚生动的记忆。然后，彼此交换一下眼神，重新消失在窗子的暗影之中。

　　水面很快就平静下来。两天后，也许这个曾经上演过甜蜜故事的窗后已经人去屋空。再以后，或长久虚置，或住进了一对足不出户的老夫妇，而那窗前的水巷和拥有着这样水巷的西塘，却依然如故，仿佛什么都不曾存在，什么都不曾发生。

　　这梦幻般的细节，时间之水中一朵小小的浪花，让我想起了短暂与永恒。如果仅从拥有时间的长度上论，我们之于西塘，正如蜉蝣之于我们。有时，人类躺在树下睡一觉或醉一次酒的工夫，蜉蝣已经度过了它朝生暮死的一生。对于人类来说，一只蜉蝣的生而又死几乎在不知不觉中发生，当他一觉醒来的时候，并不知道曾有一个生命在他的身边生而又死。对于蜉蝣来说，它的一生也许和人类一样充满了数不尽的起起落落和悲欢离合，充满了道不尽的曲折复杂和丰富多彩。而人类却如没有生命的静物一样，在它的一生里几乎一动未动。蜉蝣并不懂得人类的一个动作就能够跨越它的半生，不知道人类能够把它们所经历的一切在时间的流程里拉长、放大，并演绎出更加惊心动魄的波澜。它们没有能力懂得人类，就像我们没有能力懂得西塘。大象希形，大音希声，人类中的智者隐约感知到了自身的局限，并对那些在空间和时间上的超越者，进行了支离破碎的猜想和描述。

　　然而，雄心勃勃的人类，从来不甘于生命的短暂与幻灭，即便拥有了某个闪光的或意味深长的瞬间，也希求将其转化成永恒。

　　无形的风掠过水面，正在摇橹的船夫放下手中的橹柄，伸手抓一把，风迅即从指缝间溜走。而微波兴起的水，却在这时记住了风短暂的拂摸，于是便心花怒放，让菱花从水中开出来；菱花艳黄，如时光的莞尔一笑，开过之后就谢了，但在以后那些沉寂的日子里，那一泓多情的水，却悄然把那次甜蜜的记忆，在内心酝酿成外表坚硬内在甜软的菱角。与菱角相呼应的还有一种很奇特的水生植物叫做鸡头米或鸡头莲，属睡莲科，花深紫而大，据说菱花开时常背着阳光，而芡花开时则向着阳光，所以菱性寒而芡性暖。不管怎么说，这一切都是短暂的，一切的发生、发展不过是一个季节的事情。但人类却不甘心一切就这样结束、消失。遂有人将菱角采来晒干后剁成细粒，以作日后备用口粮熬成粥，一边食之一边回想起那些逝去的光景。更有人将芡实采来磨粉，蒸熟，并倾注了自己的心力敲敲打打，制成了芡实糕。一种传说中的美味小吃，一传几百年，名声已差不多与西塘相齐。

人类就是这样，把自己希望永久或永恒的愿望寄托于一切所经手的事物，通过物的传承实现自身生命信息的传承。我一直想不通，说不准，这是人类的理想、梦想还是妄念。

沿着一排排摆满了芡实糕和煮田螺的摊子前行，总能够在某一处房子的阴影中，看到一个只管低头操作而无心叫卖、推销的传统手工艺加工者。有的在织粗布方巾，有的在用当地的一种木材加工梳子，有的则挥汗如雨，加工灶糖。有一位剪纸的老妇人，穿着灰色的布衣，坐在自家门槛外，专注地裁剪着手中折叠的红纸，鲜红的纸屑像是时光的碎片，扑簌簌落在她脚下的暗影中。当天色已经变暗时，我再一次路过她身边，她仍然坐在原地未动，依然神情专注地剪着她心里的那些图案，脚下的纸屑已经积了厚厚一层，并变成了暗紫色。这时，那老妇人已经与她身后的房屋融为一体，一同在黄昏里变得身影模糊，模糊成古镇的一份记忆。

两千多年岁月所成就的西塘古镇，就这样点点滴滴凝聚着人类世世代代的心愿和种种努力，但最后它却无情地超越了多情的人类，成为一个冷峻、高傲的巨大背影，严严地挡住了我们探寻的目光。

庄子曾在《逍遥游》里描述过一种植物，叫大椿，据说它以我们的500岁作为自己的一个春秋，因为没有人能够亲历它的生命过程，所以就没有人确切地知道它的寿命，没有人确切地知道它的寿命，便也就没有人知道它已经行进到了生命的几分之几。如果，我们如此这般地比拟、揣度西塘，那么我们同样不知道它到底处于生命进程的哪一个阶段。

在那些与西塘日夜相伴的日子里，我一直主观地认为，西塘就是一个年轻俊美的女性。在夜晚的静谧之中，侧卧于水巷边的客栈床上倾听西塘，仿佛就能够清晰地感觉到她那年轻而柔媚的呼吸。倏然，有一半自水一半自花的暗香越过半合半开的窗，长驱直入，直抵枕边，半梦半醒之间，西塘似乎真的就幻化为了最心爱的女人，陪伴身旁。持续的温情如窗前沐浴熏风的树，沙沙地彻夜摇动不停，不但有声，而且有影，激活了生命里所有的渴望与想象。

　　眩晕中，我曾一遍遍追问西塘，那个关于时间和永恒的秘密，但西塘始终沉默不语。我揣度，深谙天机的西塘，是不会向我开口的，一开口，便触犯了天条，也会和我一样堕入红尘，在时光的洗涤中慢慢老去。

　　夜一定是很深了。从环秀桥的方向突然传来一个神秘的声音，像摇橹，像鸟鸣，也像一声讪笑。突然的惊醒，让我很快意识到，夜色中，真实的西塘，离我已经更远了，远得不可触及。环秀桥外一闪即逝的那个背影，到底是传说中多情而委婉的胡氏，还是执着而羞怯的五姑娘？清丽而又有一点儿暧昧的西塘，到处都是新鲜或陈酿、热烈或凄婉的爱情与传说。但那一刻我却感觉到，那似有似无一闪而逝的影子，正是西塘刻意躲闪与回避的身影。

　　清晨起来，我站在客栈窗前，久久地凝望着古镇上的一切，内心感念丛生。无法收束的目光涉过水巷，跨过永宁桥，沿烟雨长廊向前，像抚摸自己的前世今生一样，一直抵达送子来凤桥。

　　有一对早起的恋人，携手相依，正从来凤桥头幽暗的巷口走出，两张甜美的脸在初升阳光的照耀下，像花儿一样明艳、灿烂，我想，也定如花儿一样芬芳。他们一路徜徉，一路缠绵，在靠岸的乌篷船边悄声私语，在滴水晴雨桥畔相拥而立。一方艳丽的土布披肩如他们借以飞旋的翅膀，一路把西塘演绎成一个故事里的模糊背景。一时间，竟让我忘记了关于永恒这个话题的追问与思量。当他们在永宁桥栏上端坐拍照，相拥而笑时，突然有些许的震撼与感动击中了我的心。当那庸常的快乐与幸福，能够被一个人铭记，被古镇铭记，被时间铭记，我知道，我已经没有什么必要再去追问那个叫作永恒或永远的字眼儿了。

　　那一刻，我真的不知道自己的表情是什么样子。但那一刻，我恍然而悟，我们之所以看不清西塘，是因为我们身在西塘；我们之所以猜不透西塘的心思，是因为我们就是西塘的心思。

薰衣草

这是第三个连晴日。

在英国，一年中透晴的日子加在一起也不会超过 30 个，所以这样连续地晴，就会让人感到有一点奢侈，好像把不多的一点儿积蓄集中在这几天挥霍了。如果不是天气而是人类，大概只有在节日里才能够这样慷慨吧。在这一点上，全世界的人都拥有着共同的禀赋，吝啬，往好听的方向说，是节俭。但不论如何，这几天于英国人于我，都是比节日还难得的好日子。

对英国人来说，虽然每年的节日也不算多，但那些日子终究会如期而至的，该来时必然要来，像尽义务一样。时间久了就习以为常，不必惊喜，也不必感激。但天什么时候晴或什么时候阴，可不会随人们的意愿而改变，那得老天说了算，只有老天高兴时才能晴，也只有老天非常高兴时才可以连晴，那就注定了英国的晴天比节日来得不易。这一点很好理解，如果自己的老婆在家里给自己做一顿饭，那是正常的，理该如此，自然不必感谢；但如果是别人家的老婆在百忙中为你准备了一顿饭并无图谋，只是因为你需要有人帮助。那么，不管是谁都会觉得那女人真的很伟大，圣母玛利亚一样可爱，岂止要感谢，还要崇敬呢。

对于我来说，这些天就更比节日珍贵了。许多年以来，一直也没有机会和女儿朝夕相处，一起做一些喜欢或不一定喜欢但是需要做的事情。哪怕是为了一些小事儿争论争论，和她一起吵吵嘴、生生气也好。最起码，想看到她的时候一抬眼就能够看到，想听她说话时，召唤一声就会有回应。突然就能够和她在一起，并且大部分时间是和她没有阻碍、没有干扰地单独在一起，这岂不是比过节还值得珍惜的事情吗？

女婿浩提议，这么好的阳光，应该开车去农场看薰衣草。于是我们三个人怀着阳光一样的心情，笑逐颜开地上了路。如果时光倒退几十年，倒退回小学时代，为了这样一份好心情，需要写一篇应景作文向老师交差，我想我都会毫无怨言。

为什么要去看薰衣草呢？女婿浩从小在伦敦长大，平日里应该很少到乡下，对于熏衣草大概也是听得多见得少，偶尔想起这个世界级的"大明星"可能也是情系之，心往之，想看个新奇。另外，浩虽然生在中产阶级家庭，但并没有像中国的富家子弟一样养成好吃懒做的习惯，他基本上一切都不依赖父母，不但读书刻苦，生活方面对自己要求也很严格。一边在公司工作，一边还要利用业余时间攻读注册会计师，日子过得忙碌而清苦，很少有时间到处游逛。和女儿从恋爱到结婚这几年时间里，两个人也始终没有一起去看过熏衣草，不知道两个人以前有没有过这方面的约定和计划，但借陪我的机会，也算是做了一件与爱情有关的事情吧。

其实，熏衣草一直就与爱情有关。特别是这几年，通过媒体和网络，全世界到处都在流传着普罗旺斯、普罗旺斯的熏衣草和与熏衣草有关的美丽传说。其中有一则是这样讲的：从前，有一位普罗旺斯少女在采花途中偶遇一位受伤的俊俏青年，少女一见倾心，将青年人留在家中疗伤。痊愈之日，深爱的两人已无法分离。由于家人的反对，女孩准备私奔到开满玫瑰花的爱人的故乡。临行，为检验对方的真心，女孩依照村中老奶奶的方法，将大把的熏衣草抛向男青年，突然间紫色轻烟升起，男青年随之不见，只留下一个隐约而神秘的声音——"其实我就是你想远行的心"。不久，少女也随着轻烟消失，两个人共同融化在爱情之中。从此，普罗旺斯，法国南部一个不起眼儿的小镇便成为熏衣草的故乡，也成了爱情的故乡或代名词。

然而，我所知道的事实是，熏衣草，作为一种传统香料，它的历史远比普罗旺斯和普罗旺斯的爱情更加悠久。这种开有紫蓝色小花的芳香植物又被人们称为灵香草、香草、黄香草，其英文名为 Lavender。早在罗马时代就已经普遍种植，原产于地中海沿岸、欧洲各地及大洋洲列岛，后被广泛栽种于英国及南斯拉夫。

在英国，早在伊丽莎白时代就有"熏衣草代表真爱"的诗意表述。因此，当时的情人们流行着将熏衣草赠送给对方表达爱意。而在这方面，英王室也是作出表率的，据说查理一世在追求 Nell Gwyn 时，就曾将一袋干燥的熏衣草，系上金色的缎带，送给心爱的人。

比较而言，法国的熏衣草比英国的熏衣草，香味更浓烈，更具有提神作用；而英国的熏衣草香味较淡，起到的是宁神的作用。这倒有一点一方水土一方人的意思。法国的熏衣草在特性上竟然和总体上浪漫、激情的法国人一脉相承；而英国的熏衣草却与英国人一样偏于保守、稳健、优雅、理性。

我们要去的农场在距伦敦并不很远的萨里郡的小镇班斯蒂德，据说这里种植熏衣草的历史已有300年之久。熏衣草正常的收获季节大约应该在七月末八月初的样子，但对于这点我们并不是很了解，所以我们去的时候，收获季节已过去一个多月，已经看不到想象中的紫蓝色花海。

这时，田野上的麦子已经收割完毕，只留下一片平整的麦茬，远远看去仍然显现出一片金黄，而近处采摘过的熏衣草田却显得有一些灰颓，除了少数田垄上仍有一些新生的淡紫色花穗，大部分田垄呈现出令人失望的暗灰色。有的是因为花穗被采摘之后，只留下了那些小灌木的枝叶，有的则是因为还没有采摘的花穗变老变暗失去了原有的色彩。但当我们走进熏衣草田垄时，仍然有阵阵浓郁的香气扑鼻而来。原来，这熏衣草竟是一种很奇特的植物，并不像一般的花草，青春逝去便芳华尽散。当它们颜色褪去后，便是最成熟的时候，这时会比以往更加芳香浓郁，更加令人沉醉。说来，这也正是人类中某一些人刻意追求的美好境界呢。

熏衣草的灵魂，就是它的香。人们先是沉醉于它的香，然后才喜爱它的色，否则光凭借它的颜色也不至于令人们如此迷恋。但人们的不良习惯就是太依赖眼睛，用眼睛替代一切感官。应该听的，我们要用眼睛去看；应该触摸的，我们要用眼睛去看；应该用鼻子闻的，我们仍然要用眼睛来判断。久而久之，我们除了动用眼球就不再有别的评判能力，不管是什么事物，只要不能够吸引"眼球"，我们就不闻不问，就嗤之以鼻。在这个浮躁跟风的时代里，我们并没有谁认真地想过这件事，但这样下去的结果，遭受损失的正是搞不准真假虚实是非好歹的我们自己。

面对眼前那一大片熏衣草田，身心沉醉于它的芳香之中，遂想起那句熏衣草的花语：等待爱情。一个"等待"便把爱情的本质和美学价值说穿。真正的爱情，往往并不是四处寻找和通过相亲找到的，它要你耐心等待，等待那个机缘的来临；真正的爱情，需要卿卿我我，但却不能在卿卿我我中得到长久的延续，没有等待、没有思念的爱情会如没有阳光照耀的花朵一样日渐枯萎和凋谢；真正的爱情，往往就是在无望的等待中得以永恒，我们所熟知并深受感染的爱情故事，梁祝、孔雀东南飞、魂断蓝桥、廊桥遗梦等等，哪一个不是因为等待和将进入恒久的等待，才得以升华和感人至深的！真正的爱情，原来是如此的忧伤。

据说在一些国家和地区，还有这样的传说：当你和情人分离时，可以藏一小枝熏衣草在情人的书里，当下次相聚时，再看看熏衣草的颜色，闻闻熏衣草的香味，就可以知道情人有多爱你。对于这件事儿，我是这样理解的，按照自然规律，每一对真心相爱的人，都在共同经受着岁月摧折，总有一天会容颜老去，如眼前这一垄垄暗淡无光不再鲜艳的花穗。但所有的真情和真爱，一定不会因为时间的改变而变淡，它应该像老去的熏衣草一样，时间愈久芳香愈浓。

下午的阳光依然强烈，强烈得让人睁不开眼睛。但如此强烈的阳光却仍然不能让我感觉心情开朗，因为我还不能及时从熏衣草以及爱情的主题里抽出思绪。望着那些秋天里的熏衣草，我仿佛望着铺满秋天的爱情，并且深深地意识到，世界上最忧伤的颜色并不是那种如烟如雾如梦的紫色，而是比那紫色更深更暗的深灰，那是等待的颜色，是比地老天荒更让人心疼的颜色。

雾霾批判书 |杨文丰|

——自然笔记

原载《北京文学》2013年第7期

原载《北京文学》2013年第7期

我们不要过分陶醉于我们人类对自然界的胜利。对于每一次这样的胜利，自然界都对我们进行了报复。

——恩格斯

不消除"精神雾霾"，不建构绿色"空气伦理"，焉能天明地静，气正风清？

——手记

一、"雾霾恐惧症"在全社会蔓延

癸巳的立春，北京，又被浓浓的雾霾严实覆盖。春，被挡在城外。这个春天，最不能算作春天，中国国土的许多版图，都被锁入雾霾。雾霾内，是大地上艰于呼吸的人。

被雾霾包裹的人，如被驱赶入疑似的夜，尽管雾霾在本质上不是夜，却比莫测的夜更凝重。

被迫入雾霾的人，还如囚入笼中之豹，这样的人能不被怜悯吗？

血红的太阳还未完全西沉，天安门上伟人像犀利的眼睛已看不到纪念堂里沉睡的肃穆。夜来月亮隐约，街灯迷蒙。人们除感觉空气的异味，还感觉沉闷、压抑、烦躁，生出深重的恐惧。

早些时候，许多人是不明雾霾就里的，还以为置身于仙山琼阁。

然而今日，无论雾霾来不来，民众都心有恐惧，国人有谁不是"雾霾恐惧场"中人？有谁不罹患"雾霾恐惧症"？

我们的社会，步入了"雾霾恐惧场"，生存伦理开始坍塌。

今天看见雾，你会窃想这是不是雾霾？雾成了一朝被蛇咬十年都怕见的草绳。见到雾霾，你会想象这是空中在浮无数纸钱。朦胧月色，被疑是雾霾来了。日前，我与北京朋友通电话，他说现在已不敢张大嘴呼吸，就别说深呼吸了。真可谓"厚德载雾、自强不吸"了。

帕斯卡说，那无限空间的永久沉默，使我恐惧。你我恐惧，与不知道何处才是茫茫雾霾的边界有关。

在那农业社会，谁会有这样的恐惧呢？

无知者无畏，看来仍是放之四海而皆准的真理。

我本科攻读的是农业气象学专业，气象学家算是"本家"，但我今天却深恨气象学家，何以要广告天下这雾霾凶残的真相呢？

今天，谁不晓得雾霾包括数百种大气污染颗粒物，谁不知道危害人体健康的主要是直径小于 10 微米的颗粒物。这些东西，黏附在呼吸道和肺叶，会诱发或加重气管炎、鼻炎、支气管炎、结膜炎等过敏性病症。

雾霾诱发高血压和脑出血，催生"非典型"肺炎。

雾霾笼罩天，气压偏低，空气含氧量下降，使人心肌缺血，心血管患者死亡率陡增。

"阴霾天气比吸烟更易致癌。"中国工程院院士、呼吸专家钟南山指出。

遮天的雾霾已留下数亿中国人空茫忧恐的目光。雾霾使中国的生态环境引起了世界的热切关注。

雾霾已然成为一个政治问题，不只是严重的生态问题。

二、雾霾是对美纯空气的反动

对雾霾事件的深入认识，上升到对生命生存负责的高度，无疑是应该的；但我以为还有必要再引入自然科学审美视角。

在地球上，还没有哪一种自然物的规模之大、功能之多、作用之神奇及结构之严密，可以和大气圈相提并论。大气占据除有形物以外的所有空间，苍苍茫茫。大气的质量主要集中在由空气组成的低层上。然而，在中国人眼里，空气却姓空，而且空与气，一直是中国哲学的两个重要命题，应该是空气纯净得令人视而不见吧，在祖国文学的长河里，竟鲜见专门写空气的文字。

但这不等于不见间接表现空气的文字。最擅长间接表现空气者乃诗人王维。瞧，山居王维诗笔携来的新雨秋暝静入空山的空气，明月清辉入松林的空气，清泉流石上的空气，既静美，还染佛性……

空的字义是内无所有。空气，就真个空空吗？事实是，唯有空得似无实有（纯净）的空气，才美纯本色，才适合人类呼吸。因而这空，又是"有"的储存。

在久远的农业社会，空气还没怎么被污染，还很纯净，由氮气、氧气及稀有气体组成，成分很恒定。

在法国语言学家罗兰·巴特眼里，空气的属性首先是轻盈，其次为散漫。我却认为，空气最首要的品质还是透明。不因为爱情，是因为纯洁，所以才透明，使人不知深浅，可透过空气欣赏四时之景，天上人间物事；好空气轻松，比陶令的桃花源更陶然轻松。好空气缥缈得神秘；好空气遮蔽、吸收、散射和反射阳光、月光；空气流动，就成风，欲起风波便得与波合谋；空气有稀有薄，你当然感觉她好像无什么缝隙，但却到处都能让你进入。

在《包容一切的空气》里我写过：空气"很诗化，抽象得像光，缥缈得如雾，漂泊得似水。她深远、宽阔、无色、无味、透明、单纯、空灵。她的脚步，虚幻飘忽，无影无踪。你看不见她，尽管她有重量，更有形体，本非虚无。你用手抓她，先一握，再一拧，满以为抓住了，而你的手中，却依然虚空。"

虚空空气的缺点，莫过于太过包容，还良莠不分。

过于包容，无疑是空气伟大的根源，更是悲剧的开始。

湖水包容污物有沙泥过滤，空气容纳难容之物却无弥陀佛的消化法力，只有成为污物集中营……污物浮悬半空，便成霾。

形成雾霾的"主角"是谁？答曰：人类排放的污染之物也。

形成雾霾需要怎样的天气条件？

首要条件是气压要较低，出现著名的"逆温现象"。比如，1930年11月1日，比利时于伊小城及附近马斯河谷地区，就产生了"逆温现象"。包裹我们的空气，气温的分布一般都是随海拔升高而下降，诚如苏轼预言的"高处不胜寒"。假如逆转过来，离大地越远处的气温反而越高，这便是"逆温现象"，所在的空气层在气象学上叫"逆温层"。空气，本有这样的脾性，就是气温越低，密度越大，越沉重堆积。比利时那天就因为近地空气是"逆温层"，发生不了气流上升运动……悬浮的污染物越积越多，终成霾。

雾霾形成的另一个必要条件是悬浮在空气的污染物能够发育成足够大的颗粒。

三、霾与雾有时同样可怕

雾霾颇具欺瞒性。

雾霾是寂静的（与恐惧相伴的场景，多是寂静的），近乎死寂，就像闻一多笔底的死水。这是百战沙场的将军也骇怕的恶战前的死寂。

雾霾的死寂，颇怪异。犹鬼子进村，不打招呼，偷偷摸摸地就来了，这可是铺天盖地的弥漫性行动。"霾""埋"不是同音吗？雾霾一到，尘界的一切就被暗无天日地"埋"了。

这雾霾，貌似漠然冷眼，却大智若愚，吞吐八荒。

权威的中国气象局《地面气象观测规范》认定，霾，是极细微的干尘粒等大量地、均匀地浮游在空中，使空气的水平能见度小于10公里的浑浊现象，霾能够使远处光亮的物体微带黄、红色，使黑暗物体微带蓝色，幻变色彩，迷糊景物。

这里说到的干尘粒，是由扬沙、尘卷风、沙尘暴、浮尘等构成的复杂家族。

"当能见度小于10公里，排除了降水、沙尘暴、扬沙、浮尘等天气现象造成的视程障碍，且空气相对湿度小于80%时，即可判识为霾。"（《国家气象行业标准》）

此般定义，比中国古籍《尔雅·释天》所说"风而雨土曰霾"，更真实也更准确。同时，在暗示雾、霾间存在大玄机，尽管从字面看霾与雾一清二楚。

雾是什么？雾是无数微小的沉沉浮浮的水滴或者冰晶，在近地空气层中开会，在开湿湿漉漉、白白茫茫、沉沉默默的会。

我把云拉过来，诗化些就是：云，是飘上天的雾；雾，乃贴大地的云。

令人迷惑的，是这雾，这霾，会粉墨登场，合作欺瞒尘世。

欺瞒的表现，是雾与霾都虚浮浑浊，混沌迷蒙，神形酷肖，易于混淆，如果满足一定条件，还能相互转化。

当然，民众未必知道，这雾与霾最大的区别，在于弥漫空中的构成物不同：雾如同《红楼梦》里的女子，大体是水做的骨肉；霾则是由扬沙、沙尘暴、浮尘及其他污染颗粒物构成的浊物男子，主要是"泥做的骨肉"。霾里雾中都含水汽，但霾的相对湿度是低于80%；一旦相对湿度高于95%，尽管无声无息，却已"宫廷生变"，霾转变成了雾——龌龊的雾，甚至毒雾。

尤其可怕的，是相对湿度在80%～95%时，就已雾霾相混，弥漫的主要已是霾。

无风时，天气沉稳如深山古池老水，污染颗粒物浓度越大，霾就越重。如果水汽饱和，污染颗粒物会凝上水汽形成雾滴——起雾焉；雾被阳光照晒发生蒸发，颗粒物依然残留在空气中，不必似悟空那般摇身，雾，也会变成霾。

这真是易被混淆的视听，难辨险恶。所以我说，这个时代的雾与霾，在有的时候，可说已同样可怕了。这是你难于想象的。

然而，这却是自然律，是不以人的意愿为转移的自然律，是只要条件具备，都会自然而然变化，全然不顾什么后果，也不顾什么美学、医学后效的自然律。自然和社会，都存在不以人的意志而逆转的自然律，伟大的自然律。遵循和顺应自然律，是包括人类在内的大自然里任何成员都必须表现的基本姿态。

面对自然律，今天的人类，如果不是听天由命，无所适从，就该选择敬畏和谦卑，并作出深刻的自省和行动。

现在令人恐怖和忧患的，竟然是尘寰中人，还普遍对自然律导致的霾雾互变茫然不觉，还认为雾很洁净，很纯美，对雾毫不戒备。

何况中国人，还一直那么喜雾、爱雾，自恋赏雾的传统。

读读那些弥雾的古诗词，赏赏那些漫雾的国画，雾，被表现得何其神秘、迷离、缥缈和空寂。

那些艺术的雾和那时现实中的雾，我想，肯定不可能像今天如此"内涵丰富"。那时的雾，也起于沧海之上，漫在河山之间，也是那么静、生、散，湿漉氤氲，软绵飘拂，游荡蠕动，弥漫柔腴，白白，茫茫，但却仍是洁净的，无毒的。

还美得难于描摹。

那时的雾，与国人尚意的审美习惯居然如此吻合。

那时的雾——中国农业社会的雾，何见曾危及民众的健康和性命？谁防范过雾？

对雾没有戒备心之前，外国许多杰出的文艺家也钟情雾，表现雾。

表现雾霾早就是美国艺术家的重要主题之一。莫奈也曾被伦敦的浓雾吸引，以浓重斑斓的油彩，着力描绘过雾霾中的英国议会大厦。狄更斯还是被"雾"造就的文学巨匠，他以雾都伦敦作大背景的写实小说《雾都孤儿》已成传世经典。因霾带"病"，这些艺术作品，在今天看来，无非是误以霾为美的激情之作，是被骗取了艺术冲动的"畸形儿"，是染了无尽遗憾的"病艺术"。

今天的雾，溶解有毒物质，已是病菌病毒生长繁殖的"温床"——早已不再是工业革命以前的雾了。

需要强调的是，在今天，无论是雾是霾，都一样存在 PM2.5。

PM2.5 是什么？是悬浮入空气直径 ≤ 2.5 微米的细颗粒物，是突然蹿红，被收入了第六版《现代汉语词典》的当红词。

PM2.5 是雾霾的主要成分，是微米级的细颗粒物，居然依然触发"诗情"，在癸巳"两会"期间，中科院院士、全国政协委员姚檀栋还大声朗诵过自己的戏作《沁园春·霾》：

北京风光，千里朦胧，万里尘飘，望三环内外，浓雾莽莽，鸟巢上下，阴霾滔滔！车舞长蛇，烟锁跑道，欲上六环把车飙，需晴日，将车身内外，尽心洗扫。

空气如此糟糕，引无数美女戴口罩，惜一罩掩面，白化妆了！唯露双眼，难判风骚。一代天骄，央视裤衩，只见后座不见腰。尘入肺，有不要命者，还做早操。

让美女们始料不及的，是经科学检测，口罩对 PM2.5，已起不到阻隔作用；如果你仍戴着口罩，那么，雾和霾的细颗粒物，将通过你的口罩表面，被你的鼻子吸入。

如此有特色的"口罩风景"，谁能想到，竟成了健康的误区，自欺欺人的安慰！

PM2.5——你这自然形成，被现代工业排入空气，经由光化学反应形成的二次污染细颗粒物，在高倍电子显微镜下，你的"庐山真面目"，居然周身都朝四面八方挺着尖刺。你一进入人民的身体，就不客气地插在鼻黏膜上、气管壁上……

四、是病态生物体，也是围城

写到这里，我突然想起好莱坞电影中那些庞大奇特的生物，遂想，这悬浮的雾霾，不同样是怪异独特的病态生物体吗？

在生物学家眼里，生物体都拥有这样的特征：首先，除了病毒等少数种类，生物体都由细胞组成；其二，都具新陈代谢作用；其三，都具应激性；其四，都有生长现象；其五，都会生殖发育；其六，都有遗传和变异的特性；其七，都能适应一定的环境，并能影响环境；其八，主要从外界摄取营养物质；其九，都具可塑性，并且都能呼吸。

生物体的这些特征，雾霾都近乎具备，我认为。

雾霾一样能够"新陈代谢"。雾霾入世，消消长长，子后有子，子后有孙，无尽无穷，甚至还可能百世流芳，前途不可限量。

应激性指的是生物对外界诸如光、温度、声音、食物、化学物质、地心引力等各种刺激作出的反应。眼前这雾霾，有无应激性呢？

想想，我们天天都在朝天空排污，雾霾何尝不是以牙还牙，以污浊还污浊，热情恒定地在"回报"我们？

这个病态生物体，虽说是传染病脑炎、流感等病毒、病菌的"密集型组织"，却虚胖有余，结实不足，更是能虚张声势，靠什么？靠的是依然有不计其数的人，一直在勇敢、不竭地输送"给养"。

真是人类"宠养"的病态生物体，人类真该尽快注册"宠养"专利才对！

雾霾，你侵占时空，建构势力范围。你的苍茫气度和空间尺度，唯有雪落神州万里河山能够媲美，你何止覆盖京城，何止覆盖东北华北……

你能够呼吸吗？这是怎样的呼吸啊，是生物集团军的呼吸，吸纳四野，吞吐八荒，全然不管人类是否已掌握气象武器和核战武器。

然而你却又太可塑了，形神变幻触须四伏，可塑得就像超乎庄子想象力的奇异章鱼。

谁说你不也是怀抱阔大的"母亲"呢？

江河施爱以润泽，天空施爱以蔚蓝，绿叶施爱以氧气，母亲施爱以怀抱。你不也同样施以我们难止边界的大"爱"吗？

然而，今天的人类却被你陷入深重的悖谬：同属生物体的人类，在被你如同母亲一样地"爱"着时，居然感觉不出幸福指数会如芝麻开花节节高。

你这个病态生物体，不同样是"围城"吗？你一到来，人类霎时就分不清是你吞噬了整座城池，还是城池在和你融为一体。

近日，身陷围城入网的我，读到网诗《雾霾叹》：

首都曾首堵，如今成首污。
雾霾时常来，隐天又蔽日。

的确是隐天蔽日，这"霾城"，围城。

五、人与空气关系的最佳态

雾霾浓重，黑蛇云集之时，谁也否认不了这是和平空气里的大事故。

荒诞的是，雾霾来时，"人与自然"的关系居然霎时就获得了平日里完全不可能有的大简化，成了"人与空气"的关系。

这不完全是因为空气空茫虚幻、了无痕迹，连香味也没有。空气不招惹你注意是正常的。空气爱人，绝不是出自本能，乃纯净之心所然。与其说不自觉，不如说是大自觉。

我要提出的问题是：这人与空气的最佳相处态，究竟应该是怎样的？

你在屋里读书，在山河间行走，如果硬要你说说空气给你的感觉，你或许会讲，是似有似无、若有若无的。不是有"身在福中不知福"之说吗？人在空气里还不知要感觉空气，不生琢磨空气之心，已是呼吸的大幸福了。很显然，这时的你，是不会产生要看看空气的念头的，只有北风袭你感觉太冷或酷浪汹涌你过热时，你才会关注空气。你平日里断断不会去想，哦，空气啊，今天让我好好地看看你！空气里留不下你的这种目光。空气也不会给你明察秋毫的契机。你也不会朝空气排放任何色彩及杂物。你不做伤天害气的事。总之，空气纯净得已被你忘记，空气也不漫生讨厌你之心；你与空气相处得很"无"。这不就是人与物（空气）相忘的境界吗？与其"相濡以沫"，不如相忘于江湖，真是大而美的境界。

这才是人与空气相处的最佳态，我认为。

所以，雾霾窝藏毒蛇是对洁净空气的亵渎，是纯净如处女的空气被猥亵奸淫——是对人与空气原初关系的污浊异化。

在这个世界，有好水游泳是鱼的基本生存权利，有安全天空飞是鸟的基本生存权利。诚然，有洁净的空气呼吸，没有病化的"雾"与"霾"，不同样也是人的基本生存权利吗？至少，这是人的呼吸权。谁能够须臾停止呼吸呢？

人权与道德伦理同等重要。呼吸是普世的，雾霾则是独特的。雾霾，你是在完全彻底、地地道道地反人权、反道德！

因而，有必要提出建构人与空气关系的道德伦理——"空气伦理"。空气伦理倡导人与空气属于同一整体，互相尊重，互为信赖，互相爱护。空气以洁净养人，人的行为以不污染空气为基本前提，时刻善待空气。彼此都不做以异质污物侵害对方的蠢事，不伤残对方的"天生丽质"。

人与空气相处最佳态的建设与葆有，难道不是完全有赖于人类能否遵守这绿色的空气伦理吗？

作为人，如果不以洁净还空气以名誉，继续一意孤行，继续给空气以颜色，空气必然坚决还你以脸色……"空气伦理"就无法建构，这人与空气关系的最佳态就只能是天方夜谭。

六、砍断"精神雾霾"黑手

雾霾,依然在国土上发展蔓延。远比雪落在中国的大地上,寒冷在笼罩着中国更令人揪心。雾霾,远未被遏制,更遑论被消灭。

雾霾的反复到来,表明中国社会风气出了问题。如果风清气正,焉会出现雾霾?

然而,精神的"病灶"在哪里?

这些年,我一听到所谓的"发展"心里就发毛——何以许多发展都与盲目、与虚假、与短视、与破坏"血肉相连"?谁是最后的黑手?

是否只为当代人的幸福就可以肆意耗尽子孙后代的资源?雾霾已使空气走向商品化,多久后将暴发列强抢夺空气之战?多久后空气会变成"火药库"?是谁给了你掠夺洁净空气的权利?"如果在吃饭喝水呼吸都成问题的情况下,GDP世界第一又有何意义?"(钟南山语)

雾霾成了中国现代化进程的迷离沟壑,成了国家崛起、民族复兴的坚硬阻障。

我们是否该迅速作出文明转型。转型哲学世界观,走出自然资源取之不尽用之不竭的误区,消除人类中心主义的幻觉;转型价值观,牢固确立"地球村"大观念和人类只有一个共同地球的价值观;转型生活方式,回归低碳、循环、生态环保的生活;转型资源利用形态;转型体制。发达国家成功以法治霾、民间协同治霾的他山之石,难道不能尽快攻玉?人类历史上的雾霾"前车",就不该令人警醒、借鉴?

我想起至今仍令知情人心悸的1952年12月5日的"伦敦雾霾"。

当时,伦敦大气湿度陡增,风无力扬起米字旗,全城烟尘弥漫。尽管市民紧闭门窗,黄褐色的烟雾还是无孔不入。地铁以外的所有交通工具已全部瘫痪。人们难辨方向。行人甚至已无法看到自己的双脚。到医院看病的人群长得看不到尽头。救护车需火把引路才能勉强行驶。伦敦一世界著名剧院如期上演歌剧《茶花女》,由于剧场内雾霾越来越浓,观众再也无法看清舞台,只能中断演出。

英国政府随后公布的雾霾报告显示,这场伦敦雾霾,至少导致了4 000

人死亡，至当年底，死亡人数飙升到 1.2 万。

假如我们不实行有效的治霾模式，不砍断雾霾背后隐藏的黑幕大操手——"精神雾霾"，谁敢担保"伦敦雾霾"的惨剧不会在中国重演？

这精神雾霾远要比"物质雾霾"可怕十万倍、百万倍！

何况这精神雾霾还无处无时不在，在影响你，控制你。

在这里还得道及精神。在大自然面前，我以为所谓的"精神"，已是悲悯、物我平等的姐妹，是与自然万物长相厮守共同荣辱的情怀，是慈爱、友善、远离杀机的善行，是无私纯净自在陶然的境界。今天反而是人堕入了低级"动物世界"，精神家园日渐荒芜。如此情状，如此的精神空间狭窄逼仄，只能使人蜕变为沉淫肉欲的软体动物。"精神雾霾"里那所谓的"精神"，即便算有，也只能是畸形的，是建立在肉体快感之上精神雾霾的分泌物。精神雾霾在本质上其实并没有什么真正的精神，有的只是人的私利，人的欲壑。

根治物质雾霾易，消除精神雾霾难。

身为华夏儿女，我深知在中国根治精神雾霾尤其难。

治霾是国国有份的事，因为有风，治霾是大气圈里没有国界的事，是高级的全球化的事，尤其对各国民众的文化素质已构成严酷的挑战。然而，我们的民间文化长期以来推崇"人不为己，天诛地灭"。何况中国法治尚不健全。我国治霾的法律也并非一片空白，但是，纵然法制健全，治霾执法就那么容易吗？忧心的还有中国封建残余绵绵不绝，整个社会就是个"准人情社会"，人情变通，打点关系，数字虚浮，诚信缺失……国人，还普遍缺失个人信仰……

近日，我无意间读到外国摄影家在中国某城上空拍的照片《万壑云霾凝不消》：那雾霾就像灰黑连绵的棉田，深厚起伏，城市被笼罩得严严实实。然而，静默沉寂之中，却仍有两柱烟囱雄起于霾海，依然"呼呼"地喷吐着游蛇似的黑烟……

中国治霾的道路，荆棘丛生，前景未卜。

倘若连雾霾都不能快速地治理，不能铁面以法根治，我们有何资格谈"幸福指数"？凭什么言"美丽中国"？……

苍耳：消失或重现 |杜怀超|

原载《北京文学》2014 年第 7 期

有些记忆，光阴再深也是抹杀不去的，它会沿着河岸、阡陌，甚至废弃的园子坍塌的墙垣，一路低音甚至无声无息地牵住衣角、长发，一不小心还会随着尖锐的刺钻入你的手指，甚至……保持一生的疼痛。这就是苍耳，粗糙的、素朴的甚至没心没肺的苍耳，寂寞的、孤独的、纠结的、沉默的苍耳。再与苍耳相遇，我们竟是在荒废了十年的乡村院落里。颓废的泥巴墙、破落的草舍，挨挨挤挤的苍耳，舒展着阔大的叶子。新的、旧的飞燕在她的上空春来秋又去，呢喃的音韵成为最富生气的词语。苍耳，支起无数听觉。待寒霜一降，只剩下寂寥的庭院和孤独的苍耳相看不厌。谁为谁守护？

我对苍耳的名字充满着神秘的诠释，苍耳苍耳，苍与耳，苍是苍老的苍，天下苍生的苍。原本是伧，伧人，粗鄙的人，他们在穷困潦倒或者天灾人祸面前，能够捡拾的唯有这贴地生长的苍耳。苍耳，难道是大地上一只渺小而又巨大的耳朵？渺小是她的形状，巨大是其听觉世界里海纳百川的情怀。贴着大地的深处，谛听天下黎民百姓的疾苦？越卑贱的植物越是能够保持清醒与静谧，宁静致远。

请让我挑几个关于苍耳神奇的别名：卷耳、常思菜、野紫菜、菜耳、粘粘连、羊负来、疥疮草和佛耳。这些是对苍耳之名的进一步解剖。羊负来，又叫羊带来，形象灵动地说出了苍耳的来时之路。最早的种子是从遥远的异域被羊群之类带到了东方，落地生根，迎风生长。苍耳是有怜悯之心的，或者说她懂得怜悯。带着生命的阵痛纠缠着这只或那只羊，在疼痛的呼喊里，在人类的叫唤中，羊群把内心的秘密一股脑地倾注在这纠缠不清的种子身上。南方北方，田间地头或者荒山野岭，无不落下苍耳的身影，而羊的呻吟隐秘在草丛深处。

再看野紫菜、常思菜，以菜的名义，那就是另一种粮食，食者是谁？舍其与之相依偎的农人，还能有谁与泥土相伴，与苍耳护守？追溯而上，让我们看看这样一幅景象："采采卷耳，不盈顷筐。嗟我怀人，置彼周行。"（《诗经·周南·卷耳》）这卷耳就是苍耳子。穿越千年，我们看到了它的身影。谁家的女子在山坡上野地里采摘？作为全身有毒的苍耳，生吃它是要付出生命代价的。这妙龄女子，也许觉得苍耳之毒无甚，爱情之毒尤为毒啊！所以"采采卷耳，不盈倾筐"。其实，我想先人们定然知道苍耳的毒，自然有解它的妙方。如水泡再煮熟，毒性即去。可从这样一株株粗糙的植物身上找出粮食的来源，喂饱胃、身体以及精神，实非易事。

有人说苍耳在古代是一种经常食用的野菜，李时珍说它的味道"滑而少味"，看来不是什么美味佳肴，或许只是那时穷苦人家荒年没有办法才食用的草。况且诗人都有食过："卷耳况疗风，童儿且时摘。侵星驱之去，烂熳任远适……"杜甫在《驱竖子摘苍耳》诗中写到过苍耳，作为诗圣的杜子美先生当时也只能采采苍耳来食之。

如此，难怪先人送给苍耳另外一个名字：佛耳。佛家讲究普度众生。能挽救性命的草，还是草？亦草亦佛，是与最卑贱的大地劳作者休戚与共的依靠。

在落日的余晖里，我常一个人踟蹰在这座废弃的园子里。丝绸般的阳光淌过残壁与女墙，蓬松的泥土如一个人恼人的头皮屑簌簌落下，发出苍老而又疼痛的声音。门楣腐朽，灶台冰冷，枯草横七竖八，不知名的虫子与放肆的老鼠在来往穿梭着，潮湿的青苔沿着废弃的台阶攀援，留下青涩的时光。

人呢？原先这里的人到哪里去了？这是一个大家族的庭院，一个有着祖宗四代同堂的家族，如今人影稀疏。听邻居说，后生一律外出打工或者在外工作，南下广州东莞，北上北京中关村，奔赴经济发达的城市与地域了。一开始是家里的青年男人们出动，电子厂、建筑工地、机械厂、车床厂等等，无不留下他们的足迹与汗珠。他们就像四处觅食的鸟儿，离开乡村的枝头，在城市的水泥马路上捡拾遗弃的果实。他们时刻担心自己迷路，还得防备形形色色从家里传来的各种骗子传闻，还有此起彼伏的汽笛和浓郁的废气尾气。更为触及疼痛的是城市的眼睛，冷漠、怀疑、鄙视甚至厌恶。他们是流动的毒瘤，每到一处，就是铜墙铁壁般的戒备。习惯泥土的沉重，把人生的格斗场嫁接到城市的水泥钢筋上，他们用黝黑的脊背扛过那段艰涩的日子。渐渐地，他们的脸上有了笑容，皮肤也逐渐白皙，就是那喷出的土语也似乎有了城市的卷舌。接着，男人把女人接去，孩子也跟着到南方北方的大城市上学。园子一天天空荡、安静，到最后死一般地沉寂。一个家庭离开了，一个家族离开了，像候鸟般，飞去了远方。从此只剩下这熟悉的荒园，守望着最后的惨淡。

村庄也不再是往昔的村子了，越发沉默寡言与坍塌荒芜。人就像一棵棵移动的植物，从旺盛的村庄里走出，直到村庄逐渐萧条、枯萎甚至静寂。如果偶有面孔，也只是苍老的面孔一闪而过。村庄这个舞台上，我亲眼看着一幕幕大戏在没有灿烂的瞬间就凋谢了，那些生命的演员一个接着一个东南飞。也许，从村庄的表面看，村头那棵古树还是那般葱茏，荷塘里的水依旧波澜不惊，一只或者两只灰色的鸭子在水面上嬉戏，偶尔发出几声孤单的鸣叫。但是，在那熟悉的场景里，我仿佛看到村庄的生死、内心的荒芜。从村庄内心呈现的荒凉里，那些曾经的鸡鸣狗叫声消失了，新生的面孔也少了。猛然间，你会发现村庄里多是些苍老的身影，伴随着落寞的愁容，恰似一株株肥头大耳的苍耳，填补这废弃的村子。

"谁此时没有房子，就不必建造房子／谁此时孤独／就永远孤独，／就醒来，读书，写长长的信／在林荫路上不停地／徘徊，落叶纷飞。"（里尔克：秋日）孤独的村庄，孤独的园子，唯有苍耳不孤独。荒园里留下多少空白，苍耳就用那繁盛的背影填补上去，肥厚的汁液，是肥厚的苍凉，在夕光里葳蕤，在黑暗中蓬勃生长。此刻谁能告诉我，旺盛与荒芜是废弃的园子还是拔高的苍耳？甚至踏尘而去的远行者？

人类对苍耳是有偏见的，包括我自己，不偏见的是《诗经》里的那位女子、李时珍还有我的祖母。苍耳在农人眼里只是一种草，干枯带刺，即使繁殖能力再旺盛，长势再霸道，密密匝匝，甚至似绿被子，依旧焐不热大地的情愫。你看叶子粗糙得不能再粗糙，枝干粗鲁得不能再粗鲁，恣意横生，丝毫没看到美学赋予的元素。再打量果实，长着丛生的密匝匝尖锐的刺，远远地躲避人的亲近。苍耳似乎天生就有着与人类远距离相处的情结，所以人很少去打扰她。苍耳倒好，依然故我，以更加疯狂的生长迎接世俗的目光，凡是有泥土的地方，都有她碧绿的身影。

我以为苍耳是孤独的，从落生开始注定孤独着，从一个地方到另一个地方，从一个世纪到另一个世纪。越过多少岁月的风声，一个人的旅程，一个人的战争，一个人的世界。土、雨、阳光、露珠，都是上苍的赐予，没有人告诉她会有这些，她毅然落地生根。一粒苍耳的种子，一颗硕大无朋的孤独，永远属于苍耳与生俱来的、执着的孤独！

《诗经》里那位斜背着箩篮、采卷耳的女子知道苍耳，知道走江湖的苍耳，知道一直保持着战斗激情的苍耳。所以，多情的女子站在山坡上，始终"不盈顷筐"，看苍耳的青枝绿叶。她自己何尝不是一节葱绿？正等待秋天情事的降临？外出采苍耳，婆婆念想的是口中之福，却不谙少女的情事。想着在爱情成熟的道路上，一位神情忧郁的女子，正站在秋天的苍耳旁，焦急地等待苍耳子带去思念。苍耳的一生恰似女子的爱情，执着于内心的坚硬，随缘而为。

而在李时珍的眼里，苍耳不是情事的载物，他那如炬的目光，透过粗糙的表皮，直抵苍耳的心底。从医学高度看，没有人能超过他。在人类与苍耳的身体上，他找到了相通的血与脉，找到了人类与植物之间的生死通道。他拥抱着、兴奋着。激动难抑中，情不自禁地在《本草纲目》上写道：苍耳，释名：亦名胡、常思、苍耳、卷耳、爵耳、猪耳、耳、地葵、羊负来、道人头。（实）甘、温、有小毒。（茎、叶）苦、辛、微寒、有小毒。主治：久疟不愈、眼目昏暗等。直到彼时，人类才明白苍耳居然是一味上好的中药，生得艰辛，长得丑陋，舞蹈着尖锐的武器，远远地躲开人类的追逐，待秋天时分又追着行人苦苦纠缠，原来它是在传达内心苦涩的秘密！

我忽然顿悟深秋时节苍耳那愁苦的面容，她的愁苦不是自己的走向与消失，而是怀中的颗颗种子，究竟会零落何处？在生命最后的光阴里，她拼命地挤在路旁，伸张着脖子，站得孤独，站得疲惫，站得憔悴，站得无助。直待一个充满爱怜的人打马走过，小小的黑色的种子，便瞬间扑上去，然后自己轰然坍塌、颓废、消失。

祖母是素食主义者，众多贴地的植物都是她碗中之物。她对草药敬若神明，即使明知道草药无济于事，她依旧喝尽每一滴中药。祖母说，我们人也是一棵草，生病当然还需要草药治疗，草药是居住于我们身体中的神，守护着我们，是我们头顶上的佛。我们吃进去多少草，死后就会在大地上长出多少草来。祖母居然也懂得天人合一的道理，人与自然相依为命，人本身也是自然的一部分。是的，从《本草纲目》读下来，哪一株草不是接通伤口与内心的顽疾，哪一株草不是充满着药性和神性？

敬重草类，或许是我们本应有的姿态。

现在，我再次站在这座废弃的园子里，看着苍耳满身的累累硕果，由青转黄转褐，从青涩到成熟的过程。成熟就意味着死亡，意味着来年此苍耳将要被另一株苍耳所代替，意味着自己的永远消失。一株苍耳消失，无数株苍耳将繁茂于大地之上，与人类的繁衍相同，一代代延续下去。与这座荒园的主人般，从故乡到异乡，从此地到异地，携裹着家园、责任和憧憬，告别老宅子，告别苍耳，落生在天南海北的城市。直到新的家园出现，把下一个追逐的驿站交给孩子，然后衰老，直至死亡。

这注定是一个孤独与艰辛的旅程。尤其在苍耳身上，生前积蓄万千力量，为植物界孕育出无数小苍耳。细剥她的心思，会发现惊人之处。那让人毛骨悚然、拒人千里之外的刺，成为阻隔人类亲近的最大障碍。女为悦己者容，难道苍耳不希望得到人类的青睐？那些青色的刺硬硬的，似乎是捍卫苍耳的利器，密不透风，一只虫子休想钻进去，那些牛羊猪等动物，见了苍耳无不掩面逃窜。即使不小心一口咬下苍耳的枝叶，也无法下咽她内心的苦。据说那些唬人的尖锐的刺，到了苍耳成熟的时候便会老化，由锐变钝。这可是一种心思缜密的变化，更是苍耳因繁衍而俯身的姿态！此际，人类、动物再与苍耳相遇时，不再胆战心惊，即使亲密接触，最多只是个纠缠，难舍难分的往事。人类对于纠缠是充满喜好的，《诗经》中采卷耳的女子，不就是纠缠在情事的困扰里？念想如那卷耳，小小的坚实的瘦果，纠缠着那远方的情郎。

我惊诧于苍耳的生存与繁衍，在生与死，消失与重现的路上，是如何守卫内心的密码？那内心的药味，为人类疗伤的隐秘，鲜为人知。她看起来一无是处，她枯荣于大地上，自生自灭是循环往复之路。遭人讨厌，让人误解，傻乎乎地孑立在荒草丛生的地方，整叶，结果。一旦人类的肉身遭到病菌的侵袭，苍耳则会挺身而出。这是一个巨大而又唯一的秘密啊！

野草，吃的人多了，就是野菜；野菜，吃的人少了，就是野草。人类在对苍耳认识上是有误区的，误区的根源是人类的奢望与欲望太多太多。在饥饿时刻看到苍耳是一种粮食，在疾病时看到苍耳是一种药；在幸福时，苍耳则是眼中的杂草。在无数农作物杂草识别与防除页上，赫然写着生辰八字，农田杂草，危害棉花等，宜用百草枯、扑草净除之。

人到老了，才会顿悟一生应该抓住什么，执着什么。年轻的时候欲望太多，遮住了前行的双眼；年老的时刻，看清山水，却徒有悔恨。我偏爱苍耳，偏爱苍耳身上唯一的中草药味道。我想植物的世界同样充满喧嚣、浮躁和功名利禄、尔虞我诈。一个人一生能抛却世俗的东西，守住本真，是何等之难？苍耳，在拯救人类内心顽疾的阡陌上，一直孤独前行。

我走在熙攘的人海中，迷惘而无助。我看不清许多事物远方在哪儿，不知道时间是怎样从身上溜走的。璀璨的霓虹灯、醉生梦死的日子和你死我活的名利争斗，似雾霾般席卷过来。我多么希望把自己种下，长成一株路旁淡看姹紫嫣红的苍耳，用一种植物的方式生活，活出内心的我来。

候选作品

我的生命是父亲的疼痛 |詹谷丰|

原载《北京文学》2013 年第 1 期

一

　　蒙古汉子腾格尔深情歌唱《父亲和我》的时候，他不会想到歌声的那一头，有一个年龄和他相仿的汉族男人泪流满面。父亲，这个能够让两个素不相识的男人感动的名词，是天下所有男人的偶像，它早已超越了民族和血缘的局限，直达了人类柔软的内心。

　　腾格尔是这样唱的：当你拖着疲惫的身躯结束了一天的劳动，当你走进这属于你的家，关心的还是我回来没回来。妈妈说你又恨你，可你却从来不埋怨什么。在你的眼里常出现，我被人打倒在地。在那长长的黑夜里，我被人欺骗上当。没有的事，亲爱的爸爸，这只是你心疼的梦幻……腾格尔的歌词，是我和父亲的写照。腾格尔和他的父亲的故事和心灵情感，竟然在我与父亲身上对应。我不知道这是巧合，还是天下父亲的相似与雷同。

　　腾格尔的歌声唱响的时候，我的父亲已经离开我多年。他把慈祥的笑容定格在我的墙上，他的坟墓却在千里之外的江西，他的灵魂一直在他曾经劳作过的山水间飘荡。蒙古汉子苍凉深情的声音，让我的父亲复活了。父亲最近经常在梦中告诉我，马坳那个地方，埋葬着你的理想，如今应该开花了……

父亲梦中经常说起的马坳，是我工作过的地方，也是我的爱情播种的地方。其实，我的生命起源，却是在一个叫三都的乡下。我的名字，就铭刻着那个地方那个年代的鲜明烙印，它黥在我的骨头上永远无法抹去。

父亲出身农民，他的梦想都与农耕有关。因此，他在为儿子命名的时候，自然而然就想到了田野、土地、庄稼。我的名字与粮食和丰收密切关联，就是必然的了。那个时候，父亲是三都人民公社的干部。风华正茂的他，心中有着许多美好憧憬。那一年，三都风调雨顺，粮食喜获丰收，农民和公社干部们的笑容是 1956 年最和谐最美丽的标志。艺术作品中喜送公粮的场景，是那一年最真实的描述，老天的恩赐，转化成了农民脸上的喜悦表情。乡土气息，从婴儿襁褓时期就伴随着我，到老到死，我也无法成为一个骨子里的城里人。即使身在异乡的繁华中，心也在故土的稻田中流浪，这是父亲留给我的遗产，也是我一生无法改变的宿命。

我从上个世纪 80 年代开始写作，我尝试过除了诗歌之外的所有文体。我的所有作品，都与农耕、乡村、土地、农民密切相关。我小说中的蛛丝马迹，让读者推断出我乡下人的身份。即使我用规范的现代汉语书写的散文，也无法在读者那里掩盖我的赣西北农村口音和乡土方言。一个人的基因是父母的遗传，它永远无法篡改。我曾经签名送过我的小说集《苍山无尽》给珠海的一个同学。同学的儿子对我的书作了最直接的评价：都是乡下的东西，土气十足，不好看！这种客观的评价标准，让一个 80 后一眼就看穿了我乡下人的本质。两代人的差异，城市与乡村的矛盾是我无法改变的。

三

父亲与马坳这个地方，来来去去，命运纠缠，都是冥冥中的安排。

新中国成立初期，世道尚未莺歌燕舞，马坳与溪口交界的那一片茫茫大山中，仍有土匪活跃。经常作恶最为新生政权痛恨的是李氏兄弟。这两人年轻，身手敏捷，功夫过人，又熟悉当地地理环境。地球上的那片无边无际的大山，就是他们的海洋，他们则是大海中的两条鲨鱼，没有渔夫可以触到他们的一片鳞甲。父亲就是在这样一种情况下奉命来到马坳工作的，他以公安员的身份面对一片大山，面对两个穷凶极恶的土匪。父亲没有三头六臂，也没有过人的力量和功夫，但是，他有智慧。他放弃了大海捞针式的山林搜捕，他用极大的耐心和诚意做通了匪属的工作，掌握了李氏兄弟的行踪。在一个月黑风高的夜晚，布下重兵，将如约前来补充粮食的土匪兄弟活捉。父亲曾经描述过这个智取的场面，他端坐在用密不透光的生布蚊帐围住的木床上，静等土匪的到来。当李氏兄弟进入堂屋的瞬间，父亲朝天开了一枪，埋伏的民兵突从天降，土匪来不及反抗，便束手就擒。

父亲在昏黄的灯光下回忆这段往事的时候，我已告别了知青生活，从一个名叫桃坪的地方来到了马坳供销社，当了一个酿酒的徒工。父亲时任马坳区供销社主任，他以一个长辈和领导的身份同儿子交谈，我没有从他的神情和口吻中听出丝毫的得意，倒是他一贯轻描淡写的风格在这个特殊的夏夜里风平浪静，如入定的老僧一样，平和而波澜不惊。

李氏兄弟后来被正法在马坳的刑场上。这里是他们的家乡，是他们生命开始和终结的地方。他们与新的政权为敌，在权力的眼里，他们是有罪的，所以上帝不允许他们继续留在这个世界上。

由于剿匪有功，父亲的人生便起了转折，他被上调县公安局，从事一种危险的职业。

剿匪故事是父亲与我唯一一次同他的人生经历有关的谈心。父亲是个寡言的人，他喜欢将有生命的种子随意种植在不能萌芽生长的沙砾中。在他超过一个甲子的平凡人生中，除了他作为特约记者和通讯员为《修水报》和《九江日报》写的那些消息通讯外，再也未为个人的生平留下一星半点的文字。即使是背着我为儿子的爱情操心和设计的细节，也对我守口如瓶。

四

第一次见到她的时候，我正赤裸着上身，在强烈的太阳底下，从幽深得让人目眩的井里不停地打水。土法酿酒，需要用水冷却，水的用量，就像这口古井一样幽深得看不见底。那个时候，年轻是我的资本，我的力气就如井中的水，取之不尽。

那是一张陌生的脸，我一眼就可以断定这是一个与城里有关的人。她眉眼神情中透露出来的清高和冷漠与马坳这片乡土格格不入，还有她的身

97

材、发型和服饰，都显示了一种鹤立的意味。

我并没有觉得我的裸身在一个美丽的姑娘面前的失礼和粗俗。因为我和她素不相识，一个偶尔经过的人，即使是个漂亮得令人动心的异性，那也仅仅是人生长河中擦肩而过的浮萍，不会在你的心里沉淀。

我的估计错了。在食堂吃饭的时候，我又一次见到了她。虽然她只是打了饭菜，匆匆忙忙走了，但至此可以确定这不是一个萍水相逢的路人。能够在同一口锅里分享饭菜的人，应该与我工作的这个单位有着某种关联。

那一段时间，从县城分配来了一批靓男俊女，他们与我年龄相仿，他们的口音和容貌，让人一眼就可以看穿他们的身份。一个单位的活力和青春，就在他们的笑容和歌声中喧哗和躁动。

三十多年后，我依然记得和她的擦肩而过；三十多年后，我依然没有模糊她昙花一般闪过的美貌和冷艳。除我之外，来自县城的男女们，都在比我更为体面的岗位上从事销售、会计等白领的工作，只有我成天汗流浃背与酒坊为伴。我了解父亲的正直，他不会用手中的权力营私儿子的体面。业余时间，我就以书为伴，我在寂寞的文字中，看到了人生的长路，眺望到了爱情的阳光。而我的那些来自县城的同事们，则迫不及待地用出双入对、花前月下，向世界宣称自己的爱情和幸福。

那是一个闷热的夜晚，我伏在昏黄的电灯下，用一本深奥的哲学著作消磨我的青春时光。扇子无法抵挡高温，汗水在我的肉体上画上了无数条河流。这个时候我听到了一串轻盈碎细的脚步声从楼梯口水一般地漫上来，然后，我在朦胧中看到了那张令我产生过美感的脸。那个夜晚，矜持和微笑成了她神情的主旋律，她的眼睛，明亮清澈如同我日日相伴的那口深井。

20世纪70年代中期，保守和含蓄是我们遵循和公认的美德。爱情，永远不会是一个毫无准备的闯入者，羞怯和小心，是我们与生俱来的基因。年轻人的前面，埋设着许多道德和礼教的地雷，一失足便可让人身败名裂！

在我读书的那些寂静夜晚，父亲从来没有打扰过我。唯有一次，他拿了一架算盘过来，教我计算。见我无动于衷，父亲说，以后会用得着的。父亲语重心长的样子，让我突然对冰冷的算盘有了好感。父亲一生中，这是他手把手教我的唯一场景。

五

我不知道世界上有没有终生不吵架的夫妻。在我的人生经验中，牙齿与舌头的摩擦，是一切家庭的常态。

母亲和父亲激烈争吵的那天是农历大年。世界在这个日子突然温馨和谐起来，所有家庭平日的一切矛盾和怨气都被寒冷冻僵，被大雪掩盖。然而，我家却战火纷飞。

家里已经断了柴火，母亲用恶骂发泄她作为一个家庭主妇的愤怒。父亲头一天还在单位加班，他是一个敬业的人，总是有永远忙不完的工作。父亲默默地磨刀，用拇指一次又一次地试柴刀的锋刃。然后收拾起门角放了多时、蒙了灰尘的扁担绳索，换上草鞋，出门了。

那个时候，我还不及扁担高。我站在门口，看着父亲饿着肚子在风雪中踽踽远去的身影，那一幕便一直在我的心里疼痛，一直痛到现在。过年的鞭炮一早就响起来了，在别人那里，鞭炮是欢乐；在我幼小的心里，却是苦难。

父亲就那样在风雪中走出了我的视线。一整天，我都在等父亲回来，我不知道砍柴的路有多远，我不知道父亲在漫天的雪花中，会不会迷路。我只恨自己太小了，无力分担父母的忧愁。如果能够，我愿变成一只家犬，跟在父亲身后，为他的孤独、内疚作伴。

我能够像父亲一样忍辱负重上山砍柴的时候不到十岁。我的力气在苍茫的山野里增长，我将每一个假日都发泄在山里。炎热的暑假中，我是起得最早的人，每次负了柴刀扁担出门，我都是星星的孩子。我发疯似的砍柴，看着木柴像山一样堆在屋檐下，便知道有一种欣慰在父亲心中悄悄地生长。

第一次在剧场里看歌剧《白毛女》，受剥削受压迫的穷人杨白劳大年三十晚躲债回来，还有与女儿扎了二尺红头绳的喜悦。然而，在同样的欢乐日子里，父亲却被贫困逼出了家门。那一个大年，我家的鞭炮响得有气无力，勉强而又沉闷。

六

我在供销社酿酒的岁月过于短暂，来不及品味那些正在发酵的时光和人物，就去了另一个工作单位，去一个公社当了与文字和数据为伍的文书。

离开父亲，我骤然失去了温暖，工作、生活，一切都要靠自己，我必须在孱弱的身躯上，长出翅膀。有时，我旧地重游，回到那个酿酒的作坊，在那口曾经留下过无数汗水的水井边，看自己的倒影，闻那些粮食精华变幻的醇香，却未能找到父亲，未能看到那个美丽如丁香一般的姑娘。诗人戴望舒笔下的那个美丽意象，撑着油纸伞，独自走过了悠长和寂寞的雨巷。从此以后，我孤独的内心，染上了细雨一般的惆怅。

从那时起，我开始了和父亲若即若离的生活。父亲以为儿子成人了，可以放飞了。1973年冬天，他送我下乡成为知青的那一刻，就是他为我指引人生方向的瞬间。此后漫长的岁月中，父亲再也没有了用算盘启发我的那份血缘和亲情的缱绻。

沉默往往是一个男人细心的表现，父亲对我的态度，不是担心，不是疏离，他是看着我走在了成人的正道上，前头没有岔路，没有使他牵挂忧心的悬崖峭壁。在此后漫长的岁月中，我从父亲的神情中感受到他的主见，都是在我人生的十字路口。父亲对我转行到文联从事文学创作保留看法，他认为年轻人应有大作为，不应到一个养老的单位消磨青春。在我远走广东的时候，父亲用古人的话告诫我：父母在，不远游！

我在1994年春天的时候走出了父亲的目光。父亲老了，他的目光无法穿透千里的遥远，他只好用思念作亲情的拐杖。离开了父亲的目光，我就成了一只断了线的风筝，在异乡的天空飘荡、挣扎、沉浮。

七

父亲生前，我一直不知道他心中埋藏的那个与我有关的秘密。

父亲去了天国十多年之后，他内心的秘密才发芽，长出青藤，让我在遥远的广东，用血缘触摸到了他的爱怜与温暖。

用那个时代的审美标准来看，那个丁香一般的姑娘，她的相貌、身材、谈吐、出身以及文化，足以符合当时社会的择偶标准。因此，父亲的心中，隐隐地有了些私心，他想让这个美丽的姑娘，走进他儿子的心里。所以，在工作和生活上，给予了她一些照顾。但是，一切美好善良的设计，都只是父亲胸中的一张蓝图，别人是无法看懂的。即使是他的儿子，也会在单调沉重的体力劳动中麻木，丧失美的追求和爱情的敏感。

在我告别那个简陋的酿酒作坊，在人民公社那个最基层的政权里重新开始一种全新生活时，总有带着一丝温情暖意的书信越过边界来到我工作的机关。可是，爱情的信鸽找不到栖落的树枝，我一次都没有聆听到来自丁香姑娘的心灵福音。

我不知道书信的那一头，有没有失望、抱怨，但冥冥中，却总有一些于我不利的谣言，栖落在她的耳边。爱情的火焰，还没有点燃，就这样被时间和距离无情地吹灭了。

对于爱情而言，我从来就没有先知，我是一个麻木、被动的迟钝者。如果这是一场父亲有意设计的人生游戏，父亲并没有等到福音。我的爱情之船，永远也无法渡到救赎的彼岸。父亲已不在人世，我无法得到证实。但愿这只是一个美好的误会，我不愿让儿子的爱情，成为父亲心中永远的疼痛！

八

"是你创造了这个家，然后又创造了我。是你拉着我的手，从昨天走到现在。我亲爱的爸爸，你是我最崇敬的人，我慈祥的爸爸，你是我未来的偶像……"腾格尔用发自心灵的声音，让我一夜之间懂得了什么叫亲情，什么是父爱。

这个即将到来的清明节，是父亲逝世 16 周年的忌日。现在，我终于知道了，一个人的爱情，必须在父爱的目光中，经过三十多年的漫长时光才能抵达。

父亲和母亲，是我生命的起点；父亲和母亲，是我爱情的源泉。但是，父亲和母亲，是有区别的。母亲的爱是唠叨，父亲的爱是沉默；母亲惩罚我用的是竹梢，父亲打我用的是皮带和拳脚。但是，母亲的柔软更容易让我受伤，父亲的力气都落在棉花上。

空门之外，想起了天堂中的父亲，春苗便从故乡牵藤，一直绿到了我的枕边。

诗人的妻子 |王充闾|

原载《北京文学》2013 年第 1 期

一

在妇女地位低下、"妻以夫贵"的旧时代，凭借着丈夫的权势与财富，作威作福，颐指气使，飞黄腾达的女子，数不在少。皇帝之妻、宰相之妻、状元之妻，自不必说，即使是六品黄堂、七品知县的妻子，也统统被称为命妇。唐代的命妇，一品之妻为国夫人，三品以上的为郡夫人，四品的为郡君，五品的为县君。清制，命妇中，一品二品称夫人，三品称淑人，四品称恭人，五品称宜人，六品称安人，七品以下称孺人。反正都是有封号、有待遇的。

但是，诗人的妻子不在其内，除非那些丈夫做了大官的，否则，不但享受不到那些优渥的礼遇，生活上还会跟着困穷窘迫。这就引出了幸与不幸的话题。套用过去那句"一为文人，便无足观"的老话，也可以说，一为诗人之妻，便只有挨累受苦的份儿了。这是不幸。但是，如果嫁给一个真情灼灼、爱意缠绵的诗人，生前，诗酒唱和、温文尔雅，自不必说；死后，他还会留下许多感人至深、千古传颂的悼亡诗词——这也是不幸中之大幸吧。

此刻，我首先想到了苏东坡的三位妻子。她们都姓王，死得都比较早，一个跟随着一个，相继抛开这位名闻四海的大胡子——苏长公。

先说苏公的第一任妻子王弗。虽然岁数很小，却知书达理，聪慧异常，对丈夫百般体贴，成为丈夫仕途上的得力助手。曾有"幕后听言"的故事流传于世。苏东坡这个人，旷达不羁，胸无芥蒂，待人接物宽厚、疏忽，用俗话说，有些大大咧咧。由于他与人为善，往往把每个人都当成好人；而王弗则胸有城府，心性细腻，看人往往明察无误。这样，她就常常把自己对一些人的看法告诉丈夫。出于真正的关心，每当丈夫与客人交谈的时候，她总要躲在屏风后面，屏息静听。一次，客人走出门外，她问丈夫："你花费那么多工夫跟他说话，实在没有必要。他所留心的只是你的态度、你的意向，为了迎合你、巴结你，以后好顺着你的意思去说话。"她提醒丈夫凡事要多加提防，不要过于直率、过于轻信；观察人，既要看到他的长处，也要看到他的短处。苏东坡接受了妻子的忠告，避免了许多麻烦。不幸的是，这样一个年轻貌美、精明贤惠的妻子，年方二十七岁，便撒手人寰，弃他而去了。

东坡居士原乃深于情者，遭逢这样打击，情怀抑郁，久久不能自释，十年后还曾填词，痛赋悼亡。这样，由于嫁给了一位大文豪，王弗便"人以诗传"，千载而下，只要人们吟咏一番《江城子》，便立刻想起她来——

十年生死两茫茫，不思量，自难忘，千里孤坟，无处话凄凉。纵使相逢应不识，尘满面，鬓如霜。夜来幽梦忽还乡，小轩窗，正梳妆，相顾无言，唯有泪千行。料得年年肠断处，明月夜，短松冈。

上阕抒写生死离别之情，面对知己，也透露了自己因失意而抑郁的情怀，"凄凉"二字，传递了个中消息；下阕记梦，以家常语描绘了久别重逢的情景，以及对妻子的深情忆念。

苏东坡的第二任妻子王闰之，是王弗的堂妹。她小苏长公十多岁。自幼，她就倾心佩服姐夫的文采风流，姐姐故去，锐身自任，相夫教子，承担起全部家务。她默默地支持苏轼度过了一生中崎岖坎坷、流离颠沛的二十多年。其间，东坡遭遇了平生最惨烈的诗祸："乌台诗案"——以"谤讪新政"的罪名，被抓进乌台，关押达四个月之久。这是北宋时期一场典型的文字狱。

熟读过《后赤壁赋》的当会记得其中这样一段："客曰：'今者薄暮，举网得鱼，巨口细鳞，状似松江之鲈。顾安所得酒乎？'归而谋诸妇。妇曰：

'我有斗酒,藏之久矣,以待不时之需。'于是,携酒与鱼,复游于赤壁之下。"那位说"我有斗酒"的妇人就是王闰之。由于被大文豪的丈夫写进了名篇,因而亦传之不朽。

王闰之死时,东坡居士已经五十八岁。他忍不住涕泪纵横,哭得肝肠寸断,痛不欲生,当即写下了这样一篇深情灼灼的祭文:

呜呼!昔通义君,没不待年,嗣为兄弟,莫如君贤。妇职既修,母仪甚敦,三子如一,爱出于天。

从我南行,菽水欣然,汤沐两郡,喜不见颜。我曰归哉,行返丘园,曾不少顷,弃我而先。孰迎我门?孰馈我田?

已矣奈何!泪尽目干。旅殡国门。我实少恩,惟有同穴,尚蹈此言。呜呼哀哉!尚飨!

全文分三部分,开始说闰之是贤惠的妻子、仁德的母亲,视前妻之子,一如已出;接上说,丈夫屡遭险衅,仕途蹉跌,她能安时处顺,毫无怨言;最后作出承诺:生则同衾,死则同穴。

"通义君"指王弗,这是王弗殁后朝廷对她的追号。"没不待年",是说王弗去世不到一年,他与闰之的婚事便定了下来,因为王弗留下的幼儿急待人来抚育。"三子",一是王弗留下的,加上闰之自己生育的两个。

苏东坡被贬黄州,闰之"从我南行",生活十分拮据,困难时吃豆子、喝白水,妻子也欣然以对;待到丈夫接受两郡封邑,收取许多赋税(意为富裕),她也并没有怎么欢喜。即古人所说的"不戚戚于贫贱,不汲汲于富贵"。

"孰馈我田",有学者研究,元丰二年七月发生乌台诗案,苏东坡下狱,闰之为了营救丈夫,不得不向父亲求救,父亲拿出很多财产让她去京城打点。

妻子死后百日,苏东坡请大画家李龙眠画了十张罗汉像,在和尚为王闰之诵经超度时,将此十张画像献给了妻子亡魂。待到东坡去世后,弟弟苏辙按照兄长的意愿,将他与闰之合葬在一起,兑现了当初的承诺。

苏东坡的第三任妻子,也姓王,名朝云,字子霞,年龄小于东坡近三十岁。她从十一岁即来到王弗身边，后来被东坡纳为小妾；流放到岭南惠州时，只有她一人随行，两人辛苦备尝，相濡以沫。在她三十四岁这年，东坡曾写诗《王氏生日致语口号》中有句云："天容水色聊同夜，发泽肤光自鉴人。万户春风为子寿，坐看沧海起扬尘。"可是不久，惠州瘴疫流行，朝云即染疾身亡。东坡悲痛异常，觉得失去一个知音。

明人曹臣所编《舌华录》记载这样一个故事：苏轼一日饭后散步，拍着肚皮，问左右侍婢："你们说说看，此中所装何物？"一婢女应声道："都是文章。"苏轼不以为然。另一婢女答道："满腹智慧。"苏轼也未首肯。爱妾朝云回答说："学士一肚皮不合时宜。"苏轼捧腹大笑，认为"实获我心"。

朝云死后，苏东坡将她葬在惠州西湖孤山南麓大圣塔下的松林之中，并筑亭纪念。因朝云生前学佛，诵《金刚经》偈词"如梦、如幻、如泡、如影、如露、如电"而逝，故亭名"六如"。楹联为：

从南海来时，经卷药炉，百尺江楼飞柳絮；
自东坡去后，夜灯仙塔，一亭湖月冷梅花。

还有一副楹联：

不合时宜，唯有朝云能识我；
独弹古调，每逢暮雨倍思卿。

妙在以东坡口吻，状景描情，极饶韵致。

说到死后有丈夫赋诗悼亡，人们会自然地想到唐代元稹的妻子韦丛。她死了以后，有人统计，元稹至少为她写了十六首诗，就中以写于妻子殁后两年的《遣悲怀》三首，为感人至深，影响最大：

谢公最小偏怜女，自嫁黔娄百事乖。
顾我无衣搜荩箧，泥他沽酒拔金钗。
野蔬充膳甘长藿，落叶添薪仰古槐。
今日俸钱过十万，与君营奠复营斋。

昔日戏言身后事，今朝都到眼前来。
衣裳已施行看尽，针线犹存未忍开。
尚想旧情怜婢仆，也曾因梦送钱财。
诚知此恨人人有，贫贱夫妻百事哀。

闲坐悲君亦自悲，百年都是几多时！
邓攸无子寻知命，潘岳悼亡犹费词。
同穴窅冥何所望？他生缘会更难期！
唯将终夜长开眼，报答平生未展眉。

诗从生活细事入手，句句都是写实。"最小偏怜"云云，说的是韦丛是太子太保韦夏卿之幼女，从小锦衣玉食，生长在优越的家庭环境中。二十岁时嫁过来，那时，元稹还是一个穷书生，家境十分贫寒："顾我无衣搜荩箧，泥他沽酒拔金钗。野蔬充膳甘长藿，落叶添薪仰古槐。"正是当时境况的写照，于今已成辛酸的记忆。婚后第七年，韦丛便因病离开人世。这七年，正是元稹勉力上进、奔走仕途之时，处境既不稳定，生计又很艰难，他们一直过着"贫贱夫妻百事哀"的苦日子。后来，元稹才开始发迹，可是，夫欲照拂而妻不稍待，说来悔恨无及。所以说，这是令人倍感惆怅的诗。陈寅恪先生说：《三遣悲怀》"所以特为佳作者，直以韦氏之不好虚荣，微之之尚未富贵，贫贱夫妻，关系纯洁，因能措意遣词，悉为真实之故。夫唯真实，遂造诣独绝欤"！

三首诗层次分明，开始叙写旧日生活苦况，追忆妻子生前的夫妻情爱，并抒写自己的抱憾之情。接着写妻子去世后诗人的悲思，写了在日常生活中引起哀思的几件事。为了避免睹物思人，将妻子穿过的衣裳施舍出去，将妻子的针线原封不动地保存起来，不忍打开。最后，写由妻子之早逝得到的人生感悟，想到世事无常，人寿有限。从悲君中引出自悲，从绝望中转出希望，期望来生再做夫妻。但很快就悟解到，这不过是一种虚空的幻想。那么，究竟怎么办呢？最后落到"唯将终夜长开眼，报答平生未展眉"上，仍然是无可奈何。

元稹还写过《离思五首》七绝。其四是：

> 曾经沧海难为水，除却巫山不是云。
> 取次花丛懒回顾，半缘修道半缘君。

宣示了与韦丛爱情的唯一性，读来同样予人以特别的震撼。

二

"三王一韦"之外，历史上还有一个幸运的卢女，她是清代大词人纳兰性德的妻子。卢氏的父亲卢兴祖是两广总督兼都察院右副都御史，母亲也是知书达理的大家闺秀。而她更是生得清丽妩媚，宛如出水芙蓉，不仅娇好美艳，体性温柔，而且高才凤慧，解语知心；配上俊逸潇洒、玉树临风的纳兰公子，二人真是天生一对。婚后，两人相濡以沫，整天陶醉得像是淹渍在甘甜的蜜罐里。随着相知日深，爱恋得也就越发炽烈。小小的爱巢为纳兰提供了摆脱人生泥淖、战胜孤寂情怀的凭借与依托。任凭它外间世界风狂雨骤，朝廷里浊浪翻腾，于今总算有了一处避风的港湾，尽可以从容啸傲，脱屣世情，享受到平生少有的宁贴。

婚后，二人在绮罗香泽的温柔乡里，尽享鱼水之欢。这有纳兰的诗词为证：

> 水榭同携唤莫愁，一天凉雨晚来秋。
> 戏将莲菂抛池里，种出花枝是并头。

> 十八年来坠世间，吹花嚼蕊弄冰弦，多情情寄阿谁边。
> 紫玉钗斜灯影背，红绵粉冷枕函偏，相看好处却无言。
>
> ——调寄《浣溪沙》

在任何情况下，意中人乐此不疲地相互欣赏，相互感知，都是一种美的享受。朝朝暮暮，痴怜痛爱着的一双可人，总是渴望日夜厮守，即便是暂别轻离，也定然是依依相恋，难舍难分。有爱便有牵挂，这种深深的依恋，最后必然化作温柔的呵护与怜惜，产生无止无休的惦念。

纳兰这样摹写将别的前夜：

画屏无睡，雨点惊风碎。贪话零星兰焰坠，闲了半床红被。
生来柳絮飘零，便教咒也无灵。待问归期还未，已看双睫盈盈。

夫妻双双不寐，絮语绵绵，空使灯花坠落，锦被闲置。他们也知道，这种离别皆因王事当头，身不由己，祷告无灵，赌咒也不行，生来就是柳絮般漂泊的命了。既然分别已无可改变，那就只好预问归期了，可是，她还没等开口，早已就秋波盈盈，清泪欲滴了。一副小儿女婉媚娇痴之态，跃然纸上。

暂别尚且如此，那么，终古长别呢？简直无法想象。

不可想象的事情，最后还是发生了。三年时间不到，刚刚二十一岁的卢氏就香消玉殒了。时在康熙十六年五月三十日。这晴天霹雳，震得纳兰公子蒙头转向，好长一阵子，他失去了反应，不会吃，不会喝，不会哭，不会说，白昼昏昏，夜不成寐，这冷酷的现实，无论如何，他也不能接受。

灵柩在入葬纳兰氏祖茔皂荚村之前，临时停放在京西阜成门外的一座禅院里，位置相当于今日的紫竹院公园。这里原是明代一个大太监的坟茔地，万历初年在上面建起了一座双林禅院。这期间，痴情的公子多次夜宿禅林，陪伴着夜台长眠的薄命佳人，度过那孤寂凄清的岁月。

忆生来，小胆怯空房。到而今，独伴梨花影，冷冥冥，尽意凄凉。

他知道爱妻生性胆小怯弱，连一个人独自在空房里都感到害怕，可如今却孤零零地躺在冰冷、幽暗的灵柩里，独伴着梨花清影，受尽了暗夜凄凉。

夜深了，淡月西斜，帘栊黝暗，窗外淅沥潇飒地乱飘着落叶，满耳尽是秋声。公子枯坐在禅房里，一幕幕地重温着当日伉俪情深、满怀爱意的场景，眼前闪现出妻子的轻鬟浅笑，星眼檀痕。他眼里噙着泪花，胸中鼓荡着椎心刺骨的惨痛，就着孤檠残焰，书写下一阕阕情真意挚、凄怆恨婉的哀词，寄托其绵绵无尽的刻骨相思。

心灰尽，有发未全僧。风雨消磨生死别，似曾相识只孤檠。情在不能醒。

生死长别，幽冥异路，思恋之情虽然饱经风雨消磨，却一时一刻也不能去怀。他已经完全陷入无边的痛苦之中而不能自拔，迷离惝恍，万念俱灰。除了头上还留有千茎万茎的烦恼丝，已经同斩断世上万种情缘的僧侣们没有什么两样了。

一阕《浪淘沙》更是走不出感情的缠绕：

闷自剔银灯，夜雨空庭。潇潇已是不堪听。那更西风不解意又做秋声。城柝已三更，冷湿银屏。柔情深后不能醒。若是情多醒不得，索性多情！

情多、多情，醒不得、不能醒……回旋宛转，悱恻缠绵。沉酣痴迷，已经到了无以自解的程度。深悲剧痛中，一颗破碎的心在流血，在发酵，在煎熬。

在旧时代，即使是所谓的"康熙盛世"，青年男女也没有恋爱自由，只能像玩偶似的听凭父母之命、媒妁之言的随意摆布。至于皇亲贵胄的联姻往往还要掺杂上政治因素，情况就更为复杂了。身处这样的苦境，纳兰公子居然能够获得一位如意佳人，实现美满的婚姻，不能不说是一桩幸事。不过，"造化欺人"，到头来他还是被命运老人捉弄了——称心如意的偏叫你胜景不长，彩云易散。一对倾心相与的爱侣，不到三年时光，就生生地长别了，这对纳兰公子无疑是一场致命的打击。

脉脉情浓，心心相印，已经使他沉醉在半是现实半是幻境的浪漫主义爱河之中，想望的是百年好合，白头偕老。而今，一朝魂断，永世缘绝——这个无情的现实，作为存世者，他是无论如何也接受不了的。因而，不时地产生幻觉，似乎爱妻并没有长眠泉下，只是暂时分手，远滞他乡，"影弱难持，缘深暂隔，只当离愁滞海涯"。他想象着会有那么一天："归来也，趁星前月底，魂在梨花。"当这一饱含着苦涩味的空想成为泡影之后，他又从现实的想望转入梦境的期待，像从前的唐明皇那样，渴望着能够和意中人梦里重逢。虽然还不是"悠悠生死别经年，魂魄不曾来入梦"，但却总嫌梦境过于短暂，惊鸿一瞥，瞬息即逝，终不惬意。

一次，他梦见妻子淡妆素服，与他执手哽咽，临行时吟出两句诗："衔恨愿为天上月，年年犹得向郎圆。"醒转来，他悲痛不已，题写了一首《沁园春》词：

> 瞬息浮生，薄命如斯，低徊怎忘？记绣榻闲时，并吹红雨，雕阑曲处，同倚斜阳。梦好难留，诗残莫续，赢得更深哭一场。遗容在，只灵飙一转，未许端详。重寻碧落茫茫。料短发、朝来定有霜。便人间天上，尘缘未断；春花秋叶，触绪还伤。欲结绸缪，翻惊摇落，两处鸳鸯各自凉。真无奈，把声声檐雨，谱出回肠。

这样一来，反倒平添了更深的怅惘。有时想念得实在难熬，他便找出妻子的画像，翻来覆去地凝神细看，看着看着，还拿出笔来在上面描画一番，结果是带来更多的失望：

> 凭仗丹青重省识，盈盈，一片伤心画不成。

他几乎无时无日不在悲悼之中，特别是会逢良辰美景，更是触景神伤，凄苦难耐。

> 辛苦最怜天上月。一昔（同夕）如环，昔昔都成玦。若似月轮终皎洁，不辞冰雪为卿热。

面对银盘似的月轮，他凄然遐想：这月亮也够可怜的，辛辛苦苦地等待着，盼望着，可是，刚刚团圆一个晚上，而后便夜夜都像半环的玉玦那样亏缺下去。哎，圆也好，缺也好，只要你——独处天庭的爱妻，能像皎洁的月亮那样，天天都在头上照临，那我便不管月殿琼霄如何冰清雪冷，都要为你送去爱心，送去温暖。

目注中天皎皎的冰轮，他还陡发奇想：妻子既然"衔恨愿为天上月"，那么，我若也能腾身于碧落九天之上，不就可以重逢了吗？可是，稍一定神，

110

这种不现实的想望便悄然消解了——这岂是今生可得的?

> 海天谁放冰轮满? 惆怅离情。莫说离情,但值凉宵总泪零。
> 只应碧落重相见,那(哪)是今生! 可奈今生,刚作愁时又忆卿。

　　人处在幸福的时光,一般是不去幻想的,只有愿望未能达成,才会把心中的期待化为想象。纳兰公子就正是这样。当他看到春日梨花开了又谢的情景,便立刻从零落的花魂想到冥冥之中"犹有未招魂",想到爱侣,期待着能够像古代传说中的"真真"那样,昼夜不停地连续呼唤她一百天,最后便能活转过来,梦想成真。于是,他也就:

> 为伊判作梦中人,长向画图清夜唤真真。

　　妻子的忌日到了,他设想,如果黄泉之下也有阳世间那样的传邮就好了,那就可以互通音讯,传寄信息,得知她在那里生活得怎么样,与谁相依相伴,有几多欢乐、几多愁苦:

> 重泉若有双鱼寄,好知他年来苦乐,与谁相倚?

　　情到深处,词人竟完全忽略了死生疆界,迷失了现实中的自我。意乱情迷,令人唏嘘感叹。一当他清醒过来,晓得这一切都是无效的徒劳,便悲从中来,辗转反侧,彻夜不能成眠。但无论如何,他也死不了这条心,便又痴情想望:今生是相聚无缘了,那就寄希望于下一辈子,"待结个他生知己"。可是,"还怕两人俱薄命,再缘悭、剩月零风里"——像今生那样,岂不照例是命薄缘浅,生离死别!
　　他就是这样,知其不可而为之,非要从死神手中夺回苦命的妻子不可。期望——失望——再期望——再失望,一番番的虔诚渴想,痛苦挣扎,全都归于破灭,统统成了梦幻。最后,他只能像一只遍体鳞伤的困兽,卧在林荫深处,不停地舐咂着灼痛的伤口,反复咀嚼那枚酸涩的人生苦果。
　　他正是通过这种层层递进的痴情泛溢,这种超越时空的内心独白,这种了无遮拦的生命宣泄，把一副哀痛追怀、永难平复的破碎的情肠，将一颗永远失落的无法安顿的灵魂，一股脑儿地、活泼泼地摊开在纸上。真是刻骨镂心，血泪交迸，令人不忍卒读。

三

不堪设想，对于皈依人间至纯至美真情的诗人——元稹、苏轼、纳兰来说，失去了爱的滋润，他们还怎能存活下去？爱，毕竟是他们情感的支柱，或者说，他们的一生就是情感的化身。他们都是为情所累，情多而不能自胜的人。他们把整个自我沉浸在情感的海洋里，呼吸着，咀嚼着这里的一切，酿造出自己的心性、情怀、品格和那些醇醪甘露般的千古绝唱。他们为情而劳生，为情而赴死，为了这份珍贵的情感，几乎付出了全部的心血与泪水，直到最后不堪情感的重负，在里面埋葬了自己。

这种专一持久、生死不渝、无可代偿的深爱，超越了两性间的欲海翻澜，超越了色授魂与、颠倒衣裳，超越了任何世俗的功利需求。这是一种精神契合的欢愉，永生难忘的动人回忆、美好体验和热情期待，一朝失去了则是刻骨铭心的伤恸。

情为根性，无论是鹣鲽相亲的满足，还是追寻于天地间而不得的失落，反正诗人们哭在、痛在、醉在他们的爱情里，这是他们心灵的起点也是终点，在这里，他们自足地品味着人生的千般滋味。

生而为人，总都拥有各自的活动天地，隐藏着种种心灵的秘密，存在着种种焦虑、困惑与需求，有着心灵沟通的强烈渴望。可是，实际上，世间又有几人能够真正走入自己的梦怀？能够和自己声应气求，同鸣共振？哪里会有"两个躯体孕育着一个灵魂"？"万两黄金容易得，知音一个也难求！"即使有幸偶然邂逅，欣欣然欲以知己相许，却又往往因为横着诸多障壁，而交臂失之。

当然，最理想的莫过于异性知己结为眷属，相知相悦，相亲相爱，相依相傍。但幸福如纳兰，如苏轼，如元稹，不也仅仅是一个短暂而苍凉的"手势"吗？

当然，也多亏是这样，才促成这三位诗人以其绝高的天分、超常的悟性，把那宗教式的深爱带向诗性的天国，用凄怆动人的丽句倾诉这份旷世痴情。

有人说，一个情痴一台戏。作为情痴的极致，诗人们在其有限生涯中，演足了这出戏，也写透了这份情。"情在不能醒"，多少为情所困的痴男怨女，千百年来，沉酣迷醉在他的诗句之中。

艺术原本是苦闷的象征。《老残游记》作者刘鹗有言：

> 灵性生感情，感情生哭泣。
> 《离骚》为屈大夫之哭泣，《庄子》为蒙叟之哭泣，《史记》为太史公之哭泣，《草堂诗集》为杜工部之哭泣。
> 王实甫寄哭泣于《西厢》，曹雪芹寄哭泣于《红楼梦》。

那么，元稹、苏轼、纳兰呢？自然是寄哭泣于他们的诗词了。

作为出色的诗人，他们都怀有一颗易感的心灵，反应敏锐，感受力极强，因而他们所遭遇与承受的苦闷，便绝非常人所可比拟。为了给填胸塞臆的生命苦闷找出一条倾泻、补偿的情感通道，他们选定了诗词的形式，像"神瑛侍者"那样，誓以泪的灵汁浇灌诗性的仙草。

在经历过深重难熬的精神痛苦之后，诗人们不是忘却，也没有逃避，而是自觉强化内心的折磨，悟出人生永恒的悖论，获取了精神救赎的生命存在方式。在这里，他们把爱的升华同艺术创造的冲动完美地结合起来，以诗意般的情感化身展现出生命的审美境界，把个体的生命内涵表现得淋漓尽致，从而结晶出一部以生命书写的悲剧形态的心灵史，它真纯、自然、深婉、凄美，突破了时空限制，具有永恒的价值。

诗人都是"性情中人"，有一颗赤子之心。他们听命于自己内心的召唤，时刻袒露着真实的自我，在污浊不堪的"人间何世"中，展现出一种新的人格风范。他们以落拓不羁的鲜明的个性之美和超尘脱俗的人格魅力，以其至真至纯的清淳内质，感染着、倾倒着后世的人们。尤其像纳兰这样的短命诗人，他像夜空中一颗倏然划过的流星，昙花一现，但他的夺目光华却使无数人为之心灵震撼。他那中天皓月般的皎皎清辉，荡涤着、净化着也牵累着、萦系着一代代痴情儿女的心魂，人们为他而歌，为他而泣，为他的存在而感到骄傲。

在今天，元稹也好，苏轼也好，纳兰也好，实际上他们已经成为解读诗性人生的一种文化符号，有谁不为这种原始般的生命虔诚而永远、永远地记怀着他们。

那天，应邀在市图书馆举行《纳兰性德及其饮水词》讲座，我刚刚走下讲台，就见听众席上走出一个女孩子，递过来一折纸页。打开一看，原来是一首即兴诗：

从他身上／看到自身存在的根源／据说／他／就在我的前边／距离不近／可也不能算远／往事虽在时间之外／空间代价却是时间／只要一朝／获得超光的时速／那就坐上飞船／追寻历史／赶上三百年前／参加过渌水亭诗会／再在太空站上／共进晚餐——我和纳兰

没有白来刘家峡 |陈启文|

原载《北京文学》2013 年第 2 期

一

河流总是那样变幻莫测，总有一些突如其来的惊人举动。当黄河从龙羊峡流到刘家峡，一条东去的大河好像突然后悔了，在这里发生了一个突如其来的大回转，又猛然折回头向西流去，重新奔向上游峡谷。九曲黄河，这是最惊险的一曲，大自然总是在制造这种让人类出乎意料又猝不及防的情节，而黄河倒流，也成了刘家峡的一道绝美的奇观。

但这绝美的奇观我暂时还看不见。恰好赶上了一场大雾，把我想看到的一切笼罩了。雾中的喧哗像潮水一样汹涌，但含义不明，不知这喧哗是来自黄河，还是水电站，抑或是这大雾本身。这样的雾，没有任何寓意，只是我恰好赶上的一个真实的天气。在峡谷里，尤其是在水汽充盈的夏季，雾是很容易生成的。只能等待，等待风把晨雾吹散，或在阳光下蒸发。我一点也不着急，一个放浪于江湖的闲人，有的是时间，那雾中的一切可以遮蔽，但不会消失，该出现的是必然会出现的。我甚至还感到有些庆幸，在我抵达一些坚固的事物之前，先能体验到一种柔软的感觉，这是很有必要的。

也就半个来小时吧，浓密的大雾便开始消散，刘家峡开始露出它峥嵘的面目。刘家峡自然是一道峡谷。黄河流到这里，依然保持着河源段的清澈，但这看似柔软绵长的水流，却像一把不动声色的锋刃，把青海、甘肃的深

115

厚的山塬生生地切出一条又深又窄的峡谷，从青海的龙羊峡、积石峡到甘肃刘家峡，最窄处，从谷底望上去，只见颤颤悠悠的一线天。一路上看着这样的大峡谷，我的目光感觉有些累。

刘家峡也曾是一个百来户人家的小山村，一个随时都有可能被洪水冲走的小山村。谁也没想到，在一场致命的洪水席卷而来之前，它却以另一种方式终结了自己的历史。

其实有人早就想到了。一直以来，新中国治黄的一个核心意图就是"上拦下排"。而最早提出这一策略的就是共和国的首任河官、被毛泽东戏称为"黄河王"的王化云。从这个意图出发，最早提出在黄河上游的峡谷地带修建一系列梯级水电站的也是这位"黄河王"。

又得重提那段往事。1952年秋天，毛泽东在开国之后利用休假的时间第一次出京视察，几乎就直奔黄河而来。他一路马不停蹄，对山东、河南境内的决口泛滥最多、危害最大的险工河段进行了为期一周左右的深入考察。

柳园口，黄河中游的一处险工。所谓险工，是一个水利科技名词，一般指河流常受大溜冲击的堤段、历史上多次发生险情的堤段，还有那些时常决堤又被人类重新堵上、加固了的堤段。黄河险工有悠久的历史，早在西汉成帝时，就有关于险工的记载。毛泽东沿着黄河大堤从山东到河南，在那个太阳朗照的秋天一路走过来，不知已走过了多少险工。当他走到开封城北的柳园口时，他站在这里，好像再也走不动了，只把一双眼大睁着。

这就是悬河啊！一代伟人发出了这样的喟叹。

这悬河到底有多悬？没有人比开封人更清楚，黄河水面比开封城整整高出四五米。站在堤上，浪花簌簌地飞溅到身上，溅在身上不止是水花，还有被河水打上来的泥沙。这还不是汛期，若是汛期那水该有多大，想一想也就知道了。而一座开封城就全靠这大堤保佑了，这大堤一旦决口，这千年古都瞬间就会被洪水吞没。毛泽东把目光赶紧转开了，好像急于躲开这不祥的景象。

危险的何止一个柳园口，还有兰考的杨庄。黄河在这里拐了个弯，一个身影，又出现在一段险要大堤上。这个人走到哪里，绝对都是一个高大的形象。这个季节，洪水退走几个月了，但洪水在防洪大堤上横冲直撞的痕迹，依然像撕裂的伤口一样，久久难以弥合。就在这年 7 月，黄河直捣杨庄险工下部，危机四伏。幸亏有解放军日夜抢险，用身体筑起一道道人墙，又在险工下部沉下了好几条船，大堤才没有决口。此时，毛泽东低头看着大堤上的一道道豁口，脸色凝重。而他的沉默，也让众生沉默。慢慢地，他又抬起头来看着从天际流来的黄河，虽说汛期已过，此时的黄河水位不高，但那一种高悬于大地之上的气势，却让生活在这条大河底下的人无时无刻不处于危险之中，不说长时间生活在这里的人，哪怕一个外人，在这里瞅一眼，立马也会把心悬起来。黄河真的就是这样悬啊。一个伟人的目光，就这样出神地瞅着，又似乎望得很远，远得无法收回来。良久，他才忧心忡忡地问了身边的王化云这样一句话："黄河涨上天怎么办？"

一个伟人的发问，如同天问。这也是王化云多少年来一直在思虑的问题。

王化云其实不是水利专家，1935 年毕业于北京大学法律系，法学才是他的专业。然而严酷的现实只能以另一种方式让他在历史上浮现，救亡图存是那一代中国人最大的使命。他曾参加过"一二·九"运动，随后，他又投身于抗日救亡之中。但他一生又仿佛注定要为另一种救亡图存而生。黄河是一个民族世代的忧患，如何才能解民于倒悬，又何尝不是一种救亡图存啊。把一条洪水泛滥的黄河管束起来，让它驯服于人类的意志，也成了他一生的使命。1940 年夏汛过后，刚过而立之年的王化云就被边区政府任命为冀鲁豫区黄河水利委员会主任，他的治黄生涯从此开始了。新中国成立时，他已经历了十年治黄，虽说是半路出家，但这么多年的治黄经历又加之他的全身心投入，使他从治黄的外行逐渐成为一位经验丰富的治黄专家。甚至可以说，他是几乎不可避免地成为一位治黄专家。而新中国刚刚诞生，他就被任命为共和国首任黄河委员会主任。从此之后，无论历史潮起潮落，他把自己一生的心血都交给了黄河，潜心治黄长达四十年之久。在很多人心中，他甚至是一位功不可没的大禹传人。为了治黄，他先后提出了"宽河固堤"、"除害兴利，综合利用"、"蓄水拦沙"、"上拦下排"等一系列主张。

不过，此时，毛泽东和王化云还是初次见面，对这个名字还挺陌生，他问王化云的名字是哪几个字？

王化云回答后，毛泽东幽默地说："半年化云，半年化雨就好了。"

博学而风趣的毛泽东，时常以这种幽默的方式记住一个应该记住的名字，同时也说出他的真理。

从那以后，贯穿整个毛泽东时代，一座座拦河大坝在黄河中上游干流上以不可逆转的意志崛起，黄河被一段一段地拦腰截断，筑起了一系列可以为人类掌控的梯级水库，每一座水库上都建起了水电站。但发电从来不是人类的第一目标，按人们的核心意图，还是通过这些水利枢纽来调节黄河水量，发挥防洪、灌溉、发电、航运、养殖等多种功能和综合效益。这其实也是共和国每一个水利枢纽工程的普适性目标。

刘家峡水电站，就是在这样的思路上第一个被推出来的国家工程。

但一开始，这座水电站到底选址在哪里，还没有明确的思路。就在毛泽东考察黄河后不久，从1952年秋天至1953年开春后，由北京水力发电建设总局和黄河水利委员会组成了贵德、宁夏联合勘查队，对龙羊峡至青铜峡的上游峡谷河段进行勘查。而刘家峡只是他们勘查的一个点。那时黄河上游的峡谷里人烟稀少，荒凉河谷里时常还有狼群出没。年轻的勘查队员在峡谷里搭起了帐篷，点燃了篝火，借用当年的话语或许更能还原当年的情景和那一代人的心境："他们渡急流、战恶浪，攀登悬崖峭壁，敲遍每一块岩石，考察每一段河床，在刀劈斧削似的峡谷里，在汹涌湍急的黄河上……选定了征服黄河的新战场。"这个新战场就是刘家峡。但事实上，这时还没有最后定夺，还得等待更权威的专家们到来。而当时最权威的专家，无疑就是苏联专家。1954年春天，一支有苏联专家参加、由一百二十多人组成的黄河勘查队，对黄河干支流又进行了一次自下而上大规模的勘查，勘查的结果和那些年轻勘查队员是一致的，在坝址比较座谈会上，苏联专家发话了："兰州附近能满足综合开发任务的最好坝址就是刘家峡。"那时候，苏联老大哥说话是作数的。话音刚落，基本上就一锤定音了。

对于一个还很年轻的共和国，接手的是一个历经百年战乱、积贫积弱的烂摊子，又刚刚打了一场朝鲜战争，在当年，要建一座刘家峡工程，丝毫不亚于后来建一座举世瞩目的三峡工程。这将是一项举全国之力的国家工程，也是共和国历史上第一个由全国人大来审议决定的大型水利枢纽工程。

1955年7月，在第一届全国人大第二次会议上，周恩来总理特意邀请了参加会议的部分专家代表来西花厅。周恩来没有作任何指示，而是向专家们提出了一连串的问题：水库建成后蓄水量是多少？会淹没多少亩农田？从上游挟带下来的泥沙量是多少？如何解决？这些问题，其实就是在黄河上游修建水利工程的一系列关键性问题，也是一直到现在仍然让人们最揪心的问题。周恩来以思维缜密而著称，他显然是担心人们过分地陶醉于这个工程，尤其是那种急于求成的心态。对自己提出的问题，他也并不急于得到答案，而是一再恳请专家们深思熟虑，该想到的，都要想到，不但要想到好的方面，还要想到最坏的结果。

历史的事实也是如此，在全国人大审议通过后，刘家峡工程并没有急于上马，而是在冷静地等待。这里面也许有经济上的原因，无疑还有许多需要深思熟虑、未雨绸缪的论证。这反复的勘测、比较、权衡和等待，也表明了在建国之初，中国人对修建一座大型水利枢纽工程的冷静、理智和审慎。如果不是一个狂飙突进的"大跃进"时代来临，或许它还将等待一段时日……

二

那是一个早已从日历上撕掉了的日子，但也有不少有心人保存了这张日历。1958 年 9 月 27 日，在新中国第九个国庆日来临之际，刘家峡工程在一声声闷雷般的爆破声中开工了。

事实上，我接下来要叙述的一个个大型水利工程，也几乎都是在这年头上马的。

刘家峡工程的主力军也是中国水利水电第四工程局。在他们的老档案里，还保存着那个时代的黑白影像资料。揭开这尘封的档案，便是一段激情燃烧的岁月。中华民族也是一个很容易引燃自己的民族。而在那个时代，水利工程绝不是单纯的水利工程，政治色彩非常强烈，比江河狂澜更汹涌的是人类狂热的激情，"喝令三山五岳开道，我来了！"伴随着狂热催生的狂想，很多水利工程几乎都是在激情驱使下仓促上马，有条件要上，没有条件创造条件也要上。应该说，刘家峡工程也是当年"没有条件创造条件也要上"的大型水利工程之一。在大型施工机械设备寥寥无几的情况下，来自全国各地水电战线的工人，同当地的回、汉、东乡、撒拉等民族的数

119

万民工一道，"英勇地向凶猛的黄河展开搏斗"，按照打隧洞、截流、挖基坑、筑大坝、装机组几个阶段，"一个战役一个战役地集中力量打歼灭战"。这里，我引用的都是那个时代的主流话语，为的是原真地保存当年的话语情境。

通过半个多世纪前的影像回放，尽管岁月的色彩早已变成了黑白，但依然可以逼真地看到，从峡谷到山顶，旗帜是必然要出现的，一张张请战书、挑战书和决心书也是必然要出现的，有的决心书是咬破了指头蘸着血写的。这里的每一个人，都神色坚毅，炸山头，平道路，凿岩石，堵河流，黄河两岸硝烟滚滚，数里长峡炮声隆隆。在这沉寂了千万年的峡谷里，人类展开了一轮又一轮的殊死搏斗。除了烈性炸药在大峡谷里日夜回荡的爆破声，几乎所有土石方全靠人类的血肉之躯来完成。而最艰险的工程是在峡谷激流中拦河筑坝，难度巨大，工程量巨大。当镜头被放大到整个工地时，只见一个个像蚂蚁一样的人，挑的挑，抬的抬，背的背，还有一辆辆来回穿梭的独轮车，而这种运载土石的独轮车在当时就算是大工具了。

陈毅元帅曾说过这样一句话，千百万农民用独轮车推出了一个新中国。其实，新中国前三十年的水利工程，也是千百万农民用独轮车推出来的。

很快，对人类最严峻的考验就来临了。大西北的冬天来得很早，国庆一过，天气就变得异常寒冷，而天气变化又非常突然，一夜大风，哗啦啦的，气温陡降十几度，哗啦啦的不是风，是冰凌。当地人说，搅天凌了。连那猎猎飘扬的旗帜也结冰了，僵硬得连风也吹不动。然而，这又正是施工的最好季节，若是天气温暖，黄河水涨，就难以施工了。在寒风和冰雪中，很多人都是光着膀子、打着赤膊干活。那赤裸的身体只有冰雪裹着，鹅毛大雪落在身上，眨眼就被浑身的热汗和热气融化了。然而，人类可以扛住冰雪，却扛不住饥饿。就在一场"大跃进"被人类推至登峰造极时，一场大饥荒已接踵而至，无论你怎样热情高涨，这都是一个越不过的坎儿。一个老人说，刚开工时，他们还能敞开肚皮吃，后来，他们吃的是又干又硬的玉米窝窝头，就大咸菜。再后来，连窝窝头也吃不上了，一餐只能喝半碗玉米糊糊。人是铁，饭是钢。当民工们连肚子也吃不饱时，就只能全靠一股狂热的劲头来撑着了，但还是有很多人撑不住，一块石头刚上肩，就扑通一声栽倒在烂泥坑里了，哪怕倒下了，身躯还硬挺着，挣扎着想要在烂泥坑里重新站起来……

实话实说，看了这样的景象，我没有什么激情燃烧的感觉，只感到浑身发冷，我无法控制住我的颤抖。如果面对这一切，你还有燃烧的激情，还在依依不舍地怀念那个时代，只能是对苦难的残忍漠视和对历史的矫情伪饰。我高度近视的双眼，已越来越模糊了。我只能诚实地说，那是一个我看不清楚的时代。

要了解那段岁月，必须追踪那一段历史的见证者。然而，在时隔半个多世纪后，这样的追踪已是一件非常渺茫的事，那一代人，有的已经辞世，有的早已不知去向，活着的，也该是七八十岁的老人了。

如今已八十多岁的王进先老人，就是刘家峡当年的建设者之一。他不是民工，而是水电四局的一名正式职工。从1952年参加工作以来，直到1983年退休，他转战于全国各地的水利工地，从北京官厅水库到三门峡、刘家峡、石泉、安康，一个工地短则几年，长则十几年，而转战，奋战，对于他们那一代人，从来就不是过时的词语，每一个岗位，对于他们，都是战斗岗位。说到他，在刘家峡的老一辈人中几乎无人不知。他是1956年从北京官厅水库转战到黄河三门峡，在三门峡，他曾脱口说出了这样一句誓言："三门峡工程不建成，不娶老婆不回家！"

刘家峡工程开工后，他又从三门峡转战到刘家峡。他是钻工，他带领的钻工小组在开掘最艰险的隧道工程时，掘进速度一直遥遥领先。苦和累是不用说的，苦和累甚至是他们早已习惯了的一种生活。让他们犯难的还是一些技术上的难关。一天，他们负责打炮眼，当一排炮眼打成后，水源突然断了。没有水，有的钻杆被卡在孔里，无论你怎么用力也拔不出来。眼看着就要按时放炮崩岩了，王进先和钻工们急中生智，他们双膝跪下，用手指扒开炮眼里的石渣，又用嘴啜饮泥坑里浑浊的积水，再一口一口地喷在风钻的进水眼里。就这样，吐一口，转几圈，终于拔出了被卡住的钻杆。这事很快就在工地上传开了，后来只要钻杆被卡在孔里，兄弟班组就按他们的方法干，从此解决了施工过程中一道常见的难题。王进先还评上了工人工程师。1959年，作为全国劳模，王进先在北京参加了全国群英会，受到刘少奇、周恩来等中央领导的接见。可惜，那张珍贵的大合影他没能保存下来，这又与一个国家主席的命运有关了。他一生获得过的荣誉证书和奖章，多得要用箱子来装。但更让一个老人怀念并珍藏的还是一幅幅褪色发黄的老照片。他慢慢抚平了一张看上去还算清晰的老照片，指着一张工人背石头和清理基面的相片说，"现在的开挖设备很先进，原来全是手工作业，人拉背扛，工作条件很差，我们都是没条件创造条件上，吃苦劲头可大了……"

王进先是这老照片中的一个影子，无疑也是那一代水利人的一个缩影。退休之后，老人的精神状况一直不大好，百病缠身，很多都是久治不愈的旧伤。这病，也是水利人的职业病，尤其是严重的风湿，让他两腿僵硬，步履蹒跚。这难以忍受的疼痛与苦难，差不多折磨了他的后半生。当豪情不再，而悲从心起。我不止一次，在这一代老人们干涸的眼眶里，看到浑浊的泪光闪烁。而我的眼睛也又一次模糊了。

如今，这些老一辈，大多处于被遗忘的状态，没有谁把他们的名字刻在石头上，他们也从来没有这样虚幻的念头。对于他们，能够活到现在，安享晚年，就已经实实在在地满足了。

每遇到这样一个老人，我都在心中虔诚地祈求他们多活几年。

在刘家峡的每一个角落里，几乎都散落着那一代人的故事。

苦难的岁月中也有一些温暖的记忆。一个姓张的回族老师傅，是当年钢筋班的一名普通工人。对自己的那些往事，他不愿再说什么，但他讲起了另一个人的故事。那是 1968 年，国家为了补充刘家峡水电一线的技术力量，陆续分来了一批大学毕业生。这年底，从清华大学水利工程系河川枢纽电站专业毕业的胡锦涛，也被分配到张师傅所在的这个钢筋班。时过境迁，很多事张师傅都不记得了，但还清楚地记得胡锦涛那时候的样子：头戴安全帽，穿着一身汗湿的工装，怀里揣着图纸，无论走到哪里，他手里都拿着一个本子、一支笔、一把尺子。有时候，在工人们上班前，他就站在一堆堆钢筋前，又是量，又是记。没过多久，他就熟悉了各类钢筋的规格，准确计算出各类钢材的需求量。他还蹲在工地上，跟老师傅们苦学怎样网钢筋，怎么进行木模安装、放线。这里的风沙也很大，一天下来，胡锦涛浑身上下落满了厚厚的灰尘，只能看清一双眼睛了。在满面尘垢中，那双眼睛显得特别亮。那时候，没有谁能预测一个大学生的未来，但在那一辈工人师傅们的心中，这无疑是个很敬业也很有出息的年轻人。

最让张师傅感念的，还是胡锦涛对自己的接济。那时，他家人口多，老家又在西部贫困农村，生活很艰难。胡锦涛每月就从自己的口粮里节省出一部分来接济他。这虽是滴水之恩，却让张师傅一生难忘。在一个大学生帮助工友们的同时，他也同样得到工友们的帮助。陈志冲是当年的钢筋班班长，胡锦涛在峡谷里安家后，陈师傅就在生活上经常照顾人生地不熟的胡锦涛一家。这也让那段苦难岁月的记忆，盈满了相濡以沫的暖意。1974年，胡锦涛调到兰州工作，从此便离开了西部大峡谷里的水电工地。但他没有忘怀这段岁月，一直惦记着和他一起度过了艰难岁月的工友和师傅们。1985年，胡锦涛得知陈师傅患心肌梗死，很快就从北京寄来了治疗心肌梗死的新药，使陈师傅的病情得到稳定。1995年7月，胡锦涛在青海龙羊峡水电站视察时，还特意抽出时间和那些曾在水电四局一块儿工作过的工友见了面，畅叙阔别之情。说到那六年岁月，胡锦涛很动情地说："我是学水电的，对水电建设我是有感情的。离开四局二十多年了，我是很想念四局的，毕竟和四局的同志们度过了六年难忘的岁月。这六年时间不长，但是，是受教育受锻炼的六年。请大家转达我对四局全体职工的问候。我们水电队伍有个好的传统，艰苦奋斗，四海为家。我们国家之所以在能源建设上有今天这个局面，是大家不畏困难、无私奉献，付出了巨大的牺牲，才换来祖国江河上的一颗颗明珠。"

这一番话，也让每个人听了很动情。胡锦涛曾是与他们穿着一样工装的工友，也是今天的党和国家领导人，可以说，他这一番话也是代表了国家对这些水电人的肯定，每一句话都很朴实，却让人感觉到一种落在心坎上的震颤。许多在水电战线上默默无闻地干了一辈子的工人师傅们，忽然觉得他们的一生都有了意义，这辈子，也值了啊。

三

在刘家峡工程开工整整两年之后，到了一个最关键的节点：大河截流。

刘家峡人特意把这个节点选在1960年元旦。但这个一元复始的日子，却是冰天雪地、寒风刺骨的一天，在零下十多度的严寒之下，黄河已是冰冻三尺。这对人类是严峻考验，但对大河截流却是一个好日子，在这样的冰凌之下，似乎更容易把一条处于半僵死状态的大河拦腰截断。截流工程似乎有些异乎寻常的顺利，人类又一次创造奇迹，这奔涌了亿万斯年的黄河，第一次被人类成功地实施截流。但此时大功尚未告成，截流之后便是大坝混凝土浇筑，而且必须抢在凌汛到来之前将整个大坝浇筑工程完工。但刘家峡人，这些可以经受住生命极限考验的人类，突然变得一筹莫展了。混凝土浇注必须用振捣器来振捣，由于国产机械功率太小了，而大功率振捣器必须从苏联进口。换了以前，这不是问题，苏联老大哥肯定会慷慨地支持；但此时的苏联已不是中国的老大哥了，中苏关系已闹得剑拔弩张了。咱们中国人一个个都是硬骨头，绝对不会向任何一个外国低下高贵的头颅。怎么办？只能靠自力更生了，但中国人又不可能在短时间内就生产出那种大功率的振捣器。但很快就有人想出了办法，于是，历史上最荒诞也最悲壮的一幕出现了：成千上万人穿着笨重的雨靴或胶鞋，喊着号子，像跳舞一样在大坝上面使劲地踩踏，当时把这种方式叫"人力振捣"，这是中国人的又一发明创造，也只有以人定胜天为信仰的中国人能够创造出来。

或许真的可以人定胜天，但这样的"人力振捣"却代替不了科学，结果其实可想而知，这混凝土大坝由于振捣得不均匀，更不密实，当一道混凝土大坝筑起来后，连混凝土里的石子都是松散的，用手指头一抠，就能抠出来……

这样一道拦河大坝，能够拦住黄河吗？到了1961年，刘家峡工程，这个在共和国历史上第一个被全国人大审议通过的大型水利工程，终于被迫停工了。停工的直接原因是严重的质量问题，当然还有不少别的原因。最大的一个原因，是中国人在经历了三年"大跃进"也经历了三年大饥荒之后，国民经济已经到了崩溃的边缘，一股把中国向正常社会扭转的力量终于出现了。这一年，被迫停工的也不只是刘家峡工程，很多当年一哄而上的工程，在三年之后也都纷纷下马了。有的是彻底下马了，有的则需要静静地等待一个让中国和中国人得以休养生息、恢复元气的过程。这个过程到底需要多久，谁也无法预测。

在废墟一般的荒芜中，刘家峡陷入了一种瘫痪的听天由命的状态。经过三年国民经济调整，新中国终于度过了三年困难时期，又渐渐恢复了元气，一些暂停的工程又陆续上马，刘家峡工程是其中之一，在1964年正式复工，但复工的第一件事不是建设，而是毁灭，他们必须把一道"人力振捣"的混凝土大坝炸掉了，才能重建。

事实上，刘家峡也就是在毁灭中重生的。三年国民经济调整，也让中国人的心态得以调整。当一个社会回归到正常社会，同样是一个峡谷，同样是一个工地，三年前和三年后就像迥然不同的两个世界。在痛定思痛之后，人们好像终于发现，那些咬破指头蘸着鲜血写的决心书，是没有多大用处的，也没有谁再说出那种"我就是玉皇，我就是龙王"的豪壮誓言。每个人心里似乎都明白了，全凭人力来修建一座大型水利工程是不可能的，还得靠机械。在全国各地的支援下，刘家峡工地上初步建成了一条自动化机械化的作业线，一辆辆大型吊车和挖土机、履带式拖拉机开上了工地。这些大型施工设备，其实也是三年国民经济调整时期所展示出来的一种国家实力。在接下来的几年里，从开采砂石料、拌和和输送混凝土一直到浇筑大坝，刘家峡全都是机械化操作。没有了只争朝夕的狂热，整个工程，一直在不紧不慢又按部就班地推进。

在刘家峡工程复工后的第三个年头，1966年3月，北国正值早春，大河正在解冻，一个熟悉的身影出现在工地上，很多人一下就认出来了，那是时任中共中央委员会书记处总书记的邓小平。而邓小平在他早已习惯了的欢呼声中，显然还听到了另一种声音。那是闷雷般的爆破声，他把目光转过去，凝神看着一个方向，那是在炸坝。

一道大坝修了三年，炸了三年还没有炸完。人类付出了多大的代价，又白流了多少血汗，甚至是白白地献出了生命。有人说这是交了一笔学费，这其实是一种冷血的、又极不负责任的说法。或许正是因为这样冷血，这样极不负责任，才让中国人一次次交出这样惨重的学费。

邓小平对这里的实情显然还不大了解，他没有看见筑坝，倒是看见了炸坝，这让他感到有些奇怪。他问站在身边的刘书田："呃，那是干什么？"刘书田回答说："那是在炸坝，因质量不合格，把它炸了重浇。"

邓小平默然地朝那个方向凝视了一会儿，说："你们还很重视质量嘛！"

刘书田说："这大坝千年大计，必须重视质量！"

说到刘书田，应该交代一下，这也是在新中国水利史上一个值得后世铭记的人物，他是著名水利工程专家，时任刘家峡水力发电工程局局长兼党委书记。他一生在三门峡、刘家峡和葛洲坝三个大型水电工程担任过一把手。不管历史最终怎样评价这三大工程，作为这三大工程建设的直接指挥者和执行者，在当时的条件下，他干出来的这三大工程，至少在工程质量上都经受住了历史的检验。就是三门峡，也不是施工质量上出了问题，而是从一开始就在设计意图上出了问题。这是后话。

邓小平在刘家峡工地上看得很仔细，看了之后，又若有所思地问刘书田，在黄河水利建设上还有什么设想？

刘书田不假思索地说："我们的设想是，抢刘家峡，带八盘峡，装盐锅峡，攻龙羊峡，上黑山峡……"

这其实不是刘书田的设想，而是水利部黄河水利委员会的一揽子计划，邓小平听了却并未满意地点头，而是哎了一声，说："你们还得给西南留一点嘛！"

这话意味深长。如果按照这一揽子计划，黄河上游峡谷几乎是不留余地地将要被开发，而邓小平也自然惦记着他的家乡，黄河也是要流经四川的。然而，这里边，也许又不止是一个伟人对家乡的关怀和牵挂吧。

邓小平视察刘家峡，是载入了刘家峡工程大事记的一件大事。他以亲切平实的方式，给这里的人带来了一种实干精神。而刘家峡人的目标也清晰而实在：力争在1970年底筑好大坝，开始蓄水，1972年开始发电。预定的时间是六年。然而，谁又能想到，就在邓小平尚未走远的背影之后，已是风云突变，一场长达十年的浩劫已经越来越近。而这个给刘家峡人带来了实干精神的小个子，没过多久就被打倒了。

四

当一个小个子的身影在春天离去，仿佛转眼就是灼热无比、如同燃烧一般的夏天了。又一轮历史性的狂热，正在这个异常酷热的夏天以狂欢的方式上演。

而此时，那道炸了三年才炸完的大坝，已经荡然无存，不止是在现实中，好像从人类的记忆里也被彻底抹杀了。没有了惨痛的记忆，又一轮狂飙突进开始了。不能不说，中国人的激情总是很容易煽动和点燃，那种只争朝夕的劲头又上来了，所有的工期都在拼命往前赶。譬如说，按照复工后的原定施工方案，大坝基坑开挖和底部浇筑，只能在枯水季节进行。每当汛期洪水袭来，所有人员和机械就要从河床中撤出，给洪水让路，等到汛期过了再开进去施工。给洪水让路，这也是人类作出的理性而明智的选择。而人类一旦失去理性，也就不明智了。很多人都觉得，这样，一年要白白耽误五个多月的施工时间，浇筑大坝要三进三出才能完成。"解放了的中国工人阶级，岂能听从洪水的调遣！"人类又一次发出了这样的豪言壮语，他们决不能给洪水让路，"一定要叫黄河常年让出一段河道，确保主体工程全年施工！"

而当时许多工程技术人员或被打倒了，或已靠边站，在施工方案上拿主意的是所谓"三结合"的设计小组。他们走的是"群众路线"，最后集中大家的意见，提出了增开一条导流隧洞，加筑一座高拱围堰的方案，叫高拱围堰挡住洪水，让洪水全从导流隧洞中流走，这样就避免了耽误工期和三进三出，为整个工程至少抢回一年的时间。这个方案，很快就得到工地党委、上级领导部门和工人群众的热情支持。于是，"一场艰巨的战斗迅速打响了！隧洞里，风枪怒吼，大地颤动，炮声阵阵，顽石开花。工人们不畏天寒地冻，不顾油水溅身，一个劲地争时间，抢速度"。在跟时间赛跑的过程中，人类又一次奇迹般地战胜了时间。1967年，刘家峡拦河大坝筑起来了，正式下闸蓄水了，这比原计划提前了三年多。当闸门落下之时，工地上欢声雷动，但掌声、欢呼声、锣鼓声和鞭炮声还没有停息，很多人就傻眼了，在下闸蓄水后，由于左岸导流洞闸门关闭不严，导致大坝漏水，越来越严重。又不能不说，刘家峡的建设者们不是孬种，他们都是真正的勇士，为了堵住漏洞，他们奋不顾身地扑了上去，一次次舍身堵漏。但无论他们怎样舍生忘死，这漏洞怎么也堵不住，导流洞漏水流量眼看着越来越大，而这时水库已有大量蓄水，一旦闸门垮下，谁都知道，那是怎样的后果……

到了这时候，才有人猛然想起那道被炸毁的大坝，才意识到他们以不同的方式犯了一个同样的错误。在中国，历史的教训实在太多了，但能够真正吸取教训的人又实在太少了。否则历史的悲剧也不会一次又一次重演，前车之鉴在中国很难成为后事之师，就必将成为后车之覆。哪怕到了今天，还有多少人想要拼命捂住这些伤疤。

眼看着漏洞怎么堵也堵不住，洪水猛撞着刚筑起来的大坝，冲着人类吼叫、咆哮，刘家峡人看到了一条大河的力量，而它有多大的力量，就会

127

制造多大的灾难。危急之中，他们只能赶紧向上级报告。这事惊动了周恩来总理。总理听说后也非常着急，这事一刻也不能耽误，这不是一个工程能不能保住的问题，如果刘家峡大坝一旦垮塌，洪水巨大的冲击力将危及下游无数老百姓的生命财产。而当时的水电部已被军管会接管，从国民党营垒里过来的傅作义将军虽然担任水利部（后来的水利电力部）部长长达二十二年之久，但在"文革"狂潮中他发挥不了任何作用，而当时实际上负责水利部工作的副部长钱正英正在造反派的冲击下自身难保。周恩来深知，刘家峡的危急已刻不容缓，必须果断作出决定，让部里懂业务的领导干部火速赶往刘家峡。周恩来冒着极大的政治风险，亲自主持国务院业务小组会议，专题研究解决刘家峡水电站的问题，并正式提出让钱正英等人出来工作。会后，钱正英便率领工程技术人员火速赶到刘家峡。这是一次生死大决战，要描述整个堵漏抢险过程有难度，这里只说结果——导流洞的漏洞最终被成功堵住了，一个工程保住了，黄河两岸人民的生命财产也保住了。

后来，不是没有人想过，如果，万一……

那个比噩梦更恐怖的后果就不说了，但人类又的确应该时时想到那个最坏、最可怕的结果，只有无时无刻不感觉到头上悬着一把达摩克利斯之剑，人类兴许才不会再犯同样的错误，在每一次头脑发热时，至少能感到某种警示和惊悚。

经历了这样一次危机，尽管十年浩劫和狂热还在继续上演，但刘家峡人变得冷静了许多，又回到了那种按部就班的正常的施工状态。对于一个大型水利枢纽工程，这个速度其实也不算慢了，到1974年岁末，刘家峡水电站的五台机组全部建成投产。这也意味着，全国第一座装机容量超过百万千瓦的大型水电站终于竣工了。

而我最早知道刘家峡，是在那册早已不知去向的小学或中学课本上，它和长江大桥一样，是毛泽东时代的伟大建设成就之一，创造了一系列的中国之最：中国第一座百万千瓦级大型水电站；中国第一台30万千瓦双水内冷水轮发电机组；中国当时最大的水利电力枢纽工程。尤其让中国人倍感骄傲和自豪的是，刘家峡水电站是我国自己勘测设计、自己制造设备、自己施工安装、自己调试管理的大型水利枢纽工程。在一个以自力更生为荣的时代，这四个"自己"，足以证明中国和中国人不依赖外力，就可以靠自己的力量屹立于世界的东方。这又是那个时代的主流话语了，它对我们这一代人的精神影响是异常深刻的。一直到现在，刘家峡水电站带给我们这一代人的精神自豪感依然牢不可破。

然而，历史的真相又如何呢？

五

刘家峡的雾是一层一层地退去的，这让我有一种很真实的感觉，感觉刘家峡的面纱也是一层一层地揭开的，揭开了一层，又有一层，到现在似乎还没有完全揭开。

之所以选择刘家峡，对于我，不只是因为这是一个国家工程，还因为历史有另一种书写方式。在中国，我还没有发现有哪个水利工程，可以从头到尾地贯穿新中国水利建设的各个历史阶段：它在新中国成立之初由苏联专家参与设计，又由全国人大审议通过，在"大跃进"时代上马，在三年困难时期下马，又在经过了三年国民经济调整之后复工，最终在十年浩劫中建成，几乎凝聚了毛泽东时代水利建设的所有经验教训、成败得失。这一坎坷而又艰难曲折的历程，通过它，我们可以清晰地看到一部浓缩的新中国水利史。

而这样的历史还将在新时代续写。由于当年那些由中国人自主设计的、也大长了中国人民志气的"争气机组"、"争光机组"一直存在着先天缺陷，自电站运行以来，这些设备的安全隐患一直不断。从1988年开始，刘家峡水电站开始进口法国、加拿大、美国、俄罗斯等国外先进的设备、技术和工艺。刘家峡人现在活得比任何一个时代都要清醒。自力更生固然重要，硬骨头精神对于一个民族更是不可或缺，但一个民族、一个国度能够正视自己的落后，坦承自己的落后，有时候比那种自信和自豪感更为重要。又何况，有的东西原本就是没有国界的，是不分意识形态的，像科学、技术，是永恒的普世价值。而一个常识，刘家峡人比世人都懂，闸门关得再紧，毕竟也要打开，否则一条黄河也会成为一潭死水。只是中国人觉悟到这个常识，也许太晚了一点，要不也就会少了许多不必要的坎坷与曲折和不该发生的悲剧。如今，又历经二十多个年头，刘家峡人对五台国产发电机组也进行了长达二十多年的系统改造，使机组装机从原来的116万千瓦增加到了现在的 135 万千瓦，净增发电量近 20 万千瓦，这相当于三门峡水电站现在发电量的两倍。

若同三门峡工程相比，又不能不说，刘家峡是幸运的，甚至是侥幸的。三门峡已被迫把自己从当年中国最大的一个水利枢纽工程降低到了一个中型水电站，一直到现在还面临着是去是留的诘问，而刘家峡却把自己越做越大，越做越强。哪怕用现在的眼光看，一直在与时俱进的刘家峡工程也无愧于新中国水利史上的一个得意之作。而一个工程能否与时俱进，也不是人类的意志和愿景所能决定的。这里面有一个重要前提：无论在施工中发生了多少问题，犯了多少错误，但一个前提是绝对不能错的，那就是从一开始在选址和设计上就必须正确。如果这个前提一开始就错了，无论你以后采取了多少正确的方式来补救，都已于事无补、无药可救。这其实就是水利建设最残酷的一面，几乎没有亡羊补牢的可能。

穿行于刘家峡，还能看到那个时代留下来的很多遗迹，在水电站高大厂房里，一幅毛泽东视察黄河的巨幅油画占据着整整一面墙，而毛泽东画像对面的墙上就是毛泽东的那句名言："要把黄河的事情办好。"这画像，这标语，从 1973 年电站开始运行后，就一直挂在这里。风流水转，这里已换了一茬又一茬人，但刘家峡人一直舍不得摘下来。也有人建议过，最好换上刘家峡的风景画，但刘家峡人觉得，有些东西是永远无法置换或取代的。

看着一个伟人的巨幅画像，我也有一种岁月倒流的感觉。忽然想，假如时光能够像这一段黄河一样倒流，历史又是否可以逆转？这是对时间的假设，也只能用时间来作出判决。事实上，半个多世纪的时间也一直在检验它，直到现在。一个水利工程能够运行到现在，无论从哪方面看，它都可以在时间中胜诉了。而我，也没有白来一趟刘家峡，感到又补上了非常必要的一课。

站在刘家峡大坝上，又一次下意识地凝望那条倒流的黄河。此时，那些雾已不知被吹到哪儿去了，视野格外清晰与辽阔，这让我高度近视的两眼第一次看清楚了这峡谷里的一条大河，这是一条从不屈服于命运的大河，凶险，诡谲，奇崛，处处惊险，却又化险为夷。当你看着她，你会在一种隐忍不言的流逝中，渐渐忘怀那大苦大难又大起大伏的一切。面对她，我下意识地弯下腰，低下头，保持了人类最谦卑的姿势。

谁能够让你站起来 |张秀超|

原载《北京文学》2013 年第 3 期

一

年来到的时候，哥哥患了不治之症的独生儿子，没有迈过这个年轮，青春的生命水流花落般飘逝而去了。一家人惧怕的那道关山，就这样忽地横在眼前了，那个可怕的结果就这样铁骑突出刀枪鸣了：那个水葱般鲜活的生命就变成了包裹在白布片里的一具尸骸了！

死丧在外的亡人，是不能够回到村子里再看上一眼了；不到二十岁，早夭了的孩子，是进不了祖坟的。就在寒冬的暮霭里，我们把孩子装殓入一口杨木棺材里，埋入村外鸡冠山脚下、哥哥家种萝卜的地里，一个新新的土丘，就那么突兀地耸立在萧瑟寒凉的黑土地上了。哥哥添上最后一把土，他拍打着那土堆，对他的孩子说：你别怕，我很快就来陪你！

哥哥的话，如卷着沙粒的风，在苍凉的大地低走，凄切，沙哑，拉心拉肝……

二

自从儿子走进医院，自从那一张张化验单如一扇扇黑漆漆的铁门，关闭了儿子通往生之路的那一刻起，哥哥就如一个物件，在骤然而起的风暴中旋转、飘荡。现在，风暴过去了，他落在地上，如被大风洗劫撕裂的一条空口袋，他已经不是那个他了。他年不过半百，可是胡子、头发都白了，他高大魁伟的身子，如遭了雷击的老树，枯干委顿，一副老迈之相。

佛说苦海无边。苦难的人生，要过许多的坎。哥哥的一生迈过了无数的坎，这个坎，他能迈过去吗？也就是说，哥哥的日子，还有明天吗？哥哥还能在这个灾难后，往前再走上一程吗？

似乎，总有一种阴凉的预感，哥哥的命，也要随着萝卜地里的那个土丘，画上句号。

哥哥的好多举动，都似在作着了结或告别的准备。

院后有两棵大杨树，他对我们说，这树能打两口棺材，一口就盛殓我，一口给孩子他妈。

他让我给他拍一张照片，不在屋前，也不在树下，他要在没有任何物件的空地拍照。我们老家有风俗，人死后，要在棺材上摆一张不带任何东西的相片，然后带走。那照片收进去什么都不好，阴阳不清。

三

办完丧事回城的时候，哥哥给我一个小木匣，他说你带上吧，对你或许有点用。

他曾说，他这一辈子，经了别人几辈子都没经的事，等闲了的时候，抽空把这几十年过往的一些事情写下来，给我提供一些写作的材料，可是一直没有空闲，他零零星星地写下一些，让我拿回去看看。

我回家后，打开那个木匣，里边是一些碎纸片，有包烟卷的锡纸，有孩子作业本子写了字的背面，有灰白色的包装纸，还有的是医院的处方签……上边是铅笔或是黑色墨字，有多有少，少的几行，多的写满了一片纸张。

我读着这纸片上的文字，有时候从字缝里听到的声音，有浪涛拍岸的豪迈高亢；有时候听到的声音，又像是秋后荒野上的猩猩草，在风中瑟瑟颤响；有的时候，我也从那字的空间，听到愤怒而悲壮的吼喊：去你妈的吧，老子干不过你，也不再跟你滚下去了，老子不奉陪了！

哥哥在文字中，在回念他的命，回想他如何勇士般与命作过殊死搏斗，他在悠长的命途中，屡战屡败，屡败屡战，可灾与难总像泛滥的水浪头，气势汹汹生生不息。总之是说命欺辱了他，命是个嫌贫爱富欺软怕硬的东西……

看着这些纸片，我总是泪水潸然，哀伤总像烟云一样缭绕在心空。

四

是啊，命与哥哥，真的像是一对打上火的冤家对头，没有给过他一丝喘息的余地。

哥哥命运的小舟，搁浅在生命河流中，是从那个夏日的傍晚开始的。

那个夜晚，闷热，一家人坐在黄瓜架下歇凉。在三十里外的镇子上读书的哥哥，身背牛毛毡子卷着的花被子，走进院门，把行李扔在地上，哭了。半晌，家里人才知道发生了什么事情，因为我大娘的历史问题，哥哥不能够升学读书了。

我年过半百的大伯，找了个老伴，也就是我大娘，她嫁过五个男人，这男人中有的是地主，还有一个与土匪有瓜葛。

我大娘这个时候也在我们家的黄瓜架下，她捣着烙铁尖一样的小脚，嘴里哭喊着，快让我死了吧，我死八个死我活该，我咋能祸害人家孩子。她奔院外的水井跑去，人们把她拉住。大娘的哭声像被风剐碎的猫的嚎叫，尖锐、凄厉、哀伤……

此后，无论我们家想了啥法子托人求情，任凭大娘怎样四处去诉说哀告，哥哥都没有能够再回学校读书。

哥哥是个读书的料子，他是我们那个沟里唯一念到山外去的人，他喜欢古文，喜欢读文学书，还喜欢写文章，他梦想着将来到大地方去读大学。可他的读书梦就这样被中断了。

十几岁的哥哥回村种地了。

哥哥还没有长成，却走在一群粗壮的男人中了，他拿锄头耪地，力气不够，翻出的新鲜土，一段一段的，中间不连通。管工的说他偷工留门槛，为此，大人挣七分，给他三分。死热荒天，从早到晚，他不比别人晚下地一刻，也不能够比别人早收工一时，可挣的工分不到别人的一半。

他上坝打草，那比他胳膊还长的刀，捆绑在比他两个人还长的木杆子上，在苍茫的草趟子里，哥哥手里的钐刀直打晃，就是不敢甩开胳膊去打草，他怕一动手，草没有撂倒，先把自己从脚根底下撂倒。爸爸蹲在飘摇的草趟子里哭了，哥哥也哭了。可是，哭过后，哥哥还是要拿那摇摇颤颤的钐刀，学着左右开弓，去撂倒那蓬蓬勃勃直蔓延到天边的苍茫的草。

即使是这样严酷的现实，也没有让哥哥心里的梦幻世界彻底地荒芜坍塌。

就在草场的野地上，在用桦木杆子支起的人字架窝棚里，哥哥的牛毛毡子下，还放着《红楼梦》《三国演义》。他在草丛中看到，火苗样的胭脂花，小树一样好看的草，他都爱惜地采起来，夹在书里。他用白草编巴掌大的蝈蝈笼子，装上绿绿的蝈蝈。他还用金黄的桦皮，做成小桦皮篓，采摘山麻子、面果子、山丁子等野果，让羊倌给我们捎回家。哥哥唯美浪漫的心性，让他觉得天也广，地也阔的世界，不能够没有好的人生；眼下只是个瞬间，是个过门，生活总会有好日子的。

他的好日子真的是说来就来了！

那年，队里抽苦力，到外边去筑路修桥，哥哥被派去了。

不想，哥哥怀着幽暗的心境，竟然梦游般，步入花红柳绿的人生境地。

那个工地的人来自四面八方，人多气势也好，什么都不缺，就是缺能舞文弄墨的人，哥哥能写爱画的才能，在这里得到了充分的展示。哥哥在水泥杆子上刷标语，在板报上写美术字，大喇叭上广播他写的稿子，报纸上也登他写的文字，他成为那个工地上很有名气的才子。

后来，我看到哥哥用装石灰的牛皮纸袋子剪裁的本子上，粘贴着他那个时候发表在报纸上的文字、画作等。

他从这里看到生活灿烂的曙光。他还在这儿找到了爱情，在住地的村庄，有个俊美的姑娘爱上了他。

可这一切都随着那工程的结束，宣告灭亡。

那条路修好了，桥铺上了，工地要转移，工地管事的要带上哥哥，可是我们家乡的人说什么都不放，非要把哥哥带回来不可。那个姑娘要死要活，非哥哥不嫁，可是那姑娘的父母，在与我们这里去的人见了一面后，说什么都不让女儿嫁哥哥了。

哥哥又回到了原来的日子，不，要比原来的生活还要惨淡，哥哥被打发到坝上深山老林去拖木头了。

哥哥无法与强大的身外的势头抗争，可是在婚姻上，他无论如何都不想妥协，他说，就是一辈子一个人过，也不能找个没有爱情的人凑合。

哥哥的才气和人样子，让村里好几个姑娘心生爱意，可她们都在父母的呵斥下，哭哭啼啼地嫁了人。

一直快到三十岁的时候，哥哥才在父母的劝说下，与一位不识一个字，又患过大病的人结了婚，婚后五年才有了儿子。

做了父亲的哥哥，也迎来了春风拂煦的好时光，哥哥人生的小舟，在这个时候，才挂起帆，起了航。他经营着分在自己名下的责任田，农闲的时候，做买卖，供儿子读了大学。孩子毕业后，他给儿子买了车，搞起了货物运输。哥哥不止一次在喝过几盅酒后，演讲一样演说，人，到什么时候，都不能够丢失对日子的信心。他对自己多年在那样的岁月，没有对生活失去信心，无比自豪。

可是，他怎么也想不到，致命的灾难又向他袭来了……

那个噩耗霹雳一样，炸响在我们的头顶：哥哥那一米八大个子、英俊仁义、刚刚近二十岁的儿子，患了不治之症。哥哥不吃，不喝，不睡，他眼睛盯住一个地方，许久不挪窝，似乎要看穿那地心的深处，看那黄泉路是往哪个方向伸展，也像是在发狠地寻找什么，要与什么来个鱼死网破……

那天夜里，哥哥瘫坐在医院冰凉的地板上，对我说：孩子的病是基因的问题，孩子的妈，是得过大病的……

我知道，在这样无望的时刻，哥哥又在回望他苍凉的命了……

独生儿子，是哥哥的命，他活了几十年，风风雨雨，从生活那里，只得到这一枚可以给予他慰藉的果实。可是，命运，又这样强盗一样，不眨眼地从他的手中掠夺走了。

哥哥成了一个空壳，他没有了依托，没有了指向……

五

哥哥的生命交响，是到曲终人散的时候了！

从乡下回到城里，我一直还觉得有什么事情，隐隐地等在前边，让我的心虚悬着，我总觉得哥哥是活不过去了。我时刻在想，哥哥是采取什么方式自行了结呢？还是如一垛浸泡在水中的土墙，在哀伤的侵蚀中，哪一刻轰然倒塌。

我总是提心吊胆地度着日子。不断地从亲友们的口中，打探着哥哥的状况。

家里人来信说，哥哥总是不能够平静下来，他总是在家乡的山上不停地游走，每到黄昏的时候，他就到儿子的坟前，抽烟，坐着。

后来，人们告诉说，他走到外边去了。

临走，他把家里的大红马撒到坝上马场，他对放马的人说，到秋我来抓马就给你工钱，如若我不来，这个马就是你的了。

他到曾打过草、栽过树的山上住了两天，到拖过木头的林子里走了一遭，还到他放了一年马的叫大甸子的地方待了几天。又有人说，他还到他当年修路筑桥的那个地方看了看。

人们说他是去收他的脚印了。

乡里老人说，人在要离开人世的时候，要把他走过的路，再走上一遍，把撒下的脚印收回来带走。

哥哥是去与过往的日子告别了？

哥哥不怕什么了，不怕疼痛，不怕揭开什么，如同打破了的盆子，任里边的水肆意蔓延。

我知道，在哥哥的心目中，有些地方和人，是不敢对视的。

他对早年的恋情，和那生发恋情的地方，是从不提起的。我曾多次问过他当年的事情，他都支支吾吾地不肯说。

几年前，我在电视台搞新闻的时候，报道一条高速公路的开工仪式，在那仪式上炸毁了一座老桥，而后要在那桥基上建与高速路匹配的富有现代含量的新桥。

哥哥看后，第二天就来找我，问我能不能把这个节目给他录一份，他要留个纪念。这个时候，我才知道那座拆掉的旧桥，就是哥哥当年建的那座桥。

那次，哥哥给了我一张照片，是他与那个姑娘的合照，他说，再去那里你把它烧了吧。

后来，我又去了那个地方。让我想不到的是，那个村里稍有点年纪的人，没有一个不知道，那个姑娘与哥哥恋爱的事，甚至有个老太太告诉我，他俩把一个树林子里的树叶子都撸光了。

这让我惊讶万分，哥哥在那样的年月，谈了一场怎样的恋爱！

那村子的人说，当年姑娘的家人不让她嫁哥哥，后来给她找了个人家，可嫁过去不几年，那姑娘就死了。

我没有烧掉那张照片，至今，这照片还留在我的书柜里。

侄子出事后，我不止一次看这照片，那是哥哥最美好的日子，也是他最美好的一张照片。那个姑娘扎两条油黑的大辫子，羞涩地笑着，紧挨在哥哥身边。哥哥比那姑娘高一头，他身穿黑裤子，白褂子，黑亮的短发，浓眉大眼，一副英武的样子，猛不丁看是那么的美妙，可是细一看，就让人异常辛酸。哥哥的白褂子，两个祆襟一边长一边短，伸展不开的死褶子是那么的明显，哥哥说那是打石头压的，又没有别的可换的衣服……只有穿它照了这一张照片，那无法敷平的褶皱，就如哥哥怎么也伸展不开的日子。

六

哥哥这样的游走，让我们恐慌，似乎有什么可怕的事情，就要降临。

我们要想点办法。

我捎信让哥哥到我这儿来待几天。

那年，哥哥来城里，正遇上大雪，班车不通了，他在我家待了一天。这一天他不知道怎么过好，我要出去给他买几件衣服。他说哪都不去，要趁这难得的一天，看看我的书。我的书房里有数以千计的藏书，哥哥爱惜得不得了。他从书架上一本本拿，似乎不知道拿什么好，季羡林的《牛棚杂记》《我的人生感悟》，史铁生的《好运设计》，贾平凹的《我是农民》《秦腔》，余华的《活着》，王蒙的《我的人生哲学》……真是好，我们那个时候，可没有这么多好书，我多少年没顾上看这么好的书了！他不住地翻动着《贾平凹谈人生》《我是农民》。感叹说，你看看人家写了这么多！人家这一辈子活的！我不敢接他的话……我知道他内心的痛。

他对一套书，产生了极大的兴趣，那是一套有点传记性质的作家丛书《我是王蒙》《我是从维熙》《我是冯骥才》《我是蒋子龙》……我给他包上，让他拿回家去读，可临走的时候，他还是放下了，他说回去没有时间看，也没有地方摆，怕把书弄脏了。

此后，我在书房里，望着琳琅的书，总想到哥哥，我的心总像被什么击打着，心生一种疼痛甚至是负罪感。哥哥自小就爱书如命，在我还上小学的时候，就从他那里看《红岩》《钢铁是怎样炼成的》《林海雪原》。我到今天都纳闷，在我们那穷乡僻壤的小山村，在那样的岁月，哥哥是以多么大的热情，是从什么渠道弄来那样多的书？我之所以能够喜爱上文学，走上创作的道路，是哥哥给启蒙的。我难以想象，若是没有哥哥，我会不会走上写作这条路……

哥哥与我一同生活在那个小山村，我们有着同样的梦想。哥哥在那样的年代，就因为一个荒唐透顶的理由，被粗暴地断送了一切。

我也从那个小山村出发，一路走来，一道道大门，轰然敞开，在春风中远行，写了那么多的文字，曾登上这样那样的领奖台。

一次次面对着媒体的访谈，你是怎么走的？我扪心自问，常常热泪盈眶……

我是怎么走的？这是我走的吗？这仅仅是我自己走的吗？

如果没有这样的好时代，纵然是有天大的才能，我能够走到今天吗？

七

我想让哥哥来城里走走，看看书，或许心情会好起来。

哥哥没有来。

他给我捎来信，让我帮他找一个小女孩和一个北京出租车司机的电话或者是地址。

哥哥说的小女孩儿，是一个也患了我侄子一样绝症的女人的孩子。那个女人浑身肿胀，眼睛肿得只能闪开一条细缝，坐起来都困难，可她还在给女儿做布娃娃。她说她十三岁就没了妈，女儿才七岁，她要给孩子做六个布娃娃，陪伴女儿到十三岁，她就能够自己照顾自己了。她每天都给女儿扎十几个小辫子，孩子满脑袋都是小辫子，很可爱。

那天早上，她给孩子扎小辫，她对我们说，她死后就没有人给女孩扎辫子了。她说，要不是女儿，我早走了，就是放不下她，我得给她找个地方……我们问她家里的人，她说没有别人，只有我们娘儿俩……

那天晚上，那个女人，就被推到太平间去了。

哥哥说的那个司机，是在去北京求医的时候认识的。那天，我们去郊区的一个中医药店，那家的老中医说能够治侄子的病，给开了方子。哥哥拿这个方子，就像抓住了儿子的命，他怕抓过了药，人家把方子留下，他手拿那个药方，没有去柜台取药，而是疯狂地跑出来，也不管天呀地呀的什么地方。他竟然出门按到一个出租车的前脸，手哆嗦着抄那个药方子。司机先还敲玻璃，后来就不再敲了，容哥哥抄完了那天书一般的字。

买了药，乘了这个师傅的车奔车站，师傅知道我们是为重病的孩子来求医的，送到车站是 48 元钱，师傅说什么也不要车钱，说就算他给孩子买点吃的吧，这让我和哥哥很感动。

现在，哥哥忽然问起这两个人的地址，不知哥哥要做什么。

八

我觉得再也不能够这样逃避着了，我决定回去看看。

大半年里，我提心吊胆地眺望着哥哥，也在设法拯救着我自己。自从侄子得了病，我就同哥哥一起，为挽救年轻的生命东奔西走，备受煎熬，事情过去，我身心疲惫至极。

更可怕的是，我的精神，遭遇到从来没有过的危机。

我的神经似乎比纤丝还细弱！

我的心似乎比春天的冰凌还要薄脆。

每到夕阳西下的黄昏，我站在阳台上，望着山顶那一点快要掉到山后去的霞光，我会忽然泪流满面。我的心好像没有一个地方存放了，没有地方投奔了，我不知道我思念谁，我不知道该到哪里去。

我从来不知道心病了是怎么个状态，这个时候我知道这要比身病，更可怕，更痛苦！

论说，走了那么远的路，读了那么多的书，写了那么多的文字，不该被一个事件击打成这个样子。

我想，这或许不是一日之功了。只是多年里，总是匆匆忙忙的，像那跑道上的运动员，双眼盯着前方奔跑，无暇观望身边或者脚下，忽然被路障绊倒在地,没有任何准备,忽然走到那样的地方,看到那么多鲜活的生命,在病的魔爪下,水泡一样消失。

就如梦游一样,到叫生死边界的那个地方看了一眼,到叫人生尽头的地方摸了一把。

这让我对来自生命本位的思索,深沉而又滞重。

这让我的灵魂总在远方孤独地游走,如一粒沙,在大漠中呼号!我一时融入不了眼前的日子。

若在以往,每到心态不好时,我就会收拾行装,回老家去,在那山山岭岭走走就好了,我的许多关坎都是这样度过的。可是这次不行,我不敢回去!那个新坟压在我的心头,故土成为悲伤的源头!

可是,我还是要回去了。

九

这是秋天的时光。

我在村外下了车,迈过清清的白水河,远远的,我看到在埋葬着侄子的那块萝卜地里,地界边儿上停着一辆马车,车的一旁有一头大黄马和一头小马驹儿在吃草。

脚下碧绿的胡萝卜,油绿油绿的秋苗散散落落的,如一棵棵飘摇的小树,蓬勃而妖娆。就在那胡萝卜地的中央,兀然耸立起一大片向日葵,那葵花金黄金黄的,像无数光芒四射的太阳,悬挂在天地之间。走近葵花丛中,看到了侄子的坟丘,不,那不能说是坟丘,因为那高大的土堆上,你见不到一丝的沙土,从上到下一圈圈地摆满了红红的胡萝卜,坟前还有扫帚梅、夹竹桃、蚂蚱菜等各色鲜花,盛开绽放。

坟顶上几支点燃的香烟,飘绕着丝丝缕缕乳白色的烟雾。这是葵花护卫着的一座城堡,侄子的坟丘,就像一座金碧辉煌的宫殿,那烟雾就像炊烟,主人正在殿里,燃起炊烟,在烧制美味的晚餐……

我如梦如幻!

正四下张望,葵花林一阵簌簌颤响,是哥哥走进来了。

他见了我，有些吃惊，"你看，这好吗？"哥哥指着侄子的坟说。

我惊愣着，不知说啥……

你知道，这孩子活着的时候，就爱看花，我让他天天能闻到花香。

他爱吃新出土的嫩萝卜，明儿要起萝卜了，我先给他起了些放在那儿。

他爱抽烟，活着时，我没少为这骂他，今儿，让他抽个够。

我看哥哥虽有些苍老，可精神却是好的。

十

"你…可好…吗……"我望着哥哥，问他。

我，过来了。

哥哥坐在地上，卷了颗纸烟，抽着烟对我说："我知道你惦记我，怕我活不下去。年初的时候，我真的是觉得过不去了。家里的地种上，都没有办法往回收拾。咱家的汽车是你侄子开，我摆弄不了，我咋想都觉着没有活路。家里的马，我也没有心思喂养它，把它撒到坝上，我都不知道我还能不能去牵它。"

可以后，我日日到山上走走，同埋在地里的先人们说说话，咱这山里安歇的先人，一辈辈的，老的少的，男的女的，谁不是山一路水一路地走过来的，做了他们该做能做的事，安安然然地走了。想想他们，就觉得咋都得往前走！

我又出去走了走，往后看看，那掌管不了自己的日子，一步步都是沟坎，可也过来了。可往前看看到处都热气腾腾的，人人都在好日月里往前奔，我不该就这样了结……

这不，要收萝卜了，人家都用卡车拉萝卜去卖，我开不了汽车，我想就拴马车拉萝卜吧。昨儿，我去坝上抓马，大半年不见，大马还下了个小马驹，明年就能拉犁了。

哥哥说，秋收后，他要去找那个死了母亲的小女孩。他说，他非要见见那个孩子不可，若孩子需要，他要帮助那个孩子。

他说，那个出租车司机，他一定要去看看他。那个司机在路上说过，我们这里的小米子好吃，他特意种了二亩地的小米，我要给他送点新鲜米去。

哥哥正说着，一个枣红色的小马驹撒着欢跑过来。

哥哥扔掉烟头，他说，不说了，我去牵马，咱回家。

十一

我什么也说不出来了，我木木地站在那儿，一时，似乎不知身在何处，不知谁人在与我说话！

活过来了！

出产着五谷，埋葬着先人尸骨的故土，劝慰了哥哥……

流淌着血泪，埋葬着哥哥华年的脚印，警醒了哥哥……

哥哥是在告别中，寻找到了活下去的力量！

我这个时候才觉得，哥哥在那灾难的漩涡中飘转的时候，他就已经开始打量了。灾难，降临在那么多家庭，那看上去如草如蚁的平凡的人们，都把那灾难踩在脚下，往前赶路了。没有一个门庭在那灾难的淫威下全军覆没。

看到这点，人性的凌厉巍峨就开始昂起头颅了！

是的，我记得，那个扎一脑袋小辫子的女孩，握着妈妈已经僵硬的手，撕心裂肺地哭喊。哥哥抱起那孩子，满脸泪水，当一个中年女人抱走孩子时，哥哥让我一定记下那女人的地址和电话。

那个时候，哥哥已经从自身的苦难，开眼看别人的苦难。

"生命的顶峰是对生命本身的理解！"是生活本身，给了哥哥站起来的力量！

十二

我的心胸中，有一股热流，犹如春天薄冰下的水流，在喧嚣涌动。

我只觉幽暗的心里，堵塞着的什么，坍塌了，哗的闪开了一条通路，一下明媚起来。

我跪在松软的沙地上，捧起一把热热的土，泪如泉涌……

想起我夜间的歌曲 |金翠华|

原载《北京文学》2013 年第 4 期

一

手术的前一天，我的丈夫带我到北海公园。我这里用"带"字，毫无夸张之意。在长达 12 年的时间里，无论到哪里，只要是我俩同时出现，都要用上这个"带"字：上下楼梯他要扶我；过马路他要拉着我的手；遇到坑坑洼洼高高低低的地方，他不只拉着我的手，还要时时提醒："把脚抬高点"，"大步迈过去"；去医院看病，他把我送到候诊室安排我坐下，说声"你在这儿等我"，就跑去挂号，一眨眼就看不见。——真的是一眨眼就看不见了。我两眼受伤 12 年了！视力已下降到 30 厘米内辨指。30 厘米，只是一张 A4 纸的长度啊！

每一个做妻子的都把丈夫对自己的呵护关爱和细致体贴深藏在心灵的沃野，催放着生命的鲜花。那幸福的芬芳、那挚爱的美丽时时滋润着一个女人的柔弱和温婉。我常常内视我的心灵，发现有几缕淡淡的柔丝飘荡在甜美怡人的花丛间。那些晶莹纤细的柔丝汇集了我十二载难以回报的爱，伴随着鲜花，深情地回应着来自另一颗心的搏动。

那一天的北海公园是什么样的？他牵着我的手边走边给我介绍名胜。我耳朵听着心里却想：这些我以前都见过，那是很美丽的，可如今怎么都变得灰蒙蒙的，显得十分陈旧？他带我走到护城河边，我看不见河里的水，心想必定是干涸了。风很大，吹着河边的柳树，柳丝拂着我的脸。我抓住柳条，想看清柳叶。这柳叶不是绿的吗？怎么变成黑褐色？我抬头看看天，没有当年那样碧蓝，像出土的古铜，扣在柳树上。

　　"好，你就站在这里，一缕阳光恰好照在你脸上——"他举起相机，完成了他的艺术捕捉。"真的有阳光？"我没感觉到，顺口说了出来。"现在没有了。"他的回答像阳光消失得一样快。究竟有没有阳光？我不愿让他失望，若无其事地抬头看了看天空，"阳光真美，就是天叫飞沙糊住了。"我希望我说的是他看见的。他迎合着："沙尘暴，空气污染得很严重。"——12 年来，每当他顺着我说话，我反而不相信了。我知道他在安慰我，为了证实我的视力没有那么糟糕。不知有多少次，穿过马路时我问他：前面有车吗？他很轻松地说没有，可刚穿过，车就从身边擦过去；多少个夜晚，他牵着我的手在校园散步，我说："星星怎么还不出来？"他总是告诉我："光污染，看不见星星了。""一个都没有吗？""没有。我的眼睛这么好，都找不到一颗。"可好几次我给学生讲座，学生送我回家时愉快地说："老师，您看星星也来送您。"可见星星还是能看到的。从我家餐厅的北窗能看到山崖下的月季花。有一次他望着窗外说："山岭静悄悄，月季花盛开着。""月季花开了吗？"听我这一问，他从桌子的对面走到我这一边，侧着头看了好半天，很随意地说："哦，在你这一边看不见啊！"而我为了安慰他，也特意伸长脖子向他那个方向往外看去，开心地说："开得真美，又红又大！"——其实，我什么都没有看见。他是一个极聪明的人。我的小技巧他一定看得清清楚楚，可他从来不拆穿我。4000 多个日日夜夜，在家庭生活的琐碎小事里，他想出种种办法来宽慰我，默默呵护着那颗因视力受损而变得异常敏感的心。

　　北海公园距我们住的宾馆很近。从公园出来，天已经黑了。他牵着我的手向马路对面走去，我满眼看到的是车灯，无数行人从我们身边闪过。奔忙了一天，他们归家的脚步是那样匆忙、那样急促。我看不见他们的面容，却感受到他们隐藏在内心的活水般的亲情。他们也许要回去做饭，也许要照顾孩子，也许要侍候老人，也许要接待亲友……在许多时候，许多地方，等待他们付出的劳力远胜过一天的工作。可亲情的活水涌动在他们心里，没有时间去考虑疲惫，匆忙的脚步承载的是心甘情愿的付出。是的，所有的付出都不会是徒然的。我默默地祝福这些匆忙的脚步。

我们的脚步也曾经这样地匆忙过。上世纪70年代，物质不像今天这样丰富。两颗充满憧憬的心支起一个简朴的家。一个黄色的柜橱，一张栗色的自制圆桌，便是全部家具。我把一张粉红纸铺在圆桌上，再盖上用白线钩织的花网桌布。小圆桌顿时变成了身价百倍、独一无二的洋家具，它好像是从30代年代上海的洋楼里走出来，落脚在荒原的砖土平房里。白线透出鲜艳的粉红花，和新郎亲手刷的雪白石灰墙壁交相辉映，圆桌上放着当时很难见到的新郎珍藏多年的两本书。18平方米的新房洋溢着蓬勃的朝气和浓郁的爱意。

几十年来，随着工作调动，我们搬过九次家。不论走到哪里，新房洋溢的蓬勃朝气和浓郁的爱意一直跟随着我们，让我们在最困难的时候依然过着饱含希望的幸福生活。

我们第四次搬家住的是一个中学的办公室。失修的房顶六处漏水，外面倾盆大雨，屋里小溪淙淙，大盆小盆水桶水缸全部到位承接天赐甘霖。我和丈夫分睡在床的两侧，两人同心合力把一张大塑料布撑成一个防雨篷，不到四岁的大儿子和三个月的小儿子就睡在我们俩人中间。那一夜，我们睡得多么安详！盆盆罐罐里的滴水声，伴随着儿子们稚嫩的呼吸，是我听到的最优美最赏心的小夜曲。

我常常想，多亏那时物资匮乏，肉、鱼、蛋、糖、油、粗粮、细粮、棉花、布类和煤炭通通凭票供应。微薄的工资要赡养父母、喂养孩子，每月能把票类换成实物买回家，基本的生活有了保证，也就心满意足了。

清贫的日子对我们很有益处。我们学会了怎样处卑贱，也知道怎样处丰富，或有余，或缺乏，随时随地，我们能在爱里相互激励把生活过得和谐美好。"要把小事当作大事做"。丈夫的这句话成为我们家庭生活的一种理念。他买回一本厚厚的菜谱，照本宣科，把供应的那点鱼、肉做成美食。孩子们围坐在桌前，惊诧爸爸的伟大，能把那点小鱼做成一锅酥鱼，连里面的海带、白菜吃起来都像鱼一样鲜美。我也学会了蒸馒头、包包子、擀面条，学会了做女工，常常是批完学生作业，还要在灯下补儿子的小袜子。有一年春节，我用了几个晚上，把丈夫的一条军绿色的的确良旧裤翻新，给大儿子做了一条裤子；又把大儿子的一条咖啡色布裤翻过来，给小儿子做了一条裤子。新春佳节，两个儿子都穿上了新衣裤，欢天喜地，和小朋友们堆雪人打雪仗。

那时我们多年轻，匆匆的步履留下的是欢乐温馨的足迹。

我是一个感性人物。恋爱时每每漫步在荒原的小路，我们都会展望婚后的幸福生活。我说我们要登泰山看日出，要到长城找烽火台，要去三峡体验"两岸猿声啼不住，轻舟已过万重山"的意境；我说我们要骑自行车，像居里夫妇那样到森林的深处，每天都采很多的野花，那花色彩纷呈，是荒原所没有的。我的那一位是个理性人物。有一次，我展望未来，讲得津津有味，恍恍惚惚宛若已经进了设想的美景。他猛不丁地来了一句："尿布晒在哪里？"我愣了半天才醒悟过来："尿布？什么尿布？""尿布！孩子的尿布！亲爱的，生活就是生活。"你不知道我当时有多么颓丧，如果不是因为相爱，我早就扭头跑得远远的了。然而，让他说准了。我们的大儿子不等我们出蜜月，就抢先走进了我们的生活。怀着身孕，登泰山看日出的设想抛到了九霄云外。

儿子出生在正月里，那时不像现在有"尿不湿"，哺乳中面临的最大问题就是尿布。冬天不好干，把所有的旧春秋衣、旧被里都拆洗成一块块尿布，晒出去就是干不了。好在有炉子，便就地取材，围着炉子拉上了铁丝，连烟筒都不放过，尿布大摇大摆地晾在铁丝上，我们美丽的新房飘起了"万国旗"，在房间里走路都要低头侧身，让它几分。

"生活就是生活，是实实在在的生活。"当年所有的设想至今还停留在设想的原点。可我们的脚步没有停留，走过的每一个日子都有着奇妙的恩典。当年不曾设想到的——我们怎么也设想不到我的眼睛会受伤，而且伤到近盲的程度。家庭生活的正常秩序被打乱了，原本由两个人的眼睛做的事，一下子要由一个人的眼睛承担，他的眼睛成了我的眼睛。以至于12年养成了他的一个习惯：无论出差到哪里，办完事就回家，从不在外面游山玩水耽延时间。他知道她的需要也是自己的需要。——无论是苦难还是磨炼，因了那奇妙的恩典，都化作祝福，使我们的婚姻成为爱情的花园。

在手术前的那个晚上，他握着我的手，高一脚低一脚地走过夜的街道，我们走得很慢、很悠闲。我想到了台湾作家张晓风的《婚礼祈祷文》，那是一篇美丽无比的祈祷文，是两颗纯洁的心在爱里合成一体，向至高至圣的上帝敞开了，敞开又交托的生命祈祷。在深深的夜幕下，无数匆忙擦肩而过的行人中，祈祷文的字字珠玑在我心中闪烁，有两句不时地叩击着我的心扉：

"主，我们不乞求堂皇的高楼大厦

求你使我们成为彼此在地上的天堂

我们不乞求惊人的财富

求你使我们成为彼此生命中的至宝"

我的手在那温暖的手掌里颤抖了，宛若三十多年前第一次手和手的相握。那时我的眼睛明亮，新月的清辉洒满荒原的小路，有几颗晶丽的小星向我们眨着笑眼。我们手握手，深情地凝望着……

二

手术做得又快又好。当时为了治好我的眼睛，我在北京工作的学生们真是竭尽心力。我的眼睛因外伤，视网膜、视脉络膜都出现了问题。请过几个眼科专家，都说不能手术。去北京后，学生带我到同仁医院挂号，找著名的眼底专家魏洪斌医生看过，这才决定作换晶体的手术。谁能找到做手术的医生？他们又在网上呼援，事后他们的学姐彦敏说：我很长时间不看电脑了，那一天也不知为什么我打开电脑，刚好看到：老师要治眼——多亏她的丈夫建华陪我到同仁医院找到朱思泉医生，这是换晶体的专家。朱医生曾在同仁医院建院一百周年，应领导的约请，一天为100个病人换了晶体，使100个病人重见光明。

2006年9月11号下午4点多，我进了手术室。术前准备做毕，我的脸被蒙上，安躺在手术床上。我感觉到有人坐到了我左眼一侧。瞬间，我的眼里有一片金光，随之红、黄、橘色的彩云在流动，我感到脸上有冰凉的液体流下。"水呢？没有水，我怎么手术？"朱医生的声音。"有水。"护士细微的回答。在彩云之间有一个暗褐色的窗户样的东西，时近时远地移动，耳边有机器的轻响。突然一股强烈的亮光照进去，彩云即刻向四周散开不见了踪影。"好了，金老师。"朱医生轻松的声音。"谢谢您！愿上帝祝福你。"我说——手术只做了五分钟。

手术的当天晚上，丈夫一会儿把电视调亮，一会儿调暗，问我左眼可有光感。我说有，他才放心地蜷在沙发上睡去。麻醉的效力过后，全身不

147

舒服，我仰面躺着，不敢翻身，怕碰着做手术的眼睛。

我正为自己不能入睡烦恼，妈妈走进了病房。我欠身想起来，她坐在床边，拍拍我的肩，示意我不要动。我最后一次能清晰地看清妈妈的脸，是 1994 年农历正月十三。我给妈妈送元宵，中午我下厨清炒油菜，还炒了一盘豆芽。妈妈把元宵煮了，高兴地说："咱提前过十五，比谁都团圆得早。"妈妈说着笑着，皱纹在她眉眼间、嘴角处像花一样漾开。第二天晚上我下楼劝架，眼睛被一个年轻人打伤了。从此，我再也没看清妈妈的脸。

妈妈怎么知道我做手术了？怎么会走这么远的路到北京来看我？可我俩似乎不是坐在病房里，而是坐在故乡北山坡的麦埂上。我和母亲回到 60 年以前，她把我抱在怀里，两只温暖的手握着我的小手。田埂外破碎的瓦罐，一片片还浸着尿渍。那天天不亮妈妈就挑着两瓦罐尿到北山来浇麦子。妈妈的脚是裹过又放开的，过去叫"解放脚"。所谓放开，只不过是不再用裹脚布缠了。妈妈挑着尿罐往山坡上走，一拐一拐的。我心疼妈妈，抢着要挑。妈妈拗不过我，就把扁担钩打了个弯，让它变短一些，我个子小，挑的时候尿罐就不会碰到地上。我愉快地挑起尿罐向山坡走，眼看就要到地头了，不知怎么的脚下绊了一跤，我一下子向前扑倒了，前面的尿罐碎成一片片的，尿泼了我一身。我顾不得这些，爬起来一看后面的尿罐碎得不厉害，还有半罐尿歪在半截罐里。妈妈紧跑几步抢起那半罐尿倒到麦地里，我哭着捡起还存着一点点尿的碎片，一片片送到山坡的麦田里。那年月，没有手绢，妈妈从地头上拔了一些冻得枯干的草，擦着我的棉裤和棉鞋。擦完了，把我拖到她腿上，撩起衣襟，用里面的衣角擦去我的眼泪，安慰我："小闺女不哭，等你爸爸打完仗回来就好了，送小闺女上学。"

坐在妈妈的膝上，我忽然想到，我为妈妈写的《青杏枝头》她没看见。我告诉妈妈，这篇获得老舍散文奖的文章，写了妈妈从不愿意触及的家族伤痛；写了姥爷被暗杀的真相……妈妈好像早就知道了，她欣慰地笑着，脸上一道皱纹都没有，皮肤白里透红，和我儿时的妈妈一样漂亮。

我的双眼蒙着纱布，怎么会看见妈妈？而且还是她年轻时的面容。我伸出双手去摸，我摸到的是一片空无。妈妈早已在八年前就离开了这个世界，离开了我！那是我眼睛受伤后的第四年，那一天是 5 月 3 号。在她心肌梗死的前一天，她还到附近山上掐了很多野菜，她在电话里告诉我："就一眨眼的工夫，花也红了，草也绿了，小山菜个个伸着小绿芽，就等着我去掐。"她给我的山菜，都是择洗得干干净净，然后叫我弟弟送给我。妈妈一向乐观、开朗，充满信心。她心灵手巧，左邻右舍有什么不会做的针线活，都送到她那里。妈妈是基督徒，她给人家做针线活从来不要报酬。她乐呵呵地告诉人家："不是我给你们做的，是主给你们做的。主看见了就高兴地说：别看我这小女儿才七十多岁，可心灵手巧，干活又快又好，我就叫她健健康康地为我作见证吧！"

我们谁也没想到妈妈会突然离去。她走得那么急促，在医院里抢救了6个小时，她最后一句话是面带微笑轻轻吐出的："好啊，耶稣真好。"她好像看见了耶稣，目光望着高空，慢慢合上眼睛的。"死"在她身上是不存在的。她只是换了一种生命形态到乐园去了。

妈妈一定是带着对我眼睛的牵挂走的。我的眼睛受伤后，曾经一度很痛苦。妈妈来看我，没说一句对打人者怨恨的话，只是不住地感恩。妈妈经历过几个时代的变迁，遭受过家破人亡的击打。她信了耶稣以后告诉我，她真正理解了上帝对人的爱，所有的苦难都是对人的磨炼，让人学会爱神爱人。她说："我就知道耶稣爱你，保护着你不让你破相，还是双眼皮大眼睛。你没看有的人整天愁啊愁的，好眼睛也愁坏了。你只要高高兴兴尽本分过好日子，眼睛早晚就好了。"

妈妈有句格言："人的一生没有吃不了的苦，只有享不了的福"。信主以后她自己作了更动，常对我说："上帝给你的生命，没有你挑不动的重担。"

我的视力减弱看不清，有一次切菜竟把食指指甲削去半块，血肉模糊痛得钻心。朋友都劝我找一个保姆帮帮我。妈妈的看法正好相反，她说："你这样不能做找人帮，那样不能做找人帮，上帝给你的手脚不就浪费了？我成天求主，叫我有生之年不用人侍候我，只叫我侍候人。"她说我切菜的方法不对，让我把四个手指蜷起，刀抬得不要太高，从此再没切过手。妈妈离世后，我和妹妹都很内疚，因为我们没有侍候过她。

考门夫人说，我们的生活是爬山的生活，爬在我们前面的人能常回头喊一声，笑一笑，点一点头，招一招手，对于爬在后面的人是大有帮助的——在那个病房的静夜，我回顾了 12 年的近盲生活，深深感谢那些帮助我的人，他们何止是喊一声，笑一笑，他们是用切实的行动来帮助我的。

伤后第四天，清晨我一睁开眼，看不见天花板的灯，四周环视一下，什么也没有了，没有书橱，没有写字台。我把手伸到眼前，看不见手，我一下子掉进黑暗里，心沉到了万丈深渊。我看不见了，我什么也看不见了，我的眼睛我的眼睛啊——那是我一生中经历的最绝望的时刻。平时教导学生要坚强，困境中要看到光明；年轻时曾经激励过我的英雄们的豪言壮语，所有这一切对我都失去了作用。我不是英雄，我只是一个软弱的女人。我是一个母亲，我是一个女儿，我是妻子，我是媳妇，上有老人下有孩子，今后的日子怎么过？

那一天是怎么过来的，我已经记不清了。只记得近午有 3 个大学时的同班同学从济南赶来看我。我看不见他们，只听见他们说话的声音。我一天都不想吃饭，也不愿说话。我一个人静静地躺着，躺在黑暗的隧道里。家人的脚步声、说话声、安慰我叫我吃饭的声音，全都飘在黑暗里，仿佛和我不是在同一个空间。我省察，我呼求，过往的日子从我心里一一流过，好像大浪淘沙，一去不复返了。我多么懊丧啊！在那些晴朗的日子里，该做的许多事情我都没有做。妈妈没有去过崂山，我为什么没陪妈妈上崂山看看？孩子们小时就愿到海边玩，可我没有时间带孩子们去……我的眼睛都用来忙了些什么？哪些书是必须看的？哪些会议是必须开的？哪些家务活是非做不可的？平日忙里忙外，自以为做的都是有意义的事。可省察检点，这才发现，我积攒的不是财宝，而是秫秸糠秕和玉米瓢子。绝望的轰雷在我心里震响，我看不见光明，找不到出路。我用什么来弥补我的亏欠，我还有弥补的条件吗？——整整一天，我的心在痛苦的绝望中煎熬着。我甚至想到与其做一个累赘活着，不如早一些解除别人的负担——就在我最绝望、失去一切信心的瞬间，我的内心响起一个从上面来的声音："我看你为宝，为尊。"这声音，又柔和又清晰。我就像到了隧道的出口，看见明丽的阳光从外面照进来。我明白了它所表达的深刻含义和不尽的祝福。

苦难是包装粗糙的祝福，解开包装的过程就是生命长进的过程。我要振作起来，积极求医。我的学生、许多的姐妹都陪我去医院。本市的眼科专家、北京同仁医院、广安门医院的专家都给我看过，仅散瞳孔检查就做了 14 次！每一次就诊都要排队等候，都是学习忍耐的功课。

多亏了著名中医眼科专家孙明仙医生，经他治疗，我的视力有了一点微弱的提高。尽管咫尺之内，我依然看不清人的面容，板书还是要凭感觉摸索着去写，但借着放大镜勉强可以写字了。孙医生给我看病时已 82 岁，他两年后去世。去世前他交给我一个治疗眼神经炎的药方，他说："这是我多年积累的，治好了很多病人。你保留下来，可解除病人的痛苦。"我不记得他清晰的面容，只记得他的声音，有些沙哑，但很慈爱。那张药方让我常常想起"爱是永不止息"。在世上的生命可以结束，但生命的果实却留下来，带着他对病人真挚的爱。

短而急的痛苦可以忍受，长而慢的痛苦很难担当。我的眼睛什么时候能好？"忍耐等候"这四个字是我受伤的那天早晨写在日记本上的。当时我的眼睛很好，根本不知道当晚眼睛会被人故意打伤。今天，在我写这篇文章时，面对 12 年前的这页日记，面对这四个字后面的空白，我看到自己灵性的愚钝。这分明是一种提醒，可我竟然完全不觉。我忽略了多么宝贵的信息。

"忍耐等候"，是支撑我的唯一力量。不是忍耐十天八天，不是等候三年五年，而是 12 年！

我常常感恩，在我软弱的时候，上帝安排环境来坚固我。我见到盲校的孩子，是我将 1.5 万元赔偿金送给盲校时。那是些多么可爱的孩子啊。我凑近他们的脸，看到的是天空一样清朗的笑容。他们有的是角膜不好，盼望着有一天能换了角膜，打开盲目。多数学生知道自己永远看不见，他们学会用心灵来看，确切地说是用心灵来感悟世界。上帝恩待他的盲目的孩子，让他们的嗅觉、听觉和触觉更敏利，来弥补盲目的不足。

那些孩子摸我的头发，记住我的容貌。他们唱歌给我听，有一句歌词使我流泪。歌词大意是：花朵在绿草地上开放，美丽的小鸟在蓝天飞翔，清清的河水里，金鱼在游弋穿翔……歌词里的颜色、形状他们是怎样认知的？

这些孩子是我的老师，是我的帮助。我忍耐等候，还有复明的希望，而他们在没有希望的光景里，仍然充满喜乐、自信和对生活的热爱，和他们相比，我是多么软弱和缺乏勇气。

12年里，我认识的人几乎都用不同的方式帮助过我。他们的爱心是活跃在生命里的，他们的爱是行动中的爱，是生命的自然流露，也只有这种爱，才能把来自永恒的祝福联结在一起，像一条金链坚固我的人生路。

在我的眼睛即将康复的前夜（我坚信我一定能康复），我又听到那些盲孩子甜美的歌声……

三

我原以为眼睛复明时，和受伤前一样，正常的看见，正常的光感。当真相出现时，才知道和想象的完全不同。

2006年9月12日上午9点钟，是我人生的划时代。丈夫领我走进眼科病房检查室。坐定之后，一个女医生走过来，轻柔地揭我的眼罩。粘在眉毛上的胶布刚揭下，就有一片强光从上面洒下来，洒到眼罩里，以至于使我感到眼罩不是女医生取下来的，而是强亮的天光冲下来的。太亮了，我睁不开眼睛，就闭了一会儿眼。当我慢慢睁开眼，我发现我置身一个童话世界。这不是我记忆中的医院，也不是我记忆中的人的样子。这是童话的世界，色彩艳丽得惊人。墙壁不是白色，是白里透着淡紫色的光；医生穿的不是白大褂，是青白晃着亮光像天使的服装。我惊愕地看着她，她也惊异地看着我，她的两只眼就像童话世界里人的眼睛，又大又亮，像黑亮的镜子，"你的眼睛真大！"我情不自禁地说出声来，她惊讶地啊了一声。丈夫马上解释："她右眼也看不见。"我顺着声音向医生的身后看去——这些年我的耳朵能根据声音准确地作出判断——一个中年男子站在墙壁映照的青白色的光里，最显眼的是他前额的头发，已然花白，像打上闪光灯的亮光。我直到和他的目光相遇，才确认这是和我风雨同行30多年的夫君。眼睛和眼神还是我记忆中熟悉的、总是让我心动的那样，又深沉又坚毅。岁月霜降在他乌黑微卷的秀发，沾白了两鬓。这些年，他一个人在担当，怕我焦虑，许多难处都是他独自趟过去的。我很想走过去，用我学会触摸的手指抚平他眉宇间的皱纹……

我心灵的天窗就这样打开了一扇。走在医院的大厅里，我满眼看见的都是靛紫色明亮的天光，身边闪过的人们全都在光里行走，不同的面部表情使我看到人生的丰富。

我们就这样出院了。丈夫牵着我的手，上过街天桥时习惯地提醒我："脚抬高点，楼梯。"我轻松地回答："看见了。""看见"，一个多么简单的词，要真正使用它，是多么不容易。4000多个日日夜夜，这两个字远我而去。如今它们回到我心里，何等珍贵，何等美好，我要永远保护它，持守它的圣洁和真实。"看见"啊"看见"，我们今生不再分离！我想着想着，泪水涌出了眼眶，怕人看见，索性凭栏远眺。宏伟的北京，像画卷在我眼前展开，这是一幅油画，是一幅色彩亮丽的油画。我能看见三条街以外的广告牌，央视的女主持人在上面微笑，笑得很灿烂；我能看见第二条街左拐有一条胡同，胡同很长，胡同口支着一辆自行车；我能看见街两旁的行道树树冠像上好的翡翠，绿得耀眼，绿得闪光，每一片叶子都在微风里轻轻地舞动，晶莹得叫人想飞过去摘下几片；我抬头看看天空，蓝得深不见底的苍穹，好像洒下紫色的光束，有几朵薄云游过，光束为白云镶上玫瑰色的花边……一切都涂上了靛青的亮色，亮得像变幻一新的童话世界。

走进宾馆的大院，我不需要再用脚尖去探路了。那是盲校的孩子听我说我屡次绊倒，甚至跌断了脚趾，他们心疼地教给我："迈步以前先用脚尖探探，你就能试出该不该走了。"我的小儿子出国前怕我上下楼梯跌跤，再三叮嘱："一进楼门你就用脚尖数，一共转四个弯，分别是三、十、七、九，九磴，就到家了！"——以前把书贴近眼睛都看不清，如今能清晰地看见大院墙壁上贴着告示，说明天中午有婚宴，餐厅不对外开放；能看见砖缝里有几根半截烟蒂，我绕着走过去了。

能看见了，这是多大的幸福！那天黄昏，我打开宾馆的窗户，清清楚楚看见对面房顶上的鸽子，银灰色的羽毛在晚霞里熠熠闪动，鸽子的眼神竟是那样的温顺。我定睛看着它们咕咕咕地叫着，从房顶这一端走到另一端。也许是累了，有几只鸽子不知飞到哪里去了，不一会儿，又飞走了两只。最后只剩下了一只鸽子。它的眼还是那么温顺，可动作有些急躁，不再四平八稳地走来走去，而是凝立檐角，向远处眺望。它端立不动，过了很长时间倏忽飞起来，在房顶上转了一个圈，又旋即落下，伫立远眺，间或张开翅膀，用喙啄啄羽毛。暮色越来越重，我渐渐看不见它的眼神了，它为什么还不回巢？过一会儿，两只雏鸽飞回来，在母鸽身边咕咕叫着。原来它是一只鸽子妈妈，它也会像人一样在夜幕降临的时候等候它的孩子回家，它一定也在呼唤：天黑了，回家吧！

我能看见了，我要满足心灵的渴求。天地多么美丽，可这些年它没能看到。从宾馆的窗户能看见朝霞。我一早就悄悄起来，把脸贴在窗玻璃上。我紧盯着东方的天空，不放过霞云的细微变化。当天地交接的颜色已经变成枯黄，我的心紧张起来，太阳就要出来了！刹那间好像有半个半生不熟的鸡蛋黄颤颤托出，蛋黄的中心金光夺目，瞬息射出万道金光，东天的霞云赛过簇新的锦缎向天空飘去。太阳升起来了，远近的楼房的玻璃顿时都镀上闪闪的黄金——难怪有人说，在天堂，黄金用作铺地的砖。最美丽的最珍贵的图案是在蓝天上绘出来的。新的一天在这绚烂绮丽的朝霞里开始了，我很想向所有的人说一声"早安！"我想告诉在北京工作的学生，我能看见了；我想去《北京文学》杂志社拜访那些编辑，看他们是怀着怎样的爱心，看着一篇篇陌生人的来稿，有如当年看我的散文。我要告诉他们，现在我能看见了！每当我看到平日相见的东西，我内心满溢着无限感恩，我怀着幸福的心情祝福所有能看见的人。

我的右眼是一个月后做的手术。手术的感觉和第一次不同，仿佛有一扇厚重的铁门被谁突然打开，眼底压抑的光喷射出来。手术只做了三分钟。出院时朱思泉医生检查了我的两只眼睛，他很满意，说："看到病人重见光明是我最幸福的时刻。"

我心灵的两扇窗户都打开了。我听见诗人在歌唱："他们经过流泪谷，叫这谷变为泉源之地，并有秋雨之福盖满了全谷。他们行走，力上加力……"

我的眼睛能看见了，它告诉我很多在我眼睛受伤前都不曾关注的事物。它和树木对话，告诉我树木的枝叶向着天空举起，叶片向天的一面光亮鲜丽，纤细的叶脉写满了赞美的诗句；树叶的背面朴拙平实，呼应着大地的丰腴和厚重。我常常站在树木前，静听风轻声诵读树叶上的小诗："我是盐，我是光。明亮的晨星啊，不是靠着我，而是靠着你。"

我心灵的窗户敞开了，承接着无限的恩典和永不止息的爱，给予我平安和喜乐。

明朗的夜晚，我和丈夫散步在校园里，我能看见夜空的星星了。它们眨着神秘的眼睛，好像在窃语：她不再需要丈夫牵着手走路了——"不是这样，"我的心悄声回答，"共在人间说天上，心知天上看人间。"我把手放在他温暖的手掌里。

阳光下的魅影 （外一篇）|王安忆|

原载《北京文学》2013 年第 4 期

　　罗马的考古层不是纵向的，而是横向，从地面上滚滚流淌。如同火山口喷涌的岩浆，在光天化日之下，一个王朝又一个王朝，一场战争又一场战争，一席华宴又一席华宴，一个英雄又一个英雄！推开山丘滚石，压倒灌木荆棘，填平沟壑，从肥沃的河滩地上犁过去。地中海的气候，最适合哺育历史了，历史满地结穗，灌浆，沉甸甸的果实累着枝头，来不及收割，犁头又扎进处女地。如此铺张与靡费，也只有在古代，有的是空间，有的是时间，不像现在的局促逼仄，什么都要叠加起来，挤着来。那一条条长街，窄得呀，弯曲得呀，一块块的铺路石犬牙交错，有上古，有中古，有王政时代，有共和时代，有布匿战争，有马其顿战争，有斯巴达克，有凯撒，有屋大维，有东罗马帝国，有西罗马帝国，有奴隶制，有城邦制，有罗马法学，有罗马公教，还有罗马俱乐部——专门研究未来问题。这是街面，还有墙面。深黑色的石头，石头缝里的藤蔓，箭垛上的草，喷水池的细流，池边的兽脸，衔在嘴里的铁环，都是压缩起来的历史的褶折，皱皮巴巴的，却结实得很，还有的活了。

　　这样接近地与历史同在，不免有些诡异。炽烈的阳光里，看出去的景物，都不真切，轮廓格外明亮，中心的部位熔化了，人变成空心，物变成空心，可以从那空心穿越似的，好比套环的游戏。你套我，我套你，交互往来中，穿插个把鬼魅不是没可能的。地中海的阳光底下，人都是没有影子的，或者说，人都成了影子，实体消噬在烈炎中，同样，藏匿个把鬼魅不是没可能。方才说的，"还有的活"的历史，其实就是鬼魅啊！被空间挤压起来的时间，不得不乱了排序，错了衔接，你知道你身边的人是哪个朝代的？别看你和他走在同一条街道上，同一片空场，将同一个汲筒里的泉水，灌进随身携带的玻璃水瓶——罗马的喷泉来自古老的水系，养育着多少个王朝的子民——以爱因斯坦相对论看，与你同在的不仅有过去的子民，说不定还有未来的，称它作什么呢？也可称鬼魅吧。你们相视一眼，彼此笑一笑，再继续走自己的路，或者分别走上岔道，通向未可知的地方。

　　还是要说说太阳，它实在太强烈，将所有的存在全都照亮了。曾经有的，将要有的，全都现形了。所以，罗马城里熙熙攘攘，摩肩接踵，同时呢，谁也挨不着谁。耳朵里尽是喊喊喳喳声，不晓得有多少喉咙在说话，但是呢，谁也吵不着谁。这种疏阔的拥挤和静谧的喧嚣，说来诡异，身处其中又很自然，因为有一个现代的命名，叫作"旅游旺季"，这就可以释解一切脱离常识的现象。那是现实为非现实开启的通道，一旦开启，就不必负责它通往哪里了。茫茫虚空中，不知交错着多少阡陌，有一些远兜近绕回得来，有一些则回不来。那晃眼的日光，比黑暗还迷惑人，让人看不清。所谓的目眩，也是一种蒙塞，或者反过来，所谓蒙塞，其实是睁开第三只眼，慧眼。白炽的视线中，那些套来套去的人和物，其实是在无穷度的空间时间里穿行。如此扑朔迷离，你却又不觉得骇怕，怕什么呀！大白天的鬼魅一无阴惨气，它们甚至比人类更加正大光明。

　　买一张罗马的公交车票，一日的，三日的，最长至七日有效；可搭乘地铁、巴士，还有通往近郊的一列火车。火车去到最远的地方叫作奥斯底亚港遗址，那一片茅草被晒得遍地生烟，茅草下的墙垣巷道，滚烫地烙着脚心。松果下着雨，泉水喷涌，四溅的水花里全是嬉戏的幽灵，熄火两千年的烤炉里也停歇着一个两个，否则你怎么解释这股子造作的静，分明是压着声气，等人走开再作祟。那黑白马赛克，完好无损，颜色分明，倘不是"有的活"，又怎么解释从2世纪一直流传到21世纪，我可找到意大利瓷砖的源头了，源头就是奥斯底亚！火车一趟一趟将游客送到奥斯底亚，转眼间四散，谁也看不见谁。和罗马的熙攘相反，在这里，无所踪迹，却是有一股子活跃，摇曳而起。切勿以为鬼魅是死灵魂，不是，它们是最经活的存在，活了几百几千年，精气神一点儿不散。太阳底下，参天大树都遮不了什么荫，倒是把日光切碎，碎成光渣子，更加刺目，头脑都有些恍惚。那就是中了魅。沿了两千年的街道行走，奇怪的是，茅草深厚，荆棘纠缠，早已经失了方向，脚底下却毫不迟疑，一步错不了。草丛里不知有多少生机，无声无息，可就是勃勃然。终于看见公路以及公路上的汽车，才知道到了21世纪！

罗马的空气里也是有魅的，那些小鬼精灵，调皮得很，任意改变身形和质地。这么说太玄虚，就说实的吧，比如，气味。再具体些，意大利面条气味。气味弥漫，嗅得见大蒜、洋葱、辣椒、月桂、紫苏叶、西红柿、橄榄油……这些植物几可追溯到恐龙的年代，经过三叠纪、侏罗纪、白垩纪、第四纪、冰川融化……实已是化石一类地质期遗物，然后，人类历史姗姗迟来，我的意思是，面条。面条这东西据说源头在中国，由马可·波罗带去到意大利，它又一次证明东西两域从12世纪的往来交流。于是，这一件文物不仅具有时间贯通的意义，还透露出空间的贯通——高山远水，以西方人的地理观，就是半个地球，要知道，此时飞行器还未产生。飞行器这东西，说它改变了时间和空间的概念，不如说是将概念强加给了时间和空间，使得时间空间丧失了舒迟紧张的弹性，它们的灵活度远不是人类可以认识。面条就是一个佐证，证明时间与空间其实有着不为人知的通道，否则你怎么解释马可·波罗能在短短几十年光阴中数次往返。我们称之为"旅行家"，这个命名也符合科学的精神，科学就是这样，非要给无名以有名，给问题以答案。人类将时间排列整齐，也将空间排列了顺序，马可·波罗的路线被定作：叙利亚、两河流域、伊朗高原、中亚细亚、帕米尔、泉州、苏门答腊、印度、波斯、威尼斯……一旦有了命名，事物就被规定了性质，就像马可·波罗被命名"旅行家"，这个"命名"有着繁殖力，"旅游旺季"就是从中繁衍生殖出来。所以也不能说科学没道理，至少是攫取了存在的某一个局部，但它显然缺乏全局观，碰巧，人类正处在这一个局部的认识阶段，我也学了命名的手法，称之为"科学的魅惑期"。幸好，我们有"面条"，"面条"凿通然后覆盖了地名的隔离。

这柔软喷香的小东西，可长可短，可粗可细，可实心可空心。打开任何一家饭馆菜单，一长列比萨饼旁边就是一长列面条，可谓半壁江山。厨房的炉灶里，由生到熟的面条，就像小麦在麦田由生到熟。用爱斯基摩人对雕刻艺术的说法，将多余的部分去掉，那就是让麦子长回原有的样子。历史有时候也是以倒溯的方式，不定谁是先谁是后。《创世纪》不是——神说："要有光"，就有了光？你说天地间先有光还是后有光？你说先有面条，还是先有麦子？面条的气味在烈日下热烫烫地蒸腾，从畜牧社会走入农耕，三千年的麦田铺展开面积多么广阔！空间被时间充盈，同时将干瘪的时间膨胀起来，权且就叫它作"历史"吧，只从那气味，就可见得"历史"的丰腴富饶，稠得都起浆，所以，艳阳下氤氲流动，那是层层叠叠的魅影。

手艺人工具上的鬼魅大约年头要近一些，从文艺复兴时候走来。老钟表铺子里，老头儿系在额上那一具放大镜，独眼龙似的，那可是通古通今还通向未来的。镜片下的细齿轮、细发条、小螺丝钉、小摆锤，无一不是针尖大小，却都在运动，你说有没有鬼魅？四壁上的各式挂钟，搁架上的各式台钟，玻璃台板下的各式腕表和怀表，兀自走着时间。没有一个时间和另一个时间相同，别以为走错了，一点儿不错，各在各的时间流里，各占据一个空间。历史非将它们首尾相连，历史是胜利者的历史，因而获有合法性，以流传后世，事实如何，只有当事人知道！当事人在哪里，在自己的时空里，与我们咫尺天涯，只有那嘀嗒的走秒声，透露出踪迹：我们在那里呢！钟表铺的老板，是钟表匠，又是收藏家，从钟表问世以来，每一代的钟他都收。有一些太老太旧的，壳子没了，只剩机芯，那机芯裸着的，还在走！一盘一盘的齿轮，互相咬合，在旋紧的发条一点一点反弹底下，一格一格运动。钟面没有，指针自然也没有，可嘀嗒声还在，听呀，历史的残片在行走！无线电还没发明，超声波还没发明，心理医学还没发明，科学还没来祛魅，科学才有多少历史？还有相反的情形，机芯没了，壳还在，嘀嗒声偃止了，然而，切莫以为时间死了，没有，因为形态还在。那空壳子是时间的形态，是仪式所在。中国哲人孔子曾对他的弟子说："尔爱其羊，吾爱其礼"。就是"礼"的意思。守持着"礼"，"羊"自然会生长起来。那钟壳子的造型，面上的花饰，各种角度形成的几何立体关系，记录着什么？维多利亚时代的风气，还有更久远的，古希腊的"黄金分割"定律，那嘀嗒声换了形式，由时间占位变换成空间占位。人们多以为博物馆是历史的存放处，可是没发现吗？那里的历史被胜利者编排得过于整齐，整齐得不自然。胜利者的历史观令人怀疑，他们是从机械唯物主义出发，其实是主观唯心论，认为时间和空间是按人们能够认识的秩序而排列。这也是祛魅的结果，科学真是将一切都搞乱了。要我说，学习历史宁肯去老钟表铺子，那里充满着暗示，就看你的智慧够不够。不信，你可以动手做一个实验，将齿轮拨进一格，时间就进入完全不同的流程，这又应了我们中国人另一句格言：水能载舟，亦能覆舟。当然，我们最好不可尝试动手，这会触犯天机，只有那老钟表匠，才掌握着时间的秘密。人们都说神甫是与上帝通话的人，我却以为是老钟表匠。

罗马的手艺人普遍很骄傲，有一些骄傲得颇不像话，就是自以为高人一筹，担任着与天地沟通的媒介。有一次，在纳沃那广场边上的巷子里，一位磨刀匠推着他的电动自行车，马达贯连着磨刀机。我虚心前去请教，可不等走近，他却跳将起来，双手乱舞，喊道：广场，广场，广场，广场！很显然，他已经被问路人搞得烦透烦透。去寻找纳沃那广场的旅游者，走到这里就生出疑惑，要打问一下入径，恰好就看见了他。向导的义务在他就是辱没，所以大发雷霆。我试着再向前一步，他再跳将起来：广场，广场，广场！这就不好了，打击了虔诚心，也妨碍他传播福音。那小马达一启动，小砂皮轮无声转起来，转出一只狡黠的小眼睛，看着世人——旅行者是世人的典型性人物，小眼睛多么讥诮，讥诮世人短视短见，到了罗马就吵着要去"广场""广场"，"台阶""台阶"，"宫殿""宫殿"，但等历史到跟前，却浑然不觉，擦肩而过。

在罗马地铁的 B 线，那一条蓝色的线，在地底深处的隧道里，列车驰骋，似乎是模拟凿通时空。在这么一个幼稚却抱有野心的模型里，冷不防，爱因斯坦相对论或许一露峥嵘。列车停站，门开启，下车和上车的人推搡挤撞，错来错去，纠结成一团，原始的强弱原则和现代行为规范互为消长结合，这也是模型中的一部分。忽然间，一条蛇以迅雷不及掩耳之势游进我的背包。它轻捷极了，是在危险环境中生成的本能，又经历了文艺复兴时代的某一种技艺的训练。它在我的背包里不露声色地检索，好比蜻蜓点水。可是别忘了，我所来自的国度也不容小视，是面条的故乡。早于文艺复兴二百年的明代，手工业大繁荣，多少能工巧匠横空出世，有一本著作流传至今，就是证明，它的名字叫《天工开物》。所以，那蜻蜓点水正点在我的脉上了。我也偃着声色，不动则已，一动惊人，扼住了蛇的七寸。

就在我的手触及它的瞬间，它也变成了一只手，一只女人的手。现在，手和手相逢，全是来自文明古国的手。两只手相持一刻，表面不动，暗中较劲，最后，她的手从我的手中滑脱，但是手中空空。我们相视一笑，打了个平手。摇动的车厢里，我与她脸上暗影幢幢，忽昏忽明，这就是光阴。光阴从我们的脸上倏忽而过，我们都是鬼魅！称不上古远，就从手工业时代算起吧，不过一千年。

就这样，在罗马时不时会发生邂逅，在不期然的时间地点，当你刻意可去赴历史的约的时候，倒未必遇得上。就像方才说的，我们通常以为的历史集散地，博物馆，还有庙堂、遗址、教科书、旧书店、跳蚤市场……确实，我承认那里有着许多旧相知，可还是那个老问题，就是排列得太整齐了，丁是丁，卯是卯的，于是，许多两可之间的因素被裁出去了。那被裁出去的因素，多少是暧昧的，涣散开来，东一点，西一点，随风而去，是飞絮一般的物质，一种灵敏的受光体，大太阳底下，亮晶晶的，四处都是，迷了眼睛。黑暗中呢，只需一点点幽亮，也在闪烁。那么，在哪里，最可能邂逅，也就是俗话说的，中魅！要我说，是剧院。

罗马的剧院也是考古层，散在地面上。长巷里，偶尔推开一扇门，门里是帷幕，拨开帷幕，扑簌簌一阵子，无数细屑扑上身。帷幕里还是帷幕，又是扑簌簌一阵子，再拨开一层。于是，前后都是帷幕，发上身上全是窸窸窣窣的小动静。喊一声：有人吗？回答还是"扑簌簌"，这回听出来了，是窃笑，笑得人不自在，只得一层一层退出来，回到强光里。旅游者蜂拥走在巷子里，谁也不知道我的阅历，我也不知道他们的。灼热的光将我们熔化成一种软物质，液体似的，却没有消弭各自的性格，所以彼此并不相融。没有人告诉我，可我就是知道，那是剧院，剧院里的人让大篷车载走了，正走在路上。

剧院的阅历还很漫长，有一回是在雨中——这场雨来得急，大街上的人分成两半，一半人雨中疾走，另一半停在屋檐下躲雨。忽然，屋檐下走出一位老者，蓝色的毛衣上没有罩外套，眼镜片上淌着水，就像雨天里的玻璃窗。他拦住我们——为什么是我们，不是别人，因为我们一看上去就是旅游者，旅游者是典型性人类。老者拦住我们说道，出门忘了穿外衣，钱包在外衣的口袋里，无意中又走远了，回不了家，他饿了，只需要八个，或者九个欧元——不是说我们慷慨心不够，而是觉着诡异，人在外乡，总是高度警惕，这也是人和人之间的典型关系。他颓然回到屋檐下，等待下一个上钩者，我们则继续雨中疾走。走到一座脚手架下，太阳刷地射过来，从大街的尽头，地平线上腾起一柱金光，穿透雨帘。光和雨中间，我们看见脚手架空隙里的墙壁，裂缝中生长着藤蔓，藤蔓下是发黄的残破的海报，戴着面具的小丑，是剧院。方才那一出，大约是序幕，从修葺的舞台流失到街头，由于世俗心太重，我们错过了戏剧发展的契机。

大街背面一道石头楼梯，指示去往剧院，登上去，门上却挂了锁。千呼万唤没人应，却听身后有人说：尝尝冰激凌吧，这里是罗马最好的冰激凌！果然，石头楼梯底下是小冰激凌铺子，这又是哪一出？铺子里挤满买冰激凌的客人，都是慕名而来。墙上贴了告示，关于剧院的事情一概不知！这是什么态度，有什么问不得，语不得的？其中究竟有着什么机密。明明挂着剧院的牌子，在卖冰激凌；堂堂咖啡店的深处，却是一个剧院。好像"爱丽斯漫游奇境"，走过小小的店堂，别开洞天。舞台、乐池、包厢、坐席，壁上飞翔的小天使，拱门垂挂的天鹅绒，香槟酒、燕尾服、假面具，面具后的笑靥和哭泣——不知是从什么时间地点洞穿过来的诱惑，用中国人的说法，就是狐媚。

为什么是剧院？你想想，有什么地方，像剧院，将时间和空间调和成一体？戏剧的规则中不是有一项名为"三一律"吗？那是为了纳入常识，其实就是时空合二为一。你一进剧院，就忘了"当下"这一个狭隘的概念，俗话说的魂被摄走了，进到另一界。哪一界？给一个命名吧，命名很重要，它决定事物的性质。什么命名？比如《塞维利亚理发师》，比如《海盗》，比如《灰姑娘》，比如《茶花女》，比如《奥赛罗》，比如《蝴蝶夫人》……你就去赴约吧，艳遇正等着你，都是些大历史里的小爱情，嵌在纪念碑的石缝里，宇宙大爆炸星球崩裂散落的陨石，科学理性里的蛊，必然性中的偶然性，朗朗乾坤的妖道，阳光下的魅影。

流　萤

很久以前，土司将这片土地卖给英国人，价格是一个英镑，英国人从此开采一百年。钻井打下3000米深处，巷道伸展，据说是按南非金矿的结构模式。英国人的钻机啊,全世界都是！这里出产的不是黄金,而是雪锡。山坡下的河,两岸椰林森然,榛子下雨般落了一河,顺流淌下。锡锭载了船,也顺流淌下,淌去南中国海。再有船只逆流而上,载着机器、建材、给养,和劳工,人们称作"猪仔"。沿水筑起码头,地面铺下铁轨,跑着小内燃机车,呜呜吐着白烟,汽笛声声。公路也修起来了,丛林里的部落走出文身的男女,带着他们的小羊,盘腿坐在沥青路面,看着汽车迎面开来,又绕过而去。芭蕉叶丛矗立起木板房和铁皮屋,漆成红、蓝、黄、白、青,热烫烫地灼着眼睛,分外热情。房屋之间,自然形成街道,有米店、鱼市、杂货铺、五金行、咖啡馆、茶餐厅,还有——流萤。

等我来到的时候,已经人去楼空,留下一座废矿。街面上只有一家茶餐厅开门营业,接待老矿工。矿井的入口完全被植物堵塞,吊桥的踏板朽烂了,一位老矿工独自修补个不停,新桥板换去旧桥板,没有这座桥,河上就断了交通。其实,对于一座废矿,断了交通有何妨碍呢？码头也荒废了,被植物覆盖。热带的植物有一种液体的性质,它们遍地流淌,流淌到哪里,哪里就被淹没。河上早没有舟船行驶,太阳下一片静默,但当雨云漫布,空气变得湿重,蜻蜓便来临了,起先是一只,然后二、四、十六、二百五十六——转眼满天都是。你就知道,这地方并没有圮颓,相反,生机活跃。河面上的水花,是鱼撒籽。椰子落下来,菠萝落下来,龙眼、芭蕉、芒果、番石榴、红毛丹,异香浓郁,空气都在起胶。碧绿的小蜥蜴,血红的甲壳虫,黑亮亮的大蚂蚁,黄灿灿的金钱龟,那草木摇曳,千万别以为是风吹,就是它们在动。交配、生殖、成熟和死亡,一刻不停地轮回。

老矿工络绎来到茶餐厅,要上一杯那铁,或者热可可,或者卡布其诺,目不斜视间道,几点钟？四点钟,我很快接上茬回答。这对答形式让我想起弄堂里的歌谣:老狼老狼几点钟？老狼老狼一点钟,两点钟,三点钟,然后,四点钟。不料,老狼老狼哈哈大笑:错,九点钟！我坚持:下午四点钟,准确说下午四点零一分——争论花去了一分钟。老狼老狼还是笑:恰是上午,九点零二分——争论又花去一分钟。要知道,在这里,沿用着过去一百年的时间,那是穿行太平洋北部环流,经马六甲海峡,通向大西洋,越过英吉利海峡的格林尼治平时——《辞海》上说"以地球自转为标准,通过天文观测确定的一种时间计量系统。"英国人带过来他们的采矿系统设备同时，带来了他们的时间。矿藏已经开采殆尽，英国人都回了家，发放一大笔养老金。许多矿工跟随家人去到外乡，谋生定居，汇入本土的时间区和生活流。可是老矿工还滞留在这里，就像河水中的一股潜流，兀自向前流淌，永不融会贯通。早晨从午后开始，然后是黑色的白昼，再走进灼亮的夜晚。他们对这黑白的倒错很适应，适应是从失眠开始的，也不是失眠，而是时差。他们大半生涯——自打从猪仔船下岸，都在时差里度过，就在时差里终年吧！这时候，下午四点钟光景，正是他们一日之计的开头，别去搅扰他们的时间，这些老狼们的时间可动不得！此时，他们坐在茶餐厅里，说东道西，哈哈大笑，"流萤"两个字就是从他们口中吐出来的——两个字一落土，即刻遍地妖媚。

你能够想象吗？这热带的丛林里，跟随英国人的钻机一路开垦，破出来的市镇。椰子树、棕榈树、榛子树、香蕉树的纵深处，小红房子、小蓝房子的木百叶窗里，沿坡蜿蜒的石板上，吊桥底下的河——我爱称它作"小湄公河"，小湄公河水的裥折里，停着的萤火虫，一波一波从上游淌去下游，深蓝的天幕下，散着幽光。"流萤"这个词由来已久，传播甚广，人们都有着共识，知道是指的什么，可直到现在，我方才明白，它的原乡在哪里。就在这里！有什么地方能比得上这里，更能作流萤的发祥地？无论是黑夜里的亮处，还是烈日下的影地，都是它的栖息所，都是它的巢，温暖过多少惊魂。别以为驱散蛮荒的是开发矿产，建设社区，是商店、茶餐厅、医院、心理医生，镇静作用的小药丸，科学和文明，其实是它！寄居在人家的格林尼治时间里，有着无限的寂寞，向哪里索取慰藉？向它，流萤！

听见吗？流萤在灌木树丛筑巢的动静，爱娇和狎昵，唧唧哝哝，亲不够似的，恨不能托付终身，天长地久。事实上呢，稍纵即逝。彼此的眉眼还没看清呢！彼此的身子还没热透呢！时间已经将彼此分开，带走。不过，没关系，还有下一个。又是爱娇和狎昵，唧唧哝哝，亲不够，天长地久又稍纵即逝。流萤嘛，就是这样，闪烁和跳跃，别指望它有个长性，别指望长相守，没有长久这码子事。方才不相识，此时邂逅，下一刻分离，宁是一个死也不再聚首！这就要说到另一件东西了。这东西的生命形态也有些类似流萤，在热带旺盛的繁殖力之中，原始的荷尔蒙，诞下美德的同时也催生出淫邪，也不能简单称之为淫邪，而是一种奇特的越范的激素，某一个节骨眼上，基因突变，超出普遍性，出了轨去，走入化外之境。那就是蛊。

　　和流萤这轻扬的率性的爱欲相反，蛊是以生死相许。远行之际，食下爱人亲手调制的蛊，约定归期，三个月，六个月，甚或至于一年，望归不归，服不下爱人亲手调制的解药，蛊就将作祟，致以死命。那都是蛇蝎之毒中毒，一种蛊配一种解药，都在爱你的人手中，敢不敢食啊！不食就是不爱我，食就是押上性命一条。千里万里，千难万难，也要回来，我的爱人！这实在太沉重、太霸蛮、太不讲理，不承认时间的流淌性质，不像流萤，附在时间上，蛊却妄图逆流而上。那些食蛊的流萤，最后变成礁石，那嶙峋的礁石丛，就是流萤的尸骸堆。这蛊啊，说是情深，其实不是，而是执念，执念于永恒。可不是难死人了，爱情是轻薄的，话说回来，永恒跟前，什么不是轻薄？所以，流萤才真正懂爱而且情长，它摇摇曳曳顺流而去，一路挥洒，惠顾人间。热带的气候，物种早熟早衰，就更对永恒有敬畏，蛊却自不量力，要逝川倒流。它以为是远行的人归来，其实来的一个不是去的一个，至多是那一个的壳子，蝉蜕一样，内里的活物早脱去了，不是说"金蝉脱壳"吗？

　　老矿工可不能沾蛊，他们沾的都是流萤，因为他们是比流萤更行踪不定的物种。3000米的地下其实是另一维空间，一个往返就是一度轮回，人就像萤火虫，只一昼夜的周期。南非金矿的井巷结构算什么，劳工福利算什么，休假算什么，镇静剂算什么，科学的生命观又算什么，老矿工早已窥破存在的法度。经过物理学家、伦理学家、哲学家几百上千年接力思考的法度，老矿工地上地下一来回就全窥破了，那就是物质不灭，能量守恒。所谓生存与死亡，不过就是不同纬度的空间转换。转换就转换，轮回就轮回，谁怕谁！早死早投胎！流萤的轮回都没有他们迅疾，流萤的闪烁都赶不上他们的稍纵即逝。你看着这些哈哈大笑的老矿工，知道他们有多少回周而复始吗？不知道！3000米地下的巷道，那异度空间已经萎缩，茅草堵塞，小虫子且鸠占鹊巢。老矿工已经进入循环的惯性，就像卫星进了轨道，唱着歌飞行，这就是流萤的情人们。

　　这样的情人，永不会老，称他们"老矿工"，是出于尊敬的心情。"老"嘛，总是代表智慧与德性，实际上，他们青春永驻。不像那些周期冗长的动物，比如蜥蜴。有没有见过那长寿的大蜥蜴？你想象不出来，碧绿的活泼的小蜥蜴长成那样遍体瘌痢的灰色巨兽，趴在马六甲干涸的河滩，一动不动，好像河底泥浆的化石。蜥蜴不知是生物链中哪一环，脆弱还是关键，我更以为它是中了蛊的迟归的情人，正走在赴约的旱路上，千赶万赶还是过了约定的期限，那长满瘌痢的皮肤其实是一具枷。太平洋如此浩瀚，有多少岛屿、多少陆地、多少海峡与河湾，远行的人祝福都不够，还要诅咒他，给他套一具枷，这种专情实就是专制。所以，千万沾不得啊，蛊的情欲，就是被永恒所诱惑。

赤道周围的南亚，温暖湿润，特别宜于动植物生长，也宜于情欲生长。不说那蛊了，还有榴莲呢！听听那名字：榴莲，又是留人，又是忘归，热带的情欲呀！留好，留不好？归得，归不得？真正难死人了。榴莲树下走，可要小心加小心，一个不留神，让榴莲砸到头，可就是中了绣球。情人手里的绣球，抛给谁就是谁，攫住谁就是谁。腐叶上开出的大红花，复瓣的花朵里，密密匝匝的花蕊中心，有着小虫子的尸骸，就是被攫住的情人。那是爱里面的一种，叫作"恨爱"，恨之入骨，爱之入骨，危险的爱欲，爱欲里的陷阱。还有那藤缠树。热带多是这样缠绵到死的物种，不止是藤蔓，还有根茎，挂絮，都有着绵长柔软的外形，实际上却是无比坚韧，穿得透岩层。你看它们把树勒得吧！真是剪不断，理还乱。南亚的空气，你以为是花香蜜香果香，其实是旺盛的性欲的分泌物。那黏糊糊，湿答答，都是造爱的体液，孵出蛊、榴莲、吃人虫、藤缠树、流萤——铺天盖地，以迅雷不及掩耳之势，在黑森森的雨林飞行，追捕猎物。最两厢情愿，最两厢得意——换一种科学的说法——与它在同一速度和纬度的猎物，莫过于老矿工。

3000米地底下，那可疑的岩层土层，英国人探测出叫作雪锡的矿物质，好比白色的金子。巷道纵横，筑成蜂巢蚁穴，老矿工就在里面穿行，就像流萤在地上穿行。这两个物种总有一天邂逅，金石相击，一击三千，化为无数，纷纷扬扬。倘若你知道北纬1到7度赤道带的高温，就知道流萤的稠密度，情爱的稠密度。爱欲转眼间耗干肉体，然后消融挥散，有人说化为了瘴气。什么是瘴气？据说晨雾里的氤氲就是，树根下繁衍的菌菇就是，皮肤上霉烂的疮口就是，小孩子不退的高烧就是，郎中和草药就是它的衍生物。

有一双眼睛看得见端底，就是公路上不怕人的小山羊。那是印度的小山羊，身量小巧，骨骼纤细，一双狭长的吊梢眼，被窄鼻梁分开在额上。

你简直不敢和它对视，那眼睛里有多么深的洞见！这就要追溯到它来自的地方，印度。那里有许多神，无处不在，无所不是，一个神就是一维空间再加时间。世界无穷倍地扩大繁生，不是以科学的计量法，科学的计量法是最狭隘的一种，它将存在简化成普遍知识可以掌握的范围内，多神论也许更合乎本来面目。从那里出发，也许能够解释小山羊的细长眼睛，什么如此忧伤。

那些夭寿的情欲，全被它收揽眼底，所以就比我们更伤心。它看见那么多生命物质从无到有，从有到无。当然，所谓"有"和"无"就是多维空间，生命物质在其间穿行，去的是这一个，回来的却是那一个。那么多新面孔、新物种，出现又退出，来不及唱生日歌，也来不及唱挽歌。那么多新旧更替，培养乐观主义的同时，悲观主义也油然产生，所以才说"可歌可泣"呢！沿途遇见的印度小山羊，或卧或行，无论人和车都视若无睹，因它见识过大千世界，才不会在意我们这些局部的屑粒——美名唯物主义，其实琐碎而且滞重，无弹性无张力，极为粗糙的材质。流萤则是另一种，那倏忽而去的一道幽光，也是一缕魂魄，这山水草木，花鸟鱼虫，都是有魂，莫说流萤了。老矿工有过3000米地下的阅历，物种的基因就有了改变，开始接近流萤，这种快生快灭的生命。

当我来到这里的时候，已经人去楼空，寥寥几个老矿工，坐在茶餐厅。3000米地下的巷道在闭合，新生的土壤岩石将地面拱起，甚至破出地面，形成大大小小的湖泊。人类走进文明之后，就是这样代替自然的神功，重开天地，不知是凶是吉。老矿工回到原本的生命纬度，进入原本的时间排序，不再是流萤捕捉的猎物，也不捕捉流萤，与流萤两不相干了。老矿工是真的"老"了，"老"这个字是单一顺序的概念，它意味着一纬里的一周期，正趋向结束。现在，其他纬度全向老矿工闭合，老矿工顺时听命，走在最后的路途中。也没什么，他们经历过那种很炫的纬度穿越，与流萤追逐，无数次引爆爱情，如烟花般灿烂。热带的丛林里，小湄公河上，乘着波浪，流向马六甲河，流向南中国海，流向太平洋。英国人以为载的是锡锭，岂不知雪锡幽光里全是情欲，荷尔蒙的流液，那些起胶的物质。土壤由此变得更加肥沃，不名科目形状各异的植物，还有动物，草丛里唧唧哝哝，拱动不息，都是当年老矿工和流萤邂逅的遗留物，那激荡的世代里的变异了的基因后代，缠绵死了，所以老矿工不愿走呢！我说的是那些最情长又最情短，最情深又最薄幸的老矿工，他们从来没有长久的概念，是流萤教坏了他们，是多纬空间教坏了他们。他们不要什么天长地久，只要瞬间，而废矿就是瞬间的废墟，瞬间的考古层，瞬间的化石，被永恒施了法术的稍纵即逝。这是老矿工的生态家园，换了别一个，老矿工就要颓唐、枯萎、收缩，瘪成一个蝉蜕。这些无家无室，无儿无女的老绝户，不怕死，就怕干瘪。现在，我就知道那吊桥上的老矿工，为什么执意要修桥，那桥通的不是水路，是心路。

有意味的是，茶餐厅的老板为什么也不离开？凭他年纪，不会经历流萤的黄金时代。也不像为生计使然，才有几个老矿工，几笔生意啊！这个人，真是匪夷所思。看起来，他与那些吉隆坡、怡保、槟城、新山城市的青年没两样，骑着摩托穿行街道送报纸送外卖送快递，或者也是开一爿茶餐厅。黝黑、健壮，而且生儿育女。他的店堂里，张贴着的明星海报，演唱会信息，一点没落下档期。甚至店堂的二楼还开了卡拉OK，传出歌声，唱的倒是老歌，距今起码有三十年四十年了，这又是诡异的地方，谁来唱歌？有几次，我的眼睛对上他的眼睛，他的眼睛里有一闪而过的光，就像流萤，陡然间，明白了，他是流萤的儿子！谁说流萤不能诞下人形的物种，能，这就是证明。

可是，流萤去了哪里？老矿工做梦都做不到它们。老矿工这样短视的东西，喝了忘情水，没有一点念旧心的。可是，流萤去了哪里？我知道有一个地方，每到天黑，你知道南亚的白昼是很漫长的，夜幕降临，乘船轻轻驶进水道，一定要轻啊！轻轻换一条小舢板，芦叶一般细长，要更轻更轻，划入河汉。九曲十八弯，搁浅了，只得弃舟涉水。穿过芦苇，月亮光被芦苇遮挡了，可是星光点点。还是要轻，出一点声，便要惊起来。可是，渐渐你发现，那星光不是从天上照耀，而是从水上。哦，别出声，是萤火虫！萤火虫，这里一泓，那里一泓，然后连接起来，终于走出芦苇荡，成浩渺之势。流萤全聚在这里呢！是流萤的源头吗？不是，前面说过，那老矿山、小湄公河才是，这里是时间的飞地，聚集着未来的流萤，它们穿越飞翔，就来到未来。

"流萤"也叫"流莺"，那是汉字里的飞地，穿越过字形、字音和字义的密密丛林，互为前生、今世和未来。

青海 青海 |丁肃清|

原载《北京文学》2013 年第 5 期

　　很少有人看到黄河的全貌。它九曲弯弯，以几字形的状貌，巨龙般横卧中国的青海、甘肃、宁夏、内蒙古、山西、陕西、河南、山东等八个省区，最后归入大海。我曾见到的黄河是在河南，在山东。在我印象里，黄河是一条涨满着自信和尊严的大河，以浊黄的颜色奔流着，奔腾不息，不知流淌了多少年，流淌得如诗如歌。如李白所说：黄河之水天上来，奔流到海不复回。也如《黄河大合唱》的描摹：风在吼，马在叫，黄河在咆哮……

　　黄河是民族的象征，是一条鼓胀着的大血脉，滋养了中国版图的所有生灵，作为中国人的母亲河，它早已流淌成了我心中的一条大河。黄皮肤的中国人，中国人的文化、历史、现在和将来，无论如何都不会与这条黄色的大河须臾分离。

　　而到了青海之后，我对黄河的印象焕然一新，它的颜色、它的相貌、它的仪态和气质都变了。站在西宁城郊黄河岸边，看着那一汪黄河水，它是清澈的，清澈成碧绿的颜色，从我的眼前平缓地、宁静地、温文尔雅地流过。我惊愕了。黄河原本并非是黄色，纯净、没有脾气，就像是一位慈祥的母亲与我和蔼面对。

　　这是青海省的黄河。

　　面对着它，青海的神秘与深邃一下子弥漫了我的心绪。我们为什么到青海？除了公务，还有要探求我们所不知、所未见的事物，而黄河是给予我的第一个惊奇。青海是黄河的发源地，除了黄河还有长江和澜沧江，青海省是中国的三江之源。这三条大河几乎跨越覆盖了中国绝大部分省份。如果从西宁向南、再向南，到达昆仑山脉的巴颜喀拉山、可可西里山、阿尼玛卿山和唐古拉山脉，在那里，涓涓细流从冰山下、从湖泊旁、从沼泽中瑟瑟出发，汇集在一起，形成了黄河、长江和澜沧江的源头。然后开始它们豪迈的路程，没有谁比它们的路走得更远、更长，也没有谁比它们看到的更深、更多，它们把一个民族大家庭的悲欢离合、存亡兴衰等国事家事都一览无余。

爱屋及乌。因了三江源，人们便不能不对有着三江源的青海致以敬意。

很想走到三江源的源头，但是我们没有时间再跨过那些迷人的山脉了，那里的神秘和奥妙就只能留在心中成为畅想。但我并无遗憾，已看到眼里的风景足以撼动心扉、心旷神怡，处处拾到的都是感动。塔尔寺地处湟中县，在塔尔寺的大金瓦寺前，是一排身披袈裟的僧人和布衣信徒，他们都在面前摆了一个长铺垫，匍匐在铺垫上磕头。他们磕头的版式就是一种风景，站起，双手合十，高高地举过头顶，然后双手于口、于心，匍匐而跪、五体投地。磕头的动作循环往复，这样的磕头叫作磕长头。塔尔寺供奉的是藏传佛教格鲁派创始人宗喀巴，在其无数信徒们的心里，佛就是他们的梦想。磕头的时候，他们把"啊嘛呢叭咪哞"念了千遍，念了万遍，他们也情愿虔诚地一生能磕十万个长头，甚至更多，磕几十万个、上百万个长头。

我走近一个正在磕头的男人身边悄声问他：你在这儿已经磕了多少个头了？

他伸出了两个指头。意思是已经磕了两千个头。然后他接着说：从凌晨四点一直到现在，磕了六个小时了。他满头大汗，身上的袈裟上是斑斑点点的汗碱。和我说话的时候，他趁机往嘴里塞了点糌粑样的东西，边咀嚼边和我说话。看着他那一脸的虔诚，我的心不禁为之震撼。究竟是什么力量的驱使让他们如此忘我而为？一生不讲吃穿享受，只笃信前世、现世和来生，其驱动力除了信仰不会是别的，信仰永远是人们行为的源头。问渠哪得清如许，为有源头活水来。

流经西宁的黄河，清如许，它只是此间人们心中的一段颜色。

西宁的黄河不是其源头，其源头是在青海省的腹地、更远的地方，在扎曲、约古宗列曲、卡日曲，在那有鱼，有鸟，有黄羊，有野驴，有安静的盆地和温柔的泉眼的地方，那地方唯独或缺的就是人居。宁愿相信这些生灵有思考、有对话，只是人们听不到或听不懂而已。

真正的文化元素是藏在大山里、藏在山水之间的。隐居此间的高僧一般都是大学问家，晨钟暮鼓，青灯如豆，映衬着他们残袍黄卷的身影。宁静的山水是最适宜生长哲思的地方。思想是可以走路的，只不过它所走的路不是熙来攘往，而是哲思对时空的默默丈量。青海省属藏文化区，地广人稀的青藏高原之所以能是藏传佛教的发源地，其因大约与此有关，好山好水、好天好地，生长在这里的生灵没有受到骚扰和侵犯，它们和这里的人们一样，都是这块大地的主人。青海省是中国第三大的省份，却只有800万人口，这相当于内地的一个中等城市，越往它的深处，越是渺无人烟的景象。

宁静是智慧的泉眼，宁静而致远。

试想几百年前，宗喀巴越过昆仑山、唐古拉山等山脉远赴西藏，他追寻的究竟是什么样的理想？其躯身虽从此一去不回，而他建树的精神却返归故乡，点缀成这里的每一块石头、叶子、白云、绿地的颜色。精神的话语常常是一种文化的默默无言，这样去理解这里人们的虔诚便不言而喻。

除了佛教信仰之外，这里的伊斯兰文化同样是一道风景。到处可见戴着小白帽的男人，成年人、老人、孩子都是这般。还有无数的妇女，头上围的是洁净的黑头巾。我们下榻的伊斯兰一条街的一家宾馆，晚上，我和同伴情志满怀地出去想吃吃伊斯兰风味，却在每个饭店都找不到酒。这里的回族都不抽烟、不饮酒，一切都是约定俗成。他们少了些汉族人普遍拥有的嗜好，而多了些什么我们却不知道，但有一点却很清楚，这就是信仰。唯有信仰是可以和欲望相匹敌的东西，嗜好和欲望可以污染人生，却不可以污染信仰，就像是我们在这里见到的黄河清纯碧绿一样。

如果看到一群海鸟、几只河豚嬉戏于水面水中，在这里是司空见惯的常事，但是在经济发达的内地见到它们的身影，无疑就是令人兴奋的事情了。站在黄河岸边，我们捧着相机拍照，滩上一汪碧水，水中几尾游鱼，这对于我们这些内地人来说是怡心的风景。安静的黄河，清澈的黄河，这是西宁的黄河，生动而祥和。此时，我才宁愿相信这黄河也是和人一样，都有喜怒哀乐，有着精魂和性情。就是这条黄河，到它的中段就变脸了，改了颜色了，有了脾气了，宁静和清澈变为浑浊和狂躁，奔腾、咆哮，狂放不羁，它屡屡改道、回报给人们的是深痛的训教。这要追溯到周秦时代，黄土高原大半是森林，黄河水清澈。随着黄土高原的开发，林木被砍伐，每逢下雨，夹带着泥土的雨水顺山而下，由小河流进大河，致使黄河水最终浑浊变黄。善恶各有报应，大自然与人类一样，都是有情感的。你给它一种呵护，就得到一片蓝天；你给它一种污染，就收获一片浑浊。工业排放、汽车尾气、滥砍滥伐，对山水密林无休止地索取，这所有的行为面对塔尔寺那些虔诚于信仰、磕长头的人来说，无疑都是羞耻。

我们，还有更多的和我们一样的人们，为什么情愿千里迢迢跑到青海，来到这遥远的地方？不是因为财宝，不是因为利益，东部的经济已够发达，生活已够富足和盈余，人们来这里恰恰正是寻觅另一种需要，自然与宁静，寻觅原生态的魅力，或者说是寻觅一种洗礼。喧嚣和浮躁、物质和利益的生活可以污染生命，改变生命的颜色，而生命之绿、生命之纯的源头如今还可以从西部找到。在这遥远的地方，可以看到每个外来人的脸上都是欢快、幸福的颜色。确实，已经走过了那么多路的人们都在做同一件事情：蓦然回首，回望一下曾经相识而又遥远了的过去。由此可以佐证老子的观点是有益的：人法地，地法天，天法道，道法自然。老子的观点与现代环境意识相契合，《联合国气候变化框架公约》所回答的就是保护自然环境的问题。再也不要与天斗、与地斗，而要适应自然、保护自然，从而享受自然给予的恩惠。

这种恩惠，我们在坎布拉国家地质公园拾到了。海拔3100米的坎布拉位于黄南州尖扎县的西北部，距西宁市130公里。黄河在这里扭了扭头，留下的是一个国家重点工程——李家峡水电站。从山上俯瞰，一汪碧水，平滑得像打磨了一般，虽是山风习习，水面上却没有一丝皱褶。水面上的一块巨石，活脱一只巨龟趴伏在水上。远处是一层层折叠在一起的群山，袅袅白云低垂，如同披在山上的衣袍，舒展而飘逸……为什么这里的山体是红色的？人们把它叫作丹霞地貌，一切都是那么丹红如霞，奇峰、方山、洞穴、峭壁。为什么这里绕山的浮云是迷蒙的？迷蒙得触手可及，可又远在天边。为什么镶嵌在山坳里的藏族民宅采用全封闭结构，齐整如切？让人想起拉萨的布达拉宫，里面蕴藏了多少人所不知的秘密……太多的为什么无须去考证，理性思考是多余的、无足轻重的，领略和欣赏才是最重要的事情，漫山的风景已经使人如痴如醉。但有一点我们是清楚的：所有人为制造的事物，都远不及天造地化；天然而成的美丽，是任何音乐、绘画、诗文所不能复制的。坎布拉国家公园漫山的桦树、云杉、油松、山杨等各类植物，在这里自生自长了多少年？我们不得而知。但我们又知道这样一个道理，山不会老！山高水长在这里已不再仅仅是一个词语，而是一个理念，不动的大山也在走路，它们的路程是用时空丈量的，从那遥远的地方来，到那遥远的地方去？似乎这显得并不重要，重要的是它留下的一路风景、无尽的厚重……

人当如山。

一个人，一群人，一国人，走过了那么多、那么长的路程之后，人就成为文化的符号。世界上最坚硬、最凌厉的不是钢铁，不是大炮，而是文化。可以这样作比喻，无论是那黄河，那塔尔寺，无论是这卡布拉，都如同中华民族的文化，源远流长地走着，向着更遥远的地方走着，走过来了就是风景。

风景是在路上。这是那位导游姑娘给我们说过的一句话。当大巴车行驶在西宁至青海湖的109国道，我才真正明白了这句话的真实。到青海不到青海湖，就等于没有到青海。世人皆知，青海湖是青海的标签，它距离西宁市130公里，但我却觉得路程太短。一路的油菜花，金黄的耀眼的油菜花，铺满在路边和山坡。山坡上流溢的是满满的嫩绿，嫩绿得像是平整的地毯，嫩绿中是散落着的黑白点缀，那是山羊、那是牦牛……

一幅画。

一幅一幅的画。

远远近近，山不算高，却层层叠叠。山顶覆盖着皑皑白雪，白雪把青山和蓝天紧紧地连接。蓝天下，悬挂着的是朵朵白云，低垂着、变换着、飘逸着的白云如棉如絮，触手可得。黄的、绿的，青色、蓝色、白色，这般形体和颜色的绝妙搭配，就是一幅幅精美绝伦的图画。大巴车上所有的人，无不为之错愕嗟叹！车过日月山，我们只能举目远眺，远眺在这个地方曾经演绎的久远的故事和传说。那是文成公主和亲吐蕃所经过的地方。当她取出唐太宗给她的镜子最后一次远眺中原的繁华，百感交集的她不慎将手里的宝镜摔成了两半，一半成日山，一半成月山。中华民族是一个最具欣赏美、最为善良的民族，把凡是对民族有所建树的人，赋予善良与美丽的传说，让他们和巍峨的山、柔美的水，不朽在一起。文成公主就是其一。

想象中的画，总是粘贴在山川、大地、河流之间的。大自然的过去、大自然的现实，都成长出枝繁叶茂的文化精魂，世世代代地鲜活。当我们之间有人在旅游景点购买高山红玉手镯时，我眼里的那手镯是一种生命的符号，因高山红玉只产于日月山，它红得像火、像血，像是文成公主的红唇、飘逸的衣裙。可以这样确定，皮之不存毛将焉附，一种文化总是与它相依附的故土千丝万缕地牵连着。文化是太阳和水，与人们的生命须臾不可分离。

在这青藏高原上，身披袈裟晨钟暮鼓的僧人，手持长鞭悠然自得的牧者，叫卖于市招揽食客的小贩，为什么世世代代执着于他们的生活方式？这完全基于对那方热土的热爱。因为他们的经历、情感、习俗，所有的喜怒哀乐早已植根、盘根错节在那方热土上，滋长成为民族的文化。

游子走得再远，都期盼归期。落叶归根，是中华民族的传统观。这和佛教的理念相似。佛经认为人体是大自然的一部分，人的呼吸像是大自然的风，身体排出的液体是自然的江河湖泊，人体体温则是光和热，而人的骨骼又像是山脉、大地和丘陵。中国人讲究的入土为安，最后回归自然，就是人与自然和谐为一的文化。

通往青海湖的青藏公路并不太宽，却坦直，路两边是青青的牧草地。太阳下面远远望去，这条公路如同一条带子通往纵深，通往那天和地的衔接处。人们把这条公路叫作"生命线"，它从西宁出发，到达西藏拉萨。

如今行进在这条路上，我们听到了、看到了这个星球上最伟大的执着。当初修这条路的时候，每延伸 4 公里，就会有一个解放军战士倒下。可以任意拓展想象：海拔 2000 米以上的高原、冰雪中的寒风、酷日下的暴晒、缺氧条件下的夜以继日。解放军战士们是如何劈山开路？这已经成为永远的过去，但过去了的这些并没有远离，仿佛还在我们的眼前。如今的我们与其说是行进在公路上，不如说是踏着解放军战士的脊梁前进……

生命之路的含义，在另一类人身上同样也得到了践约。大巴车车窗外的两个男人，他们手戴护具，膝着护膝，前身挂一毛皮衣物，一前一后，匍匐在公路上磕头，磕着头走路。这样的磕头方式和我在塔尔寺见到的一样，他们站着，双手合十，注目前方，然后全身趴下，五体投地磕头，再站起，再趴下，重复着同样的动作缓缓行进……导游说，他们是朝拜者，目的地是拉萨。他们就是这样从西宁或者青海某地出发，磕着长头走路，这样的长头一直要磕到西藏拉萨！这让车上所有的人惊叹不已，朝拜者从西宁出发，要途经昆仑山口、唐古拉山口、那曲、当雄的高山险岭，最后到拉萨。每一年，不知道要有多少同样的虔诚者复制这同样的景象。据说他们磕头磕到拉萨需要六年或更长的时间。可以这样说，他们是在丈量一个长度，这是用肉体、用心灵、用生命的丈量，全长 1937 公里的青藏公路，全程铺满了他们的体温和虔诚，这让人简直难以置信，又无可置疑。

大巴车上每个人脸上的表情都是惊诧，除了惊诧，还有另外说不清楚的表情。朝拜者身躯缓缓地被甩在后面，渐渐变小、变小……成为这条亮白公路上的两个点，最后消失在我们的视线中。车厢里的人们默默无言，只有车装 VCD 影像的舞动和藏歌。青海省作为藏文化区，我们在这里的行程中听到的几乎全是清一色的藏歌，纯朴像草，悠扬、豪放，极具穿透力的韵律如一把把刻刀，在人们的视听世界雕塑出一个个高原形象。

大巴车在青藏公路上继续前行，我们看到了这条路的另一种景象——头上的天、前面的路骤然链接，导游说这段路叫作通天路。看路、看天，路是高的，天是低的，路和天接合得没有一点缝隙，路的尽头一直钻到了天和地的边缘……仿佛，我们来到了天边，天地人，就这样汇集于一体……凡尘俗念顿时消散得无影无踪，感受到的是人与自然的绝妙结合。禁不住就想起那首耳熟能详的歌曲《天路》：那是一条神奇的天路／把人间的温暖送到边疆……那是一条神奇的天路／带我们走进人间天堂……此时这人、这路、这歌，都已不再是一种事物，这一切都令人肃然起敬、荡气回肠。

在这遥远的地方，我们见到的一切都是圣者。那巍巍的白塔、金色的寺顶、飞扬的经幡、旋转的经轮，闪烁的酥油灯、身披红袈的喇嘛、叩长头的香客……这里的一切都凝结为一种特殊的文化，这是一种用鲜血、用精神、用执着、用灵魂和肉体的百折不挠制造出的文化。真正的文化，才是真正强大而具有生命力的力量，它不可能被征服，也不会自生自灭。

青海湖就这么突然出现在我们的眼前。

惊世骇俗！这是青海湖给我的第一感觉。所有的人都被它的美丽震撼了！丽日晴天下的青海湖，蓝得惊世骇俗。那是和天空一样的湛蓝，让人分不清哪是湖、哪是天……蓝得让人心绪如洗、心潮澎湃。

青海湖却安静、深沉、温文尔雅，鼓胀着它的美丽。悠悠的白云飘逸在湖边，如绸如纱，梦一般的迷离。我在想，这世上最伟大的画家就是大自然，它那鬼斧神工的造景艺术绝对是人所不能及，更无法超越的。湖边满是黄黄的油菜花，看不到头，见不到尾，碎金般地在阳光下闪烁。

站在青藏公路上，我们欣赏着路两边绝妙的风景，都已哑口无言。因为任何语言在如此这般景色前都是苍白的。只有拍摄，相机的拍摄、眼睛的拍摄、心的拍摄……路的这边是青海湖，路的那边是祁连山，二者遥相呼应。祁连山是绿的，它不显得高，却雄浑厚重，像一条绿色的绸带向深远处延伸……山的顶端是连绵的云彩，白里浸阴，形形色色，恰似山中长出一般，仿佛可听到它们呼呼腾起的声音。雄厚的云、遒劲的云、婀娜的云、怒放的云、奔腾的云，此云非云，那云分明就是山的语言、山的情绪。

青海长云暗雪山。

王昌龄曾吟出的这句诗，说的就是青海湖。青海湖连绵不断的大片白云、大堆乌云，遮暗了终年积雪的祁连山……美哉！大美乃天造地化之美，此美当惊天地泣鬼神之美。

庄子谈美，朴素而天下莫能与之争美。

塔尔寺有三美，也称塔尔寺"三绝"。供奉护法神的小金瓦殿的墙上、栋梁上有大小千余幅壁画，多绘于布幔。壁画色彩鲜艳，经久不变。其因是采用的颜料非人工调配，而采用天然的石质矿物。此外还有酥油花、堆绣。酥油花也采用纯净白酥油另揉进各色矿物染料而塑成，佛像和人物、花卉和树木、飞禽与走兽，年久不褪色。堆绣也是用各种颜色的绸缎剪出各种形状，填充进羊毛、牦牛毛之类，在布幔上绣上佛像、佛教故事、山水、花卉、鸟兽等宗教艺术品。这些都与青海湖一样，都是天然之美。

天地有大美而不言。

庄子说出了真正伟大的美，真正的伟大就是美而不言。像这里的山，这里的水，这里的云，这里的金黄、洁白、鲜绿、湛蓝……原生态色彩的魅力，更像这里一草一木般平凡的人们。青海省太大了，面积为 72 万平方公里；青海省又太小了，全省仅 800 万人口，只相当于内地省份的一个中等城市。

地大人疏，少了些熙熙攘攘利来利往，多了些原始纯净天人合一。社会需要发展，也需要保留和保护。发明制造出卫星、宇宙飞船、航天飞机、空天飞机，人类登上了太空，飞向空天，这与保护好大地上千年古寺的一块砖瓦、一条河流同样重要。在这遥远的地方——三江源的地方，人们心中的神不在天上，不在皇宫，他们的神就在他们的身边。观光塔尔寺、青海湖，我们看到的围绕圣湖、面对圣寺磕长头的虔诚者，就是佐证。

如果你的窗前有幅美丽的图画，那就是自然；如果你的心中有个美丽的自然，那就是艺术。

我离开了青海湖，却又终生与青海湖相伴，因为，它已经涨满在我的心里了。

从西宁回石家庄的火车需要行进 18 个小时，路程再长，总有个终点，唯有感受的长度没有尽头。卧铺车厢里，除了与我一同参加会议的同伴，还有从西宁上车的一个青海男人。听我们谈论得热闹，他也加入我们的谈话，问我们有没有去金银滩？我告诉他没有来得及去看。他就向我们介绍金银滩。那是在距西宁 120 多公里的地方、青海湖东面，就是有名的金银滩草原。骏骥、白牛、清油、云海，使这块地方充满了传奇。作为中国第一个核武器研制基地，在这个地方曾升腾起了中国第一颗原子弹、氢弹的蘑菇云。之所以谓之金银滩，那是说它的富饶。"门源油，满街流"，每逢盛夏，青山滴翠、川地鎏金，黄澄澄、金灿灿的油菜花香袭人心脾。

让我们出乎意料的是，这位面目黝黑、操一口生硬的青海普通话的男人，其祖籍竟是河北衡水，他的父亲就是当年随着建设兵团到青海的。说起当年知青的事，我们就提起贺敬之的诗《西去列车的窗口》："在九曲黄河的上游，在西去列车的窗口，是大西北一个平静的夏夜，是高原上月在中天的时候……"知识青年响应号召，为了建设新中国，纷纷奔向大西北。他们的热情，像井喷般不可遏止，像燃烧般如火如荼，像奔腾般如潮如歌。《西去列车的窗口》这首诗，表现的就是当年中国青年人的精神。

他们是幸运的到达者。领略和感受、奋斗和付出，把身心的全部都融入了这块浩渺大地的山里、水里、一草一木里了。

我们也是到达者，但比起他们，我们仅仅是欣赏风景的匆匆过客。此刻，我们在东去列车的窗口，遥望窗外的一切，感受着当年那些青年人所走过的如诗的道路，也就不难解读《西去列车的窗口》作者那诗般的情怀了。

有一些地方我们没有到达，譬如那个青海朋友讲的金银滩。没有到达并不是遗憾，却有着想象的空间。遐想美丽的落潮涨潮，长在心里的草原与看在眼里的草原同样是一种风景。云想衣裳花想容。雄鹰畅想蓝天，猛虎畅想密林，绿叶畅想阳光，鱼儿畅想大海，没有谁能达到风景的尽头。科学家、艺术家、哲学家们也一样，都在想象，没有想象的世界将会是可怕的苍白。歌德的诗句这样说：投身艺术创造，一心一意，自然便发光发热，在我们心里。伏案沉思的高尔基也这样说：打动我的并非山野风景中所形成的一堆堆的东西，而是人类想象力赋予它们的壮观。

车厢里的青海朋友讲了另一个话题，讲到王洛宾，这个著名的西部歌王，他的那首《在那遥远的地方》，就是在金银滩创作而成的。那是 1939年的春天，《民族万岁》摄制组千里迢迢来到了这里。浮云般的羊群、棕黑相间的牦牛，星星点点地徜徉，不时有穿着藏袍的牧民骑着骏马从远处悠然而过。

导演郑君里请当地的藏族少女萨耶卓玛扮演影片中的牧羊女，王洛宾扮卓玛的帮工。黄昏牧归，卓玛将羊群轻轻点拨入栏，夕阳下的她亭亭玉立，晚霞的余晖照着她婀娜的侧影……王洛宾痴痴地看着卓玛。卓玛感觉到他的眼神，转过身去，关好羊栏，绯红的脸转向王洛宾，眸子里跳荡着温情，她举起手中的羊鞭，轻轻打在他的身上，然后转身而去……

摄影组在第二天离开青海湖回西宁时，王洛宾骑在骆驼上，随着驼峰起伏、驼铃叮咚，情感再也无法控制，一首不朽之作《在那遥远的地方》就这样产生了："在那遥远的地方，有位好姑娘；人们走过她的帐房，都要回头留恋地张望……"

青海是歌，青海也是诗。艺术在自然中滋长，又是自然中的舞者。

大美青海！这是我们在西宁大街上到处可见的巨幅广告牌，更是我们在她的自然之中感受到的魅力。在那遥远的地方，那山、那地、那湖泊、草原、寺庙和帐房，究竟蕴含了多少美丽和神秘？那位漂亮的藏族姑娘卓玛，还有以她为原型流传祖国大地的那首歌曲——在那遥远的地方，将伴和着高原的风、高原的雨、高原的阳光、高原的花朵，蔓延着永久的韵律，在那遥远的地方回荡。

我在廊桥上等你 |陈 雯|

原载《北京文学》2013 年第 8 期

1

那年，因为迷恋摄影，我高考落榜，索性成天泡在嫂子的照相馆里，帮她打理生意。

这是一个初春的上午。生意清淡，我百无聊赖。

这时，一个姑娘出现了。因为街头冷清，她出现的第一时间就被我的目光抓住。她轻快地走在距我百米以内的拐角处，红衣，短发，像日本影星山口百惠，更像我想象中的那些名门闺秀。人在远处，我已经感觉到了她的清纯、优雅，甚至有几分高贵。

优雅。高贵。这是我在外国小说中经常读到的两个形容词，它们专门配置给名媛贵妇。但在我们这个叫塔水的川西北小镇上，它们却是太高档的奢侈品，让所有的女人都消受不起。成长在东倒西歪烟熏火燎的屋檐下，生活在粗声大嗓的环境中，粗衣粝食，柴米油盐，缺少文化的滋养。这样的土壤显然不适合优雅和高贵的生长。它们只能存活在小镇女人们的想象世界里。因此，现在一个气质有几分优雅和高贵的姑娘，风姿绰约地走在一个古老破败的小镇街头，立刻让我想到了一句唱词：天上掉下个林妹妹。

我在心里默默地喊：林妹妹啊林妹妹，你朝我这里走吧。

想不到，她真的朝我走来了。不，严格地说是朝我们的"真善美照相馆"走来了。

她是来照高中毕业证照片的。这就是说，她比我低一个年级。她一口纯正的普通话，也很礼貌。但是她的美丽让她拥有了绝对优势，这种优势在她不经意中成为一种压力，居高临下地压迫着我。我不敢正眼看她，语无伦次，额头冒汗。直到把她领进摄影间，我才慢慢恢复了镇定。

我让她坐下，依次打开顶灯、轮廓灯、脚灯和侧光灯。这些灯是我忠实的帮手。它们将她严严实实包围、控制。这样，我与她的地位就颠倒过来了。她像一个腼腆而听话的小学生，中规中矩地坐在我画的蓝天白云背景板前面，接受我的指挥。我左手晃动着一枚红薯样的小皮球，头钻进那一团黑布里，把笨重的座式照相机反复推拉摇移，像一个大摄影家。我还通过镜头大胆看她，肆无忌惮。我的目光久久地在她的鹅蛋脸上停留，一寸一寸移动，像占领军趾高气扬地巡逻。柳眉细长，丹凤眼出奇地清澈明亮。微微上挑的眼角，天然地带了几分微笑。她此时的微笑让我轻松，甚至让我感到亲近。我的思维也活泛起来，曾经读过的一首诗，像一只小鸟，在心头轻轻跳跃：

最是那一低头的温柔
像一朵水莲花
不胜凉风的娇羞……

开票的时候，攀谈几句，我知道了，她来自附近山中那个国防科研基地，名叫晓月。

哦，晓月。对她而言，这是一个恰到好处的词。

2

两个月以后的一个星期天，我已经与晓月走在了去廊桥的路上。

因为她对上次拍的照片满心欢喜，我就顺势鼓动她多照。我使足了力气，为这个爱美的姑娘拍了各式各样的照片：正面、侧面、半侧面；特写、半身、全身；顺光、逆光、侧光、侧逆光；高调、低调。这个星期天拍照，下个星期就取相片，然后再拍。拍照，取照片，循环往复，我与她的联系就得以持续。约她去廊桥拍照，这只是乘着惯性的顺流而下。

这时，我发现自己不可救药地爱上了晓月。我为此感到忐忑不安，有负罪感。因为，我像是一只最卑微却有自知之明的癞蛤蟆，垂涎于一枚高贵的天鹅蛋。然而我的爱已经在心中猛烈膨胀，并渴望释放。但是，面对晓月，照相机镜头差不多是我可以表达的唯一方式。选一个风景优美的地方，拍摄能打动芳心的照片，对我来说就是孔雀最优美的开屏。

廊桥距小镇不过几里地，与晓月家也不算远。这里是成都平原与川西山地的接合部。小镇还在平原，但前跨一步就已踏入深山。重重叠叠的大山触面而起，万千杂树植满沟壑。这时春意已浓，鹅黄、嫩绿和深黛汇成极饱和的绿色，将荒山大野涂抹得天衣无缝。但山体一不小心抖露出一片裸岩，一段裂谷。那些石灰岩、花岗岩和海绵生物礁，以奇奇怪怪的形状，将嶙峋和粗糙夸张到极致。茶树河，我家乡小镇的母亲河，就从这一片嶙峋和粗糙中夺路而出。莹绿，碧澄，一曲蜿蜒的流淌美得让人心颤。路转峰回之中，廊桥出现了。它的出现，为这里的荒凉和寂寥加进了诗意的元素，使这深山里立刻有了古典诗词般的美感。

这是一座带桥楼的木结构风雨廊桥。严格地说是两座。因为河心还隔着一个巨大的石包，茶树河在这里分了汊，河心石包就现成地做了两段桥面共同的桥墩。600年的风雨，它已老态龙钟。桥楼边稀疏的杂草是它残存的毛发，层层绿苔是它满脸的老人斑。

深山古桥，缠绵流水，为我与晓月故事的展开作了最好的布景。鹧鸪声声，百鸟和鸣，撩拨着心绪，美妙而复杂。这里应该属于王维、李白、陶渊明，属于阮籍、嵇康、马致远。这是可以让他们的诗囊里增添精品的地方。这里更应该属于夏圭、马远、范宽、董源，一轴现成的山水长卷，意境高古而幽远。

我这是平生第一次单独和女孩子在一起。我的心情像这仲春的季节一样明媚。19岁的年纪让我充满激情和幻想。勃勃雄心、野心，还有一些见不得人的念头，都在这个季节里蠢蠢欲动。我想牵着晓月的手过桥，想背着她涉水过河，想让她攀着我的肩膀上树。然而面对她的美丽和纯洁无邪，这些我都不敢。我生怕亵渎和冒犯了她。我只有端起相机，不停地寻找画面和角度，把扣动快门作为神圣的礼赞。而晓月，因为是第一次到廊桥，意外的惊喜让她一直处于亢奋之中。河边捡石头,崖边采野花,桥上观飞鸟,一个个镜头都生动无比。

乏了，坐在桥头，我向晓月讲了一个关于廊桥的传说。

从前，这河边有两户人家隔河而居。河这边是远近闻名的木匠，对岸是这一带最有钱的员外。一天，员外雇请木匠父子过河去修缮庭院。员外的独生女儿见小木匠不但相貌英俊，心灵手巧，而且为人忠厚；小木匠见员外千金不但花容月貌，聪明伶俐，而且心地善良。二人一见钟情，私订终身。嫌贫爱富的员外知道后，一万个不愿意，但面对女儿的苦苦相求，又不敢把话一口说死，于是便向木匠父子提出，你们如果在明天鸡叫前在这河上架起一座桥，让我女儿可以天天回家，并且不被雨淋日晒，我就认了这门亲事；如果办不到，你们就一切休想！听了这话，父子俩愁眉苦脸。这事让鲁班知道了，他偷偷告诉父子俩，这有何难！我们一起努力，保证明天鸡叫前把桥架好。他连夜移来一座石岩安在河心，顺便从两岸拔起几棵大树搭向河心的石岩，然后三个人一齐在上面铺桥板，修桥楼，进展神速。哪知那员外见了，忙躲到桥边学鸡叫，引得两家人的鸡都提前叫了。员外千金听到后忙跑到河边，一看桥并没有合龙，绝望中便纵身从桥上跳入河中。小木匠为救她也随之跳了下去，结果双双殉难。后来人们为了纪念这对有情人，便将廊桥称作"情人桥"。

晓月说，你讲的不就是另一个《梁祝》吗？

我说是啊。古往今来，获得爱情是所有人的梦想。你看这河边，石崖上有流水冲刷的深深痕迹，断石上有海螺和鱼的化石。你手上这个石头也是树的化石。海枯石烂，古代人用它来说爱的不朽，多么到位，多么有力！

我看了晓月一眼。四目相对，她脸上微微一红。

3

现在，我不能不说到我的手了，右手。这是我最羞于启齿的事情。和我说手，等于是和癞子说脑袋。因为我的右手是残缺的。在我看来，残缺就是畸形，就是丑陋。

上帝有意作弄，把残缺的现实和唯美的取向同时放到我的身上。水火不容，它们不能不天天打架，企图将我撕裂。

也是在茶树河边，也是在廊桥下，我失去了右手的三个指头。那年夏天，高年级的同学二狗子，也就是镇上造反派头目许万恶的弟弟，带了几个大孩子去廊桥下炸鱼，我也屁颠屁颠地跟了去看热闹。二狗子点燃雷管的导火线，心虚，慌忙扔进桥下的深潭。看看雷管浮在水面没有爆炸，他就命令我去捡起来。我当时还感激他的委以重任，受宠若惊地奔过去将雷管捞起，还傻乎乎地向他们高高举起，大喊：快看啦，还冒烟呢！话才出口，我已被炸翻在水里。二狗子们马上逃窜，无影无踪。我只有自己从水中爬起，左手用衣服捂住唰唰喷血的右手，拼命往镇医院跑，直到在医院门口倒下。

出院时揭掉纱布才知道了问题的严重性：拇指、中指和食指一齐从手掌处不翼而飞。这一炸，也彻底炸掉了我的自信。出院后，我再不敢在众人面前吃饭，大热天也戴着手套，并且时时不忘将软塌塌的那三根手指拉直，捏圆，让它们看起来像是真的套进了手指那样饱满、实在。但我深知自己的与众不同，什么也无法阻止我精神的坍塌。自卑，像夏天施了化肥的植物，从断指处疯长，并且毒素一般在我的生活中弥散。

晓月从来不问我的手。明知是掩耳盗铃，欲盖弥彰，我也刻意掩饰。但她显然早就知道了我的残缺。她甚至还可能以她母性的情怀，对我报以充分的悲悯。

晓月出生于中秋之夜，又以月为名字，月亮因此成为我的图腾。她生日前夕，我独闯深山，从风雨的黄昏一直守候到皓月当空的凌晨，终于如愿拍到了一幅《廊桥晓月》。那么，当她接过带镜框的《廊桥晓月》并且知道了照片背后的故事时，她眼里的泪光，是爱的回应？还是惯性的悲悯？

4

我迫切需要获得一种高度，以便与晓月并行。

中国有的是穷小子与富家小姐的爱情故事。才子配佳人，男主角往往是穷书生。十年寒窗，金榜题名，终成眷属，是千年不变的公式。即使背信弃义，也是成功的男主角才有的权利。但我深知古代的传奇无法将我拯救。只有艺术上的成功才可以建立现实的平衡，让我可以坦然地伸出右手，与她相握。

夏天，我瞒着晓月，扒上了南行的火车。弥漫着煤烟飘飞着煤屑的货车厢里，我一路搂紧了我的摄影作品。这是一组很写意的植物照片，以象征的手法表达我的理想,标题就叫《我的追求》。目的地是广州。《中国摄影》杂志上登了消息,广州要办全国影展,征集作品。我要凭我的作品和勇气去撞开挡在我前面的那一道道紧闭的大门。爱情和艺术的双重意义,让我的出行变得崇高,理直气壮,奋不顾身。在一个个停靠站,火车一停我就下车,又重新打听前往广州方向的列车。我没有了羞涩,可以坦然地在站台上把作品一次次打开,又一次次重新包扎,像当年那些初入中国的传教士一样,讲着让人半懂不懂的关于摄影艺术的大话,在车站师傅们同情又狐疑的目光中走向下一站。钢轨像是从火车肚子里拉出的卷尺,闪闪发光,在我眼前丈量出广州之远,中国之大。

到广州已是深夜。中山一路。我牢记着报纸上的地址,打听。警察、小贩、清洁工、送菜的农民,他们同样以狐疑的目光把我送走。疙疙瘩瘩的川味普通话,鸟语般的粤语,这是我首次与家乡之外的世界对话。

这个夜晚我是幸福的。在凌晨到来的时候,我已经寻到了广东省摄影家协会门前。靠着那块让人温暖的牌子,抱着那些用报纸精心捆扎的作品,我酣然入睡。

还有意想不到的幸福在等着我。第二天早晨,我背后的大门咣当一声打开。开门的是一个还算得上年轻的工作人员,我至今还依稀记得他叫林星,应该是这次影展组委会的要角。在他的办公室里,几天以来我第一次喝上了热开水,并在他门外的水龙头上洗了脸。他显然被我的狂热打动。他收下了我的作品,并且和气地作了点评。虽然我后来并不清楚我那些作品的命运,但林星给了我一张复旦大学新闻系摄影专业班的推荐表。这样的推荐表,据说广东省摄影家协会也仅有两份。凭了这张表,我又故伎重演,扒车赶到上海。笔试,面试。当1986年的盛夏到来的时候,我如愿以偿,接到了来自复旦大学的录取通知书。

我真是像老百姓所说的撞上了狗屎运。种一粒芝麻,收获的却是一个巨大的西瓜。

与晓月在廊桥作别时,我接到了她向我抛出的绣球——一支刻了龙凤图案的金笔。

到了上海可要给人家写信啊。晓月红着脸说。

5

我望了一眼身后的莫高窟，狠狠心，义无反顾地走过小桥，一直向南，走进茫茫戈壁。正前方是格尔木，它在遥远的荒原尽头，像晓月一样对着我微笑，招手。

这是 1987 年的秋天，系里给了我们半个月创作假。恋爱催生奇思异想，恋爱让人胆大包天。进入恋爱季节的我，决定只身横穿柴达木盆地，希望有沙漠、雅丹、雪山、草原和盐湖的柴达木给我前所未有的艺术发现。我更想以一次挑战极限的壮举，让晓月看到一个男人的强悍、勇敢和坚忍不拔。美女爱英雄，我要完成一个英雄的自我打造。

我觉得我的准备是充分的。行囊里有 13 个大饼，大铁壶里灌了 10 余磅水，再就是晓月送的笔记本，上面有她以娟秀字迹写下的深情赠言。唯一的奢侈品，是刚才在商店里买的一沓印有飞天图案的精美信封和信笺。

路程也不算远。我把军用指南针压在地图上，从敦煌滚到格尔木，测出的距离是 400 公里。在家时我曾经从县城安县经北川、茂县到九寨沟，有过一天走 140 里的记录。那么，保守一点算，我至多 8 天就可以穿越柴达木，走在格尔木的街头了。我有理由认为，这不过是一次略带冒险色彩的浪漫之旅。

我觉得整个世界都背在我的背上。

天气很热，但我尽量强忍着不喝水。一直匀速前行，走一阵便拿出指南针核对一下方向。下午 5 点过，天气转为凉爽。太阳向西天滑落，橘子一样，橙红、鲜艳、明朗。一抹流沙静静地在地平线上展开，色彩金银般纯粹。一株孤单的杨树兀立在流沙附近，金黄的叶子在风中像无数金色的铃铛摇响。浅浅几株红柳尚在花期，现一抹淡淡的嫣红。流沙中我居然捡到一枚拇指大的锈铁。我想它应是箭头。是爱神之箭。它已在时光里疾飞千年，直指我的前心，让我幸福得要仰天长啸。诗意和美感源源而来，都在这荒漠之中被发掘。想象的触须在最自由快乐的空间里，像水中的八爪鱼一样朝不同方向飞舞，没有什么地方不可以抵达。

月亮初升，天色渐暗。我急忙放下行囊，铺开信纸，趁着最后的霞光，给晓月写信。我要让她分享我的发现、体验和感悟，让她看到被我夸张了的异域的荒凉之美，还要用绵绵思念将她层层缠绕。信写完，我已经沐浴在月光之中了。这时我看到月亮特别大，特别亮，还特别地亲切。这是晓月凝望的眼睛。

三天之后，我感到情况不妙了。戈壁茫无际涯，原计划可以喝十天的水已经喝了一半。剩下的这一半其实早都可以咕噜噜一气喝干。原先以为只是晒，没有想到如此晒法。太阳一露脸就火辣辣的。到正午，灼人的热浪在浮沙与砾石间滚动，如火焰的尾端，看得见空气在上面的颤动。汗水如淋浴般流淌。感觉中人成了烘房里的葡萄干，不，成了烧烤架上翻滚的烤全羊，嗞嗞冒油。视野之内除了少许芨芨草、骆驼刺别无生物。孤独无边，一丝恐惧袭上心头。似乎在月球、火星，甚至是在地狱行走。只有太阳落下，月亮升起之时才暂时得救。这时又可以找一个背风的地方坐下，写信。然后一边望月，一边手掰大饼细嚼慢咽。最后，套上全部衣服，仰面睡下。

真正的危机在第七天来临。这时我已经喝完了壶中最后一滴水。没有了水，我就是被敌人重重围困丢盔卸甲手无寸铁的战士，任由宰割。水只出不进，撒出的尿比浓茶还黄还稠。但是，点点滴滴，它们比金子还珍贵。我用镜头盖全部接住，喝下。

再后来，尿全部滴尽。嘴边开始裂口流血，我看见了死神鬼鬼祟祟的影子。记起课堂上老师曾说起撒哈拉沙漠里的贝都因人陷入绝境，口渴难耐，会把一根小管子插入骆驼脖子静脉处吮血。而此时，我只能痛苦地吮吸自己的血。我在心中发誓：为了晓月，我决不能死。但渴到忍无可忍之时，我唯一能做的，就是将三脚架拉出一根，顺着芨芨草根朝下挖。水是不可能有的，草根也几乎没有水分，并且苦。但可以将头伸入这个坟墓似的深坑，吸一阵凉丝丝的潮气，这时明显感到快要燃烧的肺恢复了几分湿润，这样我就可以重新站起来，蹒跚前行。

第12个夜晚来临。没有了水，大饼在嘴里干燥得沙子一般。嘴角早已结痂。三天没有进食，已经没有了饥饿感。硬撑着为晓月写完了第12封信，折叠，装好，放入行囊，然后躺下，喘气。

指南针不知去向。目前已完全不知东西南北，只有无边的荒凉和恐怖。

一躺下就是幻觉。父母、同学，还有一些奇奇怪怪似人非人的怪物，互相粘连、错杂、重叠，混沌一片地浮现。更多的是看见晓月。她在廊桥上时隐时现，一双始终微笑的眼睛。我使劲睁开眼睛看时，却是月亮。月亮变成两个、三个，变成了冰糖葫芦似的一串，在天边晃动。眼一闭，幻觉消失，感觉死神正把自己紧紧搂住，一步一步拽向黑暗深处。自己的魂魄正慢慢脱离身体，从一个个毛孔里丝丝缕缕地出逃。

尚有几分清醒的意识让我明白，我即将死在这个无人知晓的地方，没有任何人可以搭救。我瞟了一眼背包，它已与三脚架一起被我拴在那株红柳上。与它们拴在一起的还有我最后的奢望——希望有人通过它们发现我——一具干尸，一个客死荒漠的可怜人。

我的得救是在次日早晨。几声汽车喇叭响起，求生的欲望让我一个激灵恢复了神志。喇叭声是从沙丘的另一面传来的。但我已经无法站起，只有拼命以手抓地，爬，爬向沙丘。终于爬上去了，才知道100多米远的地方就是公路，还有汽车！

但是，我一激动马上又失去了知觉，从沙丘上滚了下去。不知过了多久，我发现有人在动我，睁开眼睛才发现是两个军人在用水壶往我脸上淋水。我此时已经无法说话，只能指一指沙丘背后。又有三个战士立即朝那里跑去，找回了我的行囊。

这是拉给养的军车。官兵们将我抬到车上，打开一个水果罐头，让我小口小口地吃，要求我至少要用两个小时才可以吃完。但是，我还没有吃下一半，就重新沉睡过去。

后来到了西宁，从战士们那里我才知道我在车上睡了整整两天两夜。他们让我稍事休息，为我检查了身体，并且送了我一网袋水果罐头才让我上路。

我至今无法判定我为什么穿不出柴达木。或者说我可能根本没有走进柴达木，是第四天的海市蜃楼让我偏离了方向？是我不会用指南针？或者干脆这指南针就是坏的？

从敦煌出发，我到底经过了哪些地方，至今都是一个谜。与任务在身的战士们匆匆告别，我甚至没能准确知道我得救的具体地点。

在西宁，我可以自由行动后做的第一件事就是给晓月寄信，一共13封。

邮局值班的大嫂反复说明最好是打捆邮发，可以节约 7 角 2 分钱。但是我坚持分别寄走，并且亲眼看着它们被逐一打上邮戳，送走。

我交出去的，是一个劫后英雄在炼狱里反复提纯的爱情。

6

我与晓月最后一次见面是在安县城里，1990 年的夏天。

这时，是我人生最灰暗的日子。因为年轻和不成熟，因为过于单纯和冲动，我在临近毕业时卷入一起违反校纪的事件。敏感、自卑，让我过度高估了问题的严重性，因此我选择了不辞而别。尽管是复旦新闻系，尽管我专业成绩不错，还在学校举办了首个学生个人摄影作品展览，但上海、北京，原先属意于我的几家著名媒体，现在都不可能了。我只有灰溜溜地回家。能到县文化馆打工，也是多亏了县里认为我是难得的人才。

回来以后，晓月只字不提我离校的事，就像她从来不问我羞于启齿的右手。她凡是星期天都进城找我。拍照，一起欣赏照片，让我讲那些已经讲过多次的关于冒险的往事。

这天晓月是穿着军装来的。他们家早就是全民皆兵了，父母、哥哥、姐姐，后来又轮到了她。这是她第一次穿着军装来见我。只因她听我说她穿军装一定更漂亮，很想看看她穿军装的样子，她今天果然就穿来了。哪怕相貌平平，军装一穿也让人刮目相看，尤其是女人。今天，穿了军装的晓月当然更加光彩照人。我和她走在街上，满街的目光都被她带走。我想起了左拉的小说，《陪衬人》。我和她走在一起，在众人的目光中，我是衬托鲜花之绿叶？还是鲜花插上了牛粪？

这一天晓月很开心。还第一次要我陪她去看了电影。片子叫《牧马人》，一个知识分子和女盲流不对称的爱情故事。一切都表明，我们的故事正在进入高潮。

我爱情世界的坍塌恰恰是源自晓月的一往情深。

晓月说，爸爸妈妈早就想见你了，他们请你下个星期天到我家作客。

面对晓月一家正式的盛情邀请，我只能满口答应。并且还与晓月商量好了得体的礼物，见面的细节。我们约定，我们先去廊桥玩，然后一起去她家吃午饭。

晓月还沉浸在对爱情美丽的期许之中，万万想不到，我却举起了锋利的剪刀，要剪断每一根情丝。

　　她始终是我的一个神话。她就是我难以接近不敢冒犯的圣洁之神。我曾经努力用一幅幅照片和多次英雄般的惊人之举，去垒叠起一个可以与她平视的高度，填平我与她之间的鸿沟。我也曾幻想大学毕业后，以著名媒体专业摄影记者的身份，以一个护花使者终身的痴情付出，来求得与她分量的相当。然而我的努力功亏一篑，终于无法抵达那个高度。现在，更加深重的自卑，成为面对她时永远的不可承受之重。我觉得，爱不是追求就可以拥有的，关键在于你有没有拥有的资格和能力，能不能将爱呵护和养活。太多的董永和七仙女，太多的王子和灰姑娘，反而更加说明这类故事只是穷人在现实面前可怜的自慰。命运将我打回了原形，我还是那个一穷二白还少了三根指头的穷小子。残缺的右手，现在还要加上不光彩的退学，成为我的耻辱。艺术创作和先前那些冒险壮举，并不能成为尺幅足够的遮羞布。我曾经热切期盼坦然地与她握手，还幻想着像小说和电影里那些绅士一样，吻那双光洁美丽的手，甚至像所有的丈夫那样吻她任何一个部位。现在看来这只能是亵渎。

　　幸好，我至今还没有来得及拉她的手。

　　我也畏惧她的父亲。一个级别不低的老军人，一定有威严的面孔，挑剔的眼神，还可能像廊桥故事中的员外那样嫌贫爱富。虽然我家好像也有点"门第"，我的先祖李调元是翰林，大清乾隆年间曾经主持编修《四库全书》，在四川是纪晓岚式的传奇人物，我家至今还珍藏着他老人家当年一直使用的砚台。不过，算起来我已经是他的七世孙了。我家也曾经有钱，在镇上后门设厂，前门开店，是工商业兼地主。但是这带来的只有抄家、批斗，让我从小就走在见不到阳光的道路上。门第悬殊，属于不同的"阶级"。从认识晓月起，她就是一座大山，让我走不出她的阴影。

　　还有她的母亲、哥哥和姐姐，他们一定视我为异类。面对他们不屑的眼神，我无法自持。

　　也许，我几年来对晓月做的一切，只是一个精心构建的骗局。现在，真相即将大白。与其在她全家面前被当众撕下画皮，颜面扫地，想钻地缝而不能，还不如趁早抽身而退，与晓月的世界彻底切割。

晓月还在回单位的汽车上幸福着，我已经在文化馆那间陋室的桌上压了张字条，然后逃之夭夭。临行前，为了与晓月切割得干净彻底，我还将刚才晓月买的一袋苹果——我最爱吃的水果，毫不犹豫地扔进垃圾桶，甚至还将她的照片一张张剪碎——我要将晓月从我心中彻底腾空。

当晚，我在廊桥上坐了一夜。望着漆黑的天空，我泪流满面。我的情感的天空，也许从此是永远的月全食。

7

我在廊桥上等你。这是我对晓月的弥天大谎。

我是被突然降临的幸福吓坏了。我背负着不堪其重的爱情，自己绊倒在婚姻的门槛之外。

明知道那个星期天晓月在廊桥上的等待会等来什么。那一定是晴天霹雳的震惊，天塌地陷的绝望，撕心裂肺的疼痛，还有火山爆发般的愤怒和怨恨。但是我别无选择。我只有以漂泊来逃避一切。

我曾经在绵阳郊外的皂角铺火车站工地打过杂，在九寨沟附近的章腊一户残疾的老森工家帮过工，在湖南汝城钨矿堆积成山的矿渣堆上与那些老太太小孩子挤在一起捡过矿砂。此外，还有广州、昆明、西双版纳。不管在哪里，干什么，只要有一口饭吃就行。

后来才知道，我不在时，晓月也曾多次到我家，到文化馆，打听我的行踪。她最后一次到我家时，给我抱来了一个毛绒绒的玩具狗。她曾经说过，人要向狗学习忠诚。

经过几年的努力，我才发现爱情是杀不死的。并且，扼杀爱情，还使我陷入更深重的罪恶。于是我不再浪迹天涯，回家，开始了对晓月的寻找。然而，在绝密的军事科研基地，机构众多，关卡重重，一双双高度警惕的眼睛逼退了我一次次的打听。最终，有一扇大闸落下，将我与她隔离在了两个世界。

我在廊桥上等你。这是一柄利剑，既给了晓月致命一击，也插在了我的心上，永远无法拔出。

伤痛难以忍受，我便重新端起了照相机。镜头，是我更管用的嘴巴，是我唯一可以与世界从容对话的工具，也是救赎自己的唯一方式。我把自

190

己的悲剧人生提炼成照片。从1997年我的照片登上《人民日报》的头版头条并获当年全国大奖之后，我被选派到美国纽约大学摄影学院留学。学成归来，我以更加纯粹的方式来续写我的故事。

人生之匆匆如荷花之来去。而荷花最能代表晓月的美丽与纯洁。《爱之旅》，就是我历时16年拍摄的12幅荷花。《青梅竹马》《淑女》《望穿秋水》《海誓山盟》《伉俪》《归去》……这是在虚拟中延续我与晓月的爱情，我是企图以一个光明的尾巴来照亮自己暗淡的内心，是又一次庄严的献礼，也是又一次深深的赎罪。

我更关注甚至还羡慕那些相濡以沫一往情深，但又在生活的最底层挣扎的寻常夫妻。《苦恋》，就是对他们的祝福和礼赞。这是另一个版本的《爱之旅》。

5·12大地震发生以后，我随第一支救援部队赶到已经成为死亡之城的北川。随后一本大型画册《撕裂的天堂》，由人民出版社迅速推出。它是我对灾难的记录，更是对人性的礼赞，对生命的讴歌。接下来，我以每年一本的速度推出我的新作，北京、香港，都是最著名的出版机构在推介我的作品。

第五届国际新闻摄影大赛（华赛）。捷豹杯国际风光摄影大赛。多个国际性的摄影赛事的大奖，我都榜上有名。

我的作品，与北川有关，与羌族有关，与天地自然和人性有关。但是最终，都与晓月相关。

关于晓月，我每天都在等待奇迹的降临。虽然，我永远不会指望，像那些年轻情侣那样，有一双温软的小手，突然从背后伸过来，悄悄地蒙上我的眼睛，让我猜猜她是谁。但是我仍然幻想，某天，街头会突然走来一个牵着孩子的女人，擦肩而过的瞬间，四目相对，一丝惊慌，一脸绯红，迅即消失在熙熙攘攘的人群；或者，某个时辰，我的手机突然响起，那个熟悉的声音传来，一阵发泄，几声唧叹，我尚不及反应电话已经压下，从此又重新在人间蒸发……

但是无论如何，我都坚信，晓月，怎样的滚滚红尘都难以改变她的风清月白。

我现在的一切，也许，她其实都知道。

她就在离我并不太远的地方，将我默默注视。那一双美丽的丹凤眼，依然清澈、明亮。

8

　　尽管是痴人说梦，我还是盼望时光倒流，让我有机会重新向她说一声：我在廊桥上等你。

土地，土地…… |厉彦林|

原载《北京文学》2013年第8期

"土地"，这个词普通、平凡，却深邃灼心，高频率、快节奏、强力度地点击我们的心灵。

"土"最初的样子就是一株苗破土而出，或者一棵树站立在地平线之上。"也"意为"双向或多向延伸"。"土"与"也"紧密靠拢、组合成"地"，意思是"土向前后左右、四面八方任意方向同时延伸"。

轻轻拂去岁月的尘埃，翻开书籍上尘封的笔迹，我们能真切地感受到：土地史就是人类的进化史、发展史、文明史，土地的命运就是国家的命运、民族的命运、人民的命运。

土地是人类和万物的母亲

人类老祖宗盘古，头顶着天，脚蹬着地，把天地分开，用他的整个身体创造了美丽的宇宙。在中国神话传说中，"女娲抟黄土作人"，用神奇的手，把一块块黄土捏成活生生的人。《圣经》传说上帝用泥土造出人类的始祖亚当，对亚当说："你本是泥土，仍要归于泥土。"中外相似的神话说明了一个道理：人类的产生和发展离不开土地，土地是人类的生命之源，是人类的母亲。

炎黄子孙对土地图腾般顶礼膜拜。《左传》曰："以父道事天，母仪事地。"乡间许多土地庙的神龛两边大都有一副对联："土能生万物，地可发千祥。"《易经》曰"坤厚载物"。像土地这样滋生和养育万物，才是世上头等功德。

疆土、疆域，边疆、海疆，"疆"字本意就是土地良田，靠士兵持弓防守或抢夺。从古代开始，人类无休无止的战争，归根到底是为了争夺土地。战争其实就是用武力修改国土边界。无论古代战争还是近现代战争，打的都是土地战争。

中华民族是爱好和平的民族，中国人对国土更是寸土必守、寸土不让。在有文字记载的两千多年历史中，有汉唐盛世那样的辉煌时期，也有五胡乱华、蒙元灭宋、满清灭明那样的衰弱时期，还有近代八国联军、日本侵略那样的危亡时刻，但是，都挺过来了。主权高于一切。天下兴亡，匹夫有责。任何国人都守土有责，民间依然流传着大军阀"张作霖手黑"的故事。张作霖曾瞪眼骂随从："妈那个巴子！我还不知道'墨'字怎样写？对付日本人，手不黑行吗？这叫'寸土不让！'""我豁出这个臭皮囊不要了，也不能出卖国家的权利，让人家骂我是卖国，叫我的后辈儿孙也都跟着挨骂，那办不到！"

新中国成立以来，我国为保护疆土和主权完整进行了多次军事斗争。2012年10月26日外交部副部长张志军十分硬气地向中外记者表示：日本没有权利拿中国领土进行任何形式的"买卖"，钓鱼岛寸土滴水、一草一木都不容交易。不管日方以什么形式"购岛"，都是对中国领土主权的严重侵犯。这几句硬气解气的话，掷地有声，让国人心安了许多。

追求"耕者有其田"的理想

艾青在他的诗歌《我爱这土地》中深情地吟唱："为什么我的眼里常含泪水？因为我对这土地爱得深沉……"

中华上下五千年，多少沙场浴血都与"国土"紧紧相连，演绎成历史最壮怀激烈的章节……我们的祖先对土地怀着虔诚的信仰，从而以隆重的方式崇拜、祭祀她。

自古"有地成霸业，无地难为家"。岁首年尾，皇帝要净身食素叩拜天地，祭祀来自四方的"五色土"。清朝皇帝每逢春天，还要到北京先农坛亲自演示耕作。古代帝王在太平盛世或天降祥瑞时，必须到象征国泰民安的神山——泰山举行封禅大典，表达对大自然的敬畏之心，感天谢地。

中国社会的每次重大变革，都离不开土地的变革，或者说是从土地变革开始的。

我们的前辈曾为土地进行过数次积极探索。从孙中山的平均地权思想，到梁漱溟、黄炎培等先杰的乡村建设实验。中国共产党领导的新民主主义革命实质上是农民革命。调动农民积极性最灵验的办法，就是解决好农民最关心的土地问题，实现"耕者有其田"的梦想。

中国共产党的成功，从根本上讲，它解决好了农民关心的土地问题；国民党的失败，要害正是没有解决好这个问题。

在古老中国这样一个农业大国，解决农民与土地问题，绝不是一朝一夕的事情，但毕竟迈出了坚实步伐，有了新的开端……

农民和土地是血脉相通的孪生兄弟

土地是农民的家园，农民是土地的子孙，土地就是农民，农民就是土地。土地厚重，农民质朴，土地和农民是血脉相通的孪生兄弟。

农民是土地的精神和灵魂，是山村历史的创造者和评判者。没有农民，土地不是真正意义上的土地，会是一幅毫无内涵与生机、凋敝荒凉的水墨画；养活不起农民，土地那也不是真正意义上的土地，只是一座海市蜃楼中美丽却缥缈的楼阁，承载不起家园、乐园的神圣使命。中国有五千年古老的文明和丰厚的土地，土地可能被占领，但文明火种从未熄灭过。

中国自古就是农业大国。从刀耕火种到使用现代农业机械，农民的劳动、辛酸和奉献始终延续着中华文明的香火，奠定着民族进步的根基，推动着中国历史铿锵前进的巨轮。在中国，离开农民什么事情也干不成。

不想成为地主的农民，不是地道的农民。不想拥有更多土地的农民，不是有出息的农民。任何一个真正的农民，都想拥有更多的土地。对于地道的农民而言，土地是他们的命根子。如果没有土地，那他还能吃啥？喝啥？穿啥？用啥？盼啥？他们对于土地朴素而深厚的感情，归根结底是因为土地是他们生活的唯一依靠和保障。

农民具有巨大的能量和作用，最可敬、最可爱，也最可怕。历代贤明的君主都重视农耕和农民。汉文帝倡弘"夫农天下之本也"，甚至采取"重农抑商"政策。唐太宗亲历隋末农民战争风暴，发出"君舟也，民水也，水能载舟亦能覆舟"的感慨。古时的祭天大典，祈祷的是神州大地风调雨顺、国泰民安。书香门第也劝诫子弟："一等人忠臣孝子，两件事种地读书。"意思是不会种地、不懂百姓疾苦，不读书、不通达事理，不会成就，也不会高贵。

中国人上数几辈，祖先都是地道的农民。在我悠悠的往事中，难以忘怀的总是农村。出身农村，当过农民，对一个人的一生来讲，是笔巨大的可以长期支付的财富。在黄土地上和白云一起飘荡，同秋蝉一齐高唱，熟知春种、夏耘、秋收、冬藏，了解农村的艰苦、农业的艰巨、农民的艰难，可以改变一个人的价值观念和生命轨迹。生在农村、长在农村，才会有平民情结，更易练就自强不息的性格，"穷人的孩子早当家"，历代国家栋梁不少就是平常的农家子弟。

胸膛博大宽敞的土地

土地最宝贵、最神奇，有了土地就意味着拥有一切……

土地上生长着养育人类的庄稼。当第一声春雷唤醒了沉睡的大地的时候，冻土被犁铧一垄垄翻开，僵硬变成松软，霜白变成黝黑。春天，撩拨得农民心花怒放，忙着犁地、撒种、锄禾、施肥，期待沉甸甸的谷穗、饱满的红高粱，一片片排列着，像等待将军检阅的士兵……

土地上生长着牲畜、家禽和各类飞行或爬行的动物，真是五花八门，种类繁多。它们各自有自己的王国、语言和生活，繁衍着自己的子孙后代。动物和人，和村，和庄，和你和我争斗着、生存着。蚯蚓以土为食，并且让土在体内循环之后再回归土地，使土地疏松，不再板结；土地也因为有了蚯蚓不屈不懈的蠕动而有了生命。麻雀、田鼠和野兔偷吃了庄稼，鹰、蛇袭击了麻雀、野兔和田鼠，人又驱赶了鹰和蛇……大家同在一块土地上生存着，甚至一个村子、一个庭院或者一间茅屋里。

土地上还生长着河流、湖泊、山丘和树林。我顺着山坡走进田野，灌溉麦田的水就是那河那水库里流过来的，建房子的石料木料就是那山上运来的。村庄的体内，生长着山丘和树林的骨骼，血管里流淌着河流、湖泊的血液。于是村庄有了山丘、树林、河流、湖泊的性格：柔韧、坚毅、不屈不挠。这性格就是土地的性格。

土地是所有生命永恒的母亲，是大家共同的命根。我们赖以生存、曾经反复踩踏的土地，把尊严高尚留给我们、把屈辱低下留给自己。

慈善仁爱的土地

土地像一首词，上阕是人类生存的空间，下阕是安放灵魂的栖所。

土地伟大，更宽厚仁慈。当一粒微弱的种子播撒其间，土地送给它生命的营养，悉心呵护，给予它阳光和水，给予它温暖和爱，让其茁壮成长。土地用它的食粮养育了我们，所以我们的肤色和土地融为一体；土地用它的博大和宽厚容忍着我们的种种过失，所以我们的生命和土地生死相依。

无论你以什么理由为土地的归属纷争、为疆土分割而治，或许曾经叱咤风云，但辉煌之后同样折戟沉沙，回归大地。土地呢？以母亲博大、仁慈、宽厚的胸怀，接纳每一个人，或贫穷或富有，或卑微或显赫，或高贵或卑贱，她一视同仁，死后她都收容作为身体的一部分。

2011年清明节，我陪老父亲去村西北方向的柴虎山扫墓，当时山上已芳草萋萋，鸟语花香。葱郁的松柏间是一座座无名无姓的坟茔，我时常问父亲："这是谁家的坟地呀？这是谁的坟头呀？"在乡村，一个人来到世上，活上几十年悄然死去。活着没留下什么，死去更没留下什么。即使后人为其树个墓碑并在墓碑上刻下名字，也很快被山风山雨吹洗模糊，被岁月风化。乡下人生命的价值和意义平凡且千篇一律。我曾掐算过平民生命的时限。一个人如果幸运，一生大都能亲历并记住五代人：爷爷辈、父辈、同辈、子女辈、孙子辈——这已经是最大限度的福祉，超过五辈的肯定是大福大贵之人。

记得当年在村南整大寨田时，一镢镢刨在坚硬的土石层上，突然一镢落个虚空，顺势掏挖，只见一具白白的骷髅，吓我一跳。老队长见大伙都在围观，便严厉地说："这有啥好看的？抓紧干活儿！"随即，队长自己用镢头把那骷髅尸骨全部掏了出来，并且砸得粉碎，然后用锨把它散落在田间，嘴里还念叨着："对不住，惊动您的梦了。入土为安，入土为安吧！"老队长见我们惶惑不解，又说："像这么久远的坟，早就找不着后人了。万物之灵，入土为安，地是它最好的归宿。"

脚下的土地掩埋着我们祖先的遗骨，因为融入了亲人的生命才更动人、更柔软、更丰饶。

自从 21 世纪开始，为节约稀少的耕地，世界各地都提倡火葬。新中国成立后，我国也倡导"火葬"并推行"平坟还耕"。随着城市化进程加速，平坟变得常态化，其目的也不单单是"还耕"。有些坟受土地政策变化的影响，甚至不得不多次"搬迁"。

我忽然记起"水土不服"的典故来。小时候听大人们讲，身体虚弱的人出远门，必须在远行前的黎明，从故乡的土地上揣一捧土，在外地万一水土不服，只要捏一点故乡的泥土，泡一杯开水，一喝就好了。那是世界上最灵验、最神奇的一剂药方。一方水土养一方人，天人合一，人土合一。

虔诚跪拜的土地

人类生活在地球上，须臾也离不开土地，不知已经、正在和还要上演多少土地悲喜剧。

"地种三年亲似母"，农民把土地当成老祖宗敬奉侍候。每当土地被犁铧翻卷过来，泥土那种沁人心脾的气息使人倍感舒畅。聆听播种的声音，你会从土地那嘶嘶的声音里感受到土地像一个慈祥的老者。

我家乡那几块土地上，春夏秋冬，寒来暑往，年复一年，日复一日，晃动着父辈的身影。他们对土地的眷恋，对土地的固执，对土地的深情，让我备受感动。蓝天是高远的，大山是静寂的，沟壑是深邃的。远望那人、那牛、那狗，恰似大山褶皱里土地这块画布上的一幅活动着的标本，在落日余晖里又似一幅粗犷古朴的剪影。

在物质极度匮乏的年代，膀宽腰圆的身材让人钦羡，那是因为胖人肚子里不缺"油水"。改革开放以来，土地被松了绑，老百姓的日子越来越红火，中国人日益"心宽体胖"，从杨柳细腰到大腹便便，只用了短短二十多年时间。

金秋时节，我们兄妹几家约好回家看望父母，父亲执意去掰鲜嫩的玉米棒子、刨地瓜让我们尝鲜。其实如今在城市，不管在任何季节，这些东西市场上都有，也能经常吃到。但吃上父母亲手种植出来的果实，还是另有一番滋味，格外香甜可口。每次我们回家，父亲都极其高兴，虽然话语不多，只是坐在那里喝茶抽烟，静心看着我们，默默地听我们说话，脸上洋溢着一种满足和欣慰。他看着已经长大成人的儿女们，肯定就像看着满地的庄稼一样。其实对于父辈而言，我们又何尝不是他辛勤培育的庄稼呢？只不过与我们相比，庄稼只需照料上几个季节，而我们却花费了他们一生的辛劳与心血。

从东海之滨到雪域高原，从海南岛到大兴安岭，从中原大地到首都北京，从党中央到国务院，从省长到满腿泥巴的老农，都把土地看得至高无上。

想起土地，便踱到窗前，推开窗子，一股清爽而又略带微微寒意的春风迎面扑来。不知从什么时候起，外面下起蒙蒙细雨。这是新世纪第一个十年的第一场春雨，正值冬麦返青的好时节，对于十年九旱的沂蒙山区来说，这场贵如油的春雨是何等珍贵呀？！多少农民正孩子般伸出双手，让一丝丝细雨滴悄悄落到手上、头上、心上。

故乡的土地是我生命的摇篮，这片贫瘠的土地给了我清苦却幸福的童年，给了我质朴与善良的品格，给了我跪拜土地充足而深邃的情感。

摆脱土地的城市和城市人

城里人是被泥土里长出的庄稼营养着长大的，但城里人却不喜欢泥土，更讨厌泥土和风相互缠绵、嬉闹的情景。因而，虽然泥土烧制的砖块垒高了城市的眼光和高度，但城里人又天天嚷嚷着缺钙、补钙的时尚话题。

城里人的故事总是有开头没结局。城里的地面太硬，跪着祭祖会双膝疼痛，依稀里也就失却、淡忘了跪拜的姿势。城里没有泥土，逝者难以入土为安，只好以灰烬的形式存放在木盒里。逝者与生者都缺少生命的核心元素——泥土。

城市多冠以经济、政治、文化、金融、交通中心的字样，因而城市的内涵和外延更加丰富，历史的链条上越发突兀地显摆出其地位和品位。而乡村易被城市遗忘在历史弯曲泥泞的车辙里，于是被城市首选为推销物资和堆放垃圾的场所。城市其实不缺土，都被密匝匝的高楼和穿梭如织的马路压在了下面。又宽又硬的马路下，全是稀缺宝贵的黄土。

城市滋长最快的是灯红酒绿。城市不仅延伸街巷，还延伸网络状的逻辑和思维，所以城里人活得时髦、飘逸和洒脱。同时，城市依旧保持着惊人的胃口和速度，消化钢铁、能源和人情。乡村可以包容城市的速度，滋养城市和城市人的胃口，但在传承与情感方面不和城市同流合污。

城市从乡村中娩出、崛起、长大。但它不会，也不愿再蜕化为乡村，哪怕它像楼兰古城一样被沙漠吞噬，在风沙中干瘪，也不会再退却。乡村的背景上依旧缀饰着田园牧歌式的生活场景和原始故事，普通而平凡，但一点儿也不庸俗、不落伍。自古只有陨落、凋敝的城市，而乡村却以亘古未变的内涵隽永存在，散发出历史的幽香。

脱离土地的城市，终究带有一股"土味"。在快速发育过程中，"土味"越来越淡，"腥味"越来越浓，但灵魂深处依然坚守土地的色调、品质和味道。

转型生存与发展的土地

土，是最底层、最贵重的物质。土地，是一切生命的根，包括鸟虫的翅膀。一切财富，来自土地，但土地不需要、不贪敛财富。

当你跟随大伙在田里插秧，黑油油的泥土钻满鞋窝的时候，不知道你曾否为土地涌动过多少奇思妙想？譬如，想土地的过去，土地的未来，想起世世代代的劳动人民为成为土地的主人，怎样去斗争、流血和拼命；想起在绵长的历史中，我们每一块土地上面曾经上演过的人物、故事和事迹，他们的苦难、愤恨、希望、期待；一条条平躺在土地上的高速路，路牌是忘本、忘祖的，只反复地标示一座座城市的名字。这些道路源自乡野，但目的地是连接那些巨大的城市，如同城市插到乡村身上的长长的吸管，拼命吸纳粮食、水果、蔬菜、畜禽和廉价的劳动力……

生活在都市，很少有机会去面对大片广袤的黄土，所以很难像面朝黄土背朝天的农民结下深厚的土地情结。许多农民不得不从土地上挣脱出来，到城里去找一份工作，衡量劳动的价钱、平衡内心。在土地上务农的劳动力越来越老龄化、女性化。

其实乡下的土才是真正的土，因为它是活的，是有生命的。中国土地是世界上被最早耕种的土地，先后被石头工具、青铜工具、铁制工具和机械器具耕作过，底蕴深厚。

在全球化、城市化、一体化的时代，我国数亿农民耕作的土地，仍在吃力地供养着越来越庞大、越来越"洋气"、雨后春笋状的城市、城市群。农业是弱势产业，是在那些高端的论坛上，在专家们演示的五彩电子图表中，那根最短的数据柱，那根爬升最乏力的曲线。问题是，我们任何一个人，都不能直接消费那些爬升最快的曲线。那些能将经济高度虚拟化赚取海量金钱的商人，身体最基本的需求依然来自土地，也是那些普通平凡的小麦、玉米、土豆、南瓜和青枝绿叶的蔬菜。他们几十年的生命循环，最基本的生命元素，其实和牙齿发黄、蓬头垢面的农民一样都是来自土地。

世界发达国家的农业，大都是以大规模集约化经营的。我国虽然多少年号称"地大物博"，其实土地资源并不丰厚，各地农民占有土地的数量差别也非常大。实行家庭联产承包责任制之后，所有土地都被确定出等级，依次分给农户。因而原本分散的土地，更是被分割得支离破碎。家家户户只能小规模分散粗放经营，回归自给自足的原始状况。农民亲近着属于自己的土地，生活踏实而满足。当农民在自己的土地上挖不出黄金的时候，便大口大口地抽着闷烟，挺一挺腰身，拂一把苍白的鬓发，坚定地望着前方，那眼神透着坚毅和无奈。年轻一代思想活跃，经不住外边世界的诱惑，便"红杏出墙"，外出闯荡。有的地方，为了招商，竟然把土地零地价无偿转让，农民心里在流血。

土地，成为民众心里的疑惑，学者心中的纠结，基层干部手上的烫手山芋，地产利益链上的印钞机。寸土寸金关乎国计，一垄一亩涉及民生。土地之"重"，土地之"忧"，让我们滋长多少紧迫感、危机感、使命感、责任感？究其原因，在工业化进程中没能同步推进农村城镇化、农民市民化、农业现代化，经济腾飞过程中有些忽视民生尤其是农民的民生，蛋糕做大了但没及时想办法切好、分好，更多底层的人、弱势的人，没有及时很好地品尝蛋糕的甜美。

民以食为天，食以土为本，如果没有土地，再多的金钱也填不饱肚皮！

未来走向的土地

地球表层的物体，是地球上的人类赖以生存的最基本的自然资源，栖身居住是人类利用土地的最根本用途。远古时代人类栖山洞、居草棚；如今，高楼大厦，灯光璀璨，人们享受着人类进步和社会发展带来的现代生活。

古老文明的中国，一脚仍插在传统农业社会的土壤里，一脚踏在现代工业社会的土地上，眼睛紧盯着信息社会，追逐着大同社会的梦想。

纵观近代中国城市化的进程，城市大都沿海而生，多为贸易窗口，经济发展带有政治功能，当然它既打上了资本主义的本质烙印，又保留了传统农耕文明的特点，还透出许多新鲜的时代气息，坚守着改良的乡村态势。改革开放以来，中国土地城市化的速度大大超过人口城市化的速度。中国的城市不仅大，而且豪华、现代，有的感慨"城市像欧洲，乡村像非洲"。可惜绿地少，考虑人生活的舒适因素少。不少地方，片面地追求城镇化，占地盖楼，造城、扩城，无序地扩张，而进城务工的农民和失地农民，没有得到市民待遇，甚至成为城市农村两不管的边缘人。许多城市"地上""面子"光鲜漂亮，却忽视了"地下"和"里子"。现如今房价一路蹿高，国家采取了宏观调控政策，但仍掐灭不了人们为房子焦躁而疯狂的欲望。有的为了给子女购房，差不多砸锅卖铁、借遍亲朋好友，最终还是失望、无望，直至绝望。无数"房奴""车奴"，成为城市新族。

尽管土地是沉默的，但它有灵性，它在用心撰写中国过去、今天、明天三部活生生的历史。我们重视乡土中国，不只是基于它在现代化夹缝中所面临的发展纠结，更应思考我们的传统、文明方式的问题。这不仅仅是一个经济问题、发展道路的问题，也关涉着我们民族的情感密码、文化基因和道德模式。土地与经济、与政治、与法律、与文化、与伦理，都在直接发生千丝万缕的联系。于是，土地问题也成了一场"血"与"火"的抗争，成为中央和地方，上上下下、左左右右都感到棘手的问题。在全球化的世界里，如何逆势存在，保持自身特色，这是"乡土中国"的重大命题。

在物质匮乏时期，多数问题是发展不足、不充分的病症。发展到一定阶段或者一定水平后，风险和困难也在叠加，很多问题不是单靠发展能解决、能解决好的。我们应当清醒，高度分散、剩余过少的小农经济基础短期内难以彻底改变。农村正在萌生新型的农民利益表达组织和表达渠道，完善民主平等法治的乡村治理结构，组织各种人才和资源投入到后工业时代的新型乡村建设试验，让"草根"为主的农村更多享受发展新政的实惠，争取公正，享受公平，为农村、农业安上"安全阀"。

让我们热爱脚下的土地吧。那就扛起铁锹，栽植一棵树吧，那是大地的须发，让她的容颜不再流失。减少废水废气的排放吧。土地有清水滋润，才会变得丰腴；有蓝天相伴，才会永恒娇艳。土地期盼休养生息……

美丽而自信的土地梦

"我是中国人民的儿子，我深情地爱着我的祖国和人民"。这是中国改革开放的总设计师，一位饱经沧桑、历经坎坷的睿智老人——邓小平用最简洁的语言，饱含深情地道出了他胸怀祖国和人民、挚爱土地母亲的肺腑之言，朴实、自然，让我们敬佩和感动。

20 世纪 90 年代中期，美国世界观察研究所所长莱斯特•布朗曾发表"未来谁养活中国"这个耸人听闻的议题，预言 21 世纪中国必将出现粮食短缺，进而造成世界性的粮食危机。诚然中国人口基数大，人均耕地少，"吃饭"问题历来就是一个世界级的难题。吃饱饭，吃好饭，始终是中国党和政府着力解决的头等大事。进入新世纪，中国粮食生产连续"九年增"，中国人的饮食不仅没有出现问题，却创造了用占世界 7% 的土地，养活占世界 20% 人口的奇迹，中国标杆令世界惊讶和感慨。同时减轻了国内经济增长下行和物价上涨的"双重压力"。实践得出这样的结论："中国人完全能够养活自己。"

刚刚闭幕的党的十八大立足中国大地，提出走中国特色新型工业化、信息化、城镇化和农业现代化的道路。"新四化"的深度融合，良性互动，同步发展，必然释放土地能量，产生集聚效应，补齐国民经济这块"短板"，为中国拓展发展的战略空间，顺利跨越"中等收入陷阱"。中央持之以恒地下大决心解决以土地为核心的"三农"问题，目的有三：解决中国人的吃饭问题；解决农民富裕的问题；解决经济社会长远、持续发展问题，也就是子孙后代的生存发展问题。城市化成功与否的重要标志，最终集中到一点，就是农民工及其子女的待遇和生活质量，与城市市民一样。

习近平总书记向全国各族人民承诺："人民对美好生活的向往，就是我们的奋斗目标！"当代共产党人正像安泰一样，站在新的历史起点上，根扎古老而年轻的土地，深入土层、深入民心，肩负重于泰山的责任，挺直"实干兴邦"的脊梁，在雄鸡报晓的中国版图上，描绘出中华民族伟大复兴的中国梦！福泽、恩惠、滋养繁衍生息在这片土地上的中国人。

每位炎黄子孙凝望脚下这片掩埋祖先血脉和愿望的大地，都应当把爱化作奋起的力量，顶天立地，参与谱写新的史诗。即便是一棵柔弱的小草，也该用自己唯一的那点绿色，装扮祖国的春天与梦想。

小孩，男人，狗 （散文三则） |袁劲梅| |沙拉苏|

原载《北京文学》2013 年第 9 期

除了儿子，我最喜欢狗和仙鹤。在我小时候，狗和仙鹤是故事里的人物。狗有个小黑鼻子，仙鹤有个小红鼻子。狗胖，仙鹤高。他们本来是我的小朋友，狗睡在我旁边，仙鹤飞到我的梦里。有了儿子以后，我自动升级，成了妈妈，狗和仙鹤就成了儿子的小朋友，也就成了我的小孩子。我喜欢多子多孙，三只狗和三百万只仙鹤，都是我的小孩子。我愿意生出小狗、小仙鹤来。生出可爱的东西来，叫创造。做梦也是一种创造，和血缘家族没有关系。中国古时候的人，想变成蝴蝶就变成蝴蝶，当几天蝴蝶，烦了，再变回一个姓"庄"的老家伙。现在，人都能跑到月亮火星上去踩一脚了，我怎么就不能生狗生仙鹤？

儿子上大学以后，家里没有小孩子了。生出一大群小孩子来，就越发重要起来。在我正做着子孙满堂的好梦的时候，沙拉苏从天上掉下来了。她像一只小仙鹤，肚皮圆圆的，两条小细腿。跟在两个哥哥后面，小心谨慎地走下楼梯，看见我家的三只狗，一转身就逃回家去了。她的两个哥哥过来拍狗，说："伏伏。"沙拉苏又把头从门缝里探出来，眼睛圆圆的，像小仙鹤问路的神情。

三个小孩子，没一个会说英语。他们的父母也不会说。他们才从缅甸的难民营过来。教会帮他们租了一间在二楼的房子。他们从教会领来一些最基本的日用品，就过起日子了。

因为语言不通，我跟沙拉苏的交流主要通过巧克力进行。我给她糖，她立刻说："拜拜。"然后接了糖就吃。等我家的三条狗冲过来，她就一边往后退一边对我说话。我以为她害怕狗，就说："这三条狗，是我家的小朋友。它们最喜欢小孩子。"沙拉苏自然听不懂我说些什么，她爬上楼梯，坐在高处，吃着巧克力，对我说了一长串缅甸话。我猜，她是问我关于我家狗的问题。我就告诉她：最大的狗，叫"银河系"，它是大叔。两个小一点的，叫弟弟和妹妹。不是"银河系"生的，是"银河系"带大的。沙拉苏听懂听不懂，我也不管。只管跟她讲，就当她能听懂一样。沙拉苏还小，才四岁。她到了美国，总得会说英语。小孩子学语言，不就是这么学的吗？

我也给沙拉苏小玩具，她也说"拜拜"，然后就玩，狗一来，她又跟我说那一长串缅甸话。可惜，我听不懂。我就再把狗大叔、狗弟弟、狗妹妹的故事对她说一遍。我还给沙拉苏果冻。她喜欢果冻。依然先说"拜拜"，然后再吃。吃完了，问"伏伏"。我猜她是问我家的狗儿们哪里去了。我就说"它们在家睡觉"，还做出睡觉的样子。沙拉苏又把每次说的那一长串话儿说了一遍，又闭上眼睛，做出睡觉的样子。我还是不懂她想告诉我什么。不过，我猜"拜拜"，大概就是她们语言里的"谢谢"；"伏伏"就是她们语言里的"狗"。

天气暖和一点儿了，沙拉苏换上了从教会领来的毛线衣。肥肥大大，拖到膝盖。她的大哥哥不知从哪儿弄了辆旧自行车，在街上一圈一圈地骑。一个车轮没气，车子一颠一颠的。她的小哥哥也不知从哪儿弄了辆儿童三轮车，拼命踩着脚踏，跟在大哥哥的自行车后面追。沙拉苏就使劲迈着两条小细腿，跟着两个哥哥跑。嘴里说"Monster, Monster（怪兽）"。沙拉苏会说一个英文词了！不知道她怎么会选了这个词说，也不知道是谁教她的。也许，她根本就不懂是什么意思，胡乱学着其他小朋友的话儿说吧。

我拦住沙拉苏，叫她别在街口乱跑。我说：我们家除了一个大儿子，三只狗，还有三百万个小孩子，我带你去看他们。我猜，沙拉苏能听懂一点英语了。她很高兴，跑去跟她妈妈说。

她妈妈是个瘦小和善的缅甸妇人，腰上围一个筒裙，前襟挂一个有红杠绿杠蓝杠的布包，她不穿教会领来的美国式毛衬或牛仔裤。我对她解释：我想带沙拉苏去看仙鹤。仙鹤，是我们这里的奇观。世界仙鹤总数的75%，在3月和4月之间，都在我们这里。我们这里有条河，叫平河，是仙鹤睡觉的地方。在这一个月里，仙鹤们白天到玉米地里吃农民去年落在田里的玉米和地里的肥虫小蛇，晚上，回到平河睡觉。我说带沙拉苏去看仙鹤，就是带她到平河边去，看仙鹤们吃饱了回来睡觉。沙拉苏的妈妈还是一个英语词儿也不会说，但她笑着对我做了一个佛家的合掌。我猜，她是同意了。我就把沙拉苏带走了。

傍晚的时候，仙鹤们回来了。它们是一个一个大家庭，在紫云前面飞舞，一圈又一圈。粉红色的落日在平河水面上一点，河水成金。平河一身书卷气，一张纹理细密的宣纸，被落日一抖，全展开给了仙鹤。满天金色的叫声，酝笔酿墨，一行行长短句，一篇篇逍遥游，从天而降，全收进平河的灵气。生命原来都一样伟大。沙拉苏看呆了。我就小声对她说："我们得轻轻说话，不能吓着仙鹤。你看，那些脸对脸跳舞的大个子仙鹤，比你还高。它们是爸爸和妈妈。它们要到北方去下蛋，它们一年只生两个蛋。小仙鹤出来了，父亲带一个，母亲带一个。这么多仙鹤到这里聚会，是给家里的姐妹兄弟相亲呢。"沙拉苏就在我耳边把她每次都想告诉我的那一长串缅甸话儿说了一遍又一遍。我猜不懂她是什么意思，她非常想让我懂，还指着两只小一点的仙鹤比画。我还是不懂。

后来，沙拉苏上了学前班，有小朋友玩了。一年后，沙拉苏的母亲生了一个小妹妹。我对沙拉苏说：祝贺你有了一个小妹妹。沙拉苏立刻又把她总是想告诉我的那一长串缅甸话儿说了一遍。看我一年也没听懂她这句话。她突然说英语了："我还有两个姐姐。死了。"我不相信地看着她，她又说："她们从河边回家，坏人 Monster，砰砰，打死了。"她用小手做出枪的样子，再头一歪，做出睡觉的样子。

我懂了：这个四岁的孩子见过强权和战争。看过暴力践踏花朵一样的生命。

这就是沙拉苏花了一年工夫，想让我懂的故事。这也是她用第一句英语告诉我的故事。如果，谁还喜欢强权和暴力，我想，他们都应该来听听沙拉苏的故事。沙拉苏现在五岁。

犹他的山

犹他的山全是男人。让我不得不爱。我本来并不知道山是可以有性别的。看到犹他的山，我的第一反应就是：嫁给一座山，嫁给十座山，嫁给所有的山。还等什么？世界上难道还会有比这些筋骨突出的大山更棱角分明的男人吗？

男人当着男人，其实并不用管女人怎么定义他们。但是，女人对男人是有期望的，就像男人对女人是有期望的一样。如果男人们看见这一片红色海洋一样的大山，而不能"心有灵犀"的话，他们还没把男人当出来。男人不需要多说话，男人站在那里。好女人用不着他们来当挡风的墙，但是，好女人需要他们怀揣一颗叫作"正义"的心。犹他的那些山说着自己的语言，这个语言叫"寂静无声"。大道不言，"寂静无声"是宇宙的语言。我可以不懂，你可以不懂，但我和你都不会怀疑这语言的力量是从"正义"之心发出来的。天地之正道，在男人心中。这样的男人不会腐败。站在那里一万年，自己不动不说话，让女人心甘情愿地说"之子于归"。

有的男人心情总是不好，要人哄。我愿意去哄男人，阳光一程，月光一程，男人高兴，我也高兴。但是我不愿意整天去哄男人。作为女人，我们自己已经有太多我们自己的问题需要对付，我们不要男人操心，却也实在不愿意当男人的安慰剂，安全港。男人有问题男人自己处理。若不知如何让自己高兴，我就建议这样的男人到犹他的大山里去一趟，找一块拱形的或笔直的岩石坐下，等着日落，看一片夕阳从这些石块上走过，没有重量，没有声音。突然一下，就把这一片山石都染得金碧辉煌。欢声笑语都在光圈里开花结果，子孙满堂。金皇冠，小红嘴，黄钗儿，蜜果子……我想，那个坐在山石下体会这样意境的男人，当他站起身来，一定会认识到：一个形而上的宫殿，富丽堂皇。其实只要一点光，只要心里有一块石头能留住光。女人希望男人身上有光。

有的男人自我感觉总是很好。他们是成功的男人。和成功的男人相比，上面才说到的那些不成功的男人还更能招人爱。男人一成功，就越发容易变成社会动物或政治动物，最好的也就是还会说："成功的男人背后有一个女人。"可女人为什么跑到背后去了？我又没裹着小脚，又不是不会自己做人，我不分他的功。他也别以为自己真有功。男人的背后应该是他的责任。如果一个文化把女人的脚折断裹起来，一千年，而没有男人站出来保护，倒还要求女人脚裹得越小越好。这一族的男人都是有罪的。他们把

207

男人的责任忘掉了一千年，当了一千年邪恶的帮凶。他们要对这个民族的女人赎罪。他们再成功一千年，也只能当作对前一千年过错的忏悔，而不能有权力得意洋洋，使唤女人。

女人要吃饭，女人自己做。男人要吃饭，女人可以做，但别把这活儿当作女人背后的责任，加到男女共同生活的契约里来。我知道，没一个成功的男人会喜欢我说的这些话。但是我还是要对他们说：要是从犹他的大山上一眼望过去，你会看到一排排如同屏风一样的大山，没有尽头，或如同穿着红色制服的法国军队，或如同挂着三角旗的红色舰队。山头上有两块拱形的大山石，叫"世界的眼睛"，用"世界的眼睛"往下一看，我们人就是一些小蚂蚁，头上竖着两根小天线，你触我一下，我触你一下，这是我们的语言。这语言动不动还出错，语法混乱，是非颠倒。我们传来传去的信息，在我们蚂蚁一族里叫"成功"，在大山的眼里，就是蚂蚁搬家，一粒米搬回家了。人要不知道自己的小，就不知道宇宙的大。不知道人之外还有宇宙的男人，绝不能嫁。

还有的男人拖着小油瓶。我不知道我能不能当好后妈，而且我也不想当。但是，若这个男人能有大山的属性，拖五个小油瓶，我也愿意先认识认识。后妈我是不当的，但是我可以当小油瓶的老师或朋友。我要指着大山下的那些形状各异的小石头对这些"小油瓶"说："看，那就是你们。你们可以自由地长，但得长得快乐，长得开。不要小肚鸡肠，把大山的属性长进你们的生命。""小油瓶"说："我们要当野马，在野地里疯跑，我们要自由。"我会对他们说："那么谁喂你们吃马草呢？还是回来当农夫家的家马吧。你下田干活，回来就有马草吃。""小油瓶"若回答："不干，我们还是要当野马。我们要自由。我们不要农夫喂我们马草，我们自己偷农夫的马草吃。"我不会责备他们。我会说："好，那你们长大就当艺术家，当诗人，别当律师或者警察。"犹他的大山中有一个角儿，叫"渴死马地点儿"。在那里一群野马跑进壮观的大山，跑上悬崖，卡罗拉多河就在悬崖下，可他们喝不到，渴死了。要自由，要当艺术家或诗人，都是好男人应该有的梦，但是你得准备渴死在"渴死马地点儿"，死在大山里。不过你放心，还有我这样的傻女人跟着你一起渴死。

我说了这么多，我知道没有讨男人的好。但是，好女人要么不嫁，要嫁就嫁给像大山一样的男人。要是这样的男人不存在，也没关系，犹他的大山永远存在。好女人可以等，等男人们长成大山。

"银河系"

天上有一个月亮，还有一颗星星。月亮像面小铜鼓，星星像个小铃铛。在这样一个时刻，我突然听懂了树的语言，水的语言，鸟的语言，山川河流的语言。月亮和星星都会说话。语言不再是人的专利（本来也不应该是）。就是人的哲学流到这个丝竹笙箫的热闹中来，也不过是一条清楚一点的小溪。这叫"世界"。

印第安人有一个著名的首领，叫"坐公牛"。他家几代都是部落里的"医师"。"医师"的角色是联络"人"和"大精神"。所以，印第安人说："坐公牛"能懂野牛和麋鹿的语言。在狩猎开始之前，"坐公牛"都要先去和动物谈话，请它们原谅那不得已即将发生的杀戮。这样，野牛就不会对人太生气。我当年读到这一段的时候，嘿嘿一笑。觉得那是神话故事，哪有这种好事？但是，当我突然听懂了自然大化的声音之后，我觉得，若听不懂或听不见这种声音，其实还没把人性完全活出来。迟早有一天，哪怕是等到生命的最后一天，人也是一定要听懂这样的声音的。这种语言是纯正的生命。这种语言说的是生命的意义。

教我听懂树的语言，水的语言，鸟的语言的是"银河系"，我们家的金毛牧犬。他在一个"月亮像面小铜鼓，星星像个小铃铛"的夜晚死了。十岁。他教了我十年。我这个不太笨的学生，在十年后懂了。我说的不是顿悟，也不是启蒙，是"懂了"。

"银河系"刚来的时候，三个星期。毛茸茸的，像个小绣球。鼻子一点黑，翘在脸上，像个小黑莓。一副标准狗崽的样子。因为它个子小，我们都希望它大，儿子就给它取了个奇大无比的名字：银河系。没想到它居然就越长越大，大得像个小狮子。这么大的狗，应该做一点惊天动地的事才是。我希望哪天"银河系"能冲进火海，救出一个邻居的小孩；或跳进跳出，追拿一个毒犯，当一回狗中豪杰。可我们"银河系"十年里一件惊天动地的事也没干过。人家就是这么自得其乐地活了十年。认认真真地嗅每一泡其他狗尿在树根上的臭尿，再认认真真抬起后腿，在上面尿上一泡自己的。

　　有一天，"银河系"在野地里玩，突然来了两个陌生人，向我们家走来，"银河系"立刻狠起来，气呼呼地对着陌生人吼叫。其中一个陌生人，捡起地上一只皮球，一扔。"银河系"立刻欢天喜地，把球给抓回来，摇着尾巴，和人家成了"多年不见"的老朋友。在它的天性里，没有"仇恨"的基因。所有的不满都可以一笑泯恩仇，全世界都是好人。在这一点上，人是不如狗的，在我们的语言里"信任"是要经过考验的。买一斤鸡蛋也得担心卖鸡蛋的老头是不是只给了七两。这是一种腐败。在互相"信任"的问题上，我们人腐败得非常厉害。若一个陌生人向我们扔来一只球，我们一定先怀疑那是不是一颗定时炸弹或一只臭皮鞋。如果，我们不这么警惕，那我们就要被骗，被耍，被欺负。对同类如此地戒备，是我们不快乐的原因。我们还以为我们聪明，我们进化了。在这一德性上，我们人其实是退化到了很糟糕的地步。所以我们活得累。

　　"银河系"死前一个星期，最大的乐事就是趴在草地上，或趴在露台上看它脚下的那条快乐的小河。眼睛里全是故事，又全是安宁。能带着这样的眼神去死，是活出了生命。人恐怕是难以做到的。诗人路也看过"银河系"的眼睛，她说：那样的眼神叫"善良"。我们人也喜欢"善良"这个德性。我们做好事，听到别人赞扬，我们就觉得我们是好人。也许，我们真是。可是，我敢保证，没有一个人能有"银河系"那样纯正的善良意志。它的十年，明明白白地告诉我："优胜劣汰，生存竞争"不是一条好原则，也不是普遍真理。狗不喜欢，人也不应该喜欢。一个物种（民族也一样）不应该靠灭掉另一个物种（文化）来生存。当世界被一个物种独霸时，就是这个盛极一世的物种毁灭之时。

　　"银河系"七岁的时候，家里来了狗弟弟和狗妹妹。弟弟和妹妹是两个小绒球，"银河系"一开始并没有把它们当狗待。对它们爱理不理。这两个小东西却稀里糊涂地把"银河系"当作它们的爹。睡觉要睡在"银河系"的肚皮上。"银河系"以它的好性情，把肚皮给了两个小家伙。到弟弟妹妹的个子长到和"银河系"一样大了，它们依然要睡在"银河系"的肚皮上。只好轮流睡了。每到吃饭，各人一份。但只要有小家伙来"银河系"碗里蹭饭，"银河系"立刻就不吃了。趴在一边，笑眯眯地看，就像看儿女吃饭一样。在这一点上，我们人说的"爱其亲""爱其子"大概也就是这样了。只不过，我们的爱有时还未必都能这么广博，对天上掉下的孩子也能视如己出。

狗是会笑的，信不信由你。有一次，我们到印第安保留区去服务，四天没在家，除了有人每天来喂它们，弟弟妹妹就全交给了"银河系"。"银河系"凭着它对所有人的信任，耐耐心心地等待着。那四天，不知道它们是怎么过的。等我们回到家，"银河系"大嘴一张，笑得就像一朵金银花。弟弟脖子上弄了一团烂泥，我拿了毛巾给弟弟擦。"银河系"把我手一顶，要自己舔。然后，坐在一边看弟弟妹妹和我们亲热，一脸完璧归赵的神气。弟弟妹妹对"银河系"也是热爱不已。它们可能比我们更早感觉到"银河系"病了。"银河系"住院的那一天，它们拒绝吃早饭。"银河系"回来了，它们高兴得欢天喜地。"银河系"病着，它们这个过来在它脸上舔一下，那个过来在它脸上舔一下，一个靠着它的肚皮，一个贴着它的屁股，企图用它们小小的动物魔术来救"银河系"。"银河系"是在车上死的。两个小家伙下了车就坐在车尾等着，等着车厢盖突然打开，"银河系"从里面蹦下来。"动物人道会"的人来拖走"银河系"的时候，它俩突然变成小疯子，又吼又叫，坚决不让。这三只狗，没有一个"人格分裂"，肚子里是什么情绪，脸上就表现出什么情绪。笑，伤感，发毛，都是真情。它们的语言简单，那是因为它们不需要复杂。我们人其实也不需要那么心思复杂，机关算尽。我们也可以只活出一个统一的"人格"。"人格分裂"使我们笑不能开怀，气不能直抒。我们可以当个"社会人""上流人"，但我们活得未必有狗清纯。我们的"人格分裂"是被我们自己训练出来的。这种悲哀在人的骨髓里。这恐怕就是为什么诗人狄金森宣布："狗是绅士，我希望到狗的天堂，而不是去人的。"

"银河系"还是一个游泳健将，一到夏天，它能一连几个小时站在水里，只露出一个头，等有小船划过来，它就突然大叫，叫船上的人东找西找，也看不见一只狗，最后发现一只狗头，哈哈大笑着划远了。这是"银河系"百玩不厌的游戏。"银河系"是一只快乐的狗。它还喜欢划船，有一次，不等我们准备好，它就自己跳上船去。那天风大，船就跑了，跑得还很快，顺流而下。我们先还笑，觉得一条狗自己就驾船走了，是件滑稽事。

等船漂远了，这才想起来"银河系"不会划船。赶快去拖另一只船下河去追，这才发现，所有的桨都在"银河系"那只船上。

那次，我们是把它追回来了，人家一脸泰然自若，不懂我们这些人慌什么。这次，它又一个人驾船到彼岸去了，到世界的彼岸去了。它临走的时候说："一切都好，都有意义，彼岸也是一个伟大的去处，只要你能懂那里的语言。"

春天的大地上，突然冒出一朵小黄花，那是彼岸世界吐出来的一个小字。美和善的根相缰着，伸过两界，彼此相通。最美的是最简洁的。"银河系"是我们家一个能通万物语言的小孩子。从它的天性里，我学到了很多。每每和"银河系"相比，我多有惭愧。除了善良，它不要别的。它爱我们远远超过爱它自己。一只善良的狗担待得起所有的爱。在它的小墓碑上，我们写了这样一句话："德行的圣者，来了，走了，没有带任何行囊，唯有善良意志。"

也许，人把自己的位置放得太高了，自封"万物之灵"。低下头来一看，我们不过是自然中的一种声音，唱的还不是最好听的曲子。在银河系里人很小很小，还有很多地方未进化到狗的水平。

飞越密西西比 |毕飞宇|

原载《北京文学》2013 年第 10 期

2006 年 8 月，就在我来到爱荷华的第二天，在一个酒会上，我认识了本·瑞德。这个年轻的美国人出生在加州，念小学的地方却是北京。在一大堆说英语的人中间，突然冒出来一个"京片子"，我的喜悦是可想而知的。本·瑞德是个纯爷们儿，说话直截了当，他说他来参加这个酒会只有一个目的，问问我这个"爱运动"的人"想不想开飞机"。我刚刚来到美国，人生地不熟，好不容易逮着一个会说北京话的美国人，我怎么能放过呢。我想都没想，说："当然。"老实说，我并没有把这句话当真，我是中国人，拿什么话都当真，我还活不活了？

第三天还是第四天，是上午，本·瑞德来电话了，问我下午有没有时间。我说有。他说："那我们开飞机去吧。"我没有想到事情来得这样快，心里头还在犹豫，嘴上却应承下来了。还没有来得及摩拳擦掌呢，聂华苓老师的电话却来了。我兴高采烈，告诉她，我马上就要开飞机去了。聂华苓老师的反应大大出乎我的意料，她不允许。她的理由很简单，我是她请来的，"万一出了事怎么办？"她的口气极为严厉，似乎都急了。我为难了。飞还是不飞？这还成了一个问题了。

我的处境很糟糕，无论我作怎样的决定，都得撒一个谎，不在这一头就在那一头。可我得决定。我的决定很符合中国文化：在兄弟和母亲之间，一个中国男人会选择对谁撒谎呢？当然是母亲。先得罪母亲，然后再道歉。

——我哪里能想到呢，小小的、只有 6 万人口的爱荷华，居然有四个

213

飞机场。这些机场既不是军用的也不是民用的，它们统统类属于飞行俱乐部。事实上，许许多多的美国成年人都是飞行员。我对本·瑞德说："你们美国人就是喜欢冒险哪。"本·瑞德却不同意。他说："我们其实不冒险，我们很相信训练。"

我终于来到飞机的面前了，严格地说，这只是一架教练机，总共只有两个座，一个主驾，一个副驾。很窄，长度也只有 4 米的样子。飞机的最前端还有一个四叶（也可能是三叶）螺旋桨。

当然，我坐在副驾上。机场上空无一人，我们的周围更是空无一人。就在发动之前，本·瑞德大喊了一声："前面有人吗？"无人回应。本·瑞德又喊了一声："后面有人吗？"还是无人回应——本·瑞德的这个举动无厘头了，明明没人，你喊什么喊呢？可本·瑞德告诉我："必须大声问，规则就是这样。"我想了很长时间才把这个无厘头的问题想明白："看"是一种纯主观的行为，它与外部并不构成对话关系。所谓"规则"，它是针对所有人的，不可以有身份上的死角，不可以"依据"个人的"感受"。飞机终于升空了，为了奖励我这个远方的客人，本·瑞德首先做了一个游戏，他把爱荷华的四个飞机场统统给我"趟"了一遍。下降，滑行，再起飞。我很喜欢这个游戏，每路过一个机场，我们都像在汽车里头，远远地望着一排简易的建筑物，然后，汽车一蹦，上天了。

我给本·瑞德提了一个要求，我想去看看聂华苓老师家的屋顶，她老人家都不一定看过。我知道的，聂老师的家坐落在爱荷华河边的一个小山坡上，我们很快就找到了。飞机在聂华苓老师的屋顶上盘桓了好几圈。因为盘旋，飞机只能是斜着的，错觉就这样产生了，整个爱荷华全都倾斜过去了，房屋和树木都是斜的。很玄，是古怪无比的天上人间——因为错觉，世界处在悬崖的斜坡上了，一部分在巅峰，一部分在深谷，安安静静的。只过了一分钟，世界又颠倒了，巅峰落到了谷底，而谷底却来到了巅峰。就像特朗斯特罗姆所说的那样："美丽的陡坡大多沉默无语。"是的，沉默无语，世界就这么悬挂起来了，既玄妙，又癫狂，这可是怎么说的呢——说到底，眼睛从来就不真实，我们的"视觉"从头到尾都只是一个习惯，习惯，如斯而已。因为飞机小，飞行的半径也小，没几分钟，我就晕机了。我说："咱们还是走吧。"

本·瑞德把飞机拉上去了。借助攀升，飞机附带着飞出了爱荷华市区。现在，我可以好好地俯视一下美国的大地了。在哪一本书呢？反正是关于哥伦布的，我曾经读到过这样的句子——他来到了一块郁郁葱葱的大陆。"郁郁葱葱的大陆"，多么迷人的描述，就这么简单，如诗如画，如梦如幻。在经历过惊涛、狂风、阴谋、反叛、饥饿、疾病、死亡和绝望之后，一本书再也找不到比这更好的结尾了：他来到了一块郁郁葱葱的大陆。

我要感谢小飞机的飞行高度，3600米。相对于我们的视觉而言，3600米实在是一个恰到好处的数据。1912年，瑞士心理学家爱德华·布洛发表了他的重要文献：《作为艺术因素与审美原则的"心理距离"说》，从那个时候起，"美是距离"就成了一个近乎真理的"假说"。是的，审美是需要距离的，讲故事的人就最懂这个：好的故事要么在"从前"，要么在"多年之后"，"昨天"与"今天"的事，只适合"本报讯"和"本台消息"。可我并不那么佩服瑞士的心理学家，他的发现一点也不新鲜。我们的苏东坡在一千年前就这么说了：不识庐山真面目，只缘身在此山中。

我不知道"作为审美距离"的"心理距离"应当如何去量化，但是，转换到物理空间里头，作为一种俯视，3600米实在妙不可言了。大地既是清晰的、具体的、可以辨认的，又是浩瀚的、莽苍的、郁郁葱葱的。是的，郁郁葱葱。我知道的，这个郁郁葱葱可不是哥伦布的郁郁葱葱，它是自然，更是人文。准确地说，是康德所说的"人的意志"，是大地之子对大地郁郁葱葱的珍惜和郁郁葱葱的爱。

我不会把一切都归结为"历史"，但是，"历史"的确又是无所不在的。大地是什么？它还能是什么？它是历史的肌肤。那句话是谁说的？我怎么就忘了呢："拥有辉煌历史的人民都是不幸的。"我就不说人民了，我只想说大地：历史越好看，大地越难看。

飞机到达最高点之后，它平稳了。本·瑞德突然给了我一个建议：你来试试吧。我当即就谢绝了，飞机上不只有我，万一出了事，那可不是闹着玩的。当然了，毕竟是教练机，如果换着我来驾驶的话，委实很方便的，连位置都不用挪——所有的仪表都在我们俩的正中央，我可以看得清清楚楚；至于操纵杆，那就更简单了，主驾室里一个，副驾室里一个。只要本·瑞德一撒手，我接过来，其实就可以了。

本·瑞德没有坚持，似乎突然想起了什么，他对我说："我们去密西西比河吧。"我问："需要多长时间？"本·瑞德说："大约一个小时。"那还等什么呢，去啊。

我们抵达密西西比上空的时候，太阳已经偏西了。大地依然"郁郁葱葱"，可是，就在"郁郁葱葱"里头，大地突然亮了，是闪闪发光的那种亮。这"亮"把"郁郁葱葱"分成了两半。因为折射的关系，密西西比一片金黄。它蜿蜿蜒蜒的，慵懒而又霸蛮。我的记忆深处当然有我的密西西比，那是马克·吐温留给我的——商船往来，热闹非凡，每一条商船的烟囱都冒着漆黑的浓烟。可是，我该用什么样的词语去描绘我所见到的密西西比呢？想过来想过去，只有一个词：蛮荒，史前一般蛮荒。

蛮荒，史前一般的蛮荒。许多粗大的树木栽倒在岸边，偶然出现的沙洲上，傲然挺立着一两棵孤独的大树，浩大的寂静匍匐在这里。温克尔曼说，"高贵的单纯，静穆的伟大。"那是评价古希腊艺术的。我想说的是，公元2006年，一个如此"现代"的社会，它的母亲河居然是洪荒的，这是何等壮阔、何等瑰丽的一件作品。造就它的，不仅仅是"历史"，也还有"现代"。我震惊于密西西比的蛮荒，原始、神秘、单纯而又伟大。

我对本·瑞德说："我们就沿着密西西比河飞行吧。"可是，本·瑞德把话题又绕回来了，他说："你还是试试吧。"我依然不肯。本·瑞德说："你还是试试吧，说不定你这辈子就这么一次机会了。"

我要承认，本·瑞德的这句话打动我了。我开始犹豫。我想是的，本·瑞德的话也许没错，这样的机会不是随便就有的，我得把握。我的手终于抓住操纵杆了。本·瑞德撒开手，关照我说："一旦出现问题，你立即丢开，什么也不用管。"

我终于驾驶飞机飞行了，我的注意力全部集中起来了。集中起来干什么呢？重新分配。驾驶飞机从来就不是一个"单一"的行为，你得处处关照。你必须时刻关注飞行的高度、速度、航线、本·瑞德替我翻译过来的塔台指令、舷窗外的前后左右。当然，最重要的关注还在手上：飞机的操纵杆可不是汽车的方向盘。如果说，汽车的方向盘只管左和右的话，那么，飞机需要控制的还有上和下。还有一件事我需要强调一下，飞机是悬浮的，它实际的飞行动态和你手上的动作存在着一个时间差，在你做完了一个动作之后，它要"过一会儿"才能够体现出来。

我想我还是太紧张了，人一紧张，他的注意力就很容易"抱死"，我太在意"推"和"拉"——也就是飞机的上和下了。是的，我害怕飞机处在突然攀升或突然俯冲的状态之中。上和下问题总算被我控制住了，可是，我再也顾不得左和右了。在我"左转"或"右转"的时候，我的动作都是临时的、补救的，过于迅猛、过于决绝了。这一来，飞机飞行的样子可想而知了。它摇摇晃晃，不停地摇摇晃晃。我又想吐了。飞行对健康的要求我想我是领教了。密西西比就在我的眼皮底下，可是，对一个一心"想吐"的人来说，他的眼睛里头哪里还能有"风景"呢。

任何事情都可以从两边说，这是"相对主义"具有超级生命力的一个重要缘由。因为拙劣的驾驶，我的飞行反而有趣了，一会儿在密西西比的左岸，一会儿在密西西比的右岸。可本·瑞德是镇定的。无论我的飞行怎么"玩心跳"，他都心安理得，笃笃定定地望着窗外。老实说，我真的很想把飞机开回到爱荷华去，可是，不能够了。一个哈欠都可以让你吐出来。

在后来的岁月里，我时常回忆起我的丑陋的驾驶。我知道了一件事，集中注意力固然是一件不容易的事，可是，把注意力集中起来之后再有效地分配出去，生命才得以舒展，蓬勃的大树才不至于长成一根可笑的旗杆。我们把话题往小处说，就说写小说吧，写小说的"第一行为"当然是打字，你必须把你的注意力集中在语言上，可是，这不够，远远不够。你的身边还有许许多多的"仪表"呢，你得关注它们，你必须在关注语言的同时，时刻关注人物、人物与人物的关系、人物性格的发育、环境、人物和环境的关系、思想、思想的背景、情感、情感的背景、故事、结构、节奏、风格，甚至勇气。写作是一个大系统，在这个大系统里，我们的注意力可不能"抱死"，一旦"抱死"，你只能"摇摇晃晃"，自己想吐，别人也想吐。平稳的飞行看上去最无趣了，但是，这样的"无趣"考验的正是我们的修炼。再别说狂风暴雨了，再别说电闪雷鸣了。

我真的驾驶过飞机么？老老实实地说，我没有。我"貌似"驾驶过一次飞机，那是因为我的身边始终坐着一个人，他离我最近。我始终感谢和我"最近"的那个人，他的镇定里有莫大的友善和信任，近乎慈悲了。善待这个世界，信任这个世界，许多不可思议的事情就这样变成了现实。

飞行回来的当天晚上，我来到了聂华苓老师的家，我把下午发生的事情都告诉了她。聂老师很生气，后果很严重！她张大了嘴巴，伸出了她的一根手指头，不停地点。聂老师的个子不高，肩膀也不好，胳膊抬不高的。我低下我的脑袋，一直送到她的跟前。聂老师的食指压着我的太阳穴，狠狠顶了出去。

对话，有关椰子和椰树 |乔 叶|

原载《北京文学》2013 年第 10 期

1

那天晚上，作为一个第一次到海南的北方人，在海口的骑楼老街，我吃到了平生第一只椰子。在海口，这样的椰子摊处处可见。黄的，绿的，黄红的，黄绿的，深绿的，嫩绿的……椰子一堆一堆地码在一起，体积硕大，沉着饱满，那种情态和阵势，像极了北方的西瓜。别的水果和它们比起来，简直是相形见微。

我蹲在那里，看老板娘砍椰子。她举着砍刀，梆，梆，梆，真是大刀阔斧。三下五除二，椰子就被砍出了一个小口。她把吸管插上，递给我。我又把吸管拔出来，看着小口处隐隐闪现出来的清亮汁液，那汁液，像是翡翠深处晃动的露珠。

喝到椰汁的第一口，我很惊诧，怎么是这种味道？淡淡的甜，淡淡的清，淡淡的爽，淡淡的顺，淡淡的滑，淡淡的香……

"椰汁……是这样的？"我问朋友。

"可不就是这样的。你以为是什么样的？"

"我以为，会像牛奶一样……"我没好意思说我以为会像电视上的椰奶广告做的那样，是稠糊糊的牛奶状。我想象中的椰汁，一直就是那样。唉，都是广告下的毒啊。

朋友笑："好多人都以为椰汁是那样的。"

我释然。原来不是我一个人蠢。之后又不觉心酸起来：原来被广告下毒的人，是这样多。

"多少钱一只，老板？"

"5块。"

我暗暗惊叹。这真的太便宜了。原想着怎么也得10块以上呢。

"一只椰子，你们能挣一半吗？"

"挣不到。椰子是不贵的，但是运进城要转好几次手，就贵起来了。一只赚不到两块钱。"

那真是太少了。

不过，好在椰子很多。好在吃椰子的人也很多。

"以前，我们的椰子都是捡着吃的，根本不用花钱。"朋友说，"后来，就要5毛钱，1块钱，1块5，2块，3块，4块，5块。到三亚那边会更贵一些。但无论如何，我都觉得，它是值得的。"

吃光了椰汁，再吃椰蓉。老板就继续用刀砍，只听大大地"梆"了一下，椰子一分两瓣，雪白的椰蓉露了出来。老板又拿出一把小小的特制的弯刀，刷刷刷地把椰蓉挑了出来。然后呢，就吃吧。椰蓉也根据软硬的程度而呈现出不同的口感。硬的像萝卜丝，软的像豆花，不软不硬的像老豆腐。所有的椰蓉，都有一种淡淡的奶味儿。

我明白过来：电视广告里说的椰奶，就原料的意义而言肯定说的就是椰蓉。

2

那天，我们抵达文昌。这里到处都是无边无际的椰子树。村庄，田野，城镇……都被椰子树环绕着，簇拥着。椰子树成了森林，海一般的森林。

"海南椰子半文昌，文昌椰子半东郊。"朋友说，"这名头可不是虚传的。"

晚上，我们住进了椰林深处的一处度假村。在大堂等房卡的时候，朋友又喊着去吃椰子。在酒店的大堂门口，就有一个服务员在专卖椰子。

"明天上午我们去吃刚从树上摘下的椰子，一定更好吃。"朋友说。

为什么呢？

"你想一想，一天里，你什么时辰精神最好？是不是早上？"

可是，和椰子好吃有什么关系呢？

"椰子也和人一样，睡了一夜，精神就会更好。椰汁的质量当然就更高。"

我看着那高高的椰子树。我们正坐在椰子树下。事实上，在这里，想不坐在椰子树下都不行。

"椰子要是熟了，会自己掉下来吗？"

"会。"

"会砸到人吗？"

"不会。"

"如果椰子树下正好站着人呢？"

"那也不会，"朋友比画出一个曼妙的抛物线，他从来没有那么幽默过，"椰子会躲开人再掉下去的。"

"为什么？"

"因为椰子有灵性。再说它也和人签了合同。"

"万一砸中呢？"

"不会。"

"万一万一呢？"

"那一定不是椰子的问题，而是人的问题。"

我们一起笑。是啊，椰子有什么问题呢？一定是人的问题。

3

那天，和朋友在万泉河漂流的时候，两岸不时闪现出极少的椰子树，都是一株两株孤零零的，看着很是寥落和可怜。

"这些地方肯定都没有人家。"朋友说，"你注意看吧，有人家的地方，椰子树就会长得很好。有人家的地方，也一定会种椰子树。有很多地方，结婚的时候要种夫妻椰，生孩子的时候要种子女椰，迁新宅的时候要种地界椰。"

"是因为人会特别照顾它么？"

"也不需要特别照顾。只是椰树需要这种人气。有人气的地方椰子树才有兴致长。它们就像女孩子，需要人们来欣赏它们，人们欣赏了它们，它们就会越长越精神。不然它们就觉得好没有意思。椰树们聚集在人们周围，长着长着还会比起来。你长成这样，我就长成那样。你长这么高，我就长那么高。你结了这么大，我就结那么大。你是这个味儿，我就是那个味儿……人呢，要乘椰树的阴凉，吃椰树的果子，自然也需要椰树的树气。要说照顾，人和椰树是互相照顾的关系——人养椰，椰养人，是互相养的。"

在我的老家豫北，有一种说法，是人养房子，房子也养人，也是互养的。原来在海南，椰树就是房子——高高的，绿色的房子。

"我老家院子里，我妈也种了几棵椰子树。它们都长得很好。种下后，我妈几乎就没有管过它们，不用浇，不用修，不用捉虫子，还管什么？唯一算是管的，就是每年会给它们的树根下埋上二三两盐，这就是它们一年的肥料了……要是长在海边的椰子树，连这点肥料也不需要。"

那天晚上，我们照例吃了椰子。那个椰摊所在的地方是一个丁字口，在丁字的横竖交叉处，是一个天后宫，也就是妈祖庙。在竖的尽头，搭着一个戏台。戏台最上方挂着一个大红横幅，喜气盈盈地写着两行字，上面是"纪念妈祖诞辰1053周年"，下面是"举行传统海南琼剧汇演活动"。而在妈祖庙的门口也挂着一个黄色横幅，上面写着："隆重欢迎湄洲妈祖祖庙分灵翡翠妈祖驻跸海南"。

我们拍下它们。微笑。

坐在妈祖庙前，我们一边吃着椰子，一边远远地看着戏。深蓝的夜空下，那个舞台流光溢彩，每个人物都光鲜可人，听着他们拖着长长的腔韵，唱着我一句也听不懂的琼戏，我觉得如同梦幻。

那天晚上的那只椰子，我吃了很久。看着许多人来来去去，我和朋友就那么坐在那里，慢慢地吃着。梆梆梆的砍刀声不时响起，砍好了，食客们就抱着椰子坐下来，用吸管慢慢地喝着——很少见到有人抱着一只椰子在大街上边走边吃，那实在是太沉了。

4

那些天，在海南，口渴的时候，我没有喝过椰子之外的任何饮品。

"喝那些干吗？不是有椰子么？"

"那就一直吃椰子？"

"当然。来海南，你不吃椰子不是傻么？"朋友不容置疑，"椰汁是天上的水。地道的海南人都喝椰子，没有比这更好的饮料了。这是老天赐给海南最好的礼物，还有什么能比这个更好？"

是啊，还有什么能比这个更好？这是真正的纯天然，无污染，绿色的，健康的，天上的水。我看着高高的椰子树，应该都有20多米高吧？谁会爬上去给它打农药呢？何况椰子根本不需要。打农药那是对椰子的侮辱。

它是有固定容器的甘露。

它是有特别杯盏的甘霖。

那么，别无选择了，椰子。于是，一只椰子，一只椰子，又一只椰子。于是，越喝越爱喝；于是，越爱喝越喝；于是，几乎是贪婪地喝。

"你知道你为什么这么喜欢椰子么？"那天，朋友悠悠地问。

"椰子好呗。"

"因为你和椰子很有缘。"

"怎么有缘？"

"你看你，脑袋圆圆的，脸盘圆圆的，眼睛圆圆的，本身就是一颗好椰子。"

那天，我们住在博鳌镇的玉带湾酒店，一进房间我就看见有一只椰子在尽心尽意地等着我。它已经被打开了，但开口那里还羞涩地掩着。我把开口彻底打开，插进吸管，深深地喝了几口，沉沉睡去。第二天早上醒来，我又抱着椰子咕咚咕咚地喝了起来。听着吸管的声音，我知道里面的椰汁越来越少，越来越少。那些椰汁都进入了我的腹中——真的感觉自己成了一只椰子。

5

那天，在潭门镇看砗磲，天气大热。看见了炒冰店，就和朋友去吃炒冰。我们要的是芒果炒冰——这芒果是货真价实的芒果，而不是化学元素变出的水果精，味道真是好。炒冰端上来，上面白白的如萝卜丝一样的东西吸引了我，我先挑了几根吃下去，觉得这东西是如此熟悉。于是想了又想，想了又想，终于想了起来：是椰蓉。

第二天的早餐，又见到了椰蓉。它被卷在一张张薄薄的面皮里。丝切得很细，看起来很秀气，都有些不像它了。但我的味蕾已经和它成了好友，在触到的第一个瞬间就确认了它的本质。我似乎听见我的味蕾在说："是你呀？"而椰蓉也喜悦回答："是我。"

"椰蓉和椰汁不用说了。因为这两样，人们没什么吃的时候就吃椰子，有什么吃的时候还吃椰子。椰壳呢，你也看见了，能做很多工艺品，还能做乐器，还能做活性炭。椰壳和椰蓉之间的纤维看见了没有？能做扫帚，毛刷、缆绳、棕床，这些东西都可以在海上用。椰树是吃着海水迎着海风长起来的，用它做原料的物事都不怕海水腐蚀……"

那天黄昏，在海边，喝着椰汁，吃着椰蓉，朋友散散淡淡地对我普及着椰子常识。我边听边用手机在网上搜索，看到极有趣的两条。其一来自《古今注》："乌孙国有一青田核，形状如桃核，核大数斗，剖开后用来盛水，则水变成酒味，极为醇美。饮尽随即注水，随尽随成。"其二却无出处，听起来像是传奇："椰壳，可作盛酒的器具，若酒中有毒，则酒沸起或壳破裂。"

"椰树也是浑身是宝。椰干可以加工成椰油。椰叶不仅仅是好看，还能做编织。椰花的花苞还能酿椰花酒呢，椰树的树根也是很好的药材……"

椰子，是椰树的孩子。椰树，是海南的省树。起初，我暗暗怀疑，椰树之所以能获此殊荣，是母凭子贵。至此方才明白，如果说椰子是完美之果，那么椰树就是完美之树。它不仅仅意味着吃食、饮品、用具，意味着最朴素最世俗的美，同时也是歌吟，是画卷，是最闲情逸致的表达。既是那么柴米油盐酱醋茶，又是那么琴棋书画诗酒花——很多树是没有果实的。或者说，没有实用的果实。但在海南，这椰树，这最家常最日常最寻常的树，这和此地的人们最息息相关的树，它真是最美丽又最实用的树，真是最泼皮又最厚道的树。

我沉默着，看着高高的椰树。那巨大的伞状椰冠正迎风起舞，轻盈地舒展着，酷似绿色的礼花——这礼花不同于那些虚华的礼花，这意味着绿荫、果实和诸多礼物的礼花，永远不会转瞬即逝，永远在盛放。

6

最后两天是在三亚，椰子价格飞快地涨起来。由 10 块涨到 12，又涨到 15，我们喝的最贵的一只椰子，是在寿比南山的那个南山里。我们在观音苑酒店的大堂闲坐，背靠南山，眼前是南海，海风习习，海岸边的椰树摇曳生姿，椰叶婆娑，不远处的海面上，是 108 米高的南海观音，俯视众生，盛大庄严。

椰子24块钱一只。我一边吃着此次海南之行最贵的也是最后一只椰子，一边对朋友历数这几天我一共吃了多少只椰子：红椰，绿椰，黄椰，晨椰，午椰，晚椰……数了半天也没有数清。

"吃了这么多椰子，再对椰子说句什么吧。"朋友道。

"日啖椰子一两只，不辞长作海南人。"我笑。

我们慢慢地吃着椰子，看着近在咫尺的南海观音，我忽然想起很久以前的那首歌《外婆的澎湖湾》：

晚风轻拂澎湖湾
白浪逐沙滩
没有椰林缀斜阳
只是一片海蓝蓝
……

"海南如果没有椰树，如果没有椰子，那真是不可想象。所以，椰树还有两个名字，"朋友说，"一是生命树，二是宝树。"

"好名字。真配。"我说。

"所以，那年全民评选省树，104万张选票，椰树得了70多万张。"

"还不够多。那二三十万人都想什么呢？"

我们一起笑起来。

海南岛，还有一个名字，叫椰岛。

必须承认，海南除了男人和女人之外，还有一类人，他们的名字就叫椰树。一方水土养一方人。椰树，就是海南这方水土的人。他就是一个个男人，她也是一个个女人，就是海南大地上一切劳动生息的人们中的不可分割的重要存在——以植物的形式，最特别的存在。

也因此，在海南生活的这些人，其实也都可以被称为椰子：椰树之子，和椰子之子。

据说椰树的寿命会达到80年以上。和人一样。

祝它活得更长。它应该比人活得更长。

命如蒿草 |赵 玫|

原载《北京文学》2013 年第 12 期

银 蒿

1979 年秋天，我和桐蒿升初中一起去报名。学校篮球架下，银蒿和麦蒿手拉手站在一起，她们是南山学区的，穿同样的藏蓝卡其套装，配闪亮的电光扣，银蒿丹凤杏眼，通身亮丽。下午四点钟，新生集合分班，我和黄蒿分在二班，银蒿、桐蒿、麦蒿分在一班，两个班只有十三名女生。

银蒿和麦蒿之所以穿同样的衣服，是因为银蒿是麦蒿未来的嫂子。银蒿也是我的表姐，她妈妈是我母亲娘家的堂姐，前夫早年死了，改嫁来到固城。

一天下午，明亮的太阳，映照得教室后面的洋芋地像一幅画。同学们都在操场活动，操场外边白杨树上传来巨大的嗡嗡声，无数小蜜蜂围绕白杨树旋转，树下一位中年男人，手举黑布网罩，朝高处的蜜蜂伸去，蜜蜂越旋越高，旋在树梢不肯下来。这时，银蒿像燕子一样穿过操场跑到树下，接过中年男人手中的网罩，亮开嗓子唱起来："蜂王进兜，白雨来了，蜂王进兜，白雨来了……"只见那团黑云慢慢移动，一会儿工夫全飞进网罩里。中年男人从她手里接过网罩扛在肩上，银蒿走在前面唱山歌似的叫："蜂王进兜，白雨来了……"蜜蜂乖乖地跟着她的歌声回家了。

第二天，她说蜂是她家的，她从小养蜂，蜂王听她的话。中年男人是她继父，她是她娘隔肚子带来的。

转眼到秋天，学校四周树叶纷飞。星期五下午的语文课上，王老师坐在菜园边的黑板前，挨个叫同学们背柯岩的《周总理，你在哪里》。轮到我时，看见一班的银蒿站在教室外面，像一株风中的秋菊，冷冷地望着马路发呆。

初三即将毕业时，因为复习时间紧张，两个班一起上大课，静悄悄的教室里，传来男女生发笑的声音，校长陡然黑下脸，拿起黑板擦子"啪"一声拍在讲桌上。他叫起一位发笑的男生，问他怎么回事？男生还是笑个不停，校长从讲台走下来，男生看势头不对，赶紧止住笑回答："银蒿在看镜子。"校长一听火了，拿起教鞭朝银蒿走去。银蒿急忙站起来，从第四组的过道跑上讲台。校长反身走向讲台，她又跑下讲台。她看校长打不上她，竟然像小孩玩家家似的笑起来，同学们哄堂大笑，校长也忍不住笑出了声，让银蒿回到座位上听课。谁知她却趁机夺门而逃。

很快，初中三年的学习结束，高中升学考试成绩公布榜上，没有银蒿的名字。校花银蒿在我的生活中从此消失。

1984年夏天，礼县城来了位时髦女郎，酷似电视剧里的都市少女。高挑的身材，穿薄如蝉翼的白裙，雪白的脸上戴茶色眼镜，撑柄开满向日葵花朵的太阳伞，由一位男士挽着走进政府招待所。一时，小青年吹起口哨，看时髦女郎的人挤满了招待所大院。下午，小县城轰动了，招待所院里人山人海，工作人员动用了公安，才将人流疏散。

时髦女郎就是银蒿。

同年冬天，我从县城回老家过年。暗淡的腊月，天空飘落雪花，冷风直吹裤管。母亲和我正要把大白菜从后院的洋芋窖里搬出来，放到有热炕的房里去，后院的柴门被推开，进来的是小脚的大姨妈。大姨妈戴花头巾，头巾上面落层雪花。母亲迎上去问："姐姐，你咋来了？"大姨妈低头不吭声。父亲赶紧生火，一声一声地叫："姐姐，快上炕烤火。"大姨妈也是丹凤眼，皮肤雪白，比银蒿还好看。大姨妈盘腿坐上炕低头说："去年银蒿去董家坪走亲戚，走着走着口渴，顺手摘了一颗野枣解渴，谁知肚子里就有了娃娃。昨晚在山河的水磨里生下娃娃，银蒿还没结婚哩！"

大姨妈临走前给我一块钱，让我给银蒿买瓶消炎药。出后门时怯怯地对母亲说："麦蒿家要退亲，不要银蒿了！"两天后，大姨妈又来了，她悄声对母亲说："野红枣变的娃娃死了。"庄里人要她请阴阳先生念经洗刷对老水磨的玷污。大姨妈颠着小脚请阴阳先生，买好香蜡纸回去念了三天经，庄里才允许银蒿进村。很长一段时间，远近的老光棍，托人向母亲打问银蒿，母亲当面回道："你们还真以为银蒿没人要了，就是没人要，也轮不到你们这些光棍！"

十多年后，我回到家乡，在年尾拥挤的集市见到低眉顺眼的银蒿，她怀抱葱和蒜苗，门牙少了两颗，满脸划痕。问起她的生活情况，她说："我最后还是嫁到分水岭下的山沟沟里，男人是老实巴交的农民。婚后生下一儿一女，做了结扎手术。儿子两岁时，发高烧夭折。我两年才缓过气，山里人没个儿子气脉就断了，男人砍柴烧炭卖了 200 元钱，送给乡政府领导，这才又开了再生指标证明，在西安市医院做输卵管连接手术，第一次手术失败，第二次总算成功，两年后，天爷照看我生下儿子，又做了一次结扎手术。"她大大咧咧地说出这番话，丝毫没有痛苦抑或悔恨。也许她早已对自己有一个定位，或许她本来就没有思考过命运的事，像山坡上的野草，任由风吹雨打。

同伴喊她回去时，她弯腰捡起一棵遗落的蒜苗，叫着我的小名说："我来到世上就是隔肚子来的，没人疼！我娘走的时候一再叮咛我：'山里的锦鸡咋样叫，你就咋样活！'我娘一辈子走了两步就走完了，我走了两步还在半路上，这是命！"

艾 蒿

艾蒿家与我家隔五堵院墙，常听见她唱歌的声音。她比我高两级，哥哥有些傻，常年在山里放牛。她却生得聪明伶俐，有百灵鸟似的嗓音，学习成绩一直名列前茅。村里人说艾蒿的哥哥傻得值，艾蒿一人占尽两个人的聪明才智，等将来艾蒿出头了，招个能干的上门女婿，一并将哥哥养活了，人傻才是真正的福。

艾蒿初中毕业考到县一中，按入学成绩分到重点班三班，三班的学生意味着已经考上了大学。艾蒿读到高三，校园的黑板报上经常出现她的名字，她的学习太好了，学校将她列入重本的考生，视为给学校争光的尖子生。还有三个月就要高考，田地里的油菜花刚刚放黄，林檎花正在吐蕾，艾蒿突然生病。她爸接到学校打到乡上的电话，连夜赶到县城接回她。回到村庄的艾蒿，终日坐在自家门槛上，埋头用手抠挖脚下的土玩。有人问她话时，她只管笑。她爸说艾蒿得的是精神分裂症，这无疑是晴天霹雳，可却是事实。

那年，每天早晨都能听见艾蒿在大柳树下叫爸爸的声音，她所谓"爸爸"，时任某局局长，跟她根本不认识。那一年的高考艾蒿没有参加，以后逐年的高考她都没有参加，因为她的病一年比一年重。

艾蒿生病回家两年后，学校班主任为她报名，让她参加信用社干部考试。身患重病的艾蒿顺利通过考试，成为信用社的一名女干部。这就好了，信用社就在她家门口，抬腿就到，上下班很方便。艾蒿当上了干部，曾经跟她订婚的男人还是取消了婚约，艾蒿父母从上河里打问到下河里，寻寻觅觅好几年，给她招来一个比她小七岁的男孩做上门女婿，因为男孩家里有七个儿子。

艾蒿结婚后，变得刁蛮无理，动不动打一顿小丈夫，小丈夫常常哭着跑回自己的家，天没黑就被他爸送回来。艾蒿生下儿子后，病似乎有所好转，逢人还知道打招呼，说一长串没来由的话。时间长了，人见艾蒿老远来，就赶紧躲开。艾蒿的儿子由她妈喂养，她好像不知道自己生了儿子，有时候看到妈妈抱着自己的儿子，一个箭步冲过去抢回来，对妈妈拳打脚踢一番，一会儿又忘记儿子的存在。一段时间后，村人又听见艾蒿在大柳树下叫"爸爸"，还给想象中的"爸爸"写信，说自己是"爸爸"年少时的私生子，"爸爸"当年抛弃妈妈时，妈妈就怀上了她，只是"爸爸"不知情。信写得情真意切，恳求"爸爸"赶紧开车来接她回去。局长接到信来过固城，见到艾蒿，鼓励她好好治病，好好工作。从那以后，她叫"爸爸"叫得更勤了，村民都有些厌恶。只要听见她在大柳树下叫"爸爸"，就知道艾蒿的病又犯了。

几年后，儿子上小学，小丈夫受不了艾蒿的打骂，跑回家再也不来了。以后的日子里，艾蒿几次偷偷跑到县城去找她心目中的"爸爸"，听说一次都没找到。再后来，艾蒿在单位动辄戴顶红头巾当盖头，抓住男性职工做她的新郎，要跟人家结婚，大家权当玩笑，哄她揭下盖头，领她回去。时间久了，没有人再有耐心去哄她，领导让她别来上班，干脆回家领工资得了。再后来，儿子上高中，艾蒿隔一段时间给儿子送吃的送钱，隔一段时间犯病，大清早站在大柳树下叫"爸爸。"

艾蒿的病时好时坏。两年前，父母又为她招来一个上门女婿，比前夫还小两岁。

白　蒿

白蒿跟我隔一堵墙，父亲当过公社书记又被提拔为县级领导，母亲则是村里为数不多的高中生之一。

从小学到高中毕业，她很顺，几乎没有一块石头挡过她的路。高中毕业的白蒿，身材高挑，红扑扑的脸蛋，长长的辫子，当年就到卫生院上班了，这让村民羡慕至极。白蒿在卫生院上班不到两年，父亲将她调进县医院，很快又调进机关单位当了干部。

同学们都很羡慕白蒿。

她很少到野地里拔猪草，跟她的交流也很少，关于她后来的生活，都是从她的姐姐姐夫嘴里听到的。白蒿跟县城某局长的儿子订了婚，准备在当年的中秋节旅游结婚。就在中秋节的前一天下午，父亲因为在西安做过胃切除手术，住在刚刚落成的县医院里观察治疗，中午吃过饭，跟往常一样骑上自行车到医院去，刚进医院大门，感到胃部不适，当再次骑上自行车到病房去时，一头栽倒在地，等医生赶到，已来不及了。

猝不及防的悲伤过后，未婚夫作为白蒿命里暗藏的杀父凶手，被母亲做主取消了婚约。两年抑或三年后，他们各自有了新的生活。白蒿婚后生下女儿，按国家政策双职工不能生二胎，白蒿还是偷偷生下二胎，心想生个儿子，却又生了个女儿。二女儿出生的当晚，两口子把孩子送给乡下的一家人。这事被白蒿的姐夫知道后，连夜找到那家人，给人家磕头下话，再补 500 元麻烦钱，将孩子领回固城。姐夫领来白蒿抛弃的孩子，走到哪里都揣在怀里，反而冷落了自己的孩子。

白蒿生下第三胎，如愿以偿，是个儿子。她成天背着儿子，儿子会走路时，白蒿的腰弯了，背也驼了。白蒿的生活跟着日子往前走，比起乡下的同学过得还是很好。可天不要人好，白蒿感到胃疼时，到医院检查已是胃癌晚期，两个月后，39 岁的白蒿离开了人世。

白蒿离开人世那天是除夕早晨，那一年的除夕是农历腊月二十九日，第二天就是大年初一。北方的天冷得旷野结成一大块冰，天黑前，挖好的洞穴落层雪花，人刚埋进土里，四野就响起了除夕的鞭炮声。

麦 蒿

初中毕业20年后，麦蒿突然来找我，问及她的情况，她落泪不答，间或尴尬地苦笑。当晚，她无处栖身，住在我家里，谈起初中同学的生活情况，说她和桐蒿、黄蒿、银蒿都是一根藤上的苦瓜，哭哭停停将她近20年的生活叙述到天亮。

1980年5月，爸妈将我许给峡里的一个青年，相继生下一儿一女，坐月子，都是自己做饭自己给娃娃洗尿布，从来就没有享受过男人的关心。如今，他又有了女人，连那一份冷清也不属于我了。我出嫁那天开始，就和所有的农民一样，过着日出而作，日落而息的生活。峡里人除种麦、包谷、洋芋、大荞、菜子之外，苹果是他们的主要经济来源。最苦的是给苹果打药，背着喷雾器，爬上树，在太阳下不停地打，眼睛被农药喷得落下无法治愈的病根，从树上摔下来，抓一把土抹在伤口上，还要接着打，天黑回到家，冰锅冷灶，娃娃饿得哭，男人打牌回来，只要没做好饭，就是一顿拳打脚踢。

春天，生下老二两个月，家家的小麦都撒上了化肥，我家的没人撒，男人成天打牌，不黑不饿不回家。我背着一百多斤重的尿素上山，走到半路晕倒，当时子宫脱垂大出血，醒来已经星光满天，回到家差点死掉。

后来男人去天津打工，两年三年不回家，也不给娃娃寄钱来。我到天津去找他，才知他另有了女人。我提出要钱时，被他从二楼阳台推下去，摔坏两根肋骨，在天津住了两个月院，还是娘家兄弟出的钱。出院以后，兄弟将我接回娘家治病，男人从天津回来，把儿子领走。我爸见我的女儿上学无人看管，只好转到老家念书。不久，儿子打电话来，从电话里哭得死去活来，说他爸不管他，学也上不成，饭也吃不上。我只好瞒着父母槑粮食，到天津去接儿子。到天津找到他们，男人用棍打我，不让我接走儿子。我在马路边蹲了一夜，第二天，老乡找到一间熟人的房子，让我暂时住几天。我睡在冷冷的房里，想起儿子是他爸的影子，已经学坏了，东家出西家进地看录像，跟他爸一样没个正形，我已无能为力。想了四天四夜，第五天早晨，我回到娘家。女儿考上高中，我供不起，就领着她来成县找他舅和你，帮我出出主意，找个活干。

我建议她摆一个麻辣粉的小摊，她弟弟也同意，她本人也愿意。几天后，在王家坝租了间民房。她弟弟花 400 元做了一套麻辣粉柜子，买来床、锅灶用具，就在西街小吃一条街卖麻辣粉。第一天没有开张，第二天卖了 7 块钱，慢慢地一天可以卖 30 块钱。算了算账，还是没有赚钱，赔掉的钱都由她弟弟垫着。生意虽难做，但可维持母子二人的生活。卖锅盔的光棍，给她们母子送西瓜，送锅盔，后来在她面前非礼，她不依，那男人就指桑骂槐地骂她，用石头打她的女儿。一天夜里，男人大打出手，将她母子从王家坝赶出来。弟弟叫我过去看时，床、被子、锅、炉子都丢在院里。她苦笑着说："有男人的时候挨男人的打，没男人的时候也挨男人的打。"

第二天，娘俩搬到县医院背后的一条深巷子里，几间歪歪斜斜的瓦房前放面皮柜台、烧饼铁锅、架子车、破背篓，房里阴暗潮湿，不通电，老鼠打洞的土沿墙根堆积，女儿哭着不住，她头也没抬，只顾搬东西。

学校门前有个摊点，前有附小，后有医院，来来往往的人多。我找校长谈了谈，校长勉强同意。第一天在学校门前，卖了 70 元。她与女儿都很高兴，我也跟着高兴。

学校雇佣的老杨，70 多岁，给单位职工开个门，登记一下出出进进的人，单位每月给他 50 元。麦蒿为了早晚取寄桌柜、蜂窝煤炉子，第一天开张的第一碗鸡汤米线，主动端给他，以后从未间断。老杨当时要求麦蒿每月给他 15 元钱，每天两碗鸡汤米线。她感到学校门前生意比西关好，就一口答应了。

一个月后的周末早晨，她打来电话哭着说："我闯大祸了，早上到学校院里抬柜子时，向老杨要了钥匙打开门，一转身，锁子锁上了，钥匙不见了。我的蜂窝煤炉子取不出来是小事，可给学校拉沙的车堵在门口进不去，老杨骂得我打转转，你快来呀！"那段时间，学校在硬化路面，一个工 30 元，就是一天不干活也要 30 元，这事被校长知道总归不好。我赶忙过去，大门紧锁，拉沙的人堵在门口，老杨站在门里边大骂麦蒿是丧门星。卖肉夹馍的夫妻说："钥匙被老杨藏起来了，是嫌麦蒿给的钱少了，我们每月给他 20 元哩！"我赶忙打电话给校长说明情况，校长说他还有一把钥匙，校长打开门，总算了事。

星期一上午去上班，门口依旧挂那把锁子。卖烧饼子的女人说："钥匙根本就没丢，是老汉藏了。"星期五早晨去上班，老远看见娘俩站在门口哭，我过去问她怎回事？她说："昨晚煮了一只鸡，早上提炉子时，谁把鸡连汤倒进炉子里，火惊灭了，炉子烂了。"我回头看时，炉胆碎裂，炉灰盖满鸡身。我问她到底惹谁了？她说："老杨要我再给他加10元钱，我没加，可能……"

女儿去问，还没张口，老杨站在大门口挥着手喊："你们到庙里摇卦去，看是谁干的？"我只好劝她出点力气，晚上把柜子拉到她住的院子里。

没过几天，和她一起卖麻辣粉的女人，说麦蒿的板凳放到她的地界上，几句争吵，便用板凳砸伤麦蒿的头，女儿上前保护妈妈，遭到棍打，麦蒿捂住头伤叫来弟弟时，娘俩都已受伤。女人见她弟弟来，赶快给110打了电话。

当晚从派出所走出来的弟弟流着眼泪怅然感叹："今天的天气咋这么长？"

麦蒿再也不想卖麻辣粉了。弟弟托人给她找了份法院大灶帮忙的差事，月薪300元，有一间带暖气的房子。春节过后，她没有来，弟弟处理掉麻辣粉柜子和母女俩的衣服。8月中旬深夜，她打来电话对我说，她再也不来成县给我和弟弟丢人了！

我问她在哪里，她赶忙挂断了电话。

水 蒿

水蒿命短，阳寿不到20岁。

初中毕业的水蒿订婚后，跟着未婚夫到大城市去打工，不到半年就死了。她爸爸接到信赶到那座城市时，水蒿已经被烧成一把灰。爸爸在水蒿住过的房里昏睡两天。临走那天早晨，水蒿变成一条小花蛇从爸爸的脚底下钻出来，爸爸奇怪，水泥地板怎么会有蛇？小花蛇舔了舔爸爸的黑条纹布鞋不见了。这时，爸爸恍惚看见，满屋子啤酒瓶子乱飞，他清醒时，听见了水蒿凄惨的哭声。

爸爸将烧成灰的水蒿装进衣兜带回家，埋在自家的自留地里。他心里明白，他的水蒿是被人用啤酒瓶子打死的。

水蒿的爸爸逢人就重复一遍以上内容，他一天不说这些话，就好像活不下去。

说境界 |张建云|

——中国人的良心之一

原载《北京文学》2014 年第 1 期

1. 我想当保安

鲁迅文学院的保安在读《北京文学》《诗刊》《小说月报》《文艺报》。

人，尽其才。书，尽其读。温润如玉般的景致，令人欣喜和些许的向往。替那些站立在风寒中、守望在大门口，只负责车辆行人进出，闲暇时间打牌、聊天、谈女人的保安向往。

问其为何要读文学刊物，保安说这里只有文学刊物，刚开始觉得无聊，后来觉得有趣，现在是喜欢。这里是作家的摇篮，也要沾一下作家的光，没准以后自己也能成为作家。再说，也不能给"鲁院"丢脸！

或者，叫人遇尊贵品德高；或者，叫保安职业素养棒。生出一串的尊敬、佩服，因为"鲁院"，还是保安呢？

想起孔子。他不反对致富，也不反对做官，但对于工作要有选择，不能盲目。

子曰：富而可求也。虽执鞭之士，吾亦为之。如不可求，从吾所好。

孔子说：如果富贵合乎于道就可以去追求，虽然是给人执鞭、看门的下等差事，我也愿意去做。如果富贵不合于道就不必去追求，还是按我的爱好去干事。

现在生活里早已没有了明显的尊卑贵贱，只是自己是否看得起自己，自暴自弃之人放到总统府恐也难成才。

孔子在这里提到富贵与道的关系问题。只要合乎于道，富贵就可以去追求。不合乎于道，富贵就不能去追求。那么，干脆放弃，去做自己理想意愿的事。

保安读《北京文学》是道吗？是大道。

但不能笑，尤其不能窃笑、不屑一顾地笑。

上等人听了道的理论，努力去实行。中等人听了道的理论，将信将疑。下等人听了道的理论，哈哈大笑。实际是嘲笑，若下等人不嘲笑，似乎就不足以成其为道了。

老子曰：上士闻道，勤而行之；中士闻道，若存若亡；下士闻道，大笑之。不笑不足以为道。

真正的道，是在心中的认知，在脚下的执行。

想起北京大学的一保安。

在校园里"潜伏"数年。用站岗的间隙，旁听了法学院、中文系、社会学系以及心理学系的课程。通过成人高考，成为北京大学中文系学生，并把自己的经历写成一本 10 万余字的书，书名为《站着上北大》，北大校长周其凤应邀为其作序。

北大还有众多保安，考过了本科，有的还读了硕士。

想起北京"天上人间"的保安。

夜总会里喝酒、唱歌、卖淫、买春，豪车、名品、阔男、靓女，动辄消费几万、十几万。

年轻保安的理想，变成了性幻想，被金钱、权贵、美女牵引。晚上睡不下，白天起不来。浑浑噩噩，混吃等死。

当初，

梦里不知身是客，

想一晌贪欢，

只恨是保安。

如今，

流水落花春去也，

树倒猢狲散，

早归了公安机关。

保安、小姐、嫖客从某种意义无何区别，都在一个环境里彼此沾染。不过是乌鸦落在猪身上，看到别人黑看不见自己黑罢了。

孟子对这种行为愤怒和尖刻：人之有道也，饱食，暖衣，逸居而无教，则近于禽兽。

做保安，怎么一不留神成了禽兽？

还是孔子温和些。

他劝说：跟有仁德的人在一起吧，选择一个好单位、好邻居、好朋友才是安心的。如果你盲从乱撞，不和有仁德的人在一起，还算个明白人吗？

子曰：里仁为美，择不处仁，焉得知？

我也想当保安，到"鲁院"和"北大"去。

2. 天，我的天

鄂尔多斯机场传来多次道歉广播，到北京的航班一次次延时，最后被迫取消。

北京暴雨黑天，南苑机场关闭。

想了多种方案。到天津，天气恶劣。到石家庄，天气恶劣。最后，买了到济南的航班。约晚上 10 点到达，再连夜乘动车回京。如此，便不耽误次日要事。

航班经停山西。

在太原机场，等两个多小时没有起飞。旅客们如坐针毡，纷纷询问。稍后，机长告知，因为济南天气恶劣，飞机不能起飞，取消今晚航班。

唏嘘。

无奈。

下雨天留客，任凭心中急。

原来。

人，不能胜天，只能顺天。天不会因为人的意志而改变。祝福它，听而不见。责骂它，照单全收。怒它，喜它，怨它，天圆地方，万年不变。

即使，你想为天送礼、行贿，天也不应，地也不灵。有人不服，说为菩萨烧香许愿都可获得保佑，老天为何不可？于是，把手中的尘沙扬撒在空中。顷刻，被风吹散，迷失了自己的眼睛。

老天为何如此刚强？因为无欲，无欲则刚。

老天为何受人爱戴？因为无私，无私者大成。

所以。

天可长，地能久。天地之所以能够长久存在，是因为它们不是为自己生存，而是顺应自然运行，为万物生灵延续、造福。因此仁德且智慧之人，越有成就越谦让，退身于众人之后，却常被人们记起，反而能居于前列。将自身置之度外，克己奉公，反而能通达顺成。正是因为无私，才能够成就了自己。

老子在《道德经》第七章说：天长地久。天地所以能长久者，以其不自生，故能长久。是以圣人后其身而身先，外其身而身存。以其无私，故能成其私。

自私之人毁灭得快，无私之人生存得久。

每个人都有自己的一片小天地。或单位，或家庭，或社会，若像天一样无私和刚强，还愁没人尊敬、大事不成？

什么是领袖？不是想达成自己心中梦想，带领大家去干，去拼，去杀，而是，站在百姓后面，看百姓的愿望和心声。然后，走到前面去，带着大家去实现所思所想，才达幸福彼岸。

自私，可致命。

有人在河边捕蟹，提一大蟹篓，但没有上盖。

好奇人提醒说：蟹篓不上盖，不怕抓来的蟹跑掉吗？

捕蟹人笑了：蟹篓不用盖。因为，要是有蟹想爬出来，别的蟹就会把它钳住，结果谁都跑不了。

无私，受拥护。

春秋时期。

晋平公问祁黄羊（晋国四朝元老，今山西祁县人）：南阳县官缺额，你看派谁去最合适？

祁黄羊想了想，说：派解狐（晋国的军队中军尉，主管派遣为将佐驾御车马的军吏及训练士卒）去最合适。

晋平公觉得很奇怪：解狐不是你的仇人吗，你为什么要推荐他？

祁黄羊答道：你只问我什么人最适合这个职位，并没有问我解狐是不是我的仇人呀！

过了一段时间，晋平公又问祁黄羊：国家少个掌管军事的官，谁担任合适？

祁黄羊答：祁午合适。

晋平公说：祁午不是你的儿子吗？

祁黄羊答：您问谁适合，不是问我的儿子是谁。

晋平公又称赞说：好！

任用祁午后，都城的人一致称赞。

孔子听到了这件事，说：祁黄羊的话，真好啊！他推荐外面的人，不感情用事排除自己的仇人，荐举自家的人，不怕嫌疑避开自己的儿子，祁黄羊可以称得上是大公无私了。

做一个无私的人。

所行无私，便成为别人的天。让人依存、怀念、崇敬。心中无私，便是自己的天，因为心中的天无比宽。

天，是你的天，也是我的天。

3. 佛的宽容

人们把鱼缸里的鱼花钱买出来，放到比鱼缸大的池子内，叫放生。却未曾想池子内的鱼应该到哪里去，能存活几多时日。

当鱼缸的鱼越来越少时，池子里的鱼就越来越多，池子里的鱼越来越多时，就鱼满为患。为了治患救鱼，或者把鱼捞出归还于江河，或者让鱼再次回到鱼缸。

归还江河，是信仰。回到鱼缸，叫失信。于是，信仰出现折扣，信任出现危机。

不敢确认经营"放生"的商家是否真的把池子内的鱼打捞出来，重新放回鱼缸，作二次"放生"的循环经济。

像人们最早可怜乞讨，施以数元以慰弱小。后来发现乞讨是个有组织的营生时，就觉得情感受了欺骗。再后来就开始拒绝。目的是为了净化社会环境，让乞讨者自食其力。

佛讲众生平等。一切有情众生都在三世六道中轮回。

所谓的三世六道是佛教建构的时空模式。"三世"指过去、现在、将来三个世界，每一个世界又有地狱、饿鬼、畜生、阿修罗、人、天等六道之分，"道"的意思是往来住所。

鱼被买来卖去，与猴子为人演艺有些相似。买完鱼再卖叫"放生"，买完猴玩耍叫"耍猴"。

有很多人虔诚。虔诚得见庙就进，见佛就拜。心里发愿，求佛保佑。不问青红皂白，不知真佛假佛。想让佛办事，于是就到功德箱内捐一些"功德"。

像潜规则。生活中被"潜"了愤怒，于"佛"前被"潜"了欢喜。

直到有一日，发现拜了多年的佛和菩萨，都是人家花钱雇来的。静生生，笑眯眯，眼睁睁地看着你捐"功德"。你捐，我捐，大家捐。捐赠是供养，供养当营销，营销促产值。于是这家佛教名山摇身一变，成为了上市的股份公司。

庄子说：相濡以沫，不如相忘于江湖。

池水总会有干涸的时候，鱼儿困在陆地上相互依偎，互相大口出气来取得一点湿气，以唾沫相互润湿使得彼此得以继续生存，不如忘记彼此的存在，自由地在江湖之中畅游。

佛说：无常。

《金刚经》讲"过去心不可得，现在心不可得，未来心不可得"。众生总希望顺境永远在，逆境永不来。而这种来自愚痴、贪婪、嗔恚（chēnhuì 嗔：怒，生气；恚：恨，怒）的"妄想执着"在"无常"的现象世界中都会被粉碎。

经营放生与寺庙上市，佛可以宽让。因为佛到这个世界来，就是把梦中的人们唤醒，不要因颠倒迷惑而自寻烦恼，也不要在患得患失中痛苦不已，更不要被虚假浮躁而自行欺骗。只是自己别砸了脚，闪了腰，伤了神。

做一条态度安闲自然、襟怀宽阔虚空的鱼。不相濡以沫，却相忘江湖。做一个容颜和悦、德性宽厚、气度博大的人。神闲气也静，欲望有还无。

该有多好！

诸恶莫作，众善奉行，自净其意，是诸佛教。阿弥陀佛！

4. 低调，总被高调恼

从前。

带着一股功成名就的劲头儿去老师家做客，昂首阔步地走进那座低矮的小茅屋。"嘭"的一声，额头撞在门框上，肿了一大块。

老师笑着出来迎接说：很痛吗？你知道吗？今天来拜访是你我最大的收获：一个人要想出众卓越，练达人情，必须时刻记住"低头"。

那日。

组织通知，作为为数不多的代表去人民大会堂开会，有政治局常委出席关怀。沾沾自喜，逢人便讲。听到的都是祝福和羡慕，可能也有嫉妒。后来开始心虚，万一人家中央领导不出席咋办？事有变故取消会议咋办？

这是妄想心。

经常听到有人对自己的本领夸大。对学问夸大，对财富夸大，对权力夸大，对名门后裔的出身夸大。坚信自己被别人钟情，被异性追求，把对方爱得死去活来夸大。

前几天朋友说自己上电视了。但没有直接表达，说去歌厅唱歌，陪唱的小姐说您不是前几日出席某企业签约仪式的老总吗？这朋友够无聊的，这小姐倒挺时尚，还坚持看地方新闻。

有男人爱炫耀。越同女人越说自己表贵、车好、别墅大，还流露出孩子上的是贵族学校、老婆的包包价值几万。就差把自己家存折和钱包里的信用卡额度告诉人家。

在无米、少粮、挨饿时代，能吃饱饭是奢望。有个中学老师每次在上课前都在班上拍拍肚皮说：包子真香！

看到老师嘴上油乎乎的，同学们又饿、又馋、又气。大家都食不果腹，条件再好还能顿顿吃包子？

多事同学尾随其至家。发现老师的午餐极其简陋，不过是用一小铁锅在炉子上炒谷糠（谷物的皮壳，如今大多用来做枕头），吃后，用极少香油的瓶盖把嘴唇抹一下。如此"化妆"，便显得腹饱嘴肥了。

下午上课。

老师：包子真香！

同学小声捉弄：小锅炒谷糠！

老师：讨厌鬼！

同学：香油抹抹嘴！

老师大怒。

妻子与丈夫逛商场。

妻子大声说：你踩我脚了！

丈夫：对不起。

妻子继续说：你踩我脚了！

丈夫：我已经说对不起了。

妻子：我不多喊两声，谁能注意我脚下好看的鞋！

显摆，是个词。属于北方方言。通俗地说，是炫耀的意思。一个"显"，一个"摆"，把人的夸耀行为表现得充分。

显摆在生活里很普遍。网络、手机利用了现代人喜欢张扬的特点，提供了各种显摆的平台。购物回来可显摆自己的购物成果，有好看的首饰也可拿出来亮一下；到名山大川旅游随手一拍传到微信上，名为展示祖国河山大好，实为某某到此一游。炫富，炫车，炫房，炫色，到处显摆。

天津人有句俗话：你别在这儿"显摆"了，哪儿凉快，快到哪儿待会儿去！

三国时期的杨修，因为过于"显摆"，一早就到阎王爷哪里凉快去了。

曹操聚集军队想要进兵，又被马超拒守，欲收兵回都，又怕被蜀兵耻笑，心中犹豫不决，正碰上厨师进鸡汤。曹操见碗中有鸡肋，因而有感于怀。正沉吟间，夏侯入帐，禀请夜间口令。

曹操随口答道：鸡肋，鸡肋！

行军主簿（zhǔbù，古代官名。各级主官属下掌管文书的佐吏）杨修，见传"鸡肋"二字，便让随行士兵收拾行装，准备撤兵。

有人报告给夏侯。夏侯大吃一惊，于是请杨修至帐中间道：您为何收拾行装？

杨修说：从今夜的号令来看，便可以知道魏王不久便要退兵回都。鸡肋，吃起来没有肉，丢了又可惜。如今进兵不能胜利，退兵让人耻笑，在这里没有益处，不如早日回去，来日魏王必然班师还朝。因此先行收拾行装，免得临到走时慌乱。

夏侯说：先生真是明白魏王的心思啊！

军中诸将归朝心切，惶乱不安。

当晚。

曹操心烦意乱，不能安稳入睡，手提钢斧，绕军营独行。忽见夏侯营内的士兵各自准备行装。曹操大惊，急忙回营帐中召夏侯问其原因。

夏侯答：主簿杨修事先知道大王想要回去的意思了。

曹操大怒：杨修你怎么敢乱造谣言，乱我军心！便叫刀斧手将杨修推出去斩了。

杨修"显摆"不止一次。

曹操害怕有人谋害自己，常吩咐侍卫们说：我梦中好杀人，凡是我睡着的时候，你们切勿靠近我！

一晚，曹操在帐中睡觉。被子落到了地上，近侍慌忙取被为他覆盖。曹操立即跳起来拔剑把他杀了，然后继续上床睡觉。半夜起来的时候，假装吃惊地问：是谁杀了我的侍卫？

大家以实相告。曹操痛哭，命人厚葬近侍。

人们都以为曹操果真好在梦中杀人，唯有杨修知其意图，下葬时叹惜地说：不是丞相在梦中，是你在梦中呀！

明代思想家李贽（zhì）点评《三国演义》时对这件事曾写道：凡有聪明而好露者，皆足以杀其身也。

还是佩服那位律师朋友，时常去央视录制法制节目。只一次在微信群中发了个信息："请朋友们关注，多提宝贵意见。"看到她在荧屏中的英姿和正义就欢喜。既多了粉丝，又得了尊敬。

以低调之心做高调之事，是平和与努力。过于高调，是拔苗助长；过于低调，是守株待兔。

若高调得让人心悦诚服地追随，低调得让整个世界都知道，就更好了。

5. 幸福，是地狱

朋友发了一万元奖金。

问部门同事，发九千。兴奋。打电话给老婆：今晚我们到酒店吃大餐！

另一朋友发了一万元奖金。

问部门同事，发一万。欣然。打电话给老婆：今晚我回家吃，多炒几个菜。

又一朋友发了一万元奖金。

问部门同事，发两万。沮丧。打电话给老婆：今晚我一个人在外面喝点酒。

还一朋友发了一万元奖金。

问部门同事，发六万。愤怒。打电话给老婆：这日子真他妈没法过了！

……

一定会有人托出孔子的话："不患寡而患不均。"说幸福来自比较，本来嘛，心里不平衡！但孔子还说："不患贫而患不安。"安，是心安，是宁静，是对奢求的收敛。

恐怕神舟十号的速度也赶不上人心里欲望的升腾。人们忽略了许多积极的、正能量的因素，只看到自己的不幸，放大了别人的幸福，缩小了自己的快乐。

小狗问妈妈：幸福在哪里？

妈妈：幸福在你的尾巴上。

于是小狗就不停地跑啊跑，追啊追。可就是追不到自己的尾巴。于是疑惑地又问妈妈：我怎么老是追不上自己的尾巴，追不到自己的幸福呢？

妈妈心平气和地说：只要你不停地向前走，幸福不就一直跟着你了？

小狗终于明白。欢快地向前跑，幸福一路尾随。

发一万奖金的朋友为何就不想，昨天的自己连得到一千奖金都雀跃欢呼呢？

记得小时候，父亲经常把喂牛的草托举到一间小茅屋的房檐上。

牛要用力伸脖子，才能吃到草。若不努力，便吃不到。

这种喂牛方式很奇怪，就问父亲：为什么不把草放到牲口槽里，让牛很方便地吃呢？

父亲说：这种草不好，我要是放到槽里，牛就不吃了。要是把草放到牛勉强能够得着的地方，它就会使劲地够着吃，直到把草吃个精光。牛还不解气，它还愿意吃。

突然明白。

好的、贵的、富的、美的，未必是我们最想要的。那是在我们很难够着的地方，只有踮起脚尖向上追寻的过程，才是幸福。

人们把大部分精力投入到追求与渴望中。比权力、比财富、比荣誉、比房子、比车子、比时装、比包、比表、比胸大、比肤白、比微博粉丝数量……比来比去，心里只剩欲望，没了幸福。

总想和别人比幸福，已经标志着幸福离你远去了。因为，人分三六九等，肉有五花三层。总会有人比我们活得更好。

有人一生都在追求幸福。终于在死的时候，发现自己来到一个美妙而又能享受一切的地方。

刚踏进那片乐土，就有个看似侍者模样的人走过来问：先生，您有什么需要吗？在这里您可以拥有一切您想要的——所有的美味佳肴，所有可能的娱乐以及各式各样的消遣，其中不乏妙龄美女，都可以让您尽情享用。

这人听后，感到惊奇，但异常兴奋。暗自窃喜：这不正是我在人世间的梦想嘛！

连续几个月，他都在品尝所有的佳肴美食，同时尽享美色的滋味，在人间得不到的玩乐，包括对女人的渴求都一一实现。

然而，有一天，他却对这些感到索然乏味了，对侍者说：我对这一切感到很厌烦，我需要做一些事情。你可以给我找一份工作做吗？

他没想到，所得到的回答却是摇头：很抱歉，我的先生，这里只有享乐，没有工作，也毫无挫折和烦恼。

这人非常沮丧，愤怒地挥动着手说：这真是太糟糕了！永远没烦恼不就是最大的烦恼吗？那我干脆就留在地狱好了！

您以为，您在什么地方呢？那位侍者温和地说，这就是地狱。

……

"终身幸福！这是任何活着的人都无法忍受的，那将是人间地狱。"英国剧作家萧伯纳如是说。

6. 唯，纯真

友人来津，想拜访挚友。

她说方便就见，不方便就不见。不方便见了，不如不见。方便了没见，证明不必见。

颇有禅意的话令我想起那年在普陀寺与佛照相。大佛面前总有人合影，等到彻底清净恐怕要到深夜。

毅然决定，轻松离开。或者，我与佛无缘。或者，佛与我无缘。两个无缘之人、之佛在一起，即使照了相、谈了话、吃了饭，又能如何？

生活里不是有很多无缘之人、不该见面之人在一起吗？心里别扭与特殊的兴奋都是无缘和不该见。破坏了心中安宁，同样是对身体的伤害。让思想安静，让生活安静，让彼此安静，不就是对生活的贡献吗？

佩服她的豁达。她在为心灵减负、放下、舍得。

能减负，是善待自己。能放下，是曾经拥有。能舍得，是在一片可以丰收的田里，不去想丰收的结果，只管耕耘，不问收获。

据说有一种鸟能飞越太平洋，它需要的只是一小截树枝。把树枝衔在嘴里，累了就把树枝扔到水面，飞落到上面休息；饿了就站在树枝上捕鱼；困了就站在树枝上睡觉。

若小鸟衔的不是树枝，而是鸟窝和食物等，那它能飞那么久吗？

人生的成功就是由这里，到那里。达彼岸的工具恰是一颗衔在嘴里的树枝，而不是燕鲍翅，也不是鲜花、掌声、名誉，更不是一个包袱、一座堡垒和一座城池。

朋友不想把时间花在聚会上。她说都已经走过了，玩过了，再重复有何意义？

不是有很多人在重复吗？每天与同样的好喧哗之人一起，喝同样的可醉人的酒，说同样的煽情与风情的话，做同样的有用或无用的交流，欢笑着同样的欢笑，烦恼着同样的烦恼，虚伪着同样的虚伪，伟岸着同样的伟岸，名流着同样的名流。

朋友说自己原来也这样，觉得朋友如存款，多多益善，以备不时之需。多年后终于明白，最应强大的是内心。有些事情，即使不能改变，自己还可以坚强。

想起一句话。

一个真正强大的人，不会把太多心思花在取悦和亲附别人上面。所谓的圈子、资源，都只是衍生品。最重要的是提高自己的内功。只有自己修炼好了，才会有别人来亲附。

朋友是在修炼内功，但她的修炼不是想别人来亲附，也不是想成为武林盟主或天下第一。她在修身，修心，修情，修智。

反正在一片可以丰收的田中，管它何时收获！

若不在福田，没有收获呢？

不收获，不成功又能怎样？不到彼岸，不飞越沧海又该如何？

最高境界的飞越是你在哪里，哪里便是山峰、海底、太空。看花，花开。见月，月圆。时时风光旖旎，处处景物宜心。

不苛求，不渴望，不怨气，不怒躁。唯，纯真。

有修养、超世俗称为至人。如友。其心如镜。来者即照，去者不留，不亢不卑，心如止水。不遮掩，不逢迎，不自伤，不伤人。

庄子曰：至人之用心若镜，不将不迎，应而不藏，故能胜物而不伤。

什么是成功？

我不懂。只想起一副对联：春风大雅能容物，秋水文章不染尘。

7. 是达观

昨日发怒。怒后自省。一年没发怒了，这次怎么就怒了？

怒就怒了，下次不再怒。一年才一次。生活不如意不也就这么一两次吗？

既然一两次，不想也就是了。心生一词：不想一二。

几年前曾送朋友书法作品：常想一二。意为，人生不如意事十有八九，活着本身是痛苦的。但扣除八九成的不如意，至少还有一二成是如意的、快乐的、欣慰的。若要人生快乐，就要常想那一二成好事，就会感到庆幸、懂得珍惜，不致被八九成的不如意所打倒了。

日子好好的，没觉得痛苦呀。如今想起，多年以前应是受德国哲学家叔本华的悲观主义思想影响。

情人节到了，要送女人鲜花吗？不！叔本华说，那都是植物的生殖器！无知的女人还在闻着它们，说着，香啊香。

叔本华认为，1 就是 1，0 就是 0，我们的痛苦来自在上面加上了无限的遐想。他把人类比作田野上的羊，嬉戏在屠夫们的监视之下，这群羊，将或先或后，依次选择而被其宰割。因此，在美好的日子里，我们都意识不到隐而未发的厄运——如疾病、贫穷、残废、失明、昏聩等等，早已等待在其后了。

具有此种"人生即是痛苦，变幻原才是永恒"理论的人，将永远走不出烦恼的怪圈。

生活里有见人就挑刺、见文就批评、见事就找茬的主儿，不是嫉妒，也不是挖苦，是习惯。实则，如叔本华一样悲观。这种人身体一般都有病，或胃病，或妇科病，或腰、腿、颈、椎痛。

《黄帝内经》说：心，蕴藏着人体的神。肺，蕴藏着人体的气。肝，蕴藏着人体的血。脾，蕴藏着人体的肉（形）。肾，蕴藏着人体的志。五脏分工不同。但人体只有精神畅快，气血才能流通正常，并与内部的骨髓相联系，五脏和全身的功能才可正常协调，从而形成一个身心平衡的健康人体。五脏不畅，经脉不通，气血滞瘀，人能没病？

有人说心中无杂念，便可无烦恼。但，杂念总是挥之不去，不请自来。

只要使以前的念头不存心中，未来的事情不去忧虑，把握现实，将目前的事情做好，杂念自然慢慢消除。

心理学家做了个实验。试验者每周日晚把下一周的烦恼写下来，投入烦恼箱，3周后打开箱子。结果超过90%的烦恼都没发生。

据统计，一般人的忧虑40%属于过去,50%属于未来,只有10%属于现在，而92%的忧虑从未发生过，剩下的8%则是能够轻易应付。

保持平常心，于生活中享受忙碌的乐趣，向自己目标前进，何尝不是幸福？

若有豁达而无拘束的胸怀，心情便如徐徐春风般和气了。即便在昏暗环境里，葆有光明的心境，内心不也像青天白日般明亮无染吗？

穷人问佛：我为什么这样穷？

佛说：你没有学会给予别人。

穷人：我一无所有如何给予？

佛说：一个人即使一无所有也可以给予别人七种东西：1. 微笑处事；2. 多说鼓励、赞美、安慰的话；3. 敞开心扉对人和蔼；4. 给予别人善意的眼光；5. 以行动帮助别人；6. 谦让座位；7. 有容人之心。

若能荡尽浮躁，心静如水，不计贫富，人生将多么雅致。

一个寒冷的冬天，因为家庭的变故，一个瘦弱的小男孩被迫到各个小店铺里去做勤杂工。

他没日没夜地干着，希望能够攒足钱，好把因为还不清巨额债务而被关在监狱里的父亲保释出来。可是，到了债务偿还期限的最后一天，男孩一家人仍然没有能够把钱凑齐，他的父亲就被法院判为终身监禁了。父亲看着铁护栏外泪流满面的儿子，却神情自若地对他笑了笑，脸上写满了慈爱与希冀，说了一句使他终生难忘的话：孩子，别哭！太阳将永远照在我身上！

这个孩子就是日后写出了《双城记》《孤星血泪》等世界名著的作家狄更斯。

多么伟大的父亲！为了不让孩子幼小的心灵被这飞来横祸击垮，便以阳光般明朗和无畏，为儿子添增坚强的信念与勇气。正是父亲注入他心田的那道阳光，为他拨开眼前的阴霾，引领他一直向前，登上人生的最高点。

人生难免陷入困惑，化解矛盾和调整烦恼是一种成就，一种伟大的成就。

美国前总统罗斯福的家中被盗，丢失了许多东西。一位朋友闻讯，忙写信安慰他，劝他不必太在意。

罗斯福给朋友写了一封回信：亲爱的朋友，谢谢你来安慰我，我现在很平安，感谢生活。因为，第一，贼偷去的是我的东西，而没伤害我的生命；第二，贼只偷去我的部分东西，而不是全部；第三，最值得庆幸的是，做贼的是他，而不是我。

心静如水，笑看人生，雅量容人，是一种人生态度。

大火烧毁了一家人的房子，已经无力回天。父亲说，不如拍个照，留个合影吧。

不是一脸愁苦，也不是满面笑容。是心情平和、眉宇舒朗。是忘记了生活里的八九，连一二都不想的态度。好像也不完全是乐观。是什么？是达观。

笔走汀泗桥 |陈奕纯|

原载《北京文学》2014 年第 1 期

7 月 13 日中午，当我穿过花园里的喷水池时，突然接到湖北作家陈敬黎的电话和短信息："陈老师，汀泗桥在恢复历史古迹，汀泗桥镇的有关领导读了昨天《光明日报》上的评论文章《当代才子陈奕纯》后，经过认真考虑，决定请您题写'汀泗桥'名，我很希望把您的墨宝永远留在这座历史名镇，永远留在我的家乡。"

我顿觉自己像池边那一排木棉树一样挺拔，像池边那一排榕树的气根一样清爽。

但我对汀泗桥的了解甚少，于是我艰辛地走进汀泗桥的历史。

汀泗桥是中国历史文化名镇，北伐战争使它名扬天下。历史选择了汀泗桥，自然有选择它的理由。

汀泗桥建于南宋淳祐七年，是当地一个名叫丁四的农民打草鞋卖，集资修起的一座有楼有台、可为行人遮风雨的石拱廊桥。后人记其功德，取此桥名为丁四桥。此地繁荣得益于沟通长江大水道的一河清水，故从水改名为汀泗桥。地也以桥名，至今八百年。

盛世修楼台，是历史彰显德政的记忆。世上几多楼台兴于治，废于乱，成了朝代更迭的见证。治则兴，乱则废，是楼台命运的不二选择。汀泗桥有幸，这座废于北伐战火的廊桥，今日适逢太平盛世，重修了，又红梁碧瓦地再现人世，乃汀泗桥大幸！乃国人大幸！桥兴人旺，桥废人亡。匠工修桥的锤声，仿佛枪声、马蹄声，又在这座千年古镇响起，惊动了在汀泗河上静静躺了一个甲子的汀泗桥。汀泗桥用金戈铁马之印痕，把历史记忆刻在桥墩上。那上面有太平天国农民起义军的戈印；有辛亥革命志士的足迹；有北伐将士攻打汀泗桥的弹痕；有日本鬼子的铁蹄迹，有谋求民族独立的仁人志士的血印。改变中国近代历史走向的每一次惊涛骇浪，都汹涌地拍打过这座南鄂小桥。

汀泗桥是湘鄂赣三省交界地区出长江水道的必经之地。因其北、西、南三面环水，扼粤汉铁路之咽喉，据守近在咫尺、几度成为中国京畿重镇的武汉，又成为兵家必争之地。是南粤经长沙过岳阳到武汉的关隘。得汀泗桥，则武汉安；失汀泗桥，则武汉危。因此，汀泗桥成为兵家为得九省通衢武汉而决一雌雄的必然战场。

汀泗桥记得，当地人叫"长毛"的太平天国起义军"小儿队"，在年仅十七岁的英王陈玉成率领下，1856 年 6 月西征武昌。由于清军顽抗，久攻不下，陈玉成"舍死苦战，攻城陷阵，矫捷先登"，他率五百与他年纪相仿的"天兵缒城而上，以致官兵溃散，遂陷鄂省"，将曾国藩率领的湘军赶出武昌城。曾国藩退守汀泗桥，继续顽抗。陈玉成率"小儿队"追至汀泗桥。曾国藩吓得躲进墙高两丈、大门上包着铁皮的寿春堂，抵住大门躲命。陈玉成在寿春堂大门外架起干柴，火攻寿春堂，最终因为寿春堂墙高门固，大火烧炸了大门石枋和门顶上雕有"寿春堂"三个大字的石门楣，而未烧垮大门。曾国藩在援兵营救下得以逃生，逃回岳州（岳阳）。至今，寿春堂那被烧毁了的石质门枋、门楣，仍然在向世人吟颂着这段平民敢向朝廷叫板的英雄史诗。汀泗桥人之所以把太平天国的"天兵"叫作"长毛"，是把他们当"野人"，这种反叛朝廷的事，只有野人才敢为。陈玉成十四岁随叔父参加洪秀全的金田起义，十七岁率军攻克武昌城，保卫南京，转战鄂皖，最后在安徽安庆被曾国藩所杀时年仅二十六岁。这位一代农民英雄用死证明了"有志不在年高"的古训，说明"革命"需要年轻人的热情，这种热情可以摧枯拉朽。此后的中国革命，都离不开这种热情。

汀泗桥记得，辛亥年武昌城义军枪响，敲响了千年王朝统治中国的丧钟，一批有识之士到了汀泗桥，准备在这里设防，阻击湘军攻打新生的共和政权。武昌起义的狂澜通过大长江波及汀泗桥。

汀泗桥记得，1926 年国民革命军北伐卖国求荣的北洋军阀政府时，北伐军高歌"打倒列强，打倒列强，除军阀，除军阀"，从长沙兵分两路，一路沿粤汉铁路过岳州，一路从湖南平江入湖北通城境，过崇阳，包抄汀泗桥。国民革命军第四军官兵在这里与北洋军阀吴佩孚部决一死战。汀泗桥战役决定了北伐大业——问鼎中原之成败，更决定了吴佩孚"一战定中国"美梦的成败。

1921年湘鄂战争，广东国民政府湘军总司令赵恒惕，打着护法旗号进攻坐镇武昌的两湖巡阅使王占元。王占元求援吴佩孚，吴佩孚早就窥视着"湖广熟，天下足"的两湖，趁机陈兵汉口，不过长江援王，逼迫王占元辞了职，让出了两湖巡阅使这把既可以养兵，又可以肥私的交椅。吴佩孚终于如梦，率北洋军与赵恒惕在汀泗桥一场血战，打垮了湘军，使其在汀泗桥一战定鄂，占了鱼米足的两湖。因此，当北伐军到达汀泗桥时，他亲率执法队到汀泗桥督战，放出在汀泗桥"昔一战定鄂，今一战定天下"之豪言，意图像昔日在湘鄂之战中击败湘军主政两湖一样，雄心十足地要击败北伐军，最终主政天下。他对言退者一律格杀，无论官职高低。被他枪决示众的师、团、营职军官达十数人。

国民革命军第四军主攻汀泗桥的第三十五团、三十六团和独立团向敌军建了坚固工事的塔垴山和汀泗桥粤汉铁路大桥、石拱廊桥发起猛烈进攻。因为8月正值江南雨季，联通汀泗桥与大长江的西凉湖湖水猛涨，北伐军对三面环水的汀泗桥久攻不下，死伤无数，许多壮士泅渡或驾船攻击敌军，倒在湖水中。在此危难时刻，第四军独立团团长叶挺通过走访当地百姓，得知从古塘角有一条小路可从敌军背后上塔垴山，便组织力量在当地农民汪远福的带领下，从古塘角上塔垴山，抄敌人的后路。此时的汪远福正在剃头铺剃头，头还只刮了半边就被迫不及待的叶挺拖上了路。果然，这是一着妙棋，叶挺独立团摸上塔垴山后，从敌军背后向敌人发起了猛烈攻击，敌军阵地顿时大乱，被前后夹击的北伐军打得丢盔弃甲的北洋军，终于大败汀泗桥。这次使国民政府最终问鼎中原的战役，使叶挺独立团同汀泗桥一起名扬天下，独立团功不可没，也不能不说是汀泗桥百姓的功劳。如果没有汀泗桥百姓提供的讯息，如果没有当地百姓带路，也许北伐军将士倒在汀泗桥头的烈士还要多得多。至今，汀泗桥人仍然口口相传南兵打北兵的故事。

汀泗桥记得，在北伐军攻克武昌城不久，广东国民政府从广州移师武昌，将武昌市、汉口市和汉阳县三合为一，改称武汉，设为京兆区。正在国共两党合作谋划继续北伐，打倒北洋政府，赶走外国列强时，国外势力为了保住在华既得利益，开始培养新军阀，北伐军总司令蒋介石成了他们的人选。蒋介石得到外国列强的支持，终于叛变革命，向同国民党通力合作打倒列强、除军阀的共产党举起屠刀，在上海发动了"四·一二"反革命政变。紧接着，驻扎在宜昌的武汉国民政府独立师师长夏斗寅被蒋介石收买叛变，率所部沿长江东下，向刚刚建立的武汉国民政府发难，占据了汀泗桥。叛军联合当地土豪劣绅屠杀了从广州农民运动讲习所结业，回到家乡汀泗桥领导农民运动的共产党员朱铭骨、周九高，把他们的人头挂在汀泗桥头示众。武汉国民政府命令叶挺领导的由武昌中央农民运动讲习所学员和中央军事政治学校学员暂编的独立十五师、贺龙领导的二十师教导队平叛，叶挺又一次在汀泗桥大败敌军，保卫了武汉国民政府的安全。可是，紧接着武汉国民政府主席汪精卫叛变了革命，在武汉发动了"七·一五"反革命政变，向猝不及防的武汉共产党人举起了屠刀，屠杀了一大批仁人志士。主张"枪杆子里面出政权"的毛泽东经汀泗桥回长沙主持湖南秋收起义。罗荣桓经汀泗桥入通城主持湘鄂边秋收起义。罗亦农过汀泗桥时，在与汀泗桥紧邻的蒲圻中伙铺策划鄂南暴动。

汀泗桥记得，日本帝国主义全面进攻中国后，南京国民政府撤到了武汉，武汉再一次成为中国的首都。在武汉大会战中，有两架日军飞机被击落在汀泗桥，当地百姓杀死了日军飞行员。武汉失守后，国民政府再迁重庆。武汉沦陷，汀泗桥紧接着被日军占领，作为日军攻长沙的物资供应重地，成了新四军攻击的主要目标。日军在汀泗桥强征民夫，修筑从武汉到岳阳的公路，封锁了食盐，并且用加了毒的食盐作为劳资，修路民夫及其家人吃了这些盐后，浑身溃烂，死伤不计其数。在汀泗桥，日军用各种残酷手段杀害了许多抗日志士。据至今还住在汀泗桥老街上，已近九十高龄的董老爹讲，他年少时就亲眼看见日军抓住了一个新四军秘侦，把他丢进日军关狼狗的铁笼内，放出几只狼狗活活咬死，吃掉了。

汀泗桥记得，在打垮东洋鬼子后，国民党部队接收占领了汀泗桥，武汉解放不久，人民解放军在汀泗河上架起木排，在敌人的枪林弹雨中前赴后继地冲过木排，占领了汀泗桥，汀泗桥百姓自发组织上十支腰鼓队，敲锣打鼓庆祝解放。

战争的硝烟已经在汀泗桥上烟消云散了，伤痕累累的汀泗桥今日重修了，用美丽的红梁碧瓦向世人呼唤着：和平！和平呀！远离战争，和平比什么都重要！

我的脑海里一直震荡着汀泗桥的历史。

我该如何运用我的书法艺术来表现汀泗桥的沧桑呢？

伟人毛泽东在中国现代史上是"一柱擎天"，在现代书法史上也是"一笔擎天"，意态高扬。其题字的书法艺术独领风骚，为我所景仰。1945年9月毛泽东题字："庆祝抗日胜利，中华民族解放万岁！"此幅点画如长枪大戟，字如兵阵，同仇敌忾，斩钉截铁，对抗日将士、全国军民都是莫大激励。1949年9月为北京天安门广场人民英雄纪念碑题写的"人民英雄永垂不朽"八个镏金大字，庄严肃穆，缅怀敬仰，人民英雄的革命精神与伟人的书法艺术凝聚成无穷的感召力，此碑此字，乃世人欣赏最多的伟大艺术品。二十多年前，我在北大读书时，老师给我们讲述了毛泽东的书法艺术，以及毛泽东为北京大学、清华大学题写校名的经过。在北大的那些日子里，我们随处都能见到伟人的墨宝，气象万千，光彩照人。

康有为风雨一生，变法也变书，形成了独具特色的"康体"：跳跃、恣肆、洞达、奇逸、宽博、生辣。所著《广艺舟双楫》乃书法史上的一大丰碑。其于书法之贡献，海内外赞誉同声，皆目康南海为现代书法史上之碑学高峰，成为众多学书者的追逐者。书坛泰斗沙孟海就曾经求教于康有为，他在转益多师中辟出"穷源竟流"的特殊道路，最终赢得"海内榜书，沙翁第一"。"现代第一女书家"萧娴，二十岁拜师康有为门下，得康氏亲授，游泳碑学，深得北派三昧。其丈二匹横幅"江山多娇"四字擘窠书，势如山倒，力能扛鼎，令人叹服。1984年，南京电视台摄制电视片《大笔豪情》和教学片《雄深苍浑此才难》，分别介绍萧娴书法艺术成就，都是当时我们课堂上最富感染力的教材。

我自幼练习书法，至今已有四十余年，对于历代、现当代的名碑法帖，我都曾潜心研习过。在孜孜不倦的学习与钻研中，我慢慢体会到，书法的最高境界应该建立在"天然"与"功夫"之上，当"道"与"技"二者高度融合，化为书法家所要表达事物的灵魂，才能达到"天人合一"、"大道自然"、自成风格。2008 年春天，我应邀为中南海创作了草书八条屏毛泽东《沁园春·雪》，八条屏苏轼《水调歌头》；为人民大会堂创作了草书对联《渊深鱼乐，树古禽来》，八条屏毛泽东《沁园春·雪》，以篆隶入草的六条屏毛泽东《沁园春·雪》，还有草书中堂陶渊明《饮酒其五·结庐在人境》、李白《望天门山》等等，其中我比较满意的是草书六条屏杜甫《秋兴八首其一》，中堂李白《黄鹤楼送孟浩然之广陵》，其构思立意、谋篇布局，惨淡经营，有陈氏的创新意识。2011 年冬天，我应邀为中国中医药大学第一附属医院题写"感恩亭"时，我想这三个大字的风格应该在雍容宽博的气度中增加些凝重，不能随手一挥。于是在以往的帖写中糅进北碑的特点，反复书写，一个月后顺利交稿。如今，要题写的"汀泗桥"，它不是一个普通的、简单的牌匾，它承载着中华民族一段非常特殊、复杂、厚重的历史，不是任何一种书体都能担当得起。所以，我下决心打破自己以往固有的书法模式，力图笔墨情趣随题材、内容而变化。可是，每一种书风的形成是要经历一个漫长的时期，短时间内要改变、突破谈何容易？我只有紧紧抓住书法创作的三要素——形式基点、技术品位、创作意识。

7 月 16 日，白天我浸泡在前人的碑帖墨迹中，夜里连续书写了五个多小时，一无所成。当天友人陈敬黎发来三条短信息催稿，一再强调要写成擘窠大字，原作要给北伐汀泗桥战役纪念馆收藏、悬挂，我有些着急了。

7 月 17 日，白天我又浸泡在前人的碑帖墨迹中。晚饭时，有一位爱好书画的朋友来电说要过来品茶聊天，被我婉辞了。问及原因，我说要题写个桥名，他说现在是商品时代追求效益，大多名家驾轻就熟写几个小字给人拿去放大就行了，没人讲究有无山林气，何必费那么多精力？我淡然一笑，不置可否。当夜我尝试用茅龙、狼毫、兼毫、羊毫各种笔书写，倒腾了一夜，效果不佳。

7 月 18 日，我关闭所有通讯工具，日夜临习摩崖刻石《石门铭》《瘗鹤铭》《经石峪金刚经》，企图从中寻找到最佳的感觉。

7 月 19 日，我又关闭所有通讯工具。白天我还是浸泡在前人的碑帖墨迹中。晚饭后我就开始做好创作准备，写写停停，停停写写。忽然发现在仿古宣纸粗涩的背面书写效果更好。当翌日的第一道晨光射向我的画案时，渴求已久的"线的美""光的美""力的美"齐齐到来了，"汀泗桥"三个大榜书在重笔疾挫、气酣墨畅中诞生。

如今，"汀泗桥"三个大字已雕刻在两大块厚重的红褐色菠萝格木板上，描上墨绿色油漆，镶嵌在汀泗桥两端，向过往汀泗桥的每一个人讲述汀泗桥历史。

谁删减了黑夜的浓度 |耿 立|

原载《北京文学》2014 年第 5 期

一

我曾经惧怕黑夜，在乡下，那种静得让人脊背发紧的夜，不知有多阔多厚无法丈量的浓黑且不透明的夜，准确地说惧怕的不是夜，而是夜的黑。

那种黑，乡村才有的那种夜的黑，现在在城市是荡然无存无从寻觅的，她们已消失得无影无踪，我曾努力想象那种浓黑什么时候在城市的街口走丢了。在正月初一的夜晚，我走在十字街头，看我所居住的小城，那些树上、河上、桥上挂满了"不夜工程""亮光工程"的发光的现代化的萤火，在肆意篡改着夜、侮辱着夜，是这些后来者外来者把夜变得不再是夜。

夜的形式被改写，夜的伦理被颠覆。

我怀念的乡村的夜，是黑和亮的那种比例的均匀，是原版的而非盗版的夜，星星与萤火与灯光亲密如己，那些光与黑是本然的谐和的，如两小无猜般配而无渣滓的，那是给人眼睛和心灵宽慰和福气，一种老邻居般的温慰，那样的妥帖。黑有黑的道理和谦卑，光也不是霸道，暗夜里，微光如萤，灯如豆，星如芥，弯月如痕，如农家女孩的眉。读书的人都知道古代的夜，是谦和的，是可以测量的。虽然人们没有发明那样的度量衡，但你知道那黑的深广，虽然你不知道深的尺度，虽然只是一种感觉。《诗经·小雅·庭燎》里就记载着那种黑的深度长度，诗曰：

"夜如其何？夜未央。庭燎之光。"

　　读这样的句子，给人的印象是：夜没有尽头，那黑也如黑茶的浓酽，一口下去，满喉头的都是黑。而现在的夜，却寡淡得多，如几泡后的茶，黑度不够，厚度不够，浓酽不够，余味不够。这令我到底怀念那种原始原配和原版的黑，伸手不见五指的黑，如沉在井底的黑。这是小时作文常用的修辞，当时老师的眉批说这是熟烂的词语，现在却让我感到别样的亲昵，一种远离久违的亲昵。

　　初中时候，在乡下昏黄的油灯下，曾读柯罗连科的《燧火》，多年，印象最深的仍是那黑，和那燧火。人们说萤光燧火，燧火虽然微弱，但给人的是希望，正因为那夜是燧火的分母，夜的深透，才给了那微弱的火以背景。我在网络找到了译文，不知是不是少年的那篇，但接近我少年时读到的那篇，那时我曾抄写到乡间父老造的涩得刺手的草纸上：

　　一个黑暗的秋夜，我在一条险恶的河流中航行；没有星，没有月，天黑沉沉，地也黑沉沉，一切都是黑沉沉的。忽然望见前面河流的转弯处，乌黑的山脚下面，闪动着一点燧火。闪动得又明显，又强烈，并且十分临近。

　　我很喜欢地说："哈，老天保佑！快近住宿的地方了！"摇橹的人转过头来望一望，淡淡地说："还远呢！"

　　我不相信，燧火明明就在前面，看去只须再摇两三橹，就可以到了。

　　但是，摇橹的人说话毕竟有经验：我们的船，还在黑如墨水的河流中，航行了许久。中流突兀的怪石，两岸峭绝的悬岩，渐渐地迎面泅来，又渐渐地泅了过去，落到晦冥无边的远处；可是那一点燧火，还在前面，一闪一闪，在那里招手，总是这般近，又总是这般远。

　　人生，就像在这种险恶的河流中航行，燧火还离得远呢！但是，总在前面，一橹一橹地摇上去，总有到的时候。

　　少年时模仿着写作文，《燧火》里的翻译词汇经常溜入我的笔下。记得写黑夜是：黑如墨水。老师在黑如墨水那里画很多的圈表示赞赏。乡村的夜就是从墨水瓶里渗出的，不，应该是从砚台里渗出的，那砚台就是曹濮平原里的池塘，到了傍晚，池塘开始面目暧昧。

　　那些树，草垛，鸡，狗，开始和身旁的参照物，界限不分明，大家好像接到旨意，开始披上浅灰。此时池塘里的水，也不如白天清澈见底了，像是谁刚刚放进了一块墨锭，层次开始起了变化，上半部分清水里开始掺杂了如烟缕的颜色，下半部分已经有些微微的浑汤了。那时你就知道，"时辰"这两个字，竟然会有这么大的神通，古人用时辰来为时间找刻度：夜半、鸡鸣、平旦、日出、食时、隅中、日中、日昳、晡时、日入、黄昏、人定。

那墨锭开始准备的时候，应该是日入，鸡开始归巢宿窝，池塘里的水已经沾染了墨色，还未浓。但墨色已经在天地间共享了，先是风把墨色传播，让平原知道墨分五彩，让父老知道了诗意。你看，那霞色中的烟囱，他们悬腕狂放，如癫狂的张旭怀素，把如椽的笔画随意涂抹，那笔画不再讲究横平竖直，而是浓处如乌云骤至，虚处是雪霁风定，把白当黑。真是行于所当行，至于所不可不至，完全是飞白是天书。炊烟，实在是太超逸了，墨点就恰似一个个黑色的鸟巢悬在枝柯上，一个一个露了出来的，远远看去，正是墨点淋漓的垂露……

慢慢地，夜色浓了，开始加深加厚。到黄昏，那时天色以黑色为主色，别的颜色只一点成分；到了人定时辰，是全部被黑暗俘虏了，人开始如襁褓里的稚子被夜围裹，沉进夜的床铺，那是安眠的时辰。过去的夜，承担的责任就是栖息，就是把黑管好，人在黑夜，就如人在子宫里一样安恬。

曾有一年的时间，我住在京城某地下室二层，虽是地下，但那里也是太明亮，太吵闹。一些特殊职业的女性，在地下室的三层，她们是流莺，不是流萤，她们的尖叫她们的洗漱，使夜有了噪音。夜间的吵闹和光，常使我一夜一夜睡不着觉。我用棉花塞住耳朵，用枕巾盖住眼睛，但还是折来折去，辗转反侧，虽然数着一只羊两只羊，但就是数一群羊，也还是无法入眠。

一年时间，病病怏怏，当时乡间的母亲还在，我回到了老家。母亲看出我缺觉，就不打搅我，把我锁屋子里，我一连睡了两天两夜，夜以继日，日以继夜，天沉沉夜黑黑觉酣酣，如裹在黑色被子里的蚕蛹。直到母亲唤我吃饭，我才知道48小时过去了。

乡间的夜多好啊，虽然乡间的夜里也有声响，但那是老头老太们嗓子发痒而咳嗽，几声过后，也就沉静了。偶尔有狗的叫声响起，即将进入梦乡的父老也知道是谁家的人晚归了，低声嚷一句或者什么也没问，就翻个身，倒头继续睡。如果全村的狗乱叫，那就可能是生人过路，或是村里进了小偷，各家各户的人就会披衣起来，手里操起家伙出门查看，或站到屋顶望。

乡村的夜有天然的更夫，那是狗在值班在溜达，它们可以很随便地站在春夜里，对着天边的月亮发言，或者发情，也可以在电线杆或墙角撒上一泡尿做记号。乡村的狗在夜间活得很自在，很自我，没人束缚它，没人教导它，那样的狗活一辈子才最像狗啊。

二

天地玄黄，万事万物在世间应是互相搭配均衡的，是中庸的，多一分不行，少一分也不可以。就比如世间不只有光明，还要有黑来平衡，是黑平衡了光，是夜平衡了白昼。然而光的过度就是污染，就是淫奢，就是一种失衡，就是一种生态的感冒发烧。

我知道若没有了光，那样的夜也可怕，我说的光，不是人造的，而是那种被人为驱逐了的，是曾经在我童年星空飞舞的，在历史中出出进进穿行几千年的光。去年的夏天我回故乡，由于父母故去多年，我也有多年没有回到那片我曾称为土地的地方。而这次回去却看到我记忆的故乡已经被毁容，那个叫木镇的小镇，已经没有了青草的土腥，也没有了夏季晒粪的那种刺鼻的味。街道开始硬化为柏油和水泥，路边的树发黄卷曲，踏进那土地，感受不到地气，感到的是一种炙烤，一种不得呼吸的憋闷。

到晚上，我去了在我的散文里曾反复描写过的河——泥之河。但宽阔的漫流的肆意的水面没有了，蛙声也没有了，芦苇也没有了。那些原本低洼的河床，已经被开发成了一栋栋楼宇住宅，那铝合金的窗户里明灭闪烁的是现代灯火。白炽灯撕扯着夜，从窗户里渗出的是嘈杂的音响和肆无忌惮的阔笑。

那萤火虫，我再也没能见到。我突然感到这样的夏夜，是异质的，少了一种东西在，就像少了一种魂灵，一种重量，或者是少了浮漾在乡间夜的瞳仁，那些打着灯笼的小精灵呢？他们移民了么，还是嫌弃了这片土地，自己无声无息地消亡了，逃逸了？我有一种悲抑的神伤，一种风情不再，一种审美的道具不再。要是当我到了暮年，若是自己的孙辈翻开《唐诗三百首》的书页问我：爷爷，杜牧《七夕》写的流萤，是一种什么物质？

那是一种童稚的声音从历史的深处传出：银烛。秋光。画屏。天气开始转凉／手中有轻罗小扇，空中有流萤，手中的扇扑来扑去／天街夜色凉如水／卧看牵牛织女星。

牵牛还在，织女还在，我能回答什么？我说萤火虫是一种消失的尾巴会发光的生灵？在爷爷小时候，我们老家泥之河的芦苇丛里，就有很多很多，如星宿。

对水质要求苛刻，对黑夜要求苛刻的萤火虫，给人以遐想以诗意的小精灵消失了。这样的夜，已经不能称之为唐代的夜色，宋代的夜色，现在的夜色已经删减了夜的纯度，如掺了水的原浆酒。

我想到日本宫崎骏的动画电影《再见，萤火虫》的第一句台词："昭和20年9月21日晚，我死了。"

我想，这也是我故乡的萤火虫留给世间的话：某年的夜晚，我死了。

有萤火虫的夏夜，多么使人遐想，不知我是在怀念故乡消失的萤火还是和《再见，萤火虫》混合了，动画里恍惚间，少年阿泰看到了他死去的妹妹，看到了那个飞满萤火虫的夏天。

那时候的哥哥阿泰和妹妹节子是幸福的。装满糖果的小铁盒子。漫天飞舞的萤火虫。阿泰拉着节子的手在夜晚奔跑，如梦寐一般。

在漆黑的废弃山洞中，阿泰将萤火虫捉进蚊帐，漫天飞舞的萤火虫在夏季闷热的深夜里明明灭灭，似乎炎热也消退了。哥哥将熟睡中的节子紧紧抱住，生怕一松手就又会从怀中失去。只有14岁的阿泰并不知道，战争本身就意味着吞噬。不只是萤火虫，还有那些卑微的生命，脆弱的生命，在命运的巨掌下，刹那间就失去了。

（而现在，故乡街道的改造，有记忆年轮老房子的拆去，故乡的丧钟也在敲响，现代化本身就意味着故乡被连根拔起。记忆没有了，因为现代化改写了故乡，没有了童年熟悉的吆喝，没有了小贩的气味，没有了夜间汤锅热气腾腾的羊杂碎，没有了空竹和陀螺，没有了把铁环推进黄昏，当的一声夜幕突然降临的故乡消失了。）

萤火虫的一生只有一个夜晚，一切都会在夏日微荡的风中悄悄逝去。

（我还记得《再见，萤火虫》原声画面：妹妹节子用小手轻轻将昨夜萤火虫的小尸体，埋进自己挖好的小坟穴里，对阿泰说："我很想念妈妈，妈妈也在坟墓中。"阿泰瞪大眼睛吃惊地望着节子。）

一捧捧萤火虫的小小的尸体，从节子手中坠落，混入泥土，化作尘埃，阿泰仿佛看见了妈妈那同样脆弱的肉体燃成灰烬的样子。死亡再一次击打着哥哥尚未成熟而坚强的心灵。这时有泪水滚过面颊，也许是为了妈妈，也许是为了萤火虫，也许只是为了生命不堪一击的脆弱的哀悼。

是的，萤火虫，只能活一个夜晚。在美丽的夜里，它却尽情展示它的刹那美丽，然后在黑暗中悄然坠下。生存环境的恶劣使节子身上起了湿疹，但困窘的兄妹俩哪里有钱去看病？终于，年幼的节子没能逃过饥饿和疾病的双重折磨，悲惨地死去。

（故乡的萤火虫没有了，故乡的萤火虫也像节子一样，身上也会起湿疹么？这样的病对萤火虫来说就是绝症，萤火虫的消失，不在萤火虫自身，她是环境的失衡所致，是病了的生态所致，是污染，人心的污染，是水的不洁，人的不洁，罪魁是人类光的放肆，是这些加速要了萤火虫的命。）

节子死的那天，也是在一个满天都是萤火虫的夜里。她含着笑，在最美的风景中去找那只有在梦里才能过的幸福生活了。

当萤火虫再次亮起的时候，那个装糖果的小铁盒子、那个有着银铃般笑声的叫节子的小女孩、那个山脚下门口搭有秋千的防空洞、那漫天飞舞的萤火虫……所有这些镜头都令人感到一种美得令人窒息的悲凉。再唯美的画面也是一种挽歌，我把她想象成我故乡萤火虫的挽歌。虽然我的故乡目前是这么地不堪甚至有些丑陋，但我还是用这样唯美的画面为她招魂。

（《再见，萤火虫》原声画面：哥哥平静地点燃了盛放妹妹尸体的小竹筐，血红的火苗在哥哥不再清澈的眼底闪动。）

一切都那么残酷，一切都那么不近人情，在战争的血口面前人生的一切都显得那么无助。哥哥为了妹妹和自己能够生存下去已拼尽了全力，可他仍然不能保住自己唯一的妹妹。绝望伴随着夜晚降临，当火焰渐渐熄灭，幽幽的萤火虫为孤单的阿泰唱起最动人的旋律，纷纷扬扬升腾着的萤光，在最远的天空结成温暖的笑脸的模样。那是战争夺走的他的生活的全部、他的所有亲人，而夜空却全还给了他。虽然这是虚妄，但对一个还未成年的孩子来说，虚妄正与希望相同。

　　我想到了我现在的故乡也在进行一场无望的战争——故乡的保卫战。故乡和我注定是失败者，我保护不了故乡的衰败，保护不了村头的一棵榆树一棵槐树，保护不了那些不符平仄的蛙声。没有了那些蛙声，注定也就没有了稻花香里的父老。我保护不了在夏夜飞舞的萤火虫，我想寻找故乡土地上萤火虫的尸骨，我要做一个个小小的棺材，为这些小精灵筑建一处墓穴，上面写：萤火虫之墓。

　　我知道，萤火虫的时代故乡是有记忆的，现在萤火虫消失了，就如失去了独异的一种记忆。没有记忆的人是植物人，没有记忆的故乡不能称之为故乡，她不再贮存游子的声音游子的乡愁。那样的故乡称之为"植物人故乡"，徒有肢体，没有灵魂。

　　我看过一则材料，萤火虫犹如乡村的试剂，可以测出故乡的人心和污染。这是心灵洁净的虫子，也是有精神洁癖的虫子，这小小的虫对环境的要求非常苛刻。懂科学的人说："萤火虫看起来似乎毫不起眼，但它们对生活质量可挑剔得很。萤火虫只喜欢植被茂盛、水质干净、空气清新的自然环境，一旦植被被破坏、水质被污染、空气变污浊，它们就会消失得无影无踪。"

　　对萤火虫来说，人类是有罪的：人工光源带来的冲击；河流、沟渠水泥化所引起的危机；农药的过度使用；水污染造成环境的劣化；外来物种的入侵；人为捕捉，还有雾霾……一切的一切，这些撞击，给萤火虫带来了灭顶之灾。城市中的钢筋水泥和噪声等多种因素的齐奏，是它们联合绞杀了这个小精灵，使这些小生灵万劫不复。

　　萤火虫是环境优劣的试剂，也是生态环境的指示物种。懂科学的人指出，凡是萤火虫种群分布的地区，都是生态环境保护得较好的地方。换句话说，如果萤火虫在地球上消失了，那么这个地球的丑陋和生态环境的恶劣是不堪想象的。那时，人类离自我的覆灭也就不远了。

　　有的科学家这样推测，与白鳍豚华南虎这样的"明星"的消失相比，萤火虫可以说是低调和悄无声息的。但如果像萤火虫这样的物种也要灭绝，可能会造成整个生态系统的崩溃。就如多米诺骨牌倒下的连锁，人类也不会独立于世。

　　萤火虫没有国界，喜爱萤火虫也不分国界。我们的邻居日本也是一个非常喜爱萤火虫的国家，但他们非常注重保护这小小的精灵。在日本，人们为了保护萤火虫，国家先后指定了十个"天然纪念物"地区（自然保护区）；萤火虫受国家法律的保护，这在其他国家是没有先例的。日本是个喜爱萤火虫的国家，萤火虫就像他们的国虫。在电影里童话里文学作品里，萤火虫是常常光顾的精灵。日本人偏爱萤火虫，浮世绘里常常有这样的场景：穿着华美和服、梳了岛田髻的女人，身后跟着摩登丫鬟，在那里扑萤火虫。歌舞伎里，也有这个"轻罗小扇扑流萤"的动作。

安房直子写过一篇童话《萤火虫》，我在编选《外国金美文》一书的时候曾选了进去。一个贫寒之家，家里决计要把妹妹送人，哥哥去火车的站台相送。妹妹的火车开走了，那张脏脏的小脸再也看不见了，哥哥还不肯回家，在阴冷站台上反复踱步，突然他看见一个小女孩，很像他的妹妹，她掀开一个大箱子，里面飞出好多萤火虫。他追着这些蓝色的星星，怎么也追不上……

萤火虫，微小，柔弱，以自燃发光。古书记载萤火虫是腐草而化，它虽长于草泽，看似低贱却生性清洁，它是试剂它是指示物种，要求自然的纯度高，一点也不苟且，污染严重的地方，就不会有它的踪迹。这多像一种品质，对一切的不洁，它拒绝接受，宁洁白死，不污浊生。

我想到我童年的时候，父亲和我一起去捉萤火虫，我们用纱布缝个袋子，把萤火虫装在袋子里挂在睡觉的床头。晚上，我把萤火虫放开，放到蚊帐里，那真是满床晶光闪烁，我像是睡在天上云端里，一睁眼，前后左右都是星星。但后来睡着了，第二天起来，见昨晚的萤火虫全都死了。

隋炀帝在乡村的话语系统是个荒唐的皇帝，名声不好。但父亲给我讲过隋炀帝杨广曾"征求萤火，得数斛，夜出游山，放之，光遍岩谷"，那时我觉得杨广是个有诗意的皇帝，会写诗，懂得美，他的想法富有童话色彩，只是历史不认识他罢了。

黑夜有黑夜的伦理，不要删减黑夜的浓度，也不要增加黑夜的分贝。北京行道树油松栽种的前几年一直生长不佳，但原因一直不明。经过有关专家集体会诊，确认都是灯光惹的祸，那些缠绕在行道树灯上的，犹如给一棵棵大树五花大绑彻夜受刑，不眠不休。有个科学家曾长期观察一串红草花的生长情况，曾经在夜里，进行过绕灯试验。几天下来，一串红竟开不了花了，这是无休无止的车轮战，日夜不眠，植物也受不了，最后就累倒了，无法产生营养，自然无法开花。

黑夜的伦理，是允许光的存在，但那些光，比如星星，月亮，还有萤火，是黑夜天然的伴侣，好像亘古如斯，是上帝原配给黑夜的。黑夜的黑和光，谁占几分，谁占多少，是有我们看不见的合适比例。在农业的故乡，那比例是谐和的均匀的。而今这比例失调了，崩溃了，我们无限扩大光的比例，大到了植物不适应，动物不适应。于是有些虫类，开始噤声。如今的夜是嘈杂，是人的噪音的充斥，这声音的比例也超出了故乡的耳膜所承受的力度啊，有一天，故乡也会变成聋了哑了的故乡。

三

我以为，夜是给人安眠的场，她的黑度是最重要的指标之一，她的静幽也是最重要的指标之一。如果把一个人的卧室放在一个锯木厂，那锯和斧头的噪音如锯齿，一下一下啃食你的耳朵，耳朵被折磨久了就会起茧子，就会失聪。现在城市人多的是失眠，少的是睡眠；多的是忧郁症，少的是欢愉状。眼睛整夜环视天花板，如夜的囚徒，痛不欲生，生不如死。我想，那多半是喧嚣的世相造孽惹下的：机车的轰鸣、装修、拆迁、卡拉 OK，夜的空间被挤占得越来越小，心灵的空间就越来越逼仄。人的身体也是有脾气的，她也会起而抗争，抗争的指标就是身体的某些部位怠工抗议，失眠就是其一。

而今的夜，不能再称之为夜，她已经不再是传统意义上的夜。她的黑度不够，她的宽度不够，她的静谧不够。那些与黑度结盟的动物与音响的比例失调了，秋虫的鸣叫没有了，犬吠也消失了，那些物种开始变得稀少，乃至进入崩溃消失的倒计时。我想乡间的夜里有声响，那声响应多是自然之声，很少人为的造作，很少扭曲的自然，那样的夜的声响如天籁。王维《山中与裴秀才迪书》中：北涉玄灞，清月映郭。夜登华子冈，辋水沦涟，与月上下。寒山远火，明灭林外。深巷寒犬，吠声如豹。村墟夜舂，复与疏钟相间。此时独坐，僮仆静默，多思曩昔，携手赋诗，步仄径，临清流也。

王维笔下灞水深沉、月照城郭，辋川在月光中涟漪起伏。山上灯火，透过树林隐约可见，如一幅水墨国画，着墨淡雅，用笔清疏，写意传神，基调寂静而清幽。而最惹我欣慰者是"深巷寒犬，吠声如豹"，幽深并非无声。在我辗转反侧的时候，我想潜回到多年前的故乡，在故乡里，用一架硕大无朋的录音的机器，录十里或二十里的自然的声响。一到晚上我把窗子门都关好，我录下的是夏的急雨，那有瀑布声的样子；冬的密雪，那有碎玉声的调子；有鼓琴，琴调虚畅；有咏诗，诗韵清绝；有围棋，子声丁丁然；有葫芦里的蝈蝈，鸣声铮铮然。有我屏住的呼吸，如游丝般。

那故乡多年前的声响就是一片天籁啊，那春的花开，夏的蛙鸣，秋的虫叫，冬的风号。它们给予耳朵的是滋养，给予心灵的是抚慰。

而如今在老家的那夜的短暂时空里，我竟然没有听到鸡叫，鸡鸣枕上成了绝响，心就一下子堕进了绝望，体悟到什么叫黯然心绪。没有鸡叫的乡村是否还能称之为乡村？那样的夜是否还能称之为夜？我想到了《潜伏》里的翠平和余则成，翠平是一典型的乡间妇女，她受组织的指派到了天津城做官太太，任务是为余则成洗衣做饭。翠平的思维仍是乡村的思维，日出而作，日没而息；听鸡叫而早起，早起而做饭、洗衣服。

"都什么时辰了，城里的鸡怎么都不打鸣呢？"

余则成说，"不是不打鸣，而是没有鸡。"

翠平不知道天津卫里没鸡叫，更有意思的是她秉持的乡下人的立场和观点，在男女情事和恋爱上常常让余则成扫兴。余则成就不得不教翠平如何恋爱。

"你必须学会恋爱。"

"恋爱，什么是恋爱？"

"恋爱就是说说话啊，拉拉手啊，散散步啊。"

"就是钻玉米地。"

"对，就是钻玉米地，在玉米地里说悄悄话啊，拉拉手啊。"

"就是要有月亮。"

"对，月亮，月光，读书人叫浪漫。"

我有点绝望了，在多年前的天津卫早没有了鸡鸣。我不是反对现代的文明，但它要有个度，现代也是有边界的。我不是反对夜间的火把和灯火，但要给萤火虫一个空间。我不是反对丝竹之乐，但也要给自然的声响以一定的音域。

我常回想在童年的乡间，那枕边的耳朵，就是自然的接收器，贮存器，比如风来了，如《庄子·齐物论》里写的：夫大块噫气，其名为风。是唯无作，作则万窍怒，而独不闻之乎？山林之畏佳，大木百围之窍穴，似鼻，似口，似耳，似枅，似圈，似臼，似洼者，似污者。激者，謞者，叱者，吸者，叫者，譹者，宎者，咬者，前者唱于而随者唱喁。泠风则小和，飘风则大和，厉风济则众窍为虚。

那风，那呼啸的风在窗棂外，删繁就简，把一切的物件都当成了笛子，只要有穴有窍，有坑洼，有凹凸不平，那就有了天籁，那风声更加深加厚了乡间的夜。有风的夜虽然把犬吠和鸡叫都淹没了，但那夜也是夜的原生态的一种，我怀念着有风的夜。

我想起一句民谣：到黑夜叫我想你没办法。

是啊，到黑夜，叫我想故乡原版的黑夜没办法，那种本源的、原配的、没有删改浓度的黑夜，到黑夜叫我想你没办法！

他（她）们 （三章）|简　墨|

原载《北京文学》2014年第7期

第一章　实录

这一组，说鸟儿们，和其他。或者说，给鸟儿们，和其他。

确实，我们该对它们说抱歉。确切地说，是他们或她们。

他（她）们是有性别的呀。而你晓得，一块石头也有性别。

——题记

一次次地死去

——他（她）一次次地死去。

我去动物园，最喜欢待的地方是园中园"小小动物园"。里面有小小的珍禽异兽，更多的是普通的小动物，大都是家养的，类型那个多呀，连毛儿长得花哨些的大公鸡都有。譬如说我最喜欢的小动物——狗，就基本品种齐全了。每次去，都觉得自己是去给狗狗们开会。他（她）们不怕我，我也不怕他（她）们。他（她）们渴望我，我也渴望他（她）们。看彼此的眼神你就会知道。狗狗的眼神是不能多看的——眼神里的那种茫然的天真，多看看就起了哀伤。唉，就像坐在车里向外看人，默片一样，看人茫然、匆匆、面无表情……看久了也会起了哀伤。

就因为他（她）们，我差不多一个月能去一到两次。忙得不得了，孤儿院都没时间去了，小小动物园舍不得不去。

觉得狗狗比孤儿更孤单。

多孤单啊——每一个都被圈养，外企高级白领一样，各自拥有着自己的一个仅能容身的格子间，没事就只能趴着睡睡。到底白领们是有娱乐的，譬如去 K 歌，去喝茶，去洗头洗脚，去打麻将……我的狗狗，被拴了钢筋拧成的绳子，去不得。

他（她）又不长大魁伟，又没有衣裳。

很多时候，他（她）晓得我们想什么，并尽力按照我们的心思去做。可是，我们从来不去关心他（她）正在想什么，渴望什么。

我们老觉得我们是人，他（她）们是动物。我们忘了我们也是动物之一种。

我们一样胖瘦高矮，一样哀矜笑开。

我们给他（她）一口饭，就命名自己为他（她）的主人。

我们给他（她）一件衣裳，就命名他（她）为自己的奴仆——那围起密封的大棚子、锣鼓震天、吆喝着、让他（她）一百次、一万次翻同样的跟头、做不同的算术题的，不是我们奴役了他（她），又是什么呢？

是的，是的，我们从南走到北，我们从白走到黑，到哪儿，都见他（她）在那里，穿着件从没换下过的脏衣裳，不言不语，眼里有着悲伤。

这原本是我们小时候在寥落的街头才能偶尔看到的景象。

我们越来越对不住他（她）们了。

那样的演出是不休息的，观者随到随演，什么时间段进去大棚都能保证看到演出，走马灯一样，五星级宾馆 24 小时供应的热水一样。他（她）汗水淋漓——看得清楚的，在哪里的演出，他（她）、他（她）、他（她）、他（她）……都汗水淋漓。他（她）一遍一遍骑车、晃板、拿大顶、钻火圈……放下这个是那个；他（她）一遍一遍算着他（她）心里畏难着的、觉得哥德巴赫猜想一样的、观者随机出题的算术题……

他（她）每做对一道算术题，就被赏一口干粮——这和我们给他（她）的是不一样的。我施他（她）受，仅仅是因了彼此喜欢。

他（她）因此一生中要死去许多次。

他（她）做多少次算术题，就死去多少回。

这样的判断,是基于我的个人观点:他(她)当然同我们一样,也有四肢,有内心,主要的是,有尊严。

因此,每次去到那里,在每一个的小门前,摸摸他(她)的小脑袋(每每就可爱地低了小脑袋,任由抚摩),与他(她)分别依偎一会儿,我和他(她)就都获得了尊严。我获得的还要多一些。我觉得那一会儿我真像人。

骄傲地说,比很多非常不是人而非常像人的人更像。

我想:如果把这样的依偎累加起来,能把那些一次次地死去夺回来一点,该有多好。

能吧?

葬身腹海的鸟儿

那一年,我长病住院,十天。

第一天,家人去给我到饭店煲了一屉汤来。

汤里,躺着一只鸽子。

十天,十只鸽子,躺在汤里。

没有多少油,因为没有多少肉,清水塘里睡觉的一只小鱼一样,卧在那里。他(她)一律那么瘦小,都有点嶙峋的样子了,没有带着雪白羽毛时的神气漂亮,和柔圆润。也并不拆分,或许因为瘦小而不值得拆分吧?缩着小小的脚掌,原本美丽的、红豆样的眼睛闭紧着,不想看我。

每次都迅速啜一点汤汁,就搁起来,好久才能被逼着消受了他(她)。不敢看完整躺在汤底的他(她)。

从小听惯了和平鸽、白兰鸽的美丽童话和歌谣,和诗篇,乍看他(她)那样,的确接受不了。

他(她)们原本都应该在白云下面、在草地上,旁边有树,"扑棱棱"飞上飞下,迈小方步扭一扭,和其他鸟儿(鸡)蹭来蹭去地对对歌,或吵吵小架。可是,他(她)在我肚子里,一只,一只,一只……我吃了一群鸽子。

这些年里,不好好吃饭时,肚子偶尔也叫,我就怀疑那是他(她)们在笨笨地、可爱地扭动脖子:"咕咕""咕咕"……

有时候,做事熬夜了,尤其会肌肤晕白,眼睛通红,就觉得是他(她)

们献给我的精力、气息还在我身上。

也难免有为此难过的时候。难过之后，我们还是把那些我们爱的小生灵不停地朝腹部的海里送。

不拒绝就是罪愆。我们亲手砌起了自己的狱。这是我们所处时代的悲剧。

还不如古时东方的斗鸡、斗蟋蟀，西方的斗牛，甚或在中世纪的欧洲，人和人动不动一人一把枪的决斗。到底有"斗"在，壮怀激烈地躺倒在那里，哀伤罢了，还有骨头在，而不是绝对强势的一方吃掉另一方——三分熟五分熟地、仔细优雅地吃掉，几乎不吐骨头，不忘方巾揩揩指尖血迹。我们嗜好杀戮的、自然人的本性，本藏得蛮好，却在不经意间被我们泄露了出来。

我们把"斗"和"杀"误会成了"勇"。就算是吧，这种"小勇"也实在是我们人类的大耻辱。

看看，难过不说，还搭上惭愧。想来近期轮回也不至于他（她）们吃人吧，但人好像代代吃定了他（她）们。我们已收不住嘴巴。

就这样，那些鸡鸭狗猪牛羊马驴，那些鱼虾鳖蛇蝎兔熊虎，那些青蛙麻雀知了蚂蚁……那些飞鸟游鱼、凶猛的大兽、细小的昆虫，那些小生灵大生灵，他们加起来比人也并不少的样子，有着灵活的腿脚、活泼的眼睛，有着自己的语言和只有自己能懂的爱情，有的跑、有的跳、有的善于攀爬、有的喜欢不歇飞翔……可我们把他（她）们套牢擒拿绑缚射落，全部放在我们的腹海里。

这都不算，一个个我本善良的我们，还现代化动物监狱关他（她）们的疯狂，激素药物促他（她）们畸形发育，吃了他（她）们全部的肉和大部分内脏，有时还要顺手砍下他（她）们的角、牙、胆、骨骼、脚掌、子宫、性器……砸成粒磨成粉搓成丸，作催美催奶催情药用，把他（她）们三个星期大的幼仔用玩具幼仔卑鄙地换走、抹上黄油搁在400度的烤箱内嫩嫩地进献给我们的领导吃，来换一句漫不经心的夸奖……我们吃到了我们想吃的一切动物——在这个世界上的动物里，数我们心眼最多，最懂得为自己着想，也有可能最不真诚。面对他（她）们，我们都是王是王后，我们的幼仔是王子和公主。我们非常厉害，非常了不起。

至此，觉得，现在的诗人们写不出好诗的原因，一半是因为他（她）

们全部开始了被杀戮吧？诗人们没了可供激动感动和神驰遐想的缤纷意象（只能怀抱着自己的肩膀呻吟）就等于没了命——艺术的生命（何况，诗人们中间还出现了个别人参与递来刀子、拎走下水的事情）。这和灵感之类无关。

闲了会呆想：来世的我们，要和他（她）们倒个过儿吗？要以牙还牙，以血还血？要父债子还，还是现世现报？……

实施杀戮的还罢了，也许不过是个端碗受管、养家糊口的饲养户、猎户、屠夫或厨子。

可吃他（她）们吃得多的人，吃得多还抱怨吃得多不得已的人，亲爱的们，你们腹部犯下的，最好你们的脑袋全顶起来——把那罪名。

第二章　寓言

这一组，写鸟儿。

好久了，不记得了他（她）们的来处，似乎来自我的梦境。你把它看成真的也没什么不对。

因为面对人群，我有时羞涩，期期艾艾讲不好。

不复杂，这记述只是适度惆怅而已。

但请耐心倾听，他（她）们的哀鸣。

——题记

不来了

西藏有个喇嘛，好像叫格桑，很小被送入寺中修行。偏远的寺周围，人烟也蛮稀少的，多的是树。因为孤独，因为思念双亲，他就开始看鸟儿。

树多，成了林子，鸟儿也多。花彩雀莺、秃鹫什么的，好听不好听的名字和好听不好听的鸣叫，他都爱。他认识了400多种。在中国总共1300多种鸟类中，他认识的种类已经非常叫人惊叹了。

其中，最多的、他最爱的一种是高山兀鹫。这是一种体形非常大，翅膀也非常宽的好鸟。更好的是，高山兀鹫只吃腐肉，不杀生。如你所知，在那边高原的某些地方，还实行着"天葬"的习俗，尤其是僧侣们更是如此。他们信奉自然，像信奉佛祖。而他们一直固执地认为：身体被鸟儿啄食，是佛祖的一种极大的恩惠——归了来处。这信奉没什么不好，简直生机勃勃，还透着诗意盎然。到底不需要哭泣的人生是最好的，哪怕在那最后的最后——尤其在那最后的最后。

后来，他就开始画鸟儿，画这种神奇的、带有某种上天意旨的大鸟。

再后来，他就开始有意饲喂屋檐下的红嘴山鸦——在他家乡那里，家家屋檐下都有这种嘴巴红红的可爱鸟儿筑巢。他（她）们的巢小，他就帮着鼓捣大。

是用酥油饲喂的，偷着省自己的那一份。后来，他的秘密被主事的住持看到，也就默许了。毕竟，这世上爱鸟儿的人还是多过不爱的。

他是那么爱这些小东西！以至于他（她）们几点进窝，几点休息，每日就餐的多少，有几个孩子……他比自己有几根指头都清楚。哦，还有每年迁徙来的时间——他把它们刻在门楣上，像我们平时为自己的孩子在门楣上画下成长的印记，还有为自己的爱人来鸿的数字在日历上做下只有自己明了的标志……那些爱痕，那些青春进程里快乐或略微忧伤的小浪花。

再再的后来，他就开始投喂那些放养的牦牛、高山鼠兔。

他（她）们、他（她）们和他（她）们，从怯怯跑开，到游移来去，到开始和他试着接近，不再怕他。到后来，他一出现，他（她）们就飞或飞奔而来，站在他的肩头，或蹲在他的脚边。

他甚至认为，他（她）们可以把他径直抬走，到一个人所不能到达而神仙随意穿梭的美妙地方，去看些绝美的风景。

这些生灵是那么好，那么温柔，让他每天每天不用说话就已幸福得想哭。

但，这种幸福——超出幸福的幸福过于奢侈，于是，该削减了——树先削减了，去到各地，然后，然后——

高山鼠兔由于被猎杀者投毒，死了；放养的牦牛吃了有毒的高山鼠兔，也死了；专以腐肉为食的高山兀鹫吃了有毒的高山鼠兔、放养牦牛的身体，也死了。

而屋檐下的红嘴山鸦，不晓得什么缘故，不来了。一年一年，他的刻痕的小浪花停滞在那里，不再快乐和略微忧伤地朝上翻涌。

他仰望天空，觉得空了。

他等啊等啊，像一个好爱人，等不来他的心上人。

他渐渐瘦削。

最后，他也死了。

一天，就像他（她）们派来的一名使者，来了一只格外健硕格外美的高山兀鹫。她不吃他，只俯飞三圈，高叫着离去，再不回头。

没有人晓得她去了哪里。

完了。

姑娘的歌唱

要说的这只鸟儿像人。

她的鸣叫像歌唱。

七个音符，抑扬顿挫，组成一个音节（当然，还可以颠来倒去反复变化，以至无穷），婉转得如同一个姑娘的歌唱。里面有一个最高昂但柔美的音符，是最好看的、画龙点睛的那一"点"，小提琴协奏里最动听、矜持的那一个。

当然，如果你是女的，愿意把这听成一位棒小伙儿滴里当啷不停口的口哨也不是不可以。

她有着修长的、盖世无双的五彩尾巴——简直就是孔雀的，如假包换。同时呢，乌木框子一样黑的，是她的头上羽毛；雪一样白的，是她身体两侧的羽毛；血一样红的，当然是她乖巧的嘴唇，哦还有，粉丹丹的小脚掌……哎，是个白雪公主，鸟类里的白雪公主哎。

她多么爱歌唱呀：清晨，她停在枝头，唱，薄脆；黄昏离巢，唱，迷离；上午练习飞翔的时间，唱，清越；下午学习柔美舞步时，唱，优雅……唔，她还没有恋爱过呐，不晓得，到那时，她的歌喉会不会甜蜜得夜夜放光华呢？

然而，猎人来了。

当然，猎人里也有心软的。她的幸运在于：她碰上了这一个。

他常常静静听她的歌唱。开始时，她甚至还有些腼腆，有些躲闪。后来，每当看到他，看到他专注的眼神，她的歌唱就更加悠扬。当然是多么难多么巧地遇了知音。这多么好！比吃到好吃的虫子还要好上一千倍。

　　她没有被子弹击伤，只是被罩子捕捉。她甚至有些心急，心甘情愿地跳进他的罩子里。

　　她被这个好猎人——好猎人也是喜欢她的绝美歌声而被吸引得不能自己——带回家。

　　她被放在一个极其漂亮的笼子里，每天有精良的小米和水甚至牛奶侍奉着。

　　她不晓得要被关进这么小的地盘。但她多么柔顺，并不是好挑剔的鸟儿，总能忍下来。还自己找些好理由，使自己想开。于是，虽然她没有了枝头，却还是歌唱。

　　只是，音节里少了那个最高昂但柔美的音符。像画龙点败了眼睛，没有了神气；像小提琴换成了大提琴，没有了首席。

　　自由和欢乐这些隶属奢侈品的东西到底可多可少，乃至可有可无。她习惯做成"大提琴"已经好多日子了。

　　她以为日子就这么过下去了，也不错。

　　但是，但是……

　　好猎人的小孩子需要一顶好看的帽子，好比下去其他的女孩。

　　小孩子看中的是她的尾巴上最长的那根，最漂亮的那根——作装饰。

　　小孩子也很爱她，但更爱自己。

　　与爱自己相比，爱她就不足道了。

　　于是，小孩子偷着打开鸟笼，哭着揪下了她的尾巴上的羽毛。哭着揪也还是揪了。

　　她秃得没法儿看了。

　　而即便小孩子的父亲——那位好猎人回来看到了，也只有作势——当然只是作势，他那么爱他的小孩子——作势打她一下而已。比起他的小孩子，她当然也就不足道了。都只因为，他爱小孩子比他爱自己、乃至比小孩子爱她自己还要多——多好多。你晓得的。

　　如果需要，他甚至也可以非常真实地哭着杀掉她，如果他的小孩子撒娇耍赖非要他那么做的话。

　　哭着杀也还是杀。因此，很多时候，很多的哭——无比真实的哭，你不要把它作数。

她那么美，好像因美才生。

她因此拒绝歌唱。连"盲龙"和"大提琴"也放弃再做。

她不歌唱时间一久，又那么秃，寒碜，呆板，酸楚。好猎人的老婆、始作俑者的小孩子以至好猎人，都渐渐失去了对她的兴趣，乃至愧疚。

最后，他们合伙儿，把她丢到了荒野里，还美其名曰：放生。是小孩子亲手从笼子里取出来，丢到天上去的。

于是有电视台报道了他们"动人"的事迹。他们的事迹还上了报。尤其是那小孩子，还被选作了爱护鸟类的好少年，到好多学校循环着作起了报告。

小孩子的事迹是她的父亲——那好猎人帮着写的。到后来，小孩子不用稿子也能倒背如流。该流泪的地方（譬如看到路上受伤的小鸟儿自己心里是多么悲痛，自己是怎么用红的紫的药水帮鸟儿涂抹伤口等等），小孩子会停下来及时流泪，包括等着适时该起的掌声。

时间是位大师，他教导了所有的一切。好久了，小孩子也就觉得她自己的确是帮助了一只天下罕见、歌声罕闻的好鸟儿，而不是别的。

他们祸害了她，还说是她的恩人。重要的是，小孩子学会了撒谎，却当作歌唱。

他们偷走了她的歌唱。

她呢，在以前待过的那个树林里，活着，但生不如死。

她难看，神色冷峻地来去觅食，不再信任何的罩子，包括蛛网。

她都快老了，却不理别的鸟儿，不恋爱，还不歌唱。

永不歌唱。

第三章　往事

这一组，给鸟鸣，我所失去的鸟鸣。

我有一百年没有听到过鸟鸣了。

然而，为了他（她）曾经的唱给我听，今天，我要唱给他（她）听。

只唱给他（她）听。

——题记

遗忘了一些的记忆

记忆里的鸟儿无一不有着善良可亲的头面，就连乌鸦的也是。

其实，你知道，我们说他（她）难看或叫声不吉祥，都是人类自己的附会——我们太霸道而鸟儿又太柔弱。鸟儿的鸣唱不过是因为快乐，或是爱情——没错，像你和我为了爱情而鸣唱一样。他或她的鸣唱，大半也来自爱情——那种快乐里的极度快乐，那些快乐的小小积攒，或者说，真实的、可以触摸的幸福。

关于鸟鸣的印象，最深的似乎就是童年的一次劈面的相遇了，也像我们与最纯洁、最高贵的爱情的劈面相遇，那样来势汹汹。

那次，也是同看到两只鸟儿的相互爱抚一样，我好像一下子撞破了鸟儿的秘密：天蒙蒙亮，还看得见萧疏的星。而我，正在我那棵树冠像揉皱了的碎绸子一样的树旁，循例心无旁骛又极想旁骛地背诗。突然地，一只鸟儿（不知道是只什么鸟儿，也许就是一只当时大家司空见惯的云雀）就落在了我的脚边。她用豇豆红的漂亮眼睛看着我，一眨也不眨——她在和我对视！

一个 5 岁的娃娃顿时给吓蒙在那里，成了石头。

她一时好像明白我的心思，近前来，啄一啄我的脚。也许，她把这样一只粉红的圆鼓鼓的小女孩的脚丫，误以为是暄腾腾甜津津的白薯？

很快地就知道不是的，因为那啄是几乎觉察不到疼痛的啄，或者说，那不过是一种抚摸。

她啄完了，继续看看我的脸，很小声音地"啾啾"了两声。你还知道，孩子的心很多时候就是动物和植物的心，她们是同类。于是，我同样很快地知道了：她在同我说话。

我伸出手去，轻轻顺向从小脑袋一遍一遍，轻轻地将着她的毛。她背上的毛毛像水一样滑润，让我恍惚间觉得她就是我的伙伴，或干脆是我自己。

就这样将着，不知道过了多久——也许，是一个早晨？也许，只是一分钟。我记不得了。只记得那一刻，寂静得似乎天地间只有我和她。我们享受彼此，和彼此给予的寂静。

她在这样的寂静里，突然地就激动了——是的，那不是激动，还能是什么？——打开翅膀，"扑啦啦"就飞上了最高的枝头——我告诉过你那棵我的树，她早已经高得美丽得像云彩了。

她开始了鸣唱。

鸣唱出奇地好听，像我们难得的拨冗旅行，她声音的旅行。

在这样旅行的好声音里，一大群她的同伴应声来到了，接着又是一大群……他（她）们错错落落、音符般地落在枝丫上，像身边那棵不开花的树刹那间开遍了花朵，和他（她）们升腾起的香气。像满天里蓦地重新撒开欢儿跳舞的群星，和他（她）们散发出的光芒。

他（她）们开给我看，唱给我听——用不同的声部，甚至有着完美的和声。

那是一个神奇的早晨。一个南方或一个孩子或一个女子都或多或少会遇见神奇的早晨。南方和孩子和女子在某种意义上就是一个通灵者。而当南方粗糙成北方、孩子粗糙成大人、女子粗糙成男子的时候，他（她）们和我们也就失去了这项功能，使我们的生命纹理保持细腻和干净的功能。

我们对此几乎无能为力。

至今，我还不太明白她——我的朋友——开始鸣唱和召唤同伴来鸣唱的原因。是因为她所受到我的手的爱抚？还是，像我们常常要捉一只鸟儿来看看它到底多有意思、能不能学舌什么的一样，来表达对人类的孩子的好奇之心和温存之意？还是……像传说中的外星人探访似的，借此向所有幼小事物的友好的致意？……

如果说鸣唱无非意味着鸟去鸟来，那么，诗歌还不是人笑人哭一样。甚至，较之人踱步蹙眉采到的诗歌，鸟的鸣唱来得更自然和朴素些——因此更优美些。

那个露水打湿的早晨，我把诗歌丢在一边，把鸟鸣抱在怀里。

这个有鸟鸣参与的早晨的其他记忆全部模糊掉了，譬如背了什么诗——有鸟鸣，要诗歌做什么？如果一直有鸟鸣，我们也就不记得什么诗歌了。

我只记得我的鸟鸣。

另外的光芒

鸟儿的鸣唱是一种光芒，天赐的光芒，如同月亮照在树梢上。

无论何时何地、身份尊卑，可怜的人一股脑儿统统都在喧嚣的黑暗中，没有自由，缺乏翅膀。坐坐飞机火车大巴车，从这里到那里旅个行，就说是天底下最惬意的假期，不断地无奈地跋涉和叹息——人还会什么？不过是跋涉和叹息这两样本事——叹息之余跋涉，跋涉之余叹息——叹息啊，就是那种拉长了声音把"爱"说成"唉"的，由高到低迤逦下来像鸟儿的坠地死亡似的那样难听的声音——像我常在文字中用到的那个字一样。而鸟鸣就是救赎之一种。正如坐禅，正如爱情。而坐禅、爱情和鸟鸣，这三者在本质上没有一丝的不同。

鸟儿的鸣唱当然也来自光芒。

那是一种更为牢稳和扎实的安静。他说"鸟鸣山更幽"，他也说"蝉噪林愈静"的——哎，在我的词典里，蝉当然不是昆虫而是一只鸟儿，甚至苍蝇也是呢——只是他（她）更小型、或鸣唱也更微弱而已。有翅膀有鸣唱，不是鸟儿是什么？事实上，最小的鸟类蜂鸟比一只苍蝇还要小上很多。而我们听到鸟鸣就会不由自主地感到愉快，要跟着他（她）吹起同一个调子的口哨，还因此在一门可爱的艺术——口技里，有了专门模仿鸟儿鸣唱的著名的曲子。那里边，一百只鸟儿和他（她）们的领袖普天同庆的盛大的集会，和遮掩不住的欢乐的歌唱，叫人迷醉不能醒。

在所有动物当中，鸟儿的体态几乎是最娇妍多样、色泽最艳丽多彩的，声音也是最丰美、百啭千回的。也许可以这样说，任何门类的艺术大师创造的顶级艺术品，都无法同一只麻雀这样的大自然最爱惜的孩子比肩——鸟儿以其微末傲立宇宙，身上闪烁着绿宝石、红宝石、黄宝石一般的霓彩，并金声玉振地大声向世界倾诉。如此看来，鸟儿当然是大自然杰出的、一版再版的代表作：他（她）们轻盈、迅疾、敏捷，像直升机一样任意悬停，有着好看的、铺张的羽毛，以及优雅的鸣唱——不得不说鸟儿和他们的鸣唱是上帝的恩宠。他（她）们从来不让地上的尘土玷污它洁净的衣裳，因此终日在空中飞翔和鸣唱，树上做巢和生育，只不过偶尔掠过草地，然而很快又向远处飞去。

同植物的一贯沉默和谦卑是人所不可比拟的高贵品格一样，鸟儿的不停飞翔和鸣唱，同样是人所不能比拟的。人有许许多多的缺点、毛病和令人讨厌的地方（譬如恶语中伤他人），鸟儿的，不多。鸟儿至少干净，大部分只捡拾植物的种子或啄击危害植物的恶虫，并不懂谋害。

鸟儿胸腹的柔软和温暖，是任何一个触摸过他的人都曾经有所感受的，而鸣唱皆起于此。姑且让我们认为那里就是心吧，一颗小小小小的心脏，"扑通""扑通"驿动着，随同身体飞翔——或者比身体飞翔得更远——的心脏。那样生动蹦跳的声响，从他（她）们或长或短的嘴巴里传出来，就成了按捺不住的激越、动人的鸣唱。

鸟儿当然要遇到猎枪——这在以前和现在都没有杜绝过，没有。这是个很奇怪的现象——人类是杂食动物，已经有了很多吃的，稻麦蔬果，肉蛋奶——肉很多都是大的动物的绝好的肉，譬如牛、老虎、鲨鱼……从陆地到海洋，人类的一张嘴巴遮天蔽日，一副肚肠肥水横流。可人们啊，为什么还要盯向空中呢？

我们可从没听说过有哪一只或哪一群鸟儿有吃人的打算。从来没有。

空中的遁逃是无济于事的，人类是最聪明的万物灵长——我们砍伐森林、烧光草地，然后举起了猎枪……

因为猎枪，所以喑哑——他（她）们不再鸣唱的原因是这样具体而冰冷。他（她）们惊惶地躲避猎枪，所有鸣唱的器官都打上了封闭、石膏，最后退化，慢慢僵死。

这太阳下的杀戮导致的是：我们失去——失去他（她）们的信任，失去他（她）们的友谊，失去他（她）们的庇佑，失去他（她）们的欣悦，直到失去我们的幸福。

我们因为使用了猎枪，而从此变成了鸟儿眼睛里最强硬、最残暴的猎枪，也从此失去了鸟儿的鸣唱，那种大地上空另外的月亮。

那种光芒。应当无所不在的光芒。

不在了的光芒。

——我诅咒猎枪。

中药芬芳 |林文钦|

原载《北京文学》2014 年第 9 期

　　在我看来，许多东西是不能用科学来下定义的，我始终认为植物比动物更高级。植物，以它们纤弱的、静止的身姿，以内心的意志与信念，以始终不渝的爱，在多灾多难中彰显着旺盛的生命力。

　　梅特林克在《花的智慧》深情地写下，植物所构成的"明朗的底蕴，它们可能成为我们一生幸福和安宁的奥秘"，"如果我们借助我们花园里一朵小小的花儿所显示的力量的一半，用来解除压迫我们的形形式式的必然性，比如痛苦、衰老和死亡，那么，可以相信我们的境遇将迥然不同于现状"。

　　喝中药，就是人类接受植物对自己的洗礼。

　　2012 年阳春的正午，我走进这间叫作"春泽堂"的闽东百年中药店，为病中的母亲取药。此时屋外阳光灿烂，小摊小贩的叫卖声和车来车往的喇叭声全被隔在外面了。在中药店中，能感受到一份安静和几丝安全。

　　"春泽"，是取自"春天的光泽"之意。我坐在凳子上想，在春天中享受光泽，多好啊。这样想着，我等候抓中药的心情就比较悠然自得。我坐的长条凳，木板厚而重，上面的红漆漆面斑驳，可凳子依旧是那样的结实。从它的四条凳脚到凳子面板，都还非常完整。轻轻用手抚在凳面上，光滑平整。毫无疑问，坐在这样一条凳子上，无论你是百无聊赖轻轻晃动身子，还架着二郎腿自得其乐东张西望，或是长时间打着瞌睡翘首以待，或是呼天抢地泪流满面痛苦万分，都不用担心这条凳子会突然之间散了架子折了腿脚，让你措手不及摔倒在地。毫无疑问，在中药店，坐上这样一条凳子：

心自然也会踏实了许多。

装中药的木匣子，大小一致，上面一律用规规矩矩的正楷毛笔字写着药名，有数百种药，可抓药的医生时间长了，目光的一扫药方子闭上眼睛就能准确无误地走到装那味药的小匣子边，而且轻轻用手一抓，数量常常是八九不离十不多不少，这就是熟能生巧啊！中药最是讲究配药的分量：多一分则药效有天壤之别，差一克则可能药效全无或产生完全不同的后果。这就是中草药的奇妙之处！同样一个方子，同样的望闻问切，同样的一种病，可不同医生开出的药治病效却完全不同，高明的医生可妙手回春手到病除，而庸医则会把小病拖大轻病拉重活人医死。药抓好了，医生包好，朝空中轻轻一招手，"唰唰唰"就开始包药了。我暗自称奇，这多像魔术般的奇妙神秘啊！

仔细看，禁不住哑然一笑，原来恍如空荡荡的空中还垂着有一根根的白线呢。一抬头，蓝瓦下的屋脊上吊着一个个纺锤形的线圈呢。那些线垂在透明的空中，我看不见，医生们随手就可包药了。线从空中垂下来，一点也不用担心线会缠在一起绕在一起解不开。这样的方法，又科学又节省时间，实在是妙。药包好了，医生交代一番，用冷水还是温水，泡多长时间煮多长时间，再加入什么药，而后如何如何，说者有板有眼，听者频频点头。有不清楚的再问一遍，医生也总是不厌其烦地又重复一遍。口气舒缓，同第一次说的语气字词一模一样，让旁观听着的人啧啧称奇。

我看着抓药的医生节奏地来回走动，他时或来到案板上看一眼医生开的药方子，时或又轻轻拉开依墙而靠的那一排排整整齐齐的小木匣子，取药，用小秤称，轻轻地抖去一些，确保重量的准确，而后返回案板，将药倒在黄皮纸上或纸袋中，再返回称第二味配药。他们的动作轻而柔，来来往往，脚踩在木地板上也从不会发出巨大空洞的声响。看着这行云流水的动作，病人的疼痛仿佛也一下就减轻了许多。在中药店看医生抓药，谁都会赞同这样的说法：那抓药的医生本身也是一味药啊！

谁的中药包好了，配药的医生就把中药放到上面，大声喊谁的名字。有人应声而起，取药离开，又有人进来坐下。我看不见配药医生的白口罩后面的表情，但那一双双眼睛却是同样的安静，同样的会说话，一如中药店里舒缓流淌的时光。与那样一双双眼睛对视，人就会自然而然放下心来。

药到自会病除的！走进中药店，坐在中药店，一切皆有可能：救死扶伤！等待的过程，有些淡淡的焦急，也有些心安理得。时光的流水轻轻在流淌，中药的味儿一股劲地往我的鼻翼里钻，让人有种说不出的舒坦……

说起"中药"——我眼中飘逸草木气息的意象，还形成于1980年早春的清晨。那年我7岁，我的童年似乎与那阴暗的老中药铺有着特殊的关系。

当年的祖父身体虚弱，常年哮喘。那时结缘中药，是跟随祖父的脚步。祖父喜舞文弄墨，但常年的哮喘却让他饱受了折磨。我的童年就是在祖父的哮喘声里成长的。

在早春的回潮湿气里，祖父小楷字体抄写的药方，带着发霉的味道。我拿起一张张整齐而娟秀的黄纸药方，在心里默记着。这些方子，如今在我看来，如同一张张通往过去的车票。每忆起一张，就会想起一段缓慢的光阴以及光阴里散发的中药味道。

祖父喜欢带着我走在午后的阳光里，拐过几条窄窄的街道，去"邱氏中药铺"拜访邱伯。邱老伯年龄比祖父大，身体却很硬朗，走起路来，还带着年轻人的气势。街道上躺着几只半睡半醒的黑猫，乡下人总是喜欢养着几只黑猫，守着其实不算富足的粮仓。而在拥挤的城市，我再也看不到那只温顺的黑猫了，只在黑暗的垃圾堆里，见过一只眼神慌乱的野猫罢了；而它在我还未靠近的时候，就早早地逃离了我的视野。祖父的身子有点佝偻，瘦弱的躯体，被午后的阳光拉得很长。中药铺的生意冷冷清清，特别在慵懒的午后。邱伯的躺椅，斜摆在木屋的门口。躺椅是竹子制作的，渗着黄色的汗渍。当祖父和邱老伯拉着家常的时候，聊着药方的时候，我就会偷偷溜进屋内，抚摸起那些漂亮的瓷坛来。那上面的花草虫鱼，好像一下复活，诱惑着我的双手。过完抚摸的瘾后，我又捣鼓起那些长长的抽屉来。

当我跨过中药铺那潮湿的木门槛，一股浓厚而芳香的中药味道，总会扑鼻而来。陈旧的木屋，却深藏着一个神秘的世界。掉了金粉的牌匾，风雨剥蚀的门联以及柔和光线穿过屋檐斜漏的瘦影，仿佛让我遁入明清的旧宅里。我的额头在古老的光线里，闪着不谙世事的微光。黑色的地面，黏糊糊的，像被捣稠的面糊。而黑色古朴的药架子，长满了深藏不露的抽屉。抽屉的表面贴着药材的名称。一味味带着神秘感、可以救死扶伤的药啊！那些药名如同亲兄难弟，铺满了黄纸：

东白芍、南星、北沙参，春砂仁、夏枯草、秋桑叶、冬葵子，青黛、黄芪、苦参、辣蓼草、咸秋石、金银花、木通、水獭肝、火麻仁、土茯苓，风茄子、云茯苓、雨伞草、雪里青、雷丸，山药、川芎、望江南、河白草、海浮石、洋金花，猪牙皂、牛膝、羊踯躅、马宝、鸡血藤、狗肝菜、鼠粘子、牛黄、虎骨、菟丝子、七叶莲、八角茴、九香虫、十大功劳叶、百草霜、千金子、万年青，一粒金丹、二至丸……

静静地想想这些药味儿，有山野自然的气息，有诗情画意，也很耐人寻味！

浓厚的中药味，有点呛人，但我还是闻个不停。我拿起药材，细细地品看，就像欣赏祖父铜皮盒里那些闪光的银元和铜钱。但这些稀奇古怪的药材比起"光绪元宝"和"乾隆通宝"可爱多了。那时候，我就想，将来我就做一个乡村的药铺郎中算了，那该是一件多么幸福而有趣的事情。而如今看来，我是低估了工业文明的力量，西药已经超越了中药，成为了看病的主导。而我当药铺郎中的梦想，也在时间的过滤器里，被淘洗得干净。现在我更多的是成年男人的焦灼和忧虑，全然没有了当初站在药铺架前的豪情壮志。

很长一段日子，我和祖父都是在"邱氏中药铺"的木屋前度过的。我记得邱老伯给祖父开过一副治疗哮喘的中药方子：白果４ｇ、苏梗６ｇ、贝母８ｇ、柏子仁９ｇ、紫苑６ｇ、法半夏１２ｇ、茯神９ｇ、枣仁１１ｇ、枳壳６ｇ、丹参１２ｇ－２０ｇ、陈皮３ｇ、山药９ｇ、桑白皮６ｇ、鱼腥草１２ｇ、枇杷叶９ｇ。这副中药方子如今依旧夹在家里的中药书里，浸透着岁月的沧桑。邱老伯在中药铺的后院，给祖父煎药。黑色的沙钵上面，升腾起一股温情的轻烟。当祖父喝下苦涩的中药，我仿佛觉得一个个生命融入到祖父的血液里。之后，祖父的哮喘有所好转。我们去中药铺的日子就渐渐少了。

最后一次去"邱氏中药铺"，依旧是一个阳光慵懒的午后。掉了金粉的牌匾，在阳光下异常醒目。幽深、阴暗的木屋，越加衰败，如同一个历经沧桑的老人，孤独地站在阳光下。我当时还不明白伤感之类的词语，但是一股难过的激流那时却在心中激荡。我再也没有跨过那高高的木门槛，只闻到那些熟悉而浓郁的中药味，像亲切的虫子钻进我的鼻孔。我感觉眼角有点潮湿，带着孩子独有的敏感和单纯。几年之后，硬朗的邱老伯却先我祖父而去。他的中药铺也被一排崭新的诊所和药房所取代。而时间把中药铺的废墟都掩埋在新鲜的建筑群里。

周作人在《草木知秋》中说道："生病，吃药，也是现世的快乐呵。尤其是吃中药。"我看到这句话不禁叹道：世上居然还有一个人也如我般从草药中喝出快乐来！回想那些中药颗粒，我就似闻到阵阵的草木芬芳，于是我鼻息间的香气就更浓重了。

时光渐逝，病中的我垂青中药的疗效。我十分羡慕地盯着寻那些抓药的白大褂，我认为他们是世间最幸福的人，天天能带着一身的清香走在人群中。冰片、半边莲、茯苓、夏露、茺草、紫藤……这些中草药的名字给我留下了绿色健康的记忆。连我自己也闹不明白，为什么我每次喝下一碗中药汤，胸腔里会有一股无法言说的妥帖感，浑身流动着阳光、雨水与泥土的气息，肺腑间充满了绿色的血，生命应着四季的更替，沉睡，苏醒；再沉睡，再苏醒！没有死亡，只有不断地新生与希望。

说花随人气，其实应该是人随花气。有时生病中喝多了中药，我会带有一股淡淡的中药。当有谁对我说：你身上怎么有一股药味？我就会毫不客气地纠正道：是药香！我特别喜爱身上的那种药香，还常常抬起衣袖闻闻那股草木的香气。当我被这草木的药香罩住时，眼前瞬间模糊起来，觉得有一棵灵芝在眼前飞来飞去，那是一个电视广告中的神话：一个小男孩为救母亲的生命，在神仙的帮助下采到一棵深山灵芝……我认定所有的草药都是这棵灵芝的孩子，它们为解除散落在大地上生灵的疼痛而来。

每当我端着浓浓的中药汤，就看到草木森森，美与力量、信念才是它们的本质呢！现在许多中药都被做成了胶囊，那些纤纤的中草药被时代换了筋骨，把实用的沟壑填得满满的，即使我吞再多的中药胶囊，衣袖间也不可能挥出草木的香气，胸腔间也唤不回喝中药那种妥帖温柔感了。

鹦鹉丽莎与蒙娜丽莎 |张承民|

1. 巴西艺术主角：美女与鹦鹉

我的同事保罗是一名艺术爱好者，他有位艺术家朋友马里奥，此时恰逢在里约热内卢国家艺术博物馆办画展。这是一次巴西现代艺术代表作的世界秀，其绘画作品极具颠覆世界主流艺术的魅力，突显巴西美学的独特风格，挑战至上的西方艺术主流，传达巴西艺术家回归自然的正能量，引导人类艺术思想面向全球化，诠释人类新价值观，开拓大众新审美视角，启迪大众对哲学、神学与美学的重新定位和认知。"发现自然与灵魂回归"成为这次活动的主题，因此，此次艺术展览备受媒体和大众的关注。

得知这一消息，主教马西、心理学家詹姆斯、还有艺术家评论家博威茨，都想要亲自前往目睹这一巴西前卫艺术思想的世界碰撞。我正好前往里约乌卡（URCA）的国家科学中心访问，有幸随保罗一行前往，与大家一起欣赏巴西的现代艺术，启蒙自己的巴西新艺术意识，体验巴西艺术的视觉冲击。

巴西真是怪事多！来到博物馆展台前，居然见到他的朋友画家马里奥正在为观众表演，现场鹦鹉写生。只见他满脸胡须，一头长发，好像是脱离地球已久的猿人，挥手自如，运笔自信，涂抹含情，作品顷刻之间浮现画面。那只鹦鹉像职业的人体模特，展开翅膀，昂着头，高傲地叫着，它摆出各种 pose，一个个姿势都落在画布上，栩栩如生，令人看得出神。远处望去，幻觉婆娑，令人联想猿人与鹦鹉互动的行为艺术演示。环顾周围画廊，能看到成群结队的人流，还有静静矗立着欣赏者，以及手拿放大镜

285

认真观察画迹的艺术批评家，不时地，摇头晃脑的怀疑并语出尖刻的评论。画作的主格调凸显鹦鹉与亚马孙丛林，展示了那原始的野性与生命的萌动，异常活泼，令人陶醉，仿佛伊甸园就在你身边；似人似鸟的模糊与扭曲的画面，略显哀婉凄楚，这是画家刻意侧重心灵的描写，其抽象的内涵闪耀着生命不可磨灭的意识。画作饱含鲜见的印象和色彩，那是画家在亚马孙丛林长期细心观察领悟自然光线的结晶。看看留言簿的评语，艺术评论家博威茨的一条醒目的字句映入眼帘："脱离人类主题与超现实主义，隐约地反人类行为艺术。"面对周围诸多评论家诟病马里奥的艺术风格，他不屑一顾，继续着鹦鹉与观众的互动。环顾这堪称后现代主义的巴西艺术展，主教和心理学家在窃窃私语地议论着，探讨独特艺术思想所反映的人类内心信仰和心境，两人争论的情景也进入了摄影艺术家的写实镜头。

保罗与画家饶有兴趣地攀谈起来，探讨其艺术思想、独特技法和作品的内涵。面对不可多得的机会，我盘算着，想请求画家为我草绘一幅画，也算不枉巴西艺术启蒙之旅。那么，请求画家表达什么题材好呢？人们常说巴西到处美女云集，养眼观瞻，身心愉悦。那我就索取一幅巴西美女画吧，这也算是稍微沾染点艺术品位，哪怕是素描也行。保罗听后，连忙诡秘地开玩笑说："三点的不要，全裸体的桑巴舞女，让我的中国朋友认识一下巴西的灵魂精粹，开开眼界。"

大约 2 小时后，我们已经把艺术馆参观了个遍，于是找艺术家马里奥索取其画作。可纳闷的是，怎么没有见到保罗要求的巴西美女裸体画？

我笑着询问："多谢画家辛劳，我们的画在哪里？"

"那就是。"画家指着有鹦鹉的小幅油画。我仔细端详那个鹦鹉画作，只见鹦鹉展翅飞翔，眼里透射凄婉和孤独，那是高傲的冷笑，无畏地俯视着里约卡巴那海滩，好像是对人类的蔑视和控诉，那是苍凉透骨、哀鸣刺心的怒吼；画卷底边落款"鹦鹉丽莎（PapaLisa）"，角落有画家马里奥的签名和日期。

"搞错了吧？我们请求一幅巴西美女画，不是动物鹦鹉画啊。"

"Sim, papagaiofemea（葡萄牙语：雌性鹦鹉），PapaLisa。"画家冷静而自信地答复着。

"世界上，最美丽的雌性不是人类的美女，而是鹦鹉美女。圣经里描述的天堂，也不仅仅是美女，而是飞翔的小天使。这将是全球化的新型价值观：地球上最美好的雌性属于鹦鹉。你们都该把 20 世纪过时的美学观念抛掉，好好理解这句话的哲学寓意。"他滔滔不绝地讲述着个人艺术哲学思想。

"原来如此……那岂不是颠覆了达·芬奇的蒙娜丽莎？颠覆了毕加索的阿维农少女？还颠覆了文艺复兴以来人类关于美丽定义的坐标？"艺术评论家博威茨认真的反问。

"此外，也颠覆了人类的恋母情结？还颠覆了弗洛伊德为我们苦心经营的精神心理大厦？"心理学家詹姆斯附和着。

"难道圣母玛利亚不再神圣？古罗马的母狼将退出历史舞台？"主教严厉的注视着马里奥并质问。

这些围观者的剧烈言辞释放之时，鹦鹉在我们的头顶翻飞，像是在闪电中、在怒吼的大海上高傲地飞翔，它好像在呐喊：——让暴风雨来得更猛烈些吧！……???

接下来，围绕着这幅"鹦鹉丽莎（PapaLisa）"画作，各种尖锐的思想碰撞似乎掀起波澜，不，简直是翻天覆地的海啸。

2. 美学辩论：蒙娜丽莎与鹦鹉丽莎

艺术评论家博维茨简单地为大家回顾了达·芬奇创作《蒙娜丽莎》的暗示。

"欣赏蒙娜丽莎，令人感到不可捉摸，它忽明忽暗，不男不女，阴阳交替，微笑嘲笑，苦尽透甜，从其名字 MonaLisa 就可意识到，这是男女元素的合二为一融合体。在古埃及传说中，男性生殖神叫阿蒙（Amon），女性生殖神叫伊西斯（Isis）——古埃及人将其读做 LISA，MonaLisa 就是 AmonLisa 的谐音重组。蒙娜丽莎的面孔和名字均是双性特征，这可能是人类性别社会分工初期的自然状态描述。"

"那么鹦鹉丽莎（PapaLisa）的名称含义代表了什么暗示？Papa 是 papagaio（葡萄牙语鹦鹉）的前缀，代表鹦鹉，而 Papa 这个词几乎是人类近百种语言"爸爸 - 父亲"的发音，所以 PapaLisa 也隐含着双性生命混合体。500 年来，蒙娜丽莎勾引人们囫囵的性幻想，包括男女，男男女女的超越伦理道德的交配组合。而 PapaLisa 似乎正在抿嘴嘲笑蒙娜丽莎，鞭笞达·芬奇的 500 年艺术蛊惑，唤醒人类对动物生命与自然的平等尊重。"画家马里奥对其创作的美学认识和观点令人醍醐灌顶……

听到马里奥的评论，保罗怀着疑虑感叹道："那么你是否已经破译了达·芬奇密码？预言蒙娜丽莎时代的终结？"

片刻宁静，鹦鹉落在保罗的肩膀，得意的扇动翅膀，而画家笑而不答，沉默与大家对峙。

主教对古罗马宗教艺术研究多年，颇有见地的评论："透视今天的《鹦鹉丽莎》绘画，恢复对神学重新尊敬的时代正在来临。我们必须从哲学的高度反思，《蒙娜丽莎》崇拜可能是今天地球一切灾难的根源？它代表了人性的极度贪婪，无节制地放纵，无视未来人类生存的环境挥霍，过度消费而杀戮动物，这导致大量物种灭绝，引发全球性的生态危机，进一步触发恐怖活动，等等。"

针对艺术美学的主题，大家兴致盎然，心理学家詹姆斯剖析艺术事件背后的社会心理动机……

"《鹦鹉丽莎》对决《蒙娜丽莎》，这表面看来是不同艺术流派的美学标准的争论，自然派与人类派，其实这是一场文明价值观的对决。细心考虑后发觉，《鹦鹉丽莎》蕴含的艺术意境极其深远，这代表着人类至上的哲学理念将终结。在宇宙面前，生命平等，动物与人类拥有同等的权利，应当共同分享地球的资源，并一起保护地球生命共同体；还要指出，今天的人类和尚未出世的未来儿童将拥有相同的权利。人类的诞生和发展过程，伴随着动物和植物的共同进化，因此动物有资格被赋予人类的尊敬。科学家认为，没有动物和植物的系统，人类必定会毁灭，因为人类不过是地球生命循环系统的一个环节。看看今天的全球环境，人类的贪欲不断膨胀，过度增长，这就是地球循环系统的癌症源头，甚至可以说，人类就是一个不断吞噬、恶化、致命的毒瘤，已经是一个只能化疗、放疗、必须切除的地球累赘。"

保罗抢断接话："如此看来，目前人类就是地球多余的野兽；假如外星人来到地球，她们肯定首先将我们关到笼子里，而让鹦鹉自由地飞翔。"

"也许外星人一直在监视我们，地球就是她们的笼子，仁慈的上帝让动物陪伴我们，拯救我们，不让我们孤独，而我们在屠杀它们。这是罪孽呀！"主教边说边在胸前比划着十字。

保罗再次插进话来……

"既然人类的行径如此恶劣，那么《蒙娜丽莎》就没有资格躲在巴黎的卢浮宫里面微笑。假如《蒙娜丽莎》继续在巴黎抿嘴招摇，那么里约热内卢必将是未来全球新文明的文化艺术中心。人们从亚马孙雨林和鹦鹉那里获得灵魂的启迪，唤醒生命的良知，忏悔人类对自然界和动物犯下的罪恶。"

受到保罗的鼓励，画家马里奥继续激扬文字："每当看到《蒙娜丽莎》，我的内心便充满恶心和愤恨。达·芬奇不过是人格和人性双重畸形的破烂，标榜现代文明时代的艺术之母。因此，《蒙娜丽莎》和达·芬奇必须一起滚下全球化的历史舞台。客气地说，他们的反神学和解放人性的使命早在一百年前就完成了，那时，毕加索的阿维农少女让欧洲的艺术家们勉强维持了一个世纪的最后坚挺。人们沉浸在莫奈和凡·高的光线与色彩的感觉与印象，分享朦胧中原初印象的喜悦，但是艺术家们忘记了艺术的崇高责任，其美学主题到底是人类、还是地球生命共同体？"

3. 全球化艺术的新视野——审判《蒙娜丽莎》

标新立异的艺术思想招徕大家鼓励的眼神，于是画家开始了他的演说："全球化的新时代到来了，《鹦鹉丽莎》完全可以代表全球新文明的艺术标度。在全球化时代，不是由哪个人种的美女代表美学的化身，依此统治全人类关于美的视觉神经，而是那些超越人类的动物，她们展示着生命和自然的和谐，并顽强地忍受着人类的歧视和迫害。这些动物的生存环境被我们破坏，她们还遭到人类的杀戮，但她们依然顽强地生存、默默地抗争。这就是生命的伟大，自然的宽容，这才是真正的美，所以人类的艺术应该表现对她们的敬意，使她们成为艺术美丽的主题。她们的生命勇气让每一个存活的动物自由行走和飞翔，也正是这些动物的先驱们，养育了人类，成为我们的食物链。然而，我们人类假惺惺地养育动物，却吃她们的肉，所以她们才是人类锻造文明真正伟大的母亲。所以，我大声疾呼，《蒙娜丽莎》崇拜就是人类文明一切谎言和虚伪的艺术源泉。"

马里奥列举了许多世界各地的艺术家，他们心怀朝圣之情，纷至沓来到达巴西，可笑的是，那些自称崇尚自然与艺术一体的画家，不是潜心亚马孙雨林的心灵观察并专心画作，而是首先嗅到了巴西烤肉的味道；还有一批艺术家沉浸在里约的红灯区，科帕卡巴那海滩酒吧，在那里触摸巴西女模特的灵魂，试图挖掘异国人体艺术之美。

"在全球化时代，面对人类社会和自然生态的空前危机，艺术家必须重新思考自己的人生责任，冷静地探索新的美学坐标。其实，达·芬奇也曾经实践着艺术家的神圣使命，在文艺复兴时代他推动了人性解放和神权落地，但是他的使命已经伴随人类过度消费自然导致的环境恶化而终结。然而，当今诸多艺术家片面地强调画作的技法，包括线条、色彩，抽象、写实、投影、立体、光泽、本底材料，等等物理术语，这些仅仅是艺术实现的手段，并不是艺术的精髓，更不是艺术家的文明使命。"

"从某种意义上说，艺术家的画笔也是一把屠刀，艺术家也可以是现代文明的刽子手，他们对艺术价值观的传承与倡导，将主唱人类的主流意识形态，这是艺术为社会服务的典型悖论。毕加索就是一个识时务的艺术家，面对血淋淋的西班牙斗牛士之剑，他领悟了欧洲文明的精髓，瞬间涂鸦出一副艺术画作，一条牛鞭。毕加索的艺术作品是抽象的，但是其哲学信念是现实的。纵观毕加索的人生，他似乎始终纠缠着牛鞭，在扭曲的弗洛伊德精神世界里迷失并漂流，实现着立体主义的梦想。就艺术的文明使命感来说，有一个不争的事实，毕加索赶不上达·芬奇。"

听到如此惊人的"反人类"和蔑视"艺术大师"的言论，博维茨深情地呼唤，"假如艺术家继续沉浸在达·芬奇的恋母情结之中，那么全人类就应该一起同声呼喊动物，你们是我们文明最伟大的妈妈。"

"的确，《蒙娜丽莎》是恋母情结的象征。当全球化新文明扩散到巴西，人类终于发现地球的表面是有限的，这就像婴儿有一天突然无奈地发现自己在摇篮里，一个地球大小的摇篮。由于人类成长的激素，挣脱摇篮的冲动油然而生，反思、叛逆、颠覆过去、寻找未来、探索生命的真谛，这些是艺术家永恒的课题。"心理学家道出了新世纪艺术反思的缘由。

"人类可能是被外星人遗弃在地球上的残疾儿，存在精神和人格的残缺，无耻和虚伪已经演变成高超的政治艺术，而真正艺术家的每一次挣扎就是试图进行自我修复或是找到进化的新出口。但是不幸的是，多数艺术家在人生探险的道路上精神崩溃，面对无休止的心灵折磨和自我拷问。然而，幸运的是，《鹦鹉丽莎》造就并拯救了画家马里奥，也让我们感受到了动物与人类生命共同体的奇迹。"保罗在大胆地猜测着。

聚精会神地倾听着，鹦鹉拍打着翅膀，还用喙撞击着保罗，展示出鹦鹉丽莎无尽的感激。

这时，主教接过话茬，试图从神学角度诠释人类与动物关系："人类真正的进步不是发明杀戮动物的武器多么先进，而是不断发现她们无私的情怀和奉献，默默感化我们的愚昧。终于有一天，在照镜子的时候，我恍惚发现对面是一只身穿西服的猴子时，我没有狰狞和愤怒，经过反思，我释然并且解脱了，我庆幸地反观了自己的灵魂，这印证了圣经的教导：人生来充满着两种罪——原罪与本罪，原罪是始祖所遗留的恶根，本罪是人们今生所犯的罪行。通过《鹦鹉丽莎》和《蒙娜丽莎》的对比，我终于领悟了圣经的真谛，《蒙娜丽莎》就是人类贪婪和放纵的原罪产物，由此导致了人类的本罪：自相残杀的战争和恐怖袭击。"

主教相信，鹦鹉与人类共存是神的旨意、神的大爱，人和动物是神灵的不同表象，宇宙轮回的表达。这一点似乎符合佛学的理念，也影印了聊斋故事的奇异情节。

"那就选举一位巴西亚马孙土著酋长担任你们的教皇吧？算是感恩鹦鹉故乡的关爱。"我开玩笑并提议说。

4. 巴西鹦鹉丽莎的传奇故事

画家回忆了自己的经历，解析美女和鹦鹉的美丽本质："美女只是世间的浮华、装扮出表面的美丽，等待男人的献媚，因此美女的装扮本身就存在陷阱嫌疑，但她们多变贪婪，易移情别恋。而鹦鹉丽莎可以与你心灵默契、伴你自由流浪远方。"

保罗反问："当你的妻子和鹦鹉同时遇到危难，你先救谁？"

画家果断地选择了鹦鹉丽莎。

保罗接着问："蒙娜丽莎和鹦鹉丽莎，你选择谁？"

当然选择《鹦鹉丽莎》。

从根本上剖析画家马里奥的鹦鹉情节，还得从画家与鹦鹉丽莎之间的一段传奇故事讲起……

画家马里奥的女友叫安娜，是来自法国的模特，她具有法国贵族的高贵血统和气质。本怀着自信来参加在巴西举行的世界小姐选美比赛，安娜却万万没有想到，巴西美女如云，她在大赛中竟然名落孙山。怀着对巴西的热爱和妒忌，对法国时尚事业的执着，她决定留下来继续下届选美大赛，这期间她应聘当了画家马里奥的人体艺术模特，这曾经是安娜在巴黎的职业本行。

为了创作出惊世的艺术品，马里奥打算再现原始野性和美女相遇的奇异画面。当初的幻想是，画家每夜抱着安娜，置身于亚马孙热带雨林，这将激发画家的艺术灵感。于是，他带领安娜选择了去了亚马孙热带雨林现场写生创作。一天，他们两人一起来到亚马逊河岸边写生，按照常规程序，画家展开画板，贯注画笔，瞬间的自然光色斑斓映照画布，而安娜则摆好pose，含情脉脉地配合。这时，忽然传来一群鹦鹉的尖叫声，声音惨烈令人恐惧。顺着声音望去，只见一只美洲豹在树上成功地偷袭了鹦鹉巢穴，而鹦鹉群起反击，向着猎豹俯冲而去，他们之间展开激烈的搏斗。许多鹦鹉被捕杀，其中一只受伤落地。眼见美洲豹就要抓到这只鹦鹉，画家立马放下画笔，端起猎枪，冲着豹子就是一枪。听到鸣枪声，豹子慌乱地逃跑了。顾不上裸体的安娜，画家立刻跑到河对岸，赶去查看受伤的鹦鹉。轻轻地捧起鹦鹉，发现它的翅膀已被折断，奄奄一息，必须马上进行医学处理才行。不由分说，画家立即抱着昏死的鹦鹉回到驻地，然后进行简单的包扎治疗。由于身边缺少药物，画家决定停止在亚马孙的艺术创作计划，带鹦鹉回到了里约热内卢，找兽医为它医治。

经过三个月的辛勤努力，鹦鹉终于康复，可以展翅飞翔。接下来，画家决定让鹦鹉回归自然，试着放飞。可是鹦鹉被放飞后，走一段时间就又回来了，它不愿离开马里奥的家，眼睛里泛泛滋润着泪水。无奈之下，从此画家只好留下这只孤独可怜的鹦鹉，只好再择机而行。天长日久，这只可爱的鹦鹉便成为了画家的家庭成员，从此欢歌笑语不断，画家并给它取名字叫丽莎。

意想不到的事情随之发生了。由于鹦鹉的加入，这个家庭上演了一次又一次的离奇故事……

5. 鹦鹉大战加菲猫

画家的女友安娜有一只宠物加菲猫，是纯种的美国肥猫，体重达 10 公斤。莫名地，这只猫与鹦鹉丽莎的关系十分紧张，两个动物逢见必战，家里经常上演加菲猫大战鹦鹉的戏码。

加菲猫的体型庞大具有地面优势，但鹦鹉在空中动作灵活，一点也不示弱，尤其是鹦鹉拥有森林的生活经验，可以在房前屋后的障碍物之间翻飞，偶尔上演空中悬停，这让加菲猫的追杀显得疲于奔命。在一次打斗中，鹦鹉丽莎不小心啄伤了猫的一只眼睛。

这下可惹了大祸，安娜见到自己的宠物受伤，拿着竹竿追打鹦鹉、教训并呵斥鹦鹉。看着自己的宠物已是独眼，安娜心疼万分，决定有所作为，她坚持要把丽莎赶出家门。面对困境，画家挺身而出，主持公道，坚决保护鹦鹉丽莎，并多次抗议安娜针对鹦鹉的粗暴行为。因此，两个宠物之间的战斗扩散到两个主人之间的战争，接着两人大吵一架。安娜想到自己在巴西的冷遇局面，心情无比压抑，从选美比赛的失落，到心爱的宠物受伤，再到自己还被画家冷落。

画家有些无奈地说："为了避免安娜和加菲猫对鹦鹉丽莎的迫害，我选择和鹦鹉住在一起。我还去请了一位宠物心理学家，调节两个宠物之间的矛盾，但是结果并不满意。"

心理学家解释说："加菲猫和美洲豹属于同类猫科动物，他们是鹦鹉的天敌，鹦鹉丽莎曾经受到美洲豹的攻击，恐怕很难信任加菲猫。"

泪别鹦鹉丽莎

每当望着宠物猫的残破眼睛，安娜气愤难耐，时常纠缠画家，督促他立即驱赶鹦鹉丽莎。但是，画家不以为然，总是借口推脱，不忍心这样对待一个遭到磨难的小动物。毕竟，马里奥是个崇尚自然、热爱动物的人，所以内心反感做出这样的事情。更甚，鹦鹉丽莎的到来给了画家无尽的艺术创作灵感，通过对鹦鹉的情感观察，画家对色彩的灵敏度有了明显的提升，可谓画技精进，受到同行和大众的羡慕与赞许。现在，画家整天都跟鹦鹉丽莎待在一起，绘画着多彩多姿的鹦鹉翅膀，以及鹦鹉传达出的亚马孙森林的奇妙灵性。

难道，这鹦鹉岂不是取代安娜的模特地位？想到这些，安娜心里既紧张又怨恨，她内心为此嘀咕多时。一只巴西的野鸟也要站在法国贵族美女的头上拉屎吗？安娜毕竟是巴黎的美女名模，心想，巴西的美女不肖多瞟咱一眼，这巴西鹦鹉也是狗眼看人低吧，简直就是藐视法兰西文化。巴西人不知道拿破仑和戴高乐有多高，也该知道埃菲尔铁塔的高度吧，抬头看看里约热内卢高崇入云的耶稣圣像，就是法国艺术家赠送巴西的礼物呀！从此，安娜对鹦鹉丽莎充满了敌意和嫉妒，这使得马里奥家庭内部出现了一条隐约的"马其诺"战线。

随着矛盾的不断升级，愤怒的安娜让画家在她和鹦鹉之间做出选择。见到安娜动了真格，悲愤之情溢于言表，无奈之下，画家被迫妥协。他决定把鹦鹉送回它的家乡亚马孙森林，在那里放飞并与其告别。

只是意想不到的事情发生了……

"几经周折，终于来到了亚马孙丛林的那个河边，我忍住不舍与怜惜，将鹦鹉丽莎放飞了。可没想到的是，丽莎不情愿离我而去，几次放飞后，丽莎都飞回到我住的旅馆来，在我的窗口徘徊，在我的头顶低鸣，似乎在控诉，又好像是在祈求。"画家伤心地回忆着。

接着，安娜几次来电话催问，要求马里奥立即放飞并处理丽莎，对待这只命中克星的鹦鹉，她要求画家具有面对法国大革命的铁石心肠。安娜还指示画家施展计谋，对待这只藐视人类美丽定义的鹦鹉，绝不能心慈手软。画家为了在安娜与鹦鹉间的生活得到安宁，终于狠下心，用自己的安眠药骗鹦鹉丽莎吃下，将昏迷的丽莎扔到丛林的鹦鹉巢穴，然后含泪离开，转身奔向机场坐着飞机回到里约。

鹦鹉丽莎奇迹地飞回里约

奇迹总是在没有准备的时候来临……

"谁能想到，在放飞鹦鹉一个月后的一个清晨，我又听到了熟悉的鸣叫声，好像在梦里，但是这次声音却是异常的清晰真实。"画家心中不禁又怀念起丽莎，可是恐怕不可能见到它了，以至于出现幻觉。于是，画家拿出镇静剂药物含在嘴里，准备吞咽。

然而，当他望向窗外时，看到一只鹦鹉用嘴敲击玻璃窗，心中的幻想竟然成真。"天啊，是丽莎！它竟然飞了四千公里，找到了回家的路！"

画家顿时热泪盈眶，小心翼翼地将疲惫不堪的丽莎迎了进来，鹦鹉感受到了画家的激动心情，不断亲吻他、用翅膀拍打着画家。而此时画家心中暗暗决定：再也不要和丽莎分离。

可是，鹦鹉丽莎这次回来，决不愿和安娜与笨猫在同一屋檐下生活。鹦鹉只是早晨飞过来看望画家，白天像个跟班一样陪着画家绘画，每晚再飞到公园树丛去过夜。那勤勤恳恳的样子似是贤惠的小媳妇，那灵动的眼睛更是充满智慧的闪光。

鹦鹉丽莎报复安娜

趁着画家马里奥外出到圣保罗参加艺术展览，安娜带着加菲猫在家悠闲。依旧如常，鹦鹉丽莎只是白天在房子周围活动，晚上到外面公园树林去过夜。

几天后，画家马里奥载誉归来，他的《鹦鹉丽莎在亚马孙森林》画作赢得参展嘉宾一致好评，因而获得了圣保罗后现代自然艺术开拓奖。而另一幅参赛作品《法国美女安娜梦回亚马孙》却无人问津。面对马里奥的荣誉，安娜似乎不以为然，唠叨着并抱怨着，挖苦鹦鹉主题艺术的成就与财富之间的反比换算关系。马里奥听着，内心郁闷，认为安娜总是与失败关联。

鹦鹉在一旁拍打翅膀、叫喊着、嘶鸣着，口里老是重复叫出法国著名印象派大师"塞尚"的名字。这也太奇怪了，这个"塞尚"是一位法国二流画家的号，最近也来到巴西圣保罗参加画展，而安娜在巴黎时曾经是其模特。"塞尚"以模仿剽窃印象派创始人塞尚的绘画而著名，其作品可以以假乱真，很难辨别真伪，并高价充斥艺术市场，获得大量财富。

接着，鹦鹉丽莎用法语发音啼道，"我爱你，塞尚。"

突然间，安娜意识到事情不妙，自己的风流韵事彻底败露。鹦鹉甚至还发出"啵啵"的接吻声，完全是在模仿安娜的偷情过程。见状，画家愤怒异常，他从而发现了安娜和过去情人的秘密约会，一怒之下大骂安娜不守妇道、通奸偷情。安娜亦大怒，随即去追打鹦鹉，用法语大骂粗口，发誓要杀了鹦鹉。

安娜谋杀鹦鹉未遂

动物的嗅觉是灵敏的，异于常"人"的鹦鹉丽莎更是佼佼者……

安娜与丽莎的矛盾并没有因为安娜偷情结束，而是激化的开端。此时说是矛盾已经不再恰当，这是因嫉成恨！

一天，安娜计上心头，将画家的安眠药捻成粉状掺到了鹦鹉的饮食和饮水中，希望就此解决这位命中的克星。但是鹦鹉丽莎嗅觉超人，发现食物中有些蹊跷，拒绝进食，并围着水杯不断地拍打翅膀、俯冲尖叫。难道是要引起画家的注意？鹦鹉知道，它就是吃了这个味道的食物，在亚马孙森林昏睡一天，使得画家逃走了。

然而，这鹦鹉的飞翔拍打声音首先让加菲猫非常不爽，招引了过来。起初，画家以为宠物大战又要开演，但这次鹦鹉丽莎表现得十分和平，对笨猫的追击只是躲闪，并不反击，不时地在空中做出法国鹞式飞机的特技，大秀飞行技巧，这更让笨猫气愤不已。笨猫追跑了半小时，还是追不上丽莎，累得口干舌燥，于是抱起丽莎的水杯就喝了起来。几分钟后，只见笨猫倒地昏睡不醒，嘴里吐着白沫。见状，画家赶紧叫来安娜，看看究竟何故。安娜知道幕后实情，马上叫救护车，把笨猫送到兽医院抢救。幸亏诊断和治疗及时，笨猫免于一死，但从此笨猫整天睡觉，成了一只真正的"睡猫"。

此时我们方才知道，鹦鹉丽莎不仅有敏锐的洞察力还有严谨的智慧，她这是"智斗"安娜。鹦鹉丽莎比不上人类安娜的巧舌如簧，于是避其锋芒，巧妙地利用了安娜的宠物笨猫，用事实指控安娜，令安娜吃了一个哑巴亏，同时在画家的心里画上一个大大的问号。鹦鹉的智慧不容小觑！

此时，安娜暴跳如雷，心想自己就是法兰西的智慧与美貌并存的杰作，竟然斗不过一只巴西的野鹦鹉。这时，安娜彻底失了方寸，发誓要复仇，向画家指控：是鹦鹉企图谋杀宠物猫，并再次让画家在她和鹦鹉之间做出选择。望着失控、歇斯底里的安娜，画家心底的疑惑得到了一个解锁口。原来，一直以来都是安娜在指使笨猫对抗鹦鹉，挑起事端，而今天是安娜要谋杀鹦鹉，未遂。

选择鹦鹉丽莎

看看安娜的复仇丑态和严苛斥责，瞧瞧丽莎的弱小骄人和恋恋不舍，画家坚定地选择了鹦鹉，决定与安娜协议分居。

自此画家搬出家门，他宁愿与丽莎一起生活，流浪漂泊在亚马孙热带雨林。从此，丽莎取代了安娜，画家将安娜美女的肖像付之一炬，而对鹦鹉的绘画愈加惟妙惟肖。不久，画家对美学的认识愈加深刻，认为鹦鹉丽莎就是美的化身，取代了人们心中的"蒙娜丽莎"。因为鹦鹉丽莎是为了爱与生存，它表现的是生命的美丽、是反抗一切残酷暴力的坚毅、反对人类文明的偏见与傲慢。马里奥还注意到，人类不仅存在社会缺陷，其自身个体也是贪婪和虚假的寄生虫，只有当安娜和丽莎冲突时，我们忽然发觉自己灵魂深处竟然是多么肮脏、并充满着不可告人的雾霾。依照安娜的商业赝品假冒建议，马里奥曾经临摹印象派大师莫奈的代表作品"日出"，可是一直没有获得"太阳在雾霾中挣扎"的韵味，这并非是当今地球缺少雾霾环境参照，而是自己内心灵魂的雾霾污染了画布，最终写意出一副又一副"日落"的颓废和失望。与鹦鹉一起融入亚马孙的大自然怀抱，画家敞开心胸，纯洁心灵，净化灵魂，他发现其早期艺术创作的失败并非源于运画技法，而是安娜贪婪的欲望，这污染了画布，留下片片污泥秽料。一个伟大的艺术作品一定是一颗伟大心灵的鲜活光影，像不朽的太阳终将突破雾霾而喷发如虹的色彩，那是生命理性的挣扎光芒。从艺术延伸到哲学思想，那些人类自相残杀的战争和恐怖袭击，皆源于人类自私和贪婪，人类自大和虚幻的至高无上。当我们心怀地球一切生命平等的理想，人类与动物和谐互助，这将软化人类的暴戾病灶，获得心灵的平静。进一步，马里奥还断言，人类对待动物的残暴也将是自身灭绝的罪孽根源。

无言的结局，安娜与鹦鹉的世纪决战

"安娜和笨猫现在怎么样了？"我迫不及待地问道。

安娜的律师和经纪人将画家马里奥和鹦鹉丽莎告上法庭，是以谋杀宠物加菲猫的罪名，并精神迫害法国美女安娜，要求画家给予百万欧元的巨额赔偿。或许这是一场滑稽的审判，但是在尚未开庭之前，舆论媒体已经是人声鼎沸，那幅"塞尚"的模拟印象派画作《安娜和独眼笨猫》顷刻走红，其拍卖价格已经飞涨到百万欧元的标价，因为这是一幅描述法兰西美女被亚马孙鹦鹉调戏迫害的证据。就此，一场捍卫西方艺术的保卫战拉开帷幕。

法国艺术评论家恶言攻击马里奥，认为他对于达·芬奇的《蒙娜丽莎》油画的评价是举世的诽谤、是前所未有的"艺术流氓行为"，企图动摇西方文明五百年的价值观。进一步，法国艺术评论家以此攻讦巴西艺术家反叛，不懂得人类的崇高与至上价值。不过，安娜的经纪人私下提出了苛刻的和解方案，那就是，要求马里奥承认自己有罪、并公开道歉，同时剪掉鹦鹉丽莎的翅膀，以示自我惩罚。马里奥的经纪人回绝了原告的和解意图，因为这不仅侵犯人权、也侵犯动物权、更不符合法兰西倡导的平等博爱自由宪章。假如当事人双方不能庭外和解，这将是一场世纪法庭大战，那么安娜与鹦鹉丽莎的战火如同一场圣战，将从艺术界扩展到社会文化各个层面，从美洲烧向欧洲，传到世界各地。这将是全球化新文明关于艺术美学价值观的世纪决战。

亲爱的花朵 |安　然|

....

1

我已经忘了很多事情。

忘了一些爱，一些恨，一些情，还有一些愁。

当然，我也不记得喜欢过的第一朵花儿。我没有办法告诉你，我来到这个人世，遇见的第一朵花儿的好模样。

现在，我最喜欢的是睡莲。

城北有大湖。湖里有睡莲。一岁一枯荣，春生冬灭，长长消消。

抱定叶嫩花初的期待，入春之后，我常去徘徊。不知怎样的缘故，总是隐隐以为，一朵睡莲身上，托付着自己的前世今生。

睡莲美丽如谜。端望它时，无论揣着的是怎样一番好坏心境，邃然间，总是生出嫣然百媚，置心情于清扬旷远。影影绰绰间，似乎可以捕捉到己身以睡莲形式存在的感觉。

是遍体通透，心地稳泰，有如行坐于永恒的光明中。

一花一世界。蕴藉的，不知是否这样一种况味？

我每每驻足湖边，就要屏息对睡莲行端凝之仪。稍瞬，奇迹来临，时光慢了下来。眼前，有娇黄、有粉红、有乳白，莲瓣含着温润的玉光，我面对它们，无语倾动。美是慑人的。美也可以慑住时光。

此前我从来不知，时光也是可以被操弄的。人生匆匆，光阴不可留。

只要用心，却总能找到一些拖住光阴步子的方法。

比如，守望一朵睡莲绽开。

终于，一丛丛睡莲舒叶吐花了。

是上午九点多，阳光软，小风轻，睡莲在一夜清凉好睡中，完全醒了过来。我照例一朵又一朵，无语欢谈，问候着它们。

突然，我差点喊出了声："咦，怎么花朵比前天大了很多？"

四向无人。我涌在心里的清亮话音被一湖春水吞纳，像一个秘密被悄然消解。一只孤独的白鹭，高高地，驮着天空在湖上飞。

我有些激动。

充当一个生命的探子，竟然如此有意思。

睡莲花性朝开暮合，单朵花期不过三四天。然而，此前我没有注意到，在一日复一日开开合合的同时，它竟然还在持续生长。

成年之后，专注于营营为生，专注于一己悲欢，觉得人世的纷扰已是无计止息，对于"它世界"，根本无暇关顾。实在也是没有见过，有哪一种花，会在绽放之后，还成长不止。

故而，我不敢肯定，我之所见，离睡莲生命的真相有多远？或许，前天的记忆也是可以出错的？

只是，想着若是遇见一个成年之后，仍然持有灵性不断成长的人，我是喜爱不禁的。莫非，存于天性中的睡莲之爱，也正是藉于此点原因？

今朝的花颜壮丽于昨夕。

抱着此番发现，这一天回到家，所见所为，一片清和静美。就连平日里厌烦的尘浊恶声，也充耳不闻了。

你看，一朵花儿，总是可以带来神的喻示，使人心地明亮，愉悦无比地，神驰于晴妍香风里的日月山川。无怪乎苏轼诗云，"万里归来后，八方在户庭"。是把美好清朗的天地，把壮阔旖旎的风景，一应带回了家。

于我，"万里归来"不是常态。常有的是，外出时在郊外顺手采一把叫不上名的野花，不加修饰地插在现成的花瓶里，瓶中注水，也能好好地开上几天。记忆最深的，是有一回，一把好好的小白菊，竟变成了小毛绒球，在我的目瞪口呆中，绒絮儿飞了一屋子。还有开着花球的蒲公英，采回家来，几天后也是要在房子里起舞的。等它们尽了兴，沙发上，地毯上，钢琴上，一吹一层白绒，轻轻薄薄。

一而再地，我还是逢花必采，置家人的轻责不顾，容许着它们在家宅里的撒野。恋着的，是那几丝生命的新鲜气息，灵动清雅，令人心多情柔软。

我的花儿是有限的。但花朵里，却有江山处处。得吸纳多少天地精华，才能催开其中一朵？江山的情怀是无限的。

苏轼的"户庭"是有限的，而万里天地的"八方"却是无限的。

好的日子，长的人生，就应该是这样，在有限和无限的转换中，细细悠悠地体会着，慢慢打发吧。

有的人面对一朵花儿，会徒生悲凉，伤逝其凋零，从而坠入厚重的虚无之境。一个朋友说，"羡慕你的好境界，只是感怀伤逝，自己掉入虚无怎么也出不来。"

到底是出不来？还是不愿意出来？

其实，只需一个转身，从俯身"它世界"，变为融入"它世界"。我们就能飞翔于日常之外，打破生命的界别，于惯常所见的事物中领略新意和大义，从而最大限度地葆有己身生命的新鲜度。

世界内部有太多秘密，只要不是太麻木，每天早上起来，总会被新奇和奥妙缠绕。如果，我们在与万物同游的过程中，可以得到幽微而具体的喜悦澄明，就有了眷恋人世的最大理由吧。由此，人生的虚无之重，也就"豁啷"一下，坠地作响，给破了法吧？

顺便说一句，赏睡莲，上午十点前为最，可图其鲜洁挺秀。最好的，是在细雨纷作的天气，着一条长长绿萝裙，披了轻粉色开衫，撑一把杭制青绸伞，独看花开。当然了，有月的夜晚，亦是良辰。

赏荷花亦如是。

要独行。切记。切记。

2

看桃花不宜有雨。读梨花不宜大晴。

去春有友邀往梨园赏花。园子甚好，大到梨花足够成势。

记得梨树下碧草茵茵，暖阳给鲜嫩的草叶镀上薄金。那幅洁净初生景象，看得心尖儿都为之颤动。我春心大动，卧于草丛中，托腮弄姿，一件红毛衣在一片新绿中喜气逼人。

现在想起身下那片被蹂躏的青草，倒是有几分愧意生出来。亏得青草不能作言。彼时若它们齐齐喊疼，我大概是作不出如此残酷的暴行吧。或许，正是万物静默无声，才成全了人类的霸戾之气。外国人艾斯利有个著名的观点，"小小一片花瓣，却改变了地球的面貌，使我们得以称霸。"理由是开花植物提供了地球上小型哺乳动物新的高能食品，如花蜜，花粉，种子，果实，保证了它们的扩张和繁衍。漫长的生命进化之后，一只好奇心特别强的哺乳动物，在森林和平原的交界处出现了，它目瞪前方，手里抓着根棍子。

……

一根青草对于地球生命进化之贡献何在呢？想来花和草，都是不可或缺的吧。

我这样说，是出自那个春日，对于梨园深处一片芳草的无法忘怀。

只是这新萌的碧草印象太深，反倒不记得那个下午的梨花模样了。一不小心，游赏主题从花朵移到了青草，跑题了。原因在于，那个下午春阳太骄奢，生生打灭了梨花的灼灼光华，尽掩了梨花的风流韵致。梨花么，还是微微带雨最是含情动人。

只是那一回跑题，也不见得有什么不好。不如此，我的目光和记忆，又怎么会被一从从芳草牵扯，在光阴深处无以释怀？

用心想一下，行旅中也好，生活中也罢，甚至大到命运，个人家族国家的命运，有时候倒是因为跑题，而有了大的好的成全。

跑题，跑出无心插柳之德，历史中比比皆是。法国思想大师蒙田认为多活无益，38岁就早早退休回家等死，死总不来，只好不断读书思考写作，结果命运赐给了人类一部煌煌《蒙田随笔全集》。新近听到的是，一场婚外恋，成就了一部《水浒传》。

胡兰成总是夸桃花贞静。我初以为他的审美很特别。桃花在市井中，总是热闹纷呈的。千百年来，成群结队，前呼后拥去桃花源中赏花者络绎不绝，桃花即便想静也是静不下来吧。而谁若交上以桃花命名的一种运气，也难说是好是坏，总是有些惶惶坠坠的不踏实，又哪有贞娴可言？

我对"贞静"一说，始终是狐疑的。何况坊间有说法，驳胡兰成的文字有狐媚之气，他对于纤细事物的放大夸张，也是无人能出其右。

直到看见桃花和海棠并开。相较于海棠的热烈，桃花的真品性流露出来，果然是，贞静。

其实，要鉴明桃花之性不难。在晴妍好风的日子，择桃园一僻静处，最好树下有流水。避人，悄悄地坐于桃树下，让心儿静下来，再静下来。等待香风吹过，桃花细细掉落，那蕴着粉白亚光的花瓣，一瓣一瓣，无声无息地飘在了你的身际四周，流水浼浼，落花逐流。你的所见，映照的是人世的庄严悠悠。更有一份，生命的吉祥持重像长卷般铺展……

真是安静啊！真是贞静啊！

我听到那个赏花者，果然发出了深切的评价。花不解语，在光阴深处，兀自且开且落，任由世人长叹短叹。

无论怎样，桃花源只是人类的桃花源。一朵桃花，只是愿意成为一朵桃花自己。人类因它而起的一切作为和联想，关卿何事？

话及此，想起今岁的桃花已谢。那么，来春择个丽日，我和你，一起去读一读桃花的贞静吧。

3

五月之初，高大的梧桐树，每天都要下几场花雨，以清晨为甚为密，场面无声壮烈。我曾在空山无人处，好几回撞见如此场景。那淡紫净白的花朵，悄无声息地在晨风中飘落，齐齐累身于茵茵青草上。气息依然新鲜，味道依然清甘，花姿依然秀雅。不见血腥的美丽表象，掩盖了相煎拼杀的急迫惨烈。为争夺养分的倾轧在这个时间点分出输赢——雄花多是战争中的失败者。

如果是世人出于自身审美的需要，对花朵的杀伐则普遍不具自知自明。当人们齐声赞美一枝玫瑰时，可曾有人想过，玫瑰的宿命，就是被人斩首？把玫瑰干燥起卷，取165片花瓣串成玫瑰念珠，这是早期基督教的用物。叙利亚诗人阿多尼斯，写了很多给玫瑰的诗行。其中两行是：什么是玫瑰／为了被斩首而生长的头颅。

真相如此。我们所见的美丽，不堪穷究。

美丽暗藏杀机。

我生长于乡村，人生之初缺乏恰当的审美启蒙。这对于心性敏感纤细的孩子，未尝不是好事。如果没有健全强壮的心智，在生命的弱小期过早堪破美丽的实象，如林黛玉一般，移情落泪，沉溺其中，恐怕的是，我将不复为今日之我。

记忆中的乡村，真正的鲜花是没有的。能够看见的，是实用型的菜花。油菜花，蚕豆花，豌豆花，豆角花，木槿花，南瓜花，冬瓜花，黄瓜花，丝瓜花，辣椒花，茄子花……

唯一让我起有美感的，是池塘中的水葫芦花，也叫布袋莲。淡紫如薄翼的花瓣，在水面上楚楚举起。在清晨或雨后遇见，总是令小小的人心里头有不能言述的无助之感。那时也不知这是伤感之美，是因花儿纤弱，打通了我心性的纤细吧。

木槿花和南瓜花可以用来做菜。我至今在菜市见着，都不假思索立即买下，是要重温入世初初的口福。很多年来，受世人集体审美意识主导，我从来不曾站在美学的角度，认真打量过它们。

稍有不同的是，在今天，当我回到乡间，已经能够静心下来，对着篱笆土墙边上的南瓜花和木槿花默默欣赏。喜欢上的是，它们最普通最不受世人抬举的模样里，有着质朴无争的低调品性——是我想要修炼成的模样。

我们对美的杀虐，有时候是习惯性的。当我按惯有的食性吃下一朵花，我并没意识到吞下的是美的骸骨。必须承认，即便有着温柔的一面，食物链最上端的人类，同时亦有着世代传承的暴戾天性。

因着拙劣的审美把真正的美杀毁无遗，大约也是习惯性的吧？

小城东边有佛教名山。早年山谷间有缓缓不平的碧草坡，草坡低处，有细缓的山溪水泛泛长流。我每每进山，于草地上静坐，无语相看低洼处的长流水，就有落泪的冲动，是被这种无言宁静之美打动。清水流，芳草绿，鸟语稠，青山巍然庄重，不远处有山寺的梵音袅袅随风传来。年轻的心底，是期许着这样的和谐自然逍遥韵味，可以灌注于自己的整个人生。

而终于，这一切，只能待在记忆和缅怀中。一些人为着想象中的利益，筑起水泥坝体，把山谷变成了拦截山水的人造湖泊。我若进山，也还有落泪的冲动。只是此落泪，已非彼落泪了。世事无常，美亦无常。江山风月，若有死期，刽子手必是人类。

那时蒙昧，审美的心智并没被神灵全部唤醒，只是敏感的直觉铺陈开来，有着天性中的恰当选择。无用的美，比实用的美，更能得到我的仰望和尊重。此后经年，这种宁静自洽的生命美学期望，一直成为我的人生底色而我久不自知。

我必得要历经尘世粗粝的打磨，才能洗心历练，出落成现在这副模样，光明，朗净，敦厚，简单，清澄，圆润，无挂无碍，无怖无恐。

一个人，得花费多长时间，走过多长的路，才能读懂一朵花儿？并且幸运非常地，藉借一朵花儿，建立自己的人生美学和格局？

佛祖拈花一朵，迦叶在人群中会心一笑。这一拈一笑之间，有着无尽的禅机。令世间人明者自明，不明者摸不着头脑。人际的契合之好，莫过于此。

有一段日子了，我举着自己的花儿，穿行于人海。有人责难，有人不解，有人担忧，有人袖手，有人会意。我以为，他们只是以各自理解世界的方式，在表达着对我的爱惜之意。我呢，把敬意递给会意者，把耐心留给其他人。

就让一朵花儿充当我们精神来往的使者吧。我真的，不再企望语言可以用以沟通人际的审美之路。大美无言。大音稀声。最深切的契合，必是对坐不语。

有一天清早，霞光初映，我在山林间独步。突然听到一阵沙沙作响，像是一朵云儿临时下起了太阳雨，衬得空山格外静谧。我很是惊奇，遂停住脚步循声而寻。原来，是路边几棵笔直俊瘦的树下起了花雨。是花粒儿，淡黄色，米粒儿大小。落下来的，照旧是新鲜好花容。只是以这么小的花架子，偏闹出这么大的动静。人家梧桐花，那么大的朵儿，却一点声息也无地赴死。造物主讲究，要世界多姿多彩，连花朵儿也赐予各样性情。这些花粒儿，似乎是因其小而不甘被忽略，要以这生命的最后绝响来唤起我这个过客的注意。

也就是我吧，真的不负其望，注意起它们来。这一个早上，我走了大约有七八里山道，上山下山，一路花雨。我欲喊出它们的名字，却苦于无知。一个小时后，在山下植物园，我看到同样下雨的一棵树，树下有铭牌，无患子。

查"无患子"，千百年来，世间布衣柴门用来洗头洗衣。

轰地一下，一道光把我领回儿时的小乡村。四英子家的池塘边上，不就正好有这样一棵树么？大人捡果子洗衣洗头，我们则捡果子在青石码头上使劲搓泡泡，我那双小手，总是洗得又白又皱……

要命，一棵树，我用了几十年，才走回它。同样的，我几十年的前行，其实都是在洗心革面，走回童年。

4

晨光透进窗户，小鸟已经玩累了，典典醒了过来。它跑到家里的大露台上，看见青枝绿叶间有一朵粉艳的玫瑰绽开了。它踮起脚，竖起小小的身子，把鼻子凑了上去，它嗅闻的样子专注又好奇。

香不香呢？一只宠物狗，即便类属"贵宾"，在狗类中智商第二，我也无法知道，玫瑰特有的香味在典典那里，是怎样一种味道？

但是我为典典主人的讲述起震动。

"啊——？"

为着这个，一条叫典典的宠物狗，在我这里，获得了足够的尊严。如果说，此前其主人每每温情的描述，并没有使我真正去接受一条小狗的存在，从这一刻起，面对着一只同样爱花的，异常柔弱的"它生命"，我肃然了。

灵魂。在这一刻，我相信了"灵魂"的存在。对的，在一条小狗的身躯里，也住着一个爱美的灵魂。面对着一朵逞艳芬芳的花朵，前生的记忆跑了出来，它忘乎所以地，忘了身形的桎梏，要去闻一闻花开的气息。

也或许，一条狗，并没有这么复杂的前世今生，只是在这一刹那，典典被众神选中加持，给一种叫"人"的动物，表演了一个小小奇迹？

没有答案。于我看来，灵魂也罢，神明显灵也好，要证明的是，凡有情生命，对美的诱惑都无可抗拒。

是何故，使得有情众生，皆愿意臣服于一枝在风中摇曳的花朵？

三月的一天，晴妍日好。我在山中小坐。两米外开着几树桃花。桃花不是静坐的理由，让我安坐的，是一只长尾巴的大鸟，有着流彩好看的羽毛，我不能确定它是不是"野雉"。

由于对"它生命"的过度无知，有时候，我甚至连一朵喜欢的花儿都叫不出名。有几多邂逅，就有几多困扰。为了弄清楚湖上一种水鸟的名字，我花了整整一年时间，不断地跟人描述，又不断地否定对方的答案。终于在几天前，有人肯定地给出答案：池鹭，要不就是夜鹭。

萝赛在《花朵的秘密生命》中有个观点，说命名即占有。诺贝尔文学奖得主，波兰女诗人维斯拉瓦·辛波斯卡认为，人类给各种生命起名，是妄自尊大的表现。

从"齐物"的角度来看，她们是对的。

只是，如若没有命名，人类眼中的万物大概是混乱的，宇宙会显得无序慌乱。命名，用来使万物归序，使宇宙有条理，使我们能够世代传承，中外大同，知道一束玫瑰可以用来表示爱情而不是其他。难道不好么？

且把身陷桃花的大鸟认作"野雉"吧，我是多么需要借用一个名字来描述彼时的所见。

彼时，此鸟正在桃花枝条掩映下独玩独乐：整理羽毛。舒张漂亮流溢着光彩的长尾巴。在花枝间东嗅嗅西闻闻团团转。一动不动发呆像个思考的智者。

它没有看见我。我被这只专注自耍的鸟儿迷住了。

少顷，大概它是要看更加高远的风景，飞了起来，落在了一米远外，一棵高高的红豆杉上。

又少顷，许是高处的风景不如桃花香吧，它又飞落回来，继续玩着前路把戏。

上午十点多，头顶的春阳有暖香。山林寂静，静到听得见阳光跑动的声音。静到不知今夕何年。静到我陶然忘我变作一只鸟，在桃树和红豆杉上飞起飞落，玩得不亦乐乎。

我所具有的人形，太大，大到无法寄身于朵朵桃花。一只秀美的鸟儿，却替我做到了。就因为这个，我不动声色地微笑，微笑，直到把这一帧画面笑成了记忆，笑成了一个故事，讲给你来听。

我的微笑持续了近二十分钟。最好的是，这巨大的无声的笑浪，并没有惊动野雉，它埋首于朵朵桃花中，全然不知。生命和生命的交汇，只要有一方起惊动就有了意义。

神明宠信，我往后的人生，终将因此强大的微笑而有所不同。不是么，一路减法做下来，不过就是为了变成一只自玩自处的鸟儿。或者，变成一个举着桃枝在春天的野地里疯跑的女童。

当生命已经背负太多，朝着元气淋漓的来处回归，从美学的意义上重新出发再活，将会是一首多么美丽的诗篇。

昨天早晨，我在一处湖泊，见到一张睡莲的叶子，沉浮未定于水面游走。啊，一定是一条调皮的鱼怕了大太阳，举着莲叶在游泳吧？

再说一个鸟儿的故事。

森林里三只雄鸟齐齐追求一只雏鸟。要命，又不知名。未几，三个洞房出现在雏鸟面前。准新娘从容淡定，在三个洞房里轮番进出以便作出选择。

第一个，铺满了族鸟们最爱吃的鸟食——一种动物粪便，她犹豫了一下，没错，她也爱吃。

第二个，是树枝搭建的，别无其他，她光速飞离。

第三个，铺满鲜花。她四顾不歇……她在这窝鲜花里留了下来，当上了新娘。

到此，以万物之长自居的你，起震动了么？

很有可能，在审美的意义上，我们活得不及小狗典典，不及举着莲叶游泳的鱼，不及热爱鲜花的鸟类。

我们最对不住自己的，不是无力求到功名，而是，一回一回，因为求功名，我们与一朵又一朵花儿擦肩而过。

5

已经是多年的习惯了，每每照见清寂高雅之美，心仪之下，脑海中就会幻化出一幅雪地玫瑰图。茫茫雪地里，遥遥伫立着一枝蓝玫瑰，独立、遗世，兀自绽放在清冷的天地间，芬芳暗送，路人怎样的惊叹称美，都不能一改她的沉着冷静。

隆冬，挨着下雪的日子，我在一座深山遇见瑛子。

十年前，瑛子在一趟火车上有过奇遇。之后，她抛下外面的所有进入这座深山。五年前金融危机合伙人撤离，她独自留下，一草一木，细细慢慢，颇有耐心地依恋着改造着这座大山。我想这后面有真相。真相是什么？我不知。有一种女人，藏着很深的故事，却静默若深井，让邂逅者照不见底。

山有多大，瑛子的胸怀就有多大。山有多葱茏，瑛子的爱就有多葱茏。

冷冽的寒风里，跟着她在深山里转悠，听着她始终笑眯眯地讲：这片竹林是哪一年种下的，一共有多少棵；这棵红豆又是哪一年开始结果；这里的蒲公英，长得比人还高呐；水边大树上的这根藤开起花来很好看；尝尝野刺莓，又大又甜，好吃得很……

我突然生疑，她大概连山上的花朵有多少枝也是知道的吧？

她算是高个子了，然而，比起一道山崖，她还是很矮。她不断地跳起来，又跳起来，试着用手头的一根枯枝，去挑落崖上的另一根枯枝。几番努力之后，她如愿了。她悠悠长释一口气，"这下好了，要不这根树枝压着我的映山红，明年就开不了花啦。"

"轰"的一下，借助于一株冬眠的映山红，瑛子打开了我的心灵密码，长驱直入，直到化身为雪地里的一朵蓝玫瑰，在我的世界驻扎下来。是的，我无力拒绝一个视花朵为孩子的女人。

此后，我再也没有启问过瑛子的故事。静默相待，既是尊重，也是最好的理解。语言不必在一些相似的灵魂之间流转——它很多余。

瑛子，我们总是借助于花朵疗伤，成长，完善并完成自我，对吧？

花朵，总是用来承载着我们的爱，慰藉着我们的生，同时，也慰藉着我们的死。

很多年里，有一个朋友，不断地告诉我，她要为所爱绽放成一朵最美丽的花。我亲眼见得，她每一回的绽放，都比上一回更加迷人。

出生，生日，恋爱，庆典，甚至于探视病人，花朵不离我们的左右。给亡人的墓前放上一束鲜花，告慰的，究竟是逝者还是自己，我们也已无法分得清楚。

想象一下，有一个春天的早晨，一位远古的先祖走出洞穴。借助于晨光，她惊奇地看见了一朵野花儿，在晨风中带露摇曳。那一刻，犹有神启，她的心中荡漾着一种从未有过的愉悦情怀。她在花朵前停下，细细端视，情不自禁发出了一个音：

"花——"。

于是，一种叫"花"的生命，就这样随着她的第一声呼唤而得到命名。而我们，像占有其它生命一样，通过又一次命名占有了大地上这种格外美丽的生命。

花，随着先祖的一声呼唤，长驱直入，成为我们生命中的美好密码，成为我们人初的爱的元素，随着汩汩不息的血脉，源源流传下来。人类借助于一朵花，具备了原初的不加修饰的随生而来的审美意识。

是的，无论在世者，还是离世者，从来没有人有力气，去拒绝一朵鲜花的诱惑。

大约五万年前，尼安德特人用整朵花来埋葬死者。蓝风信子，矢车菊，洋蓍草，还有黄橐吾。花朵里有他们的哭泣，更有他们来世的信仰。

先是32岁的儿子牟本死了，后来是丈夫欧利死了。堪以告慰的是，这个女人在美国堪萨斯州有一个大花园。金鱼草，百日草，大波斯菊。她把光彩夺目的金盏花送给儿子，把高雅庄重的白菊花送给丈夫。她活到了92岁，亲人墓上的鲜花从来没有间断过。

美丽的鲜花往来于生死两界，传递着恒久的爱的信息。让我们觉得，这个不堪忍受的人世，也有着片刻又久远的，脆弱又坚韧的美丽。一个母亲和妻子的悲痛，借助于鲜花，而变成了单纯的美的传递。

就这样，我们大多习惯于鲜花带给的慰藉，而忽略了花事自身的成、住、坏、空。我们习惯于往大事大节上寻找事物之"道"，却忘记了一朵小花，也藏着大"道"。我们习惯于去奔波奋斗渴望不断获得掌声和鲜花，却忘记了脚下的大地，就有鲜花朵朵为你而开。

我亲历过一场因金盏花而起的惊心动魄。

我常去的那座山上，世人好美，铺修了黑蓝的沥青盘山道。初春，山道两旁顺手撒下金盏花种子，到了五月底，暮春将尽之时，那金艳艳的长达几里路的花带，就每天含着晨露跟我一路招呼不停。那个时点，空山几近无人，可以说，这里的每一朵花儿，都因为我每天的最先看见，而有了特别的意义。就如先祖第一回喊出"花"，而使得花朵对于人类有了特别意义。

花开十天左右，六月下旬的一天清早，我照例在山中漫行。突然，我被眼前所见震异了：所有的金盏花，都前所未见的勃然美丽，花色浓艳逼人，那娇弱的花瓣，散发着灼灼光芒。每一朵花儿，都像要去参加舞会的盛装少女，活泼、亢奋、兴高采烈，激动地说着我听不懂却又可以意会的语言。

这绽放如此盛大，这生机太过强大，隐隐中让人有丝丝不安。美丽一旦超过常限，总会令人陌生起疑。

这一天，牵挂着这些美到极致的金盏花，我活得惴惴不安。

一夜之间，发生了什么事？

24 小时后，我看见了谜底。

同样是这些花朵，花势却颓疲憔悴，与昨日的华丽盛大判若两界。一些花瓣凋萎下来，软耷耷的，不再挺秀精神。花颜光华不再，像有神偷出现，吸去了其灼灼之光。再细看，很多花枝，举起的，已不是一朵盛开的花儿，而是落失了花瓣的菊果。

一夜之间，又发生了什么事？

事实是，昨日的金盏花，齐齐拼尽了最后的力气，只是为迎接一个新的生命里程——孕育种子，以迎接下一朵新金盏花的盛开。

哦，大地上所有的生命，皆不惜尽最大的努力，去孕育下一代。

就这样，我看见了一朵小花，"发情"时的最美姿容，也看见了，它"生育"时的不堪面目。

我明白了，一朵小花，从"成"往"住"，需要十天左右；

我明白了，一朵小花，从"住"往"坏"，不过一个昼夜。

现在，已是六月底，我能记录的是，那好几里金盏花，已经渐入枯败干瘦，更多的菊果已经结成。"空"，在无可避免地到来。我尽日无奈的承受中，却也有一种超然的淡定夹杂于其中。

我依然记得它们的出生：是柔弱得比米粒儿还小的嫩芽。这些嫩芽，一粒儿一粒儿连绵几里，让遇见者变得婴儿一样柔软。

我亦记起了自己的怀孕：秋日高远，我赴一个好女子的嫁宴。在世人浩大的喜庆中，骤然感知到了体内的细微触动——清楚无误地，一滴清泉水，从心口滴落到心底！这个记忆，真实不虚，永不磨灭，是生命中最奇妙最神秘最个性的感知。从这个日子出发，我开始了自身生命的开枝散叶。我的花朵儿是这样临世的，小嘴嗞着右手大拇指，一只小眼睁着，一只小眼闭着。

从春到夏，伴着金盏花一路走来，我不去想自身的"成住坏空"。不想。在这个辽阔的人世，我相伴一朵花儿的生死，也必然有更多亲爱的花朵来相伴我的生死。天地朗朗，我虽然执着于花开花落，却亦有足够的力量，获得置身一朵花外的自由。

6

黑夜已经来临。细雨住后，有夏虫作天籁鸣。我记起遇见的两个尼姑，带着一群居士在湖上浮桥留影。突然，小尼姑走出队伍，嗓音清脆，开心地说，我来教大家怎么做莲花开的手势。

奉佛之人，眼里心头净是莲花。

众手纷举。

老尼姑对着她们一番奚落：我没看见一朵莲花，我只看见一堆莲藕。

大家的笑声消融了她的粗门大嗓。

其时，远远的，我望着自己举起的莲花手，也笑了。真是开得不美。

其时，离她们五百米远处的北边湖上，有睡莲朵朵；离她们更远的东边湖上，有莲花朵朵。它们呼应着，装扮着这个娑婆好世界。

我亦有一个秘密花园，花园里的一切正在发生嬗变。我在这个花园里，蜕身为一朵睡莲。我混在她们的队伍里，没有人看见这一切。

以睡莲为认记，茫茫人海，谁会举着她向我游来？

我呢？我想举起她，穿过茫茫天宇，向梭罗游去。问问他，为什么最爱的，也是睡莲？

北京文学月刊社 主编

老舍散文奖获奖作品集
（第一届至第六届）

定价：85.00 元

单位：地震出版社
地址：北京市海淀区民族学院南路 9 号
电话：010-68423031/68467993/68467991　邮编：100081